Getanzte Träume

ROMY BERG

Getanzte Träume

Roman

Bibliografische Information der Deutschen Nationalbibliotek: Die
Deutsche Nationalbibliothek verzeichnet diese Publikation in der
Deutschen Nationalbibliogafiek; detaillierte bibliografische Daten sind im
Internet über http://dnb.dnb.de abrufbar

© 2015 Romy Berg
Satz, Umschlaggestaltung, Herstellung und Verlag:
BoD – Books on Demand, Norderstedt
ISBN: 978-3-7392-9844-3

Für meinen wundervollen Ehemann,
der mich zum Schreiben ermutigt und dabei unterstützt hat,
und für unsere beiden einzigartigen Kinder,
die mich inspiriert haben.
Mit all meiner Liebe

R. B.

Danksagung

Es gibt so viele Leute, denen ich gerne danken möchte, vor allem dafür, dass sie mich inspiriert sowie ermutigt haben, zu schreiben, die an mich geglaubt haben, die Korrektur gelesen haben, die mein Buch veröffentlicht haben.

*Ich möchte daher nochmals recht herzlich
meinem Verleger BoD,
meinem Ehemann,
unseren beiden Kindern,
meiner verstorbenen Großmutter, die mich mit jedem meiner Pläne unterstützt hat, egal wie verrückt sie auch gewesen sein mögen, danken.
Ohne euch alle wäre mein Traum niemals Wirklichkeit geworden.*

Landeskrankenhaus Graz – Geburtenstation, 1963

Eine Träne kullert die rechte Wange hinunter, ein trauriger Blick geht hinaus aus dem hohen Krankenhauszimmer, an dessen Wänden der Anstrich bereits abblättert, die Farbe ist lichtgrün, auf dem Boden dunkelgraues Linoleum. Alles sieht steril, nicht sehr einladend aus. Draußen schneit es und obwohl das Zimmer geheizt wird, spürt man, dass es außerhalb des Hauses kalt ist. Ihre Augen wandern im Zimmer umher, rechts im Bett liegt eine junge, blonde Frau mit strahlend blauen Augen, in ihren Armen ein Baby, welches sie gerade mit Begeisterung stillt. Links von ihr liegt eine Frau, etwa 35 Jahre alt, und schläft, in den Betten auf der gegenüberliegenden Seite ebenfalls drei Frauen, zwei davon schlafen und eine scheint Besuch von ihrem Mann zu haben, der ganz stolz auf das kleine Etwas in ihrem Arm blickt und gerade laut gesagt hat: »Mein Gott, ist unser Junge nicht schön, ich freue mich schon auf all die Fußballmatches, die wir haben werden! Ich liebe dich! Danke dir für das tolle Geschenk!«

Noch eine Träne läuft über ihr Gesicht, nein, eigentlich gleich mehrere. Alle scheinen glücklich darüber zu sein, ein Baby bekommen zu haben, nur Estelle nicht, denn niemand ist sie besuchen gekommen. Warum denn auch, sie ist ja eine Schande! Jetzt kann sie das Schluchzen nicht mehr unterdrücken. Sie versucht dabei hinunterzuschauen, sodass niemand im Zimmer sieht, dass sie bitterlich weint. Die Tränen tropfen auf das kleine, zweieinhalb Kilo leichte Bündel in ihrem Arm. Befremdet schaut sie es an, ein Mädchen, so klein und zerbrechlich, aber irgendwie scheint keine Liebe für ihr Kind in ihr aufzukommen. Wie denn auch, ihr Leben ist vorbei, ihr Vater hat sie rausgeworfen, sie hat die letzten Monate ihrer Schwangerschaft bei ihrer Schwiegermutter in spe – so dachte sie zumindest bis vor kurzem – verbracht, aber jetzt will diese sie auch nicht mehr. Wohin soll sie jetzt mit der Kleinen gehen, fragt sie sich mit tränenerstickter Stimme. Wohin?

Niemand will sie jetzt mehr und schon gar niemand will diesen Bastard in ihrem Arm. Sie legt das Baby zur Seite, schon dessen Berührung scheint sie zu schmerzen, denn dieses Ding da hat alles ruiniert. Jetzt will sie nicht einmal mehr Alfredo, der Vater des Kindes. Erst vor einer Woche hat er zu ihr gesagt, wenn er heiratet, dann nur eine anständige Frau, eine Jungfrau und nicht so eine, wie sie es jetzt ist. Beschmutzt, eine Schande für jedermann. Dabei hat sie sich redlich bemüht, ihm und seinen Eltern alles recht zu machen, hat den Haushalt geführt, alles geputzt, gebügelt, gekocht und sich sogar versteckt, wenn Gäste im Hause von Paulo und Roberta Wagner waren. Aber nichts, was sie gemacht hat, war gut genug. Tagsüber hat sie bis zum letzten Moment als Verkäuferin in einem Lebensmittelladen gearbeitet, schwere Kisten geschleppt, immer in dem Glauben, dass sie vielleicht den Ballast verlieren könnte. Aber dem war nicht so, ihr Bauch ist gewachsen und das ungewollte Ding darin auch. Jetzt ist es endlich draußen und in ihr ist eine völlige Leere und gar kein Gefühl mehr – oder doch? Nicht einmal im Kreißsaal hat sie etwas empfunden. Aus den anderen Kabinen, die nur durch weiße Vorhänge getrennt waren, die wie Bettlaken aussahen, hat sie Schreien und Stöhnen gehört und das gute Zurufen der Hebammen und Ärzte. aber ihr hat niemand ein liebes Wort gesagt. Ihre Hebamme war eine alte, sehr altmodische Frau, die, als Estelle in den Saal geschoben wurde, nur meinte: »Schon wieder so ein leichtes Mädchen. Haben diese Dinger heutzutage denn überhaupt keinen Anstand mehr?« Estelle war geschockt, nahm die Wehen gar nicht richtig wahr, und nicht einmal, als sie unter örtlicher Betäubung genäht wurde, da ihr Damm eingerissen war, spürte sie etwas. Nur jetzt kullern die Tränen herunter und fallen auf die weißen Spitalsbettlaken. Sind es verspätete Tränen des Schmerzes beim Geburtsvorgang oder stammen sie noch von den Erniedrigungen, die sie die letzten Monaten hat erdulden müssen, oder sind es Tränen des Selbstmitleides und sie weint um ihre verlorenen Chancen?

Draußen wird der Schneefall dichter. Auf einmal öffnet sich die Tür und noch ein Mann kommt herein, gefolgt von einer älteren Dame. Beide gehen zu ihrer rechten Bettnachbarin, der hübschen Blonden mit den so glücklichen blauen Augen und dem Baby. Der Mann sagt: »Darling, das hast du super gemacht, wir sind so stolz auf dich, dass du die Schmerzen der Geburt so tapfer ertragen hast, und sieh nur, Barbara«, so scheinen sie das Baby nennen zu wollen, »ist so hübsch wie du.«

Estelle weiß noch gar nicht, auf welchen Namen sie ihr Kind taufen lassen soll eigentlich ist es ihr auch egal, am liebsten wäre es ihr, wenn es nie geboren worden wäre und jetzt nicht so belastend auf ihrer Bettkante läge. Nein, sie will es nicht berühren, warum auch? Es stört sie nur und ist schuld daran, dass sie all das erdulden muss. Auf einmal hört sie, wie der Mann einen dicken Kuss auf den Mund der blonden Frau drückt. Er ist keine Schönheit, dieser Mann, nicht wie Alfredo, aber er scheint gutherzig zu sein und das Schmatzen des Kusses war für das ganze Krankenhauszimmer unüberhörbar. Er umarmt die hübsche blonde Frau, strahlt über das ganze Gesicht und sagt: »Liebling, du hast mich zum glücklichsten Menschen auf der Welt gemacht, ist unser Engel nicht süß?« In Gedanken äfft Estelle nach:»Ist unser Engel nicht süß?« Dann beginnt sie laut zu schluchzen, so laut, dass alle Frauen und Besucher auf sie schauen und sich schnell wieder wegdrehen, nur die ältere Dame, die die Mutter einer ihrer Bettnachbarinnen zu sein scheint, fragt:»Kindchen, was ist denn los, warum weinst du denn?« Estelle antwortet nicht, stattdessen schluchzt sie noch viel lauter und kann einfach nicht aufhören. Die ältere Dame schaut voller Mitleid auf sie, bis ihre Tochter ihr etwas ins Ohr flüstert, da dreht sie sich weg und sagt leise:»Dann ist sie wohl selbst schuld, oder?« Alle anderen widmen sich wieder ihren eigenen Angelegenheiten, schlafen weiter, reden weiter, stillen oder lesen ein Buch.

Estelle weint leise vor sich hin. Auf einmal öffnet sich die Tür, eine Schwester kommt herein und sagt, dass die Besuchszeit zu Ende sei und die Besucher gehen müssten. Nachdem sie alle anderen Frauen bereits nach ihren Bedürfnissen befragt hat, wendet sie sich auch Estelle zu und teilte ihr mit, sie müsse ihr Kind stillen, damit sie es in das Säuglingszimmer bringen könne. Estelle ekelt es davor, ihre Tochter zu halten und noch dazu an ihren Nippeln saugen zu lassen, was soll sie denn noch alles für sie machen? Aber andererseits will sie auch nicht noch stärker negativ auffallen. So nimmt sie mit Todesverachtung dieses Ding von der Bettseite, streift ihr steriles weißes Krankenhausnachthemd über die Schulter, sodass es ihre Brust freigibt, und legt das Kind an. Es beginnt gierig zu trinken, aber Estelle stört dieses Zupfen und Ziehen, weshalb sie nur mit Verachtung hinabschaut. Gott sei Dank scheint das kleine Ding noch nicht so viel zu brauchen, denn schnell schläft es erschöpft ein und die Schwester nimmt es ihr endlich ab. Ah, denkt Estelle, vielleicht sollte ich aus dem

Krankenhaus fliehen und das Kind einfach da lassen. Aber dann fällt ihr ein, dass sie gleich nach der Geburt, so gegen Mitternacht, als ihre Tochter auf die Welt kam, einen Fragebogen hat ausfüllen müssen, was die Hebamme für sie machte. Name des Vaters des Kindes? Sie hat den Namen genannt. Ihr Name? Ihr Nachname sei Bauer und nicht Wagner. Dazu das Stirnrunzeln der Hebamme. Nächste Frage:»Verheiratet?«»Nein, ledig.«»Wie alt sind Sie?«»17 Jahre alt.« Mein Gott, noch ein Kind, denkt die Hebamme. Die Arme! Aber Estelle interpretiert den Gesichtsausdruck der Hebamme ganz anders und glaubt, dass diese sie und ihren Bastard nun ebenfalls missachte.»Wie soll das Kind denn heißen?«»Weiß nicht!«»Na ja, einen Namen müssen Sie Ihrem Kind schon geben, das wissen Sie doch, oder? Überlegen Sie sich halt einen bis morgen, denn ein Name muss sein.« Estelle denkt: Das auch noch, habe keine Ahnung, wie ich die Kleine nennen soll, welchen Nachnamen sie überhaupt haben wird.»Das sind nur Formalitäten, die wir für Ihre Papiere wie Geburtsurkunde etc. benötigen, also eine reine Formsache.« Eine reine Formsache, denkt Estelle bitter, in meinem Fall ist das wohl eher eine Schandsache, falls es so etwas überhaupt gibt.

Irgendwann fallen Estelle die Augenlider zu, es waren anstrengende Tage, aber hier im Krankenhaus wird sie zumindest umsorgt, man hat ihr das Abendessen ans Bett gebracht und sie hat es mit Heißhunger verschlungen. Ja, eigentlich hat sie in der letzten Zeit andauernd gegessen. Das war ihr einziger Trost, der aber auch Nachwirkungen hatte, denn anstatt zehn hat sie 25 Kilo während der Schwangerschaft zugenommen, auch davor war sie nicht gerade die Schlankste gewesen, man hätte sie als vollschlank bezeichnen können, doch jetzt ...

Sie hört weiter den Gesprächen der anderen Frauen zu,

denn sie kann ja nichts lesen, niemand hat ihr ein Buch oder sonst etwas gebracht und davor war alles so schnell gegangen. Sie war gerade dabei gewesen, den Boden zu schrubben, als auf einmal Wasser an ihren Beinen entlangzurinnen begann, nein, eigentlich war es eher so, als ob ein Wassersturz aus ihrem Bauch herausbräche. Dann verspürte sie so ein Ziehen, worauf sie sich zur Straßenbahn geschleppt hat und mit ihrer letzten Kraft ins Krankenhaus fuhr, denn Roberta und Paulo waren nicht zu Hause und Alfredo war sowieso jeden Abend aus. Er hat immer gesagt, neben seinem schweren Beruf als Chauffeur bräuchte er etwas Abwechslung und Unterhaltung mit seinen Kumpeln. Von seinem früheren Charme hat sie in den letzten Monaten, als sie bei seinen Eltern wohnte, leider nichts mehr gespürt. Er hat sie nur permanent kritisiert und kein gutes Haar an ihr gelassen.

In der Straßenbahn hatte sie dann doch Schmerzen, der Wagon war überfüllt und sie musste trotz geplatzter Fruchtblase stehen, aber irgendwann kam die Bahn vor dem Krankenhaus an und sie begab sich mit schleppenden Schritten zur Säuglingsstation, wo man sie sofort auf ein Rollbett legte und in den Kreißsaal schob. Als sie dort ankam, war der Muttermund bereits vier Zentimeter weit geöffnet und es ging los. Die Wehen und Schmerzen setzten ein, aber sie hat sich die Schmerzen verbissen, denn als die Krankenhausangestellten erfuhren, dass sie ledig und auch niemand mit ihr gekommen war, hat sich auch die Serviceleistung ihr gegenüber verändert. Kein nettes Wort, nur kalte, nüchterne Befehle: »Pressen Sie doch endlich, Atmen nicht vergessen! Und jetzt nur hecheln und nicht pressen, und jetzt wieder pressen!« Dann sind andere Mütter gebracht worden, um die man sich wirklich reizend gekümmert hat, aber ihre Hebamme, eine ältere, sehr konservativ wirkende Frau, war alles andere als fürsorglich, eher nüchtern und sachlich, nein, eigentlich war sie kalt. Diese ledigen Dinger, alles Nutten, hat sie wohl gedacht. Wie dem auch sei, die Schmerzen hat Estelle gar nicht wahrgenommen, sondern war nur froh und erleichtert, als sie endlich diese Schande aus ihrem Körper herauspressen konnte. Man hat ihr das Baby auf den Bauch gelegt, aber sie hat sich weggedreht und ihre Tochter gar nicht angesehen.

Endlich schläft sie ein, sogar mit einem Lächeln auf ihren Lippen, denn sie träumt vom Anfang ihrer Zeit mit Alfredo ...

Sie war gerade 16 Jahre alt und lebte seit ihrem vierzehnten Lebensjahr bei ihrem Vater und dessen zweiter Frau Rosalinde in der Stadt. Aufgewachsen war sie auf dem Land bei ihrer Mutter in einem winzig kleinen Holzhäuschen mit einem einzigen großen Zimmer und einer Küche ohne Strom, nur mit Kerzenlicht. Mit 14 schickte ihre Mutter sie in die Stadt zu ihrem Vater, der sie zu Beginn gar nicht aufnehmen wollte, wäre da nicht seine Frau Rosalinde gewesen, die wirklich nett zu ihr war. Blonder Engel, so wurde ihre Stiefmutter, die auch Krankenschwester war, auf der Station genannt. Sie redete ihrem Vater wie einem kranken Kind zu, dass er Estelle doch aufnehmen solle. Diese könne für das Verhalten ihrer Mutter schließlich nichts. Zu guter Letzt hat er sie doch zu sich und Rosalinde genommen und sie bekam sogar ein eigenes Zimmer mit elektrischer Beleuchtung, auch eine Lampe für die Nacht, was für sie, die bis dahin so etwas nicht gekannt hatte, etwas Besonderes war. Dann hat sie als Lehrling in einem kleinen Lebensmittelladen angefangen. Obwohl sie dort sehr hart arbeiten musste, war sie sehr froh darüber, einen Job gefunden zu haben.

Am 8. April 1962 war es endlich so weit, es war ihr 16. Geburtstag und ihr Vater und Rosalinde waren der Meinung, dass sie einen Tanzkurs besuchen müsse, denn alle Mädchen gingen in die Tanzschule. Sie riefen eine befreundete Familie an, die einen Sohn etwa im Alter wie Estelle hatten, und fragten, ob Peter sie zum Tanzkurs begleiten würde. Denn in den 60er Jahren war es nicht möglich, dass ein Mädchen aus anständigem Hause einfach alleine bei einem Tanzkurs erschien.

Estelle war so aufgeregt. Rosalinde nähte ihr aus einem weich fließenden schimmernden Stoff ein schönes Kleid, ein dunkelgrünes, nicht zu tief ausgeschnitten, aber doch so, dass man ihre prallen Brüste erahnen konnte, und welches sehr vorteilhaft für ihre volle Figur war. Die Farbe des Kleides unterstrich das satte Dunkelgrün ihrer Augen und bildete einen wunderbaren Kontrast zu ihren rabenschwarzen, dichten und fast wie bei Schneewittchen glänzenden, langen Haaren, die bis zum Popo reichten. Rosalinde hatte das Kleid in der Nacht nach ihrer Arbeit als Krankenschwester genäht und Estelle hatte davor noch nie so etwas Schönes besessen. Ihr Vater durfte nicht wissen, dass Rosalinde so viel Geld für das Kleid ausgegeben hatte, denn er war sehr sparsam und für seine Tochter wäre ihm das als Verschwendung erschienen. Rosalinde war oft netter zu Estelle als ihre eigene Mutter, vielleicht deshalb, weil sie keine eigenen Kinder bekommen konnte. Wie dem auch sei, Estelle fühlte sich an ihrem ersten Abend vor dem Tanzkurs wie eine Prinzessin, so schön und elegant, und dann borgte ihr Rosalinde auch noch ihr einziges Abendtäschchen. Ganz aufgeregt wartete sie im Wohnzimmer, bis sie abgeholt wurde. Endlich läutete die Glocke. Bis dahin war Estelle unruhig auf ihrem Sitz hin und her gerutscht, sodass ihr Vater sagte: »Estelle, was machst du denn, du benimmst dich ja wie ein aufgescheuchtes Hendl.« Seine

Bemerkungen waren wie immer so richtig aufmunternd. Aber an diesem Abend ließ sich Estelle die gute Laune nicht verderben.

Sie hörte, wie Rosalinde die Türe öffnete und Peter hereinbat. Er hatte einen Anzug an und sah so männlich aus. Was so ein Anzug doch ausmachte. Noch am Vortag, als er sich in aller Form bei ihrem Vater und dessen Frau vorgestellt und dann ein Vieraugengespräch mit ihrem Vater geführt hatte – wahrscheinlich um noch mal alles durchzugehen und ihm einzupauken, dass er sie nie alleine lassen dürfe und gut auf sie aufpassen müsse –, hatte er viel jünger gewirkt.

Aber heute, am Samstagabend, war es so weit, sie waren »ausgehfertig«, »geschniegelt und gestriegelt«, wie ihr Vater wohl gesagt hätte. Estelle blickte in Richtung ihres Vaters und registrierte erstaunt, dass er ein Lächeln auf seinen Lippen trug. Herr Robert Hofer betrachtete seine Tochter wohl heute das erste Mal mit Wohlwollen und Rosalinde sowieso – von wegen Mythos einer bösen Stiefmutter, sie war so gutherzig, immer gut aufgelegt und so optimistisch. Auch jetzt strahlte sie und sagte: »Na, heute werdet ihr beide wohl die ganze Welt verunsichern.« Das war's dann, sie wurden entlassen und durften gehen, nachdem Peter Estelle noch in den Persianermantel von Rosalinde geholfen hatte. Dieser Mantel machte Estelle viel älter. Wohl hätte ihr ein einfacher Mantel viel besser gepasst, aber sie selbst hatte nur dicke Strickwesten. Sie war Rosalinde sehr dankbar dafür, dass sie ihr diesen Mantel borgte, und stolz zog sie ihn enger zu, denn es war zwar kühl draußen, aber eigentlich nicht zu kalt, der Wind wehte leicht und die Sterne leuchteten. Gedankenverloren schaute Estelle zu ihnen hinauf, als Peter sie aus ihren Gedanken riss: »Estelle, du siehst heute so bezaubernd aus.«

Verlegen lächelte Estelle. Peter hielt ihr die Autotür auf und sie stieg ein. Peter war bereits 18 Jahre alt und hatte seit einem halben Jahr den Führerschein. Es war kein besonders großes Auto, aber an diesem Abend war es für Estelle eine Märchenkutsche, die sie ins große Ungewisse, in eine spannende, geheimnisvolle neue Welt entführte. Sie fanden gleich einen Parkplatz – in dieser kleinen Stadt – direkt vor der Tanzschule Kummer, die sich am anderen Ende der Stadt Graz, in einem alten, stilvollen Gebäude mit großen Räumen direkt an einem künstlich angelegten See befand.

Es war ein lauer Abend, gar nicht so, wie normalerweise das Aprilwetter ist, eine leichte Brise wehte und ließ das Kleid von Estelle flattern, um so ihrer Figur zu schmeicheln. Gleich beim Eingang saß an der Rezeption ein junges Mädchen, das nach ihren Namen fragte und auf einer Liste nachschaute, ob die beiden auch angemeldet waren. Estelle Bauer, ja, hier war sie, und dann suchte sie nach Peter Maier, ja, auch ihn fand sie. Dann erklärte sie ihnen, wo sie sich umziehen und die Schuhe und Stiefel gegen Tanzschuhe wechseln könnten. Estelle ging in die Frauengarderobe und beobachtete, wie die anderen jungen Damen sich entweder ganz umzogen oder nur die Schuhe wechselten, so wie sie. Sie nahm aus einer Tasche ihre erst kürzlich erworbenen Silbertanzschuhe, welche ein Geburtstagsgeschenk von ihrem Vater und ihrer Stiefmutter Rosalinde waren. Die Absätze waren für Estelle ungewohnt hoch und als sie in der Garderobe zu gehen versuchte, knickte sie gleich einmal um. Noch sehr ungewohnt. Sie beobachtete die anderen jungen Damen, die sehr elegant und selbstsicher wirkten, sie waren relativ stark geschminkt, manche von ihnen hatten sogar lange Kunstwimpern, wie sie in den Sixties modern waren.

Auch wenn Estelle heute wunderschön aussah, so konnte

man doch nicht verleugnen, dass sie etwas gröbere Züge hatte, ein wenig mollig und irgendwie etwas tollpatschig wirkte. Aber wie könnte es auch anders sein, war sie doch bei ihrer Mutter auf dem Land aufgewachsen, da ihr Vater, bevor er ihre Mutter heiraten konnte, zum Militärdienst einberufen wurde und dann auch noch in russische Gefangenschaft geriet. Als er zurückkam, fand er statt einer trauernden Freundin mit Kind eine Frau vor, die bereits wieder von einem anderen Mann schwanger war, einem Tunichtgut, der sie bereits vor der Geburt verließ. Auch wenn ihre Mutter noch so nett zu ihrem heimgekehrten Vater war, war dieser zu stolz und auch zu sehr verletzt und hatte sie sofort verlassen. Somit wuchs Estelle mit ihrer Halbschwester Anna bei ihrer Mutter in einer kleinen Holzhütte auf, gemieden von allen Leuten, denn eine Frau mit zwei unehelichen Kindern, noch dazu von verschiedenen Vätern, wurde damals als Aussätzige betrachtet. Sie lebten von den Alimenten der Väter und diversen Gelegenheitsjobs der Mutter in sehr ärmlichen Verhältnissen in dieser Holzhütte, wo es nicht einmal elektrischen Strom gab.

Und jetzt war Estelle in der Stadt, in einer sehr bekannten Tanzschule mit hervorragendem Ruf. Na ja, diese wurde in diesen Zeiten als eine Art Heiratsmarkt gesehen, vielleicht könnte man ja dort seinen zukünftigen Ehemann treffen. Estelle kam somit aus einfachem Hause, während man das Gefühl hatte, dass die meisten anderen eher gehobeneren Schichten entstammten. Aber sie war so dankbar, dass sie dort sein durfte und ihr Rosalinde geholfen hatte, ihren Vater davon zu überzeugen. Ganz langsam kam sie aus der Damengarderobe und hielt nach ihrer Begleitung Ausschau. Peter war noch nicht im Gang und Estelle fühlte sich sehr unwohl, alleine dort zu warten, wo doch die anderen alle mit ihren Begleitern plauderten oder in Mädchengruppen kicherten und sich zu amüsieren schienen. Sie hatte in der Stadt keine Freundin, war sie doch erst mit 14 Jahren hierhergekommen und hatte gleich zu arbeiten begonnen beziehungsweise war in die Berufsschule gegangen. Da alle anderen bereits einer Gruppe angehörten und sich feste Freundschaften geformt hatten, wollte sich niemand des etwas tollpatschig wirkenden Mädchens vom Lande annehmen. Warum auch, welchen Vorteil hätten sie auch davon gehabt? Sie sprach damals mit niemandem, da sie viel zu schüchtern war, denn sie war immer wieder von ihrer Mutter niedergemacht worden und hatte bereits sehr früh auf ihre kleine Halbschwester aufpassen müssen.

Estelle war nicht unbeschwert, einerseits schon erwachsen, aber andererseits hatte sie durch das Fehlen von Freunden und das Nicht-Vorhandensein von Radio oder gar Fernsehen bis zu ihrem 14. Lebensjahr keine Ahnung von der wirklichen Welt gehabt. Auch die anderen Dorfbewohner hatten das ihrige dazu beigetragen, denn sie sprachen kaum mit ihr. Selbst die Mitschüler in der Volksschule hatten das Verbot ihrer Eltern, sich nicht mit solchen Menschen wie ihrer Familie abzugeben. So wuchs sie ohne großartige Kommunikation, ja eigentlich isoliert auf. Die einzigen Personen, mit denen sie sprach, waren ihre Mutter und ihre Halbschwester. Sie lernte daher kein Sozialverhalten und auch in der Stadt hatte sie Schwierigkeiten, sich mit jemandem einfach nur so zu unterhalten. Stattdessen schwieg sie lieber, was wiederum bei den anderen den Eindruck erweckte, sie sei nicht richtig im Kopf oder eine furchtbare Langeweilerin und es sei es einfach nicht wert, sich mit ihr auseinanderzusetzen. So hatte Estelle erst bei ihrem Vater und dessen Frau gelernt, dass es Freunde gibt, die einen besuchen kommen. Diese Freunde hatten auch wiederum Kinder und somit konnte Estelle doch ab und zu Gespräche belauschen oder manches Mal ganz schüchtern auch selbst etwas sagen. Peter war ein Sohn von sehr guten Freunden ihrer »Eltern«. Irgendwie machte es Estelle Freude, sie als Eltern zu bezeichnen, auch wenn es nicht ganz korrekt war und es eigentlich nur ihre Stiefmutter und ihr Vater waren, aber sie hatte oft Sehnsucht nach einer richtigen Familie, in der alles ganz normal abläuft und man nicht herablassend von den anderen behandelt wird. Nach einer halben Ewigkeit kam Peter endlich aus der Männergarderobe. Er war sehr selbstsicher, somit das Gegenteil von Estelle. Eigentlich wollte er mit einem ganz anderen Mädchen zum Tanzkurs gehen und nicht mit diesem langweiligen. Aber seine Eltern waren so gut mit ihren Eltern befreundet, dass sie ihnen diese Bitte nicht abschlagen konnten, und er musste dafür büßen. Peter persönlich hatte nichts gegen Estelle, aber wenn er hätte wählen können, so wäre er lieber mit Christa hier gewesen. Christa war eine kleine, zierliche Blonde mit veilchenblauen Augen, die jeden, den sie anschaute oder mit dem sie sprach, verzauberte. Sie war unterhaltsam, witzig, humorvoll, immer zu Späßen aufgelegt und erweckte in jedem Mann den Beschützerinstinkt. Dabei war sie eigentlich eine sehr selbstsichere Person und hätte keinen Beschützer gebraucht, aber nichtsdestotrotz ließ sie sich gerne umwerben. Es machte Christa Riesenspaß, im Mittelpunkt zu stehen, noch dazu war sie sehr klug, eine hervorragende Schülerin. Sie ging ins Realgymnasium und befand sich nicht in einer Lehre. Sie wollte, so wie ihre Eltern, Medizin studieren und Ärztin werden und eines Tages deren Praxis übernehmen. Sie war anmutig und zog jeden in ihrer Umgebung, egal ob Mann oder Frau, in ihren Bann. Das war der Grund, warum es Peter nicht so eilig hatte, aus der Umkleide zu kommen, denn dieser Zehn-Wochen-Kurs würde seiner Meinung nach noch früh genug beginnen. Es war Samstagabend und eigentlich wäre er lieber mit seinen Kumpeln auf ein Bier gegangen. Manches Mal fühlte er sich Christa gegenüber minderwertig, obwohl er seine Einzelhandelskaufmannslehre bereits abgeschlossen hatte und jetzt in der Verwaltung einer Versicherung arbeitete. Auch besaß er ein Auto, was viele andere, die noch in der Schule oder im Studium waren, nicht hatten. Bei Estelle war es eigentlich umgekehrt, da war er der große und wichtige Mann, zu dem Estelle aufschauen und den sie bewundern konnte. Er sah ja ganz passabel aus, mit seinen breiten Schultern, den sanften rehbraunen Augen und dem braunen, leicht gewellten Haar. Er war groß gewachsen, aber nicht der Größte, so ca. 1,78 Meter, während Estelle 1,72 Meter groß war. Jetzt, da sie Tanzschuhe mit Absätzen anhatte, wirkte sie fast größer neben ihm und, da sie ja eher vollschlank war, nicht gerade zierlich. Da hätte Christa neben ihm ganz anders ausgesehen und alleine schon aufgrund ihrer zierlichen Gestalt seinen Beschützerinstinkt geweckt.

Wie dem auch sei, er hatte seinen Eltern versprochen, gut auf sie aufzupassen, sich die zehn Wochen lang nichts anmerken zu lassen, sondern den perfekten Gentleman zu spielen. Also tief durchatmen und los gehts, dachte er sich. Dann zauberte er sogar ein Lächeln auf sein Gesicht und ging in Richtung Estelle, die in einer Ecke des Korridors vor dem Eingang zum Tanzsaal stand. Ihr ganzes Gesicht begann zu leuchten und sie hatte ein Lächeln so breit, dass es ihre ganze untere Gesichtshälfte ausfüllte. Es war ein erlösendes Lachen, hatte Peter sie doch aus der ihr äußerst unangenehmen Situation› dort alleine herumzustehen, befreit. Und da Peter sehr gut aussah, konnte man sich mit so einem Partner durchaus sehen lassen. Aus den Augenwinkeln heraus bemerkte sie hie und da sogar bewundernde Blicke für ihre Begleitung, was Estelle mit großem Stolz erfüllte.

Dann gab Peter ihr seinen Arm, sie hakte sich ein und sie gingen in den Tanzsaal. Von der Decke herunter strahlte ein sehr alter, stilvoller Kristallkronleuchter mit vielen kleinen Glühbirnen. Estelle hatte das Gefühl, sich in einem Märchenschloss zu befinden, für sie, die sie in einer dunklen Holzhütte mit nur spärlicher Kerzenbeleuchtung am Abend aufgewachsen war, war Licht in jeglicher Form etwas Besonderes. Estelle blieb der Mund offen vor lauter Staunen, sie blickte hinauf und strahlte. Aber nicht nur sie, der ganze Tanzsaal erstrahlte in seiner vollsten Pracht, das Licht wurde noch reflektiert von den vielen Spiegelwänden, was alles noch heller und freundlicher erscheinen ließ. Die Augen von Estelle mussten sich erst an diese Helligkeit gewöhnen, dann sah sie am Rande des Saales ein Piano der Marke Bösendorfer stehen und davor saß eine etwas dickere, ältere, schon grauhaarige Dame. Mitten im Saal stand eine blonde Frau mit hoch aufgestecktem Haar und wunderschön anzusehen, denn sie trug ein elegantes schwarzes Kleid sowie eine Perlenkette und Perlenohrringe. Sie sah sehr gepflegt aus und war gertenschlank. Estelle schätzte sie auf 30, maximal 35 Jahre, erfuhr aber später, dass die Tanzschulbesitzerin bereits 45 Jahre alt war.

Frau Kummer, die Dame auf der Tanzfläche, winkte die Teilnehmer des Tanzkurses herein und genau um Punkt 19 Uhr wurde die große Tür geschlossen und alle befanden sich im Tanzsaal mit einem traumhaften Blick hinaus auf eine große Terrasse, die von einem fein geschwungenen weißen Steingeländer umrahmt war, hinter dem man einen Teich erkennen konnte. Es war zwar schon fast dunkel, aber die Terrasse war erleuchtet und alles sah aus wie aus 1001 Nacht, zumindest hatte Estelle dieses Gefühl. Die blonde Frau stellte sich vor und erzählte, seit welchem Alter sie bereits tanzte, dass sie bei den Weltmeisterschaften mitgemacht hatte und nun bereits seit 25 Jahren diese Tanzschule leite, die sie von ihren Eltern übernommen hatte, die auch schon Tänzer waren. Dann stellte sie die Dame am Piano als Frau Pauline vor, die für den heutigen Kursabend die Tanzmusik liefern würde. Sie sagte, dass die Männer auf die eine Seite des Saales gehen sollten und die Damen auf die andere. Dann begann sie Schritte vorzuzeigen, die man nachmachen musste. Zuerst waren die Damen an der Reihe. Sie begann mit dem Langsamen Walzer, also zuerst den linken Fuß, dann den rechten Fuß und schließen, dann umgekehrt, zuerst den rechten, dann den linken und schließen. Dann zeigte Frau Kummer die erste Rechtsdrehung und alle Teilnehmerinnen machten diese Schritte nach, nur Estelle hatte große Mühe dabei und beneidete die anderen, die dies mit einer unwahrscheinlichen Leichtigkeit so ganz ohne Probleme zu bewältigen schienen. Estelle hatte fast das Gefühl, als ob sie zwei linke Füße hätte, immer wieder kam Frau Kummer zu ihr und korrigierte ihre Schritte, was die Nervosität von Estelle erhöhte und sie die Schritte noch schlechter nachmachen ließ. Estelle war ja von Natur aus nicht gerade selbstbewusst und wenn sie dann auch noch jemand korrigierte, brachte sie das gänzlich aus der Fassung. Obwohl die Tanzlehrerin oft zu ihr kommen musste, blieb diese trotzdem freundlich und erklärte die Schritte immer und immer wieder, bis Estelle endlich so weit war. Dann wendete Frau Kummer sich den jungen Herren zu und zeigte ihnen die Schritte vor, die sie dann wie die Mädchen zuvor wiederholen mussten. Peter schien das ganz einfach vom Fuße zu gehen, er hatte den Schritt sofort heraus und grinste über das ganze Gesicht.

Estelle dachte, dass er wirklich ein Netter sei, und beobachtete ihn ganz verstohlen.

Dann schweifte ihr Blick zu den anderen Burschen, die den Mädchen im Tanzsaal gegenüberstanden, und dabei blieb ihr Blick an einem jungen Mann mit tiefgebräunter Haut, blauen Augen und dunkelbraunen Haaren haften. Er hatte ein Lachen auf dem Mund und schien all die vorgezeigten Schritte mit der Leichtigkeit und Geschmeidigkeit einer Raubkatze zu bewältigen. Seine Bewegungen waren trotz seiner Größe – Estelle schätzte ihn mindestens auf 1,89 Meter – wie die eines Panthers und man konnte den Blick nicht von ihm wenden. Irgendwie schien er bemerkt zu haben, dass sie ihn anstarrte, denn er lächelte sie an, wobei eine Reihe strahlend weißer Zähne aus dem braunen Gesicht hervorstach und dadurch noch weißer aussahen, als sie sowieso schon waren. Er hatte ein schelmisches Lächeln und Estelle wusste nicht, warum ihr auf einmal so heiß im Gesicht wurde, bis sie merkte, dass sie rot geworden war.

Gleich darauf sagte Frau Kummer, dass die Männer sich eine Partnerin suchen sollten, und als Peter auf sie zukam und fragte, ob denn alles in Ordnung mit ihr sei, antwortete Estelle:»Es ist alles okay, mir ist nur ein wenig warm.« Da der Tanzsaal eher kühl gehalten und ihr neues Kleid ja nur kurzärmelig war, schien diese Ausrede alles andere als glaubhaft zu sein. Sie war total verwirrt, als Peter seinen rechten Arm auf ihren Rücken legte, so, wie es davor gezeigt worden war, und ihre rechte Hand in seine linke nahm und sie mit den gelernten Schritten zu zweit tanzten, oder besser gesagt herumstiegen. Aber Peter konnte gut führen und auch wenn Estelle alleine Schwierigkeiten bei den Schritten hatte, mit Peter gemeinsam fielen ihr diese ihr gar nicht mehr so schwer. Nach mehrmaligem

Probieren sagte Frau Kummer zu Pauline: »Bitte begleiten Sie uns mit Musik.« Ach, das war dann schön, als *True Love* aus dem Film *High Society* erklang und sie sich fast rhythmisch zu diesen Klängen bewegten und Estelle zu schweben glaubte. Sie schloss für einen Moment ihre Augen, um dieses Gefühl ganz in sich aufnehmen zu können.

Dann öffnete sie ihre Augen wieder und sah rechts von ihr diesen Mann vorbeischweben, der sie kurz davor so aus der Fassung gebracht hatte. Er hatte ein wunderhübsches dunkelrothaariges Mädchen im Arm und schwebte auf der Tanzfläche, man hatte das Gefühl, als ob er schon immer getanzt hätte. Aber dann ermahnte sich Estelle, dass sie mit Peter, ihren Begleiter, ja auch einen guten Tänzer hatte. Nachdem sie den Langsamen Walzer ausreichend geübt hatten, bat die Tanzlehrerin die Teilnehmer, wieder ihre Plätze einzunehmen, das hieß die Burschen auf der einen Seite und die Mädchen auf der anderen Seite. Gott sei Dank habe ich Handschuhe an, dachte Estelle, denn sonst hätte man ihre Nervosität spüren können und sicherlich waren ihre Hände schweißgebadet, so aufgeregt war sie. Jetzt kam der Slowfox dran. Wieder stellten sich die Mädchen und die Jungen einander gegenüber auf, aber dieses Mal begann Frau Kummer mit den Burschen. Das heißt, sie zeigte zuerst die Schritte für die Männer, die diese dann nachtanzen mussten. Manche waren wirklich nicht talentiert, während andere, wie Estelles schöner Unbekannter und eigentlich auch Peter, sehr viel Talent bewiesen. Auch dieses Mal, als sie mit den andern Mädchen den Slowfox-Grundschritt übte, stellte sich Estelle nicht gerade sehr geschickt an. Es fiel ihr schwer, den Schritt alleine zu machen. Vielleicht deshalb, weil die jungen Männer auf der anderen Seite des Tanzsaales die Mädchen beobachteten, während diese den Schritt mit Frau Kummer übten, oder vielleicht auch, weil sie nicht gerade dafür begabt war. Aber sobald sie wieder mit ihrem Partner, dem Peter, den Slowfox nach der Pianomusik tanzte, fiel ihr dieser Tanz gar nicht mehr so schwer und sie hatte fast das Gefühl, sehr gut zu tanzen. Aus dem Augenwinkel heraus beobachtete sie wieder diesen interessanten Unbekannten, der wie ein Halbgott über das Parkett schwebte. Es war unbeschreiblich. Nach nur zwei Tänzen sagte Frau Kummer:»Meine Damen und Herren, ich bin ganz stolz auf Sie, das haben Sie sehr gut gemacht! Das nächste Mal werden wir den Grundschritt vom Tango und vom Quickstep lernen und die beiden Tänze von heute wiederholen. Ach ja, jeden Sonntagabend von 18 bis 20 Uhr ist Übungsabend, der Eintritt kostet fünf Schillinge und ich würde ihnen raten, zu diesem Übungsabend zu kommen, da werden immer viele verschiedene Tänze gespielt und Sie können zu diesen tanzen und ihre heute gelernten Schritte verfestigen. Danke, Sie waren großartig, ich wünsche Ihnen noch einen schönen Rest vom Samstagabend und falls ich Sie nicht am Sonntag sehen sollte, so sehen wir uns wieder um dieselbe Zeit nächsten Samstag. Eine schöne Woche.«

Nach dieser Verabschiedung begann der Lärmpegel sich im Tanzsaal ganz plötzlich zu erhöhen, denn zuvor waren noch alle mit dem Erlernen der Schritte und mit dem Zuhören der Worte von Frau Kummer beschäftigt gewesen, doch jetzt redeten alle durcheinander. Manche wiederholten die Schritte für die Damen: links, rechts, zurück und schließen, halbe Drehung nach rechts ..., manche berieten, was sie danach machen wollten, und wieder andere sprachen darüber, ob sie morgen kommen sollten. Nur Estelle stand schweigend neben Peter und ließ all das auf sich einwirken, bis Peter plötzlich sagte, dass er es eilig habe, denn er sei mit seiner Freundin Christa verabredet und würde

Estelle gerne noch davor nach Hause bringen. Bis dato wusste Estelle gar nicht, dass Peter eine Freundin hatte, aber sie nahm es irgendwie gelassen auf. Na gut, dachte sie, warum sollte er auch keine Freundin haben, bis jetzt hatte ich ja nicht das Gefühl, dass er sich für mich als Frau interessiert, er ist einfach ein guter Freund und nett ist er auch, ein richtiger Gentleman. Trotzdem war sie ein ganz klein wenig traurig, denn irgendwie hätte es sie schon mit Stolz erfüllt, wenn er sie auch als interessant empfunden hätte.

In der Garderobe fand es niemand wert, mit ihr zu plaudern, und sie war viel zu schüchtern und unsicher, das Wort zu eröffnen. So schlüpfte sie nur schweigend in ihre Straßenschuhe und packte ihre ersten, so wunderschönen silberglänzenden Tanzschuhe in die mitgebrachte Tasche. Mit einem Lächeln auf ihrem Mund schaute sie sich im Spiegel an und sah eine attraktive junge Dame in einem eleganten grünen Kleid mit leicht geröteten Wangen sowie toll frisiertem, dunklem Haar zurückblicken. Sie zog jetzt auch ihre Handschuhe aus, packte sie ein und schlüpfte in den Persianermantel, den ihr ihre Stiefmutter geborgt hatte. Ein wohlig-warmes Gefühl kroch von ihrer Lendenwirbelsäule hinauf zu ihrem Halswirbel und breitete sich dann im Kopf aus. Sie hatte den Abend genossen, es war einer ihrer schönsten überhaupt gewesen, denn bis jetzt hatte sie ja noch nicht viel in ihrem 16-jährigen Leben an Höhepunkten gehabt, aber heute, das war so ein spezieller Abend.

Draußen im Korridor wartete bereits Peter, der dachte, eigentlich schaut sie heute gar nicht so schlecht aus. Tante Rosalinde – so nannte er Estelles Stiefmutter, obwohl sie in Wirklichkeit eigentlich nicht seine Tante war – hat sie fein rausgeputzt. Das grüne Kleid steht ihr gut und mit der neuen Frisur schaut sie fast aus wie eine aus der Stadt und nicht wie eine vom Land. Aber er hegte nur freundschaftliche Gefühle ihr gegenüber, denn sein Herz war in festen Händen, es gehörte Christa, seiner kleinen blonden Elfe, wie er sie oft liebevoll nannte, und er freute sich bereits jetzt, sie gleich noch kurz zu sehen. Sie hatte ihm gesagt, dass sie sich aus dem Elternhaus schleichen würde, sobald sie sein Auto auf der gegenüberliegenden Straßenseite erblickt, denn sie wollte wissen, wie es war, denn irgendwie störte es sie ungemein, dass ihr Peter nicht mit ihr, sondern mit dieser, wie hieß sie gleich noch, ach ja, dieser Estelle den Tanzkurs besuchte. Wahrscheinlich hätte ihr Vater nicht erlaubt, dass sie mit Peter dorthin gegangen wäre. Aber sie könnte ihre Eltern vielleicht überreden, dass sie auch diesen Tanzkurs besuchen darf, natürlich mit einem Cousin oder einem Sohn von Freunden ihrer Eltern, der dem Standard ihres Elternhauses und deren Lebensgewohnheiten mehr entsprach. Das war die Lösung! Dann könnte sie mit ihrem Peter tanzen und niemand würde merken, vor allem ihre Eltern nicht, dass sie ihn regelmäßig sieht.

Peter öffnete galant die Autotüre für Estelle, er wartete, bis sie eingestiegen war, und schloss sie dann wieder. Dann ging er auf die Fahrerseite, stieg ein und brachte Estelle in die Wohnung ihres Vater und ihrer Stiefmutter zurück. Sie wohnten im ersten Stock eines Zweifamilienhauses zur Miete. Die Wohnung war nicht gerade groß, ein kleiner Flur, ein Badezimmer, ein Wohnzimmer, zwei Schlafzimmer, eine Wohn-Ess-Küche, alles zusammen waren es vielleicht 79 Quadratmeter. Es wartete Rosalinde bereits auf Estelle und fragte ganz aufgeregt, wie es denn gewesen sei, während ihr Vater sich bereits schlafen gelegt hatte. Er kümmerte sich auch sonst kaum um seine uneheliche Tochter, nur dann, wenn es unvermeidlich war, was Estelle schon oft traurig stimmte. Andererseits war sie es nicht anders von ihrer leiblichen Mutter gewohnt. Peter verabschiedete sich gleich wieder. Estelle wollte ihn noch fragen, ob er denn mit ihr zum Übungsabend morgen gehen würde, aber er war schon weg, bevor sie noch dazu kam. Rosalinde umarmte Estelle und sagte, dass sie sich freue, dass der Abend so gut verlaufen sei. Dann setzte sie sich gemeinsam mit Estelle an den kleinen Küchentisch und Estelle erzählte ihr alles ganz genau. Sie fühlte sich wohl und geborgen bei ihrer Stiefmutter, die ganz anders war, als man es oft von den angeblich bösen Stiefmüttern hört. Ihre war einfach großartig, so gütig, immer nett, humorvoll, einfach eine absolute Optimistin. Immer, wenn sie mit ihr zusammen war, hatte Estelle das Gefühl, beschützt zu sein, sie war so gut zu ihr.

In der Zwischenzeit war Peter zu seiner Freundin Christa gefahren. Diese hatte bereits sehnsüchtig auf ihn gewartet und sobald sie das Auto sah, ließ sie sich über eine Art Feuerleiter, an der jetzt Pflanzen entlangwuchsen, auf die Veranda ihres Hauses hinab. Eigentlich ein gefährliches Unterfangen, denn das Haus sehr groß und so ganz anders als das, in dem Estelle wohnte, ein wunderschöner Altbau mit einer stilvollen Auffahrt und mindestens 400 Quadratmeter Wohnfläche. Christas Familie hatte ein Hausmädchen und einen Koch. Alles war so edel und gediegen. Sie hatte an diesem Abend eine eng anliegende Hose an, die, wie in den Sixties üblich, ganz hoch geschnitten war. Die Hose war dunkelblau und dazu trug sie eine hellblaue Bluse, die ihre veilchenblauen Augen sehr vorteilhaft hervorhob. Ihre Haare waren leicht zerzaust, als sie unten anlangte, aber da sie sportlich war, fiel es ihr nicht besonders schwer, sich wie die Feuerwehrleute auf dieser schmalen Leiter hinunterzulassen. Kaum unten angekommen, lief sie schnell ins Gebüsch, bevor jemand aus ihrer Familie oder die Hausangestellten sie sehen konnten. Von Baum zu Gebüsch hopsend, immer bemüht, sich gut zu verstecken, so wie eine Diebin in einem Kriminalfilm, kam sie dann endlich bei Peter an und hüpfte schnell in sein Auto und flüsterte:»Na fahr schon endlich los, mach schnell.« Er startete den Motor und sie fuhren zunächst etwas in der Gegend umher, bis Peter sie fragte, wohin sie denn wolle. Sie antwortete:»Ich möchte zum Schloßberg und mit der Bahn hinauffahren, da ist es immer so romantisch und wunderschön.« Peter gab zu bedenken:»Ist das nicht ein wenig zu weit von dir zu Hause entfernt, bis wir zurückkommen, wird es bereits weit nach Mitternacht sein, und falls sie bei dir etwas bemerken sollten?« Er schien sich fast mehr Sorgen zu machen als sie selbst. Sie nahm das Leben generell leichter und man hatte fast das Gefühl, dass sie mit einer unerträglichen Leichtigkeit des Seins alles und jedes in sich aufnahm. Peter war viel verantwortungsvoller, ernster, bedachter und auch besorgter, denn er wollte niemanden in Schwierigkeiten bringen und am wenigsten sie, seine Christa, die er so liebte und vergötterte. Er schaute sie heimlich von der Seite an und dachte: Mein Gott, ist sie schön, und sie interessiert sich doch tatsächlich für MICH, wo sie doch jeden haben könnte. Aber was kann ich ihr schon bieten? Habe ja noch nicht viel und sie ist so viel Luxus gewöhnt. Auch hatte er Angst, dass er heute nicht genug Geld für die Schloßbergbahnfahrt und danach vielleicht ein spätes Abendessen dabeihaben könnte. Sie ging ja nicht in normale Restaurants, sondern nur in gehobene, und keine Frage, zu dieser Zeit war es nicht üblich, dass das Mädchen selbst für sich bezahlte. Er dachte angestrengt nach, wie viel er noch in der Geldbörse hatte und ob es reichen würde. Dabei legte er anscheinend seine Stirn in Falten, denn Christa fragte, warum er denn so ernst und grüblerisch in die Gegend schaue und sich gar nicht über ihr Kommen freue, denn es sei nicht einfach gewesen, zu entkommen.

Der Schelm lachte aus ihren Augen und man konnte nicht anders, als auch zu lachen, wenn sie so ernst tuend mit den Augen zwinkerte und meinte, dass ihr etwas schwergefallen sei, was natürlich nicht der Fall war. Sie genoss es, Schabernack zu treiben, und wo immer etwas Verbotenes, Kribbelndes getan wurde, war sie dabei. Sie liebte die Aufregung und die Abwechslung und ihr Leben war wie eine Achterbahn, so turbulent, dass einem nie langweilig wurde. Sie war ein Dynamo.

Sie parkten circa 500 Meter vor der Bahn, denn man konnte nicht näher heranfahren. Peter sperrte das Auto ab und sie gingen Hand in Hand in der dunklen, lauen Nacht zur Schloßbergbahn. Davor saß ein Schaffner und verkaufte ihnen die Tickets, die natürlich Peter bezahlte. Dann setzten sie sich in die Schloßbergbahn und kicherten. Sie waren die einzigen Fahrgäste, na ja, es war ja schon spät und zu dieser Zeit, wenn nicht gerade Ballsaison war im Schloßbergrestaurant über den Dächern von Graz, fuhr niemand mehr hinauf, außer Verliebte, so wie sie beide. Sie saßen engumschlungen da und nach zehnminütiger Wartezeit ging es los. Die Bahn, eigentlich eine Standseilbahn, die nur aus drei Kabinen bestand, mühte sich langsam den steilen Berg hinauf. Oben angekommen, stieg Christa mit Elan aus, der Schaffner warf ihr einen bewunderten Blick nach. Sie sah fast wie eine Barbiepuppe aus, mit ihren schönen blonden, lockigen Haaren und den veilchenblauen Augen, auch war sie fast genauso schmal um ihre Mitte, aber vielleicht nicht ganz so groß.

Sie zog Peter hinter sich her und sagte: »Schau dir doch diesen wunderschönen und klaren Sternenhimmel einmal an, siehst du, da ist der Große Wagen und dort leuchtet der Abendstern, viel klarer als sonst.« Peter kommentierte dies nicht, denn er kannte sich im Gegensatz zu ihr so gar nicht mit dem Sternenhimmel aus und wollte sich keine Blöße geben. Christa hingegen wusste fast alles über die Gestirne, denn ihr Vater war Hobby-Astrologe, immer, wenn er Zeit hatte, sprach er mit seinen Kindern darüber. So hörte Peter ihr nur stillschweigend und bewundernd zu und nickte, wenn sie sagte, dass heute der Abendstern besonders hell leuchte. Sie gingen zum Aussichtspunkt, der einen magischen Blick auf Graz und die vielen Lichter der Stadt erlaubte, die den Eindruck erweckten, als ob noch niemand schliefe. Es war wirklich romantisch, so dunkel, wie es hier war, nur vom Sternenhimmel beleuchtet und von unten herauf von den Lichtern der Stadt. Peter spürte ein mulmiges Gefühl in seinem Bauch und dachte: Soll und darf ich sie küssen? Mein Gott, wie liebe ich dieses Mädchen, sie versetzt mich immer in ein Hochgefühl. Und noch bevor er seinen Gedanken zu Ende denken konnte, spürte er Christa ganz nahe bei sich, sie stellte sich ganz plötzlich auf ihre Zehenspitzen und küsste ihn, selbstverständlich erwiderte er diesen Kuss sofort inniglich. Mein Gott, eine Hitzewelle stieg in seinem Körper auf, er wollte sie überall berühren. Sie küssten sich immer und immer wieder und ihre Lippen wollten sich gar nicht mehr voneinander lösen. Ihr Kuss schmeckte so süß, als ob sie gerade Schokolade gegessen hätte, und gleichzeitig so feurig und hungrig. Ja, er hatte auch Hunger nach mehr, aber er getraute sich nicht, sie auch noch an anderen Stellen zu küssen, denn er wollte sie nicht einschüchtern und auf keinen Fall so weit gehen, dass er sich vielleicht nicht mehr würde kontrollieren können. Sie war ein Mädchen aus gutem Hause und er liebte und achtete sie so sehr, dass er auf keinen Fall etwas machen wollte, das vielleicht unziemlich wäre. Aber Christa nahm ihm die Entscheidung einfach ab, nahm seine Hand, führte diese unter ihre blaue Bluse und legte sie auf ihre Brüste. Dann küssten sie sich nochmals und er begann ihre Brüste zu streicheln, wohlgemerkt noch über ihrem BH, aber doch bereits unter ihrer Bluse. Sie strich mit ihrer Hand seinen Nacken entlang und er bemerkte, dass sich etwas in seiner Hose regte. Mein Gott, dachte er, hoffentlich merkt sie das nicht! Und versuchte etwas Abstand zu gewinnen.

Plötzlich, ebenso abrupt, wie sie sich ihm genähert hatte, entfernte sie sich auch wieder von ihm und lachte ihn nur an und meinte: »Jetzt habe ich aber Hunger, lass uns doch in das Restaurant gehen und dort eine Kleinigkeit essen.« Auf einmal war die romantische Stimmung weg, dachte er doch wieder an das Bargeld in seiner Geldbörse und ob es auch für ein Essen reichen würde. Sie gingen ins Restaurant und setzten sich an einen Tisch, der mit einer Rose in einer langstieligen Vase dekoriert und mit einer Kerze beleuchtet war. Der Tisch befand sich in einer kleinen Nische. Somit waren sie abgeschirmt von den neugierigen Blicken der anderen Gäste, nicht, dass es viele gewesen wären, aber Christa war ja gerade von zu Hause abgehauen. Somit wäre es peinlich gewesen, wenn Bekannte oder Freunde ihrer Familie sie dort mit Peter sehen würden. Sie bestellten, Christa ein Wiener Schnitzel mit Petersilienkartoffeln und er nur etwas zu trinken. Er hätte keinen Hunger, log er. Sie unterhielten sich über dies und jenes und dann auch über Christas Idee, dass sie ihre Eltern davon überzeugen wollte, denselben Tanzkurs bei der Tanzschule Kummer zu besuchen wie er. Als sie ihm davon berichtete, dass sie mit einem Sohn einer befreundeten Familie ihrer Eltern dorthin gehen könnte, überkam ihn ein Gefühl der Eifersucht. Er wollte sich nicht vorstellen, dass Christa in den

Armen eines anderen Mannes liegt und mit ihm vielleicht Tango oder Walzer tanzt. Das störte ihn ungemein, weshalb er versuchte, ihr diese Idee auszureden, was wiederum Christa schmollen ließ. Sie aß schweigend Wiener ihr Schnitzel und sagte zum Schluss nur:»Ich möchte, dass du mich jetzt sofort nach Hause bringst.« Ihre Lippen kräuselten sich zu einem Schmollmund, denn sie war es nicht gewohnt, dass sie etwas nicht bekam oder jemand ihr gar einen Wunsch abschlug. Außerdem fand sie, dass es eine gute, ja hervorragende Idee sei, und warum Peter nun so komisch reagierte, verstand sie überhaupt nicht. Sie dachte: Er kann sagen, was er will, nächsten Samstag werde ich zu diesem Tanzkurs gehen. Hat er vielleicht sogar etwas mit diesem Mädchen vom Land? Das hätte sie nicht gedacht. Wie dem auch sei, sie würde auf jeden Fall nächsten Samstag tanzen, so oder so.

Christa lachte nicht und sprach auch nicht, was für Peter komisch war, denn so ruhig hatte er sie überhaupt noch nicht erlebt. Dann kam auch noch die Rechnung über 13 Schillinge, die für seinen Geschmack sehr überhöht schien. Er kratzte seine letzten Schillinge und Groschen zusammen, um bezahlen zu können. Christa stand auf, bedankte sich nicht einmal für seine Einladung, was ihn doch sehr störte, denn er hatte sein letztes Geld für sie ausgegeben. Diese verwöhnte Göre, dachte er. Dann stand er auch auf und begleitete sie hinaus. Draußen angekommen, ging Christa Richtung Schloßbergbahn, aber er sagte:»Christa, mein Liebling, es ist so schön, möchtest du nicht zu Fuß hinuntergehen?«»Bist du total verrückt, zuerst machst du dir Sorgen, dass ich vielleicht nicht früh genug zu Hause ankomme, und dann möchtest du so einen großen Umweg machen, auf dem Fußweg kommen wir auf die anderen Seite des Berges und müssen dann ganz um den

Berg herumgehen, um wieder zum Auto zu kommen. Das würde sicherlich eine Stunde dauern. Nachdem du dich nicht einmal freuen würdest, wenn ich auch zu diesem Tanzkurs kommen würde, willst du jetzt einen so langen, romantischen Spaziergang machen. Ich glaube, du tickst nicht richtig. Ich möchte nach Hause und zwar auf dem schnellsten Weg.«

Peter versuchte sie wieder in seine Arme zu nehmen und sie zu beruhigen, aber sie sträubte sich, wand sich wieder aus seiner Umarmung heraus und sagte: »Ich möchte jetzt sofort nach Hause!« Peter hatte kein Geld mehr, wollte sich aber keine Blöße vor ihr geben und antwortete daher: »Na, gut, dann gehe ich alleine und du kannst ja ebenfalls alleine mit der Bahn fahren. Wir treffen uns beim Auto.« Christa antwortete erbost: »Bist du denn von allen bösen Geistern verlassen, du kannst mich doch nicht allein lassen. Das gehört sich nicht. Und noch weniger mitten in der Nacht.« Peter wusste ja, dass sie recht hatte, aber er wollte partout nicht zugeben, dass er kein Geld mehr hatte, und begann sich Richtung Fußweg zu bewegen. Er hoffte, dass sie vielleicht Angst haben und ihm folgen würde. Aber sie blieb stehen und schaute ihm nach, schäumend vor Wut. Was glaubt dieser Mensch eigentlich, mit wem er es hier zu tun hatte, so etwas gehört sich nicht.

Dann begann sie sich in die andere Richtung zur Schloßbergbahn zu bewegen. Peter ging vorsichtig weiter und hoffte inständig, dass sie Vernunft annehmen und ihm folgen würde. Aber sie stapfte wütend mit ihren Füßen auf den Boden und ging in die andere Richtung weiter. Auch Peter ging weiter und weiter, aber sein Schritt wurde immer zögernder, denn er machte sich Sorgen, dass ihr etwas passieren könnte. Bald war sie aus seinem Blickwinkel verschwunden und ihm wurde ganz anders. Was, wenn ihr etwas passierte, er könnte sich das niemals verzeihen, vor allem nicht, da sie ja unter seinem Schutz stand. Ein Mann hatte seine Freundin zu beschützen. Indes hatte Christa fast die Bahn erreicht, hörte aber auf einmal ein komisches Geräusch, ein Betrunkener, schon von Weitem an einer unangenehm duftenden Alkoholfahne erkennbar, kam torkelnd hinter ihr her. Dieser Fremde sagte: »Na, mein kleines Fräulein, wie wär's denn mit uns zwei?« Christa wurde Angst und Bange. Sie hielt inne und begann laut nach Peter zu rufen. »Peter, Peter, mein Liebling, hier bin ich!« Peter hörte sie schreien und rannte zu ihr zurück. Gerade als der unangenehme Zeitgenosse ungläubig in die Gegend blickte und nochmals seine Stimme erhob: »Willst mir wohl was vorspielen, aber mit mir nicht!«, war Peter an der Stelle angekommen und sagte in harschem Ton zu ihm: »Mein Herr, lassen Sie sofort meine Verlobte in Ruhe oder ich rufe die Polizei.« Eigentlich hätte er keine Polizei rufen können, denn es gab keine Telefonzelle weit und breit. Doch auch der Schaffner von der Bahn hatte diesen Lärm gehört, stieg aus seiner Bahn und näherte sich Gott sei Dank der Gruppe. Es war ein riesengroßer Mann von 1,90 Meter und sehr breit gebaut, er flößte alleine durch seine Statur Respekt ein. Der Betrunkene kehrte um und der Schaffner lächelte: »Na, da habe ich Sie wohl gerettet, und weil das heute meine letzte Talfahrt ist, möchte ich Sie auf den Schock zu dieser Fahrt einladen. Ich hoffe, dass das okay ist.« Peter fiel ein Stein vom Herzen, er hatte sein Gesicht gewahrt und auch Christa hatte ihren Willen bekommen. Sie konnten hinunterfahren und er musste nicht zugeben, dass er kein Geld mehr gehabt hätte für die Fahrt. Er war so erleichtert. Auch Christa war zufrieden und gab ein schwaches Lächeln von sich.

In der Bahn saßen sie wieder zusammengekuschelt auf

der nicht gerade sehr gemütlichen Holzbank, aber sie spürten das gar nicht. Dieses kleine Abenteuer war ja noch mal gut ausgegangen. Unten angekommen, bedankten sich die beiden bei dem Schaffner für die nette Einladung und gingen, es war kurz nach Mitternacht, in Richtung von Peters Auto. Peter öffnete Christa galant die Autotüre und sagte: »Liebling, mir tut es schrecklich leid, aber natürlich möchte ich dich immer und überall um mich haben, aber mich hat einfach gestört, dich beim Tanzkurs in den Armen eines anderen zu wissen.« Sie lächelte und sie fuhren los. Christa meinte, dass sie ja tauschen könnten, sodass die meiste Zeit sie beide tanzen, sie würde ihren Tanzpartner schon dazu überreden. »Aber wer will denn schon lieber mit Estelle tanzen, wenn er mit dir tanzen könnte?«, fragte Peter.

Sie fuhren durch die dunkle Nacht und kaum in der Nähe von Christas Zuhause angekommen, parkte Peter sein Auto etwas abseits, damit man es nicht sehen konnte. Dann küssten sie sich zum Abschied, dieser Kuss fiel jedoch etwas kürzer aus, aus Angst, dass jemand sie beobachten könnte. Christa stieg aus, nachdem ihr Peter die Tür geöffnet hatte, und ging zurück zum Haus. Alle Lichter waren bereits erloschen, sie schlich sich über denselben Weg wieder zurück und kletterte die Feuerleiter hinauf zu ihrem Zimmer. Es sieht fast so aus, als ob sie bereits ein Profi darin ist, dachte Peter. Dann verwarf er diesen Gedanken wieder, denn Christa hatte zu ihm gesagt, dass sie heute das erste Mal aus ihrem Fenster geklettert sei. Es war bereits 20 Minuten nach Mitternacht und für ein Mädchen ihres Alters gehörte es sich nicht, dass sie länger als bis 23 Uhr aus war und das natürlich nur mit angemessener Begleitung. Peter lächelte, tja, heute war er ihre angemessene Begleitung und sie war mit ihm so lange aus gewesen. Natürlich werde ich Christa heiraten und als Verlobte ist das ja kein

Verbrechen. Erst jetzt fiel im auf, dass sie sich gar nicht dazu geäußert hatte, dass er zu diesem betrunkenen Mann gesagt hatte: »Meine Verlobte …« Vielleicht stand sie zu sehr unter Schock, sodass sie das gar nicht mitbekommen hatte, oder sie hatte es stillschweigend und wohlwollend zur Kenntnis genommen, aber Letzteres würde so ganz und gar nicht zum Charakter von Christa passen. Diese fiel in der Zwischenzeit todmüde ins Bett und schlief sofort ein, während Peter nach Hause fuhr.

Ungefähr zur gleichen Zeit schlief auch Estelle endlich ein, die nach dem netten Gespräch mit Rosalinde ebenfalls zu Bett gegangen war und noch über den schönen ersten Tanzschulabend nachgedacht hatte. Es war bereits 20 Minuten nach Mitternacht. Aber morgen war ja Sonntag und vielleicht ging Peter mit ihr zu diesem Übungsabend. Sie beschloss, ihn morgen anzurufen.

Am nächsten Morgen, als Estelle aufstand, duftete es nach Kaffee in der Wohnung. Es war bereits 8 Uhr, also eigentlich früh für einen Sonntagmorgen, aber nicht so für Estelle, die aufgrund ihrer Arbeit in dem kleinen Lebensmittelladen – oder Kreißler, wie diese Läden im österreichischem Dialekt oft genannt werden – schon meistens um 5 Uhr, spätestens jedoch um Viertel nach fünf aufstehen musste. Ihre Lehrstelle lag weit entfernt von der Wohnung und die Fahrt zur Arbeit dauerte circa 45 Minuten. Aber heute hatte sie es sich gut gehen lassen und so lange geschlafen, bis sie der köstliche Duft des Kaffees weckte. Sie streckte und reckte sich und ein Lächeln lag auf ihren Lippen. Dann schien auch noch die Sonne herein, deren Strahlen am Vorhang vorbei in den Raum fielen. Sie stand beschwingt auf, zog den Vorhang zur Seite, öffnete das Fenster, um frische Luft hereinzulassen, dann schlüpfte sie in ihre Hausschuhe und ging zum Badezimmer.

Währenddessen bereitete Rosalinde das Frühstück, sie war schon seit halb sieben auf, da sie eine Frühaufsteherin war. Sie schlich sich aus dem Schlafzimmer ins Badezimmer und dann in die Küche. Dann begann die Zeitung zu lesen, die sie bereits von der Straße geholt hatte, denn sonntags wurden immer kleine Zeitungsständer aufgestellt. Sie machte sich immer gleich auf den Weg, ein oder zwei Exemplare von verschiedenen Zeitungen zu holen, meistens waren es die »Kronen Zeitung« und die »Kleine Zeitung«, weil diese beiden Zeitungsständer gleich nebeneinander aufgestellt waren, nur circa 50 Meter von der Wohnung entfernt. Dann setzte sie sich an den Küchentisch und las in Ruhe die Zeitung. So gegen halb acht begann sie den Frühstückstisch zu decken, die selbstgemachte Marmelade, das herrlich duftende Schwarzbrot, ein bis zwei Frühstückssemmerln, die sie gestern am Abend noch frisch vom Bäcker geholt, dann eingefroren hatte und jetzt nur aus dem Tiefkühlgerät nahm und im Rohr aufbackte, sodass ihr Mann Robert sein frisches Semmerl hatte. Er war kein einfacher Mann, sehr herrschsüchtig und alles musste passen, aber sie war eine gute Seele, die ihn anderen gegenüber immer verteidigte und sagte, er war im Krieg und da war es nicht einfach für ihn und außerdem ist er fast ohne Mutter aufgewachsen, da er das zweitjüngste Kind von fünf Geschwistern war und seine Mutter bereits in jungen Jahren starb, als er gerade einmal sieben Jahre alt war. Das waren die Gründe, die Rosalinde vorbrachte, wenn die anderen meinten, dass er schon etwas kompliziert sei.

15 Minuten vor acht weckte sie ihn dann auf, denn er hatte heute »Dienst«, wie er seine Arbeit immer bezeichnete, und der begann bereits um 10 Uhr, er war Straßenbahner und musste manches Mal auch sonntags arbeiten und das war heute so ein Tag. Kurz nach acht erschien er frisch rasiert

und für die Arbeit in Uniform gekleidet am Frühstückstisch und brummte gerade einmal ein »Guten Morgen«, welches kaum hörbar war, aber Rosalinde lächelte ihn an und strahlte wie jeden Tag übers ganze Gesicht. »Guten Morgen, mein Robert, hast du gut geschlafen, setz dich doch, möchtest du ein weiches Ei oder lieber ein Omelette, hier ist dein Semmerl, es ist ganz frisch aus dem Ofen. Soll ich dir die Butter aufstreichen?«

Er fuhr sich mit der Hand hinters Ohr, kratzte sich dort und sagte nur: »Ja!« Sofort begann Rosalinde die Butter zu streichen und stellte heißes Wasser für ein weiches Ei auf. Eigentlich ließ ihr Mann sich hinten und vorne bedienen, aber Rosalinde fiel das gar nicht auf, denn sie war nichts anderes gewohnt und eigentlich verwöhnte sie andere Menschen gerne. Das war ihr Naturell. Auch als Krankenschwester tat sie das fast täglich und wurde deshalb auch nicht umsonst »blonder Engel« genannt. Sie war klein und zierlich und sah Estelle überhaupt nicht ähnlich – aber wie sollte sie auch? Sie war ja nur ihre Stiefmutter. Der Vater hatte da schon mehr von Estelle, er hatte dieselbe Haarfarbe und Gesichtsform wie sie, nur war er viel dicker, trotz seiner nur 1,70 Meter Körpergröße war er doch über 110 Kilo schwer und seine Frau, die Rosalinde, wirkte daneben wie eine kleine Elfe mit ihren 50 Kilo. Rosalinde schenkte ihm den Kaffee ein und er sagte nur: »Wo ist denn der Zucker?« Anstatt selbst aufzustehen, ließ er sich von Rosalinde bedienen, sie musste die Küche durchqueren, nicht gerade, dass diese sehr groß gewesen wäre, aber trotzdem, er hätte ja auch selbst aufstehen können. Stattdessen eilte Rosalinde, um ihn zufriedenzustellen, und brachte auf der Stelle den Zucker.

In diesem Moment kam Estelle in die Küche, ging auf Rosalinde zu und gab ihr einen Guten-Morgen-Wangenkuss, dann wandte sie sich ihrem Vater zu, drückte ihm ebenfalls einen Kuss auf die Wange und sagte fröhlich: »Guten Morgen, ist das heute nicht ein schöner Sonntag?« Ihr Vater murmelte: »Und ich muss arbeiten!« Dann trank er einen Schluck Kaffee, nahm die Zeitung in die Hand und begann darin zu lesen. Da wussten die beiden Damen, dass dies ein Zeichen war, sich ruhig zu verhalten, denn er mochte durch kein Geräusch dabei gestört werden. Estelle war etwas enttäuscht, dass er sich mit keinem Wort bei ihr erkundigte, wie es denn gestern gewesen sei. So begann auch sie mit dem Frühstück, schenkte sich aber, im Gegensatz zu ihrem Vater, selbst den Kaffee ein und begann das Schwarzbrot mit Butter zu bestreichen. Rosalinde setzte sich nun auch endlich zu Tisch, nachdem sie alles besorgt hatte, was ihr Mann und Estelle zum Frühstück benötigten. Dann grinste sie, wie immer, sie war einfach immer positiv gestimmt, und wandte sich an Estelle: »Na, wie geht es unserer Tanzfee denn heute, keine Blasen und Beulen vom Herumgehopse?« Robert Hofer, Estelles Vater, blickte kurz von seiner Zeitung auf und sagte: »Was habt ihr denn schon wieder?« Dann begann Rosalinde zu erzählen: »Mein Gott, Robert, bist du denn gar nicht neugierig, wie es deiner Tochter gestern in der ersten Tanzstunde ergangen ist?« Rosalinde hatte überhaupt keine Angst vor ihrem Mann. Einerseits verwöhnte sie ihn, wo sie nur konnte, aber andererseits war sie so geschickt, das zu bekommen, was sie umgekehrt wollte, ohne dass er überhaupt merkte, dass er »manipuliert« wurde. Er nickte und sagte dann: »Natürlich interessiert es mich, also erzählt schon!« Estelles Herz machte einen Freudensprung, ihr Vater zeigte doch glatt Interesse an ihrem Leben, gerade in diesem Moment war sie so glücklich, dass sie am liebsten die ganze Welt umarmt hätte. Sofort begann sie zu erzählen und beschrieb die Tanzschule, die an einem künstlichen Teich lag, die wunderschöne Frau Kummer, die für ihre 45 Jahre noch so jung aussah, den mondänen Tanzsaal, dann den Kursablauf. Die Worte sprudelten nur so aus dem sonst so verschlossenen und stillen Mund heraus. Und ihr Vater hörte zu, obwohl er dazwischen schon wieder die Zeitung ergreifen wollte. Doch da blickte ihn Rosalinde aber so streng an, was bei ihr äußerst selten der Fall war, dass er nicht anders konnte und nur brav zuhörte.

Auch wenn er auf der einen Seite ein Tyrann war, so war er doch manches Mal sanft zu seiner Frau, denn er liebte sie auf seine Art und Weise, vielleicht konnte er es nicht so offen zeigen wie viele andere. Dies lag in seiner Jugend begründet. Da seine eigene Mutter bereits früh verstorben war und er erst mit zwölf Jahren eine Stiefmutter bekam, fehlte ihm ein wichtiger Einfluss, der für die Prägung seines Charakters sehr wichtig gewesen wäre. Hätte er eine Mutter gehabt, wäre es ihm wahrscheinlich jetzt auch leichter gefallen, Gefühle zu zeigen. Aber wie schon erwähnt, auf seine Art und Weise liebte er seine Frau über alles. Alle drei hatten ein so harmonisches Frühstück wie schon lange nicht mehr oder wie sie es vielleicht erst zweimal überhaupt hatten. Es war ein wundervoller Sonntag! Robert verabschiedete sich dann und ging zur Arbeit und die beiden Frauen begannen zusammenzuräumen und die Wohnung zu putzen, denn unter der Woche blieb dafür keine Zeit, da alle arbeiteten. Nicht dass ihr Vater die Wohnung geputzt hätte, aber sie beide, Rosalinde und Estelle, schon. Estelle war ein gutes Mädchen und half Rosalinde, wo sie nur konnte, denn sie war es ja gewohnt, hatte sie doch schon in sehr jungem Alter für ihre kleine Schwester gesorgt, wenn ihre Mutter wieder einmal bei der Arbeit war.

So gegen elf blickte Estelle das erste Mal wieder auf ihre Uhr und fragte Rosalinde:»Heute wäre Übungsabend, so gegen 18 Uhr, um die Tanzschritte zu verfestigen. Peter hat gestern nicht gesagt, dass er gehen möchte. Glaubst du, dass es in Ordnung wäre, wenn ich ihn anrufe und frage, ob er gehen möchte, oder tut das ein Mädchen besser nicht?«»Natürlich kannst du ihn anrufen oder möchtest du, dass ich mit seiner Mutter spreche?«»Würdest du das wirklich für mich tun, Rosalinde? Das wäre wirklich toll von dir!« Rosalinde ging zum Telefon, welches im Gang auf einer kleinen Kommode stand, und wählte die Nummer.»Maier!«, hörte Rosalinde sich eine weibliche Stimme melden, sie erkannte diese sofort, war sie doch die von ihrer besten Freundin.»Hallo Lotte, wie geht es dir heute so? Gut geschlafen? Ein wunderschöner Tag heute, nicht?«»Hallo Rosalinde, uns geht es gut. Den Kindern scheint es ja gestern Abend gut gefallen zu haben, Peter ist erst am Morgen so gegen Viertel vor eins nach Hause gekommen. War er mit Estelle noch weg?«»Nein, er hat sie bereits um 22 Uhr nach Hause gebracht, er hat uns gesagt, dass er noch eine Verabredung habe.«

»Ich werde unseren Sohn fragen, wo er sich noch die halbe Nacht herumgetrieben hat, und vor allem, mit wem er sich noch getroffen hat. Freut mich aber, dass es den jungen Leuten Spaß zu machen scheint. Haben wir zwei gut eingefädelt oder was meinst du, Rosalinde?«

»Ja, das haben wir super gemacht, bin sehr zufrieden mit uns. Der Grund, weshalb ich anrufe, Estelle hat mir heute Morgen erzählt, dass heute um 18 Uhr ein Übungsabend stattfindet, und da dachte ich mir, das wäre doch eine gute Idee, wenn die beiden das Gelernte noch mal üben. Was meinst du dazu?«

»Das finde ich auch, Peter schläft noch, ich werde ihn

fragen, ob er heute Abend noch frei ist, und euch dann zurückrufen. Ich muss diesen Langschläfer sowieso aus den Federn schmeißen, denn draußen scheint die Sonne und er verpasst den ganzen Tag.«

»Ja, mach das mal, wir warten auf euren Rückruf. Wir sind bis 13 Uhr zu Hause, dann möchte ich gerne mit Estelle ein wenig spazieren gehen, wir wissen noch nicht, wohin, mal sehen.«

»Wir melden uns sicher vor 13 Uhr bei euch.«

Estelle stand während des Telefongespräches neben Rosalinde und hoffte, etwas davon mitzubekommen, was die andere Seite sagte, aber sie hörte nur, was Rosalinde sagte, und zappelte herum, als diese endlich den Hörer zurück auf die Telefongabel gelegt hatte. »Na, bitte sag schon, was hat Tante Lotte gemeint? Du hast doch mit Tante Lotte gesprochen, oder?« »Ja, mein Liebling, das habe ich. Sei nicht so ungeduldig, sie wird uns noch vor 13 Uhr anrufen.«

Sie putzten weiter die Wohnung, Rosalinde war gerade dabei, mit dem Putzschwamm in ihren Händen, in Gummihandschuhen wohlgemerkt, die Klomuschel hinunterzufahren, während Estelle die Küche fertigputzte und den Boden aufwischte. Sie war ganz unruhig und blickte andauernd auf die Uhr. So gegen halb eins sagte Rosalinde: »Genug geputzt für heute, wir werden uns jetzt ein gutes Mittagessen kochen und dann noch mit der Straßenbahn oder dem Autobus irgendwohin ins Grüne fahren.« Ihr Mann hatte zwar ein Auto, aber er wollte nicht, dass Rosalinde damit alleine in der Gegend herumfuhr. Nicht, dass es ein Luxusschlitten gewesen wäre, es war ein kleiner Opel, aber der war sein ganzer Stolz. Sie begannen alles für eine Sauerrahmsuppe herzurichten, die Kartoffeln zu schälen, würfelig zu schneiden und in einen Suppentopf zu geben, dann fügten sie Kümmel hinzu und verfeinerten das

Ganze mit einem Suppenwürfel (Gemüsesuppenwürfel) und einem kleinen Schuss Hesperidenessig. Zum Schluss wurde noch Sauerrahm, welcher zuvor mit einem kleinen Löffel Mehl verquirlt wurde, in den Suppentopf gegeben. Das war das Rezept einer Suppe, die Rosalinde während des Krieges sehr oft gekocht hatte, denn das war das Billigste, das man kochen konnte, sie schmeckte sehr gut und war sättigend. Dann nahm Rosalinde ein Stück Schweineschnitzel, klopfte das Fleisch mit dem Fleischhammer, salzte es, wendete es im Mehl, dann in gequirltem Ei und zum Schluss wurde es in Semmelbröseln gewendet. Das Wiener Schnitzel war ein Mahl, welches die Familie Hofer an einem Sonntag aß, es war etwas Besonderes, denn jeden Tag Fleisch konnten sie sich nicht leisten.

Gegen 12 Uhr 55, also nur fünf Minuten vor der vereinbarten Zeit, läutete das Telefon, es war Lotte. Eigentlich hieß sie Charlotte, aber alle nannten sie Lotte. Die Mutter von Peter und ihre Stiefmutter plauderten und Estelle wartete gespannt auf die Antwort. Lotte erklärte, dass ihr Sohn bereits etwas anderes für den Abend ausgemacht habe und aus diesem Grund nicht zum Übungsabend kommen könnte, aber er würde bestimmt nächsten Sonntag mit Estelle dorthin gehen. Sie entschuldigte sich dafür, obwohl es ja nicht ihre Schuld war. Aber in Wahrheit hatte ihr Peter, sobald von seiner Mutter aufgeweckt worden war und gefrühstückt hatte, erklärt, dass er heute Abend mit Christa vereinbart habe, ins Kino zu gehen, nachdem er schon gestern den Abend nicht mit ihr hatte verbringen können. Er hatte natürlich nicht erzählt, dass sie sich heimlich von zu Hause fortgeschlichen hatte, sondern gesagt, dass er sich, nachdem er Estelle nach Hause gebracht hat, mit seinen Freunden in der Stadt getroffen habe.

Estelle war sehr enttäuscht, denn außer dieser Tanzschule hatte sie noch nicht viele, besser gesagt noch gar keine Gelegenheit gehabt, um mit anderen Jugendlichen zusammen zu sein. Sie musste hart und schwer arbeiten in dem Lebensmittelladen und wurde von ihrem Chef ausgenutzt. Sie begann täglich um 7 Uhr morgens, hatte eine Stunde Mittagspause und arbeitete dann durch bis 19 Uhr, meistens war es aber bereits 20 Uhr, bevor sie die Arbeitsstelle verließ. Heimgekommen, war sie meistens so müde, dass sie nur mehr zu Abend aß, eventuell noch kurz fernsah und dann ins Bett fiel. An den Wochenenden half sie ihrer Stiefmutter mit dem Haushalt und nur wenn ihr Vater und dessen Frau Gäste hatten, kam sie in Kontakt mit anderen Leuten, aber meistens waren diese so alt wie ihr Vater oder Rosalinde. Die einzige Ausnahme war, wenn diese Freunde ihre Kinder mitbrachten, wie das bei der Familie Meier meistens der Fall war, so hatte sie zumindest ab und zu Kontakt zu Peter gehabt.

Die Enttäuschung war Estelle ins Gesicht geschrieben, sogar eine Träne kullerte aus ihren wunderschönen smaragdgrünen Augen. Sie drehte sich um und wischte sich diese mit dem Arm weg, damit Rosalinde das nicht sehen konnte. Aber diese war viel zu aufmerksam und bemerkte es sofort. Sie sagte zu Estelle:»Komm, iss einmal fertig, ich möchte mit dir gerne zum Ruckerlberg einen Ausflug machen und danach gehen wir in die Innenstadt und setzen uns auf einen guten Kaffee und Kuchen in das Café Sorger am Jakominiplatz. Was hältst du davon?« Estelle versuchte zu lächeln, aber irgendwie wirkte dies etwas verkrampft. Nachdem die beiden Damen gegessen hatten, machten sie sich auf den Weg und nahmen den Bus bis ins Zentrum. Sie stiegen am Hauptplatz in eine Straßenbahn um, die sie nach Mariatrost brachte, und von dort gingen sie zu Fuß auf den Ruckerlberg. Das Wandern tat Estelle gut und Rosalinde war sowieso immer guter Dinge, sie bemerkte am Weg diese oder jene Wiesenblume und erklärte Estelle, wann diese Pflanzen wachsen und wo und ob sie Pflege bräuchten. Manchmal erzählte sie zu den Pflanzen auch noch eine nette Geschichte. Sie schaffte es, Estelle aufzumuntern, und es kehrte wieder etwas Heiterkeit zu dieser zurück. Dann nahmen sie wieder die Straßenbahn und fuhren zum Jakominiplatz, wo sie in das besagte Café gingen und Estelle sich sogar eine Sachertorte bestellen durfte. Dazu trank sie eine heiße Schokolade und Rosalinde bestellte einen Kaffee mit viel Schlag. Die beiden plauderten nett vor sich hin und beobachteten gleichzeitig die anderen Kaffeehausbesucher. Einen älteren Mann ganz alleine an einem Tisch oder zwei sechzigjährige Damen, die sich angeregt unterhielten, oder in der Ecke saß ein Liebespaar, ungefähr im Alter von Estelle, vielleicht ein wenig älter.

Es war bereits 16 Uhr und Peter war schon etwas »unrund«, immer wenn er seine Christa wiedersehen konnte, hatte er dieses Gefühl. Noch dazu musste er sie heute »hochoffiziell« von ihrem Elternhaus abholen und er wusste, dass er dort nicht ganz willkommen war. Wenn ich Vater von Christa wäre, würde ich mir auch eine bessere Partie für meine Tochter wünschen, dachte Peter. Aber ich werde einmal reich sein und ihr all das bieten können, was sie gewohnt ist, das verspreche ich mir selbst. Er zog eine elegante dunkelbraune Hose an und ein reinweißes, am Kragen gestärktes Hemd. Dazu trug er ein dezent dunkelblau kariertes Sakko und braune Raulederschuhe. Er betrachtete sich zufrieden im Spiegel. »Na, eigentlich sehe ich ja ganz passabel aus«, versuchte er sich selbst Mut zuzureden. Ungefähr 15 Minuten später ging er zu seinem Auto, um Christa abzuholen. Sie wohnte in St. Peter, einer vornehmen Gegend von Graz, und nicht wie er in Neuhardt, auch keiner schlechten Gegend, aber bei Weitem nicht so nobel wie St. Peter.

Christa hatte heute ein zinoberrotes Pettycoatkleid an. Es hatte kurze Ärmel, einen Rundausschnitt am Hals und in der Mitte wurde ihre Taille mit einem ebenso roten Stoffgürtel betont, bevor es puffig auseinanderging wie halt alle Kleider in den 50ern und Beginn der 60er Jahre. Sie sah heute noch zerbrechlicher aus als sonst, denn das Kleid betonte sehr effizient ihre zierliche Taille. Die Haare waren zu einem Ponyzopf hochgebunden und mit einer breiten roten Haarschleife versehen. Dazu hatte sie hochhackige rote, geschlossene Schuhe an, sie sah fast so aus wie Cornelia Froboess in dem Schlagerfilm *Conny und Peter machen Musik* von Werner Jacobs, na ja, eigentlich war Christa noch viel hübscher als die Schauspielerin. Sie war eine wirklich außerordentlich attraktive junge Dame, darüber hinaus noch klug und reich war sie auch noch. Eine ziemliche Herausforderung für Peter, der eher aus einfachem, aber trotzdem gutbürgerlichem Elternhaus stammte.

Peter läutete an der Tür und das Hausmädchen öffnete ihm, sie trug ein enges schwarzes Kleid und darüber hatte sie eine weiße Schürze, die, in der Mitte gebunden, über den halben Teil ihres Kleides hinunterfiel. Selbst sie sah schon vornehm aus. Peter war es nicht gewohnt, Personal zu haben, aber irgendwie imponierte ihm das ungemein, dass es welches bei Christas Familie gab. Er wurde hineingelassen und weitergebeten, sie durchquerten eine Halle mit schwarz-weißem Marmorboden und dahinter befand sich eine weiße Marmorstiege, die wie bei einem Schloss beidseitig hinaufging, In der Mitte des Saales hing ein extrem großer und wahrscheinlich auch sehr wertvoller Kristallleuchter von der Decke. Peter wurde in einen Raum gebeten, der links abging und, wie es sich herausstellte, die Bibliothek war.

Peter blieb vor Staunen der Mund offen, so viele Bücher auf einmal hatte er noch nie gesehen, zumindest nicht in einem Privathaushalt, höchstens nur in der städtischen Bibliothek. Er war schwer beeindruckt. Dann bemerkte er, dass er beobachtet wurde, hinten im Raum auf einem antiken Schreibtisch saß ein graumelierter Mann mit ebenso intensiv blauen Augen wie Christa. Es war ein großer Mann, ca. 1,82 Meter, also ein wenig größer als Peter. Er erhob sich, als er bemerkte, dass Peter auch ihn wahrnahm, und streckte ihm höflich seine Hand entgegen. »Freut mich, Sie endlich kennenzulernen, junger Mann. Meine Tochter hat uns schon viel von Ihnen erzählt. Ich heiße Hubert Neuberger und bin der Vater von Christa.« »Freut mich ebenfalls, Herr Dr. Neuberger, Sie persönlich kennen lernen zu dürfen. Mein Name ist Peter Maier und Ihre Tochter und ich werden heute ins Annenhofkino gehen und uns um 18 Uhr 30 den Film *That Touch of Mink* mit Doris Day und Cary Grant anschauen. Danach würde ich Ihre Tochter gerne zum Essen in ein Restaurant einladen und dann bringe ich sie selbstverständlich pünktlich nach Hause. Wäre Ihnen 21 Uhr 30 beziehungsweise 22 Uhr recht? Oder ist das zu spät?«

»Für mich persönlich ist alles zu spät für meine Tochter. Aber habe ich überhaupt eine Wahl? Sie hat sich in den Kopf gesetzt, mit Ihnen heute Abend auszugehen, und sie hat uns ...«, er blickte zur Tür, durch die eine wunderschöne gepflegte Frau mit kunstvoll hochgestecktem blonden Haar und ebenfalls blauen Augen hereinkam. Sie trug ein schwarz-weiß kariertes, ärmelloses Kleid mit schwarzem Gürtel und hätte Peter es nicht gewusst, er hätte ganz sicher geglaubt, sie sei die ältere Schwester von Christa.

Eine wirkliche Dame, dachte er, und eine wahre Schönheit. Sie strahlte einerseits die Aura eines kindlichen Wesens aus, zeigte aber andererseits, dass sie schon so manches erlebt hatte. Peter wusste, dass sie auch Ärztin war, somit musste sie wohl auch eine kluge Frau sein, denn ohne Köpfchen konnte man schließlich nicht einfach so Medizin studieren. Sie kam auf ihn zu und reichte ihm ihre Hand, sie trug weiße Lederhandschuhe, der bereits warmen Jahreszeit angepasst. Peter verbeugte sich und deutete einen Kuss auf ihrer Hand an. »Es ist mir eine Ehre, Sie endlich persönlich kennen lernen zu dürfen, Frau Dr. Neuberger. Küss die Hand, gnädige Frau.« Sie lächelte: »Mir geht es ebenso, ich freue mich sehr, Sie endlich kennenzulernen, nachdem unsere Christa bereits so viel von Ihnen erzählt hat. Bitte fahren Sie mit dem Gespräch doch dort fort, wo ich Sie unterbrochen habe.« »Du hast recht, mein Engel, du hast uns kurz unterbrochen, aber von dir lassen wir uns doch gerne unterbrechen, oder?« Dabei schmunzelte ihr Ehemann und sendete einen verschmitzten Blick zu Peter. »Ich war gerade dabei, Herrn Maier zu erklären, dass ich unsere Tochter am liebsten überhaupt nicht ausgehen lassen würde, nachdem er gefragt hat, ob es in Ordnung sei, dass er Christa zwischen 21 Uhr 30 und 22 Uhr zurückbringen würde. Sie würden ins Kino gehen und dann noch eine Kleinigkeit essen und dann würde er sie nach Hause bringen«, sagte Dr. Neuberger.

»Herr Maier, aber Sie trinken keinen Alkohol, wenn Sie meine Christa chauffieren, oder?« Gerade in diesem Moment erschien Christa in der Tür und sagte mit vorwurfsvoller Stimme: »Papa, was soll denn das. Peter steht doch nicht vor Gericht. Was macht ihr denn alle in der Bibliothek, sollen wir nicht kurz ins Wohnzimmer gehen, dort könnt ihr ihn dann etwas genauer unter die Lupe nehmen, wenn das euch schon so ein Anliegen ist. Also darf ich dich bitten, Peter, hier lang, bitte.« Sie ging wieder durch diesen wunderschönen Eingangsbereich und führte Peter und ihre Eltern auf die andere Seite ins Wohnzimmer. Peter kam aus dem Staunen nicht mehr heraus. Wow, das war ein Raum, sicherlich so groß wie die ganze Wohnung seiner Eltern, ein altes, lederbezogenes Sofa, ein antiker Kasten, viele Perserteppiche, ein mit eingelegten Holzarbeiten sehr gediegen wirkender Couchtisch, mehrere Stehlampen aus schwerem Messing und wunderschön geraffte Vorhänge. Das Wohnzimmer führte auf eine Terrasse, die mindestens so groß war wie das Wohnzimmer selbst. Man spürte überall Reichtum, Luxus, wohin das Auge blickte. Peter begann daran zu zweifeln, ob er, ein aus so einfachem Hause stammender junger Mann, wirklich der Richtige für Christa war, denn so etwas würde er ihr wohl nie bieten können, auch wenn er noch so hart arbeiten würde. Er versuchte sich von seinen Zweifeln nichts anmerken zu lassen, zumindest nicht heute Abend. Peter atmete tief durch, betrachtete Christa bewundernd. Erst gestern war er mit ihr am Schloßberg gewesen, aber heute war sie schon wieder schöner als gestern, oder war es das rote Kleid?

Er unterhielt sich im Wohnzimmer weiter mit ihren Eltern Frau Dr. Helga und Herrn Dr. Hubert Neubauer. Sie waren sehr unterhaltsam und überaus gebildet, sie sprachen über dies und jenes und Peter konnte mit dem Gespräch mithalten, da er viel las und immer versuchte, über das Weltgeschehen informiert zu sein. Wenigstens diese Probe habe ich bestanden, das glaube ich zumindest, dachte Peter. Dann plötzlich kam die Frage: »Was machen Sie eigentlich beruflich, Herr Maier?« Er sagte, dass er bei einer Versicherung als kaufmännischer Angestellter arbeite. »Also sind Sie nach der Matura in die Versicherung zum Arbeiten gegangen?«»Nein, Frau Dr. Neubauer, ich habe eine kaufmännische Lehre abgeschlossen und bin gleich nach dieser Lehre bei der Grazer Wechselseitigen Versicherung eingetreten.«»Ach so, danke für die Information! Na, es ist schon spät, wenn Sie noch pünktlich um 18 Uhr 30 im Kino sein wollen, dann müssen Sie wohl jetzt fahren, sonst versäumen Sie noch den schönen Film *That Touch of Mink* mit Doris Day und Cary Grant.«

»Bitte bringen Sie unsere Tochter spätestens um 22 Uhr wieder nach Hause. Danke. Ich wünsche Ihnen noch einen schönen Abend! Und Sie wissen, wenn unserer Tochter etwas passiert, so haben Sie mich zum Todfeind!«, versuchte der Vater von Christa zu scherzen. Wahrscheinlich machte er sich nur, wie jeder Vater, der seine Tochter das erste Mal ausgehen lässt, große Sorgen. »Tschüss, ihr beiden.« Christa drückte sowohl ihrer Mutter als auch ihrem Vater beim Weggehen einen Kuss auf die Wange und schon waren sie draußen. Beim Auto angekommen, sagte sie:»So lieb meine Eltern eigentlich sind, manches Mal sind sie ganz schön nervig, so wie heute zum Beispiel. Fahr schon los, Peter, und schau nicht so nachdenklich, ich möchte diesen tollen Film auf keinen Fall versäumen.« Er startete den Motor und weg waren sie.

Der Film war sehr gut, ein romantischer Film, den Peter für Christa ausgesucht hatte, denn er wusste, dass sie so etwas sehr gerne mochte. Der Schauspieler Cary Grant spielte darin einen reichen Frauenheld namens Philip und Doris Day eine noch jungfräuliche Karrierefrau namens Cathy. Philip machte eine Eroberung nach der anderen, während Cathy nur geheiratet werden wollte. So kam es zu vielen lustigen Szenen, bis doch die Frau siegte, den Frauenheld zähmte und er sich unsterblich in sie verliebte. Ein Film so ganz im Sinne der Frauen, in diesem speziellen Fall für seine Christa.

Sie kamen gutgelaunt aus dem Kino, wo er sie nicht einmal geküsst hatte, obwohl es sehr verlockend gewesen wäre, aber er wollte auf keinen Fall den guten Ruf von Christa ruinieren und man wusste ja nie, ob es nicht jemand sehen würde, der ihre Eltern kannte. Sie gingen Hand in Hand die Straße entlang und Peter führte sie zum Auto. Dann fuhr er mit ihr in die Stadt und sie gingen noch eine Kleinigkeit im Gambrinuskeller essen. Heute hatte er genug Geld eingesteckt. Im Restaurant erzählte ihm Christa, dass sie bereits mit ihren Eltern gesprochen hätte und dass sie mit Eduardo, das sei ein Sohn einer befreundeten Familie ihrer Eltern, in den Tanzkurs gehen dürfte. Sie hat Eduardo schon angerufen und der würde ihr diesen Gefallen tun, denn er sei ein guter alter Freund von ihr, eigentlich war seine Familie mit ihren Eltern befreundet und im Laufe der Jahre hätte sich auch unter den Kindern eine enge Freundschaft entwickelt.

Eduardo sähe eigentlich auch gut aus, wenn man blonde und blauäugige große Männer, er war 1,85 Meter groß, mochte. Christas Typ sei er nicht gerade, aber er sei aus wirklich gutem Hause, sein Vater war Großindustrieller, also müsse sie sich nicht für seine Begleitung schämen. Er war bereits 21 Jahre alt und studierte Medizin, wollte nicht wie sein Vater Wirtschaft studieren, doch sein jüngerer, genauer gesagt achtzehnjähriger Bruder, schien eher diese Richtung einschlagen zu wollen. Aber das sei auch noch nicht sicher, sie waren wie sie nur zwei Kinder, aber zwei Buben. Und mit dieser Familie träfen sie sich sehr oft, so wuchsen die Burschen mit den Mädels irgendwie gemeinsam auf.

Christa mochte Eduardo gut leiden, sie konnte mit ihm jeden Schabernack machen, er war genauso lustig und unbeschwert wie sie. Vielleicht sind Kinder aus Häusern, in denen Geld keine Rolle zu spielen scheint, einfach so oder es war nur ein Zufall, dass beide lustig, unbeschwert und meistens sehr fröhlich waren. Doch irgendwie störte es Peter, dass seine Christa von diesem arroganten »Schnösel«, wie er Eduardo bezeichnete, abgeholt werden würde. Eduardo hatte einen roten Porsche und sah immer so toll gekleidet aus wie einer aus den Filmen oder Magazinen. Na, ja, dachte Peter, der kann sich natürlich alles leisten, auch tolle Kleidung. Aber bevor er Christa wieder verärgerte, stimmte er zu. Es sollte bereits nächsten Samstag so weit sein, dass sie auch zu diesem Tanzkurs kommen würden. Um das Fehlende aufzuholen, hatte ihr Vater davor eine Privatstunde mit Frau Kummer für die beiden bezahlt.

»Wann soll denn diese Stunde sein?«, fragte Peter. »Na, am Freitagabend davor, damit wir uns nicht gar so dumm anstellen, du weißt schon!«, zog sie ihn schelmisch auf. »Ein wenig Fremdflirten tut immer gut.« Und während sie dies sagte, zwinkerte sie mit den Augen. Auch wenn es nur spaßhalber dahingesagt war, störte es Peter furchtbar, dass sie am Freitag ganz alleine eine Tanzstunde mit ihm haben sollte. Normalerweise war er nicht eifersüchtig, aber gegenüber Christa fühlte er sich immer etwas minderwertig, sei es wegen der Schulbildung – er hatte nur eine Lehre, seine Christa ging auf das Gymnasium und würde eines Tages studieren – oder wegen des Hintergrundes der Familie – ihre Eltern waren reich und seine arm. Er hatte ständig Angst, ihr nicht genug bieten zu können, aber er wollte seine Christa, mit der er sich nun schon seit fünf Monaten immer heimlich traf, zuerst nur an Nachmittagen, dann bei anderen Freunden und gestern sogar nachts.

Er liebte sie über alles. Aber liebt mich Christa so wie ich sie?, fragte er sich. Sie ist ja noch so jung und ändert ständig ihre Ansichten, außer bei gewissen Dingen, da ist sie immer sehr stur. Vielleicht aus all diesen Gründen machte er sich ständig Sorgen, dass sie ihn eines Tages verlassen würde, und das würde er wirklich nicht verkraften, denn im Moment war jede Faser seines Körpers an ihr interessiert und er vergötterte sie. Sie war einfach sein Ein und Alles. Vor Christa hatte er schon drei Freundinnen gehabt, hatte auch bereits Geschlechtsverkehr, aber an all den anderen Mädchen war ihm nichts gelegen gewesen. Er hatte sich amüsiert, ging mit ihnen aus und nutzte sie auch ein wenig aus, um Erfahrungen zu sammeln, und achtete nicht darauf, ob er deren Ruf zerstören würde. Das war ihm damals egal. Aber mit Christa war das etwas ganz anderes, er achtete sie so sehr, dass er nichts machte, was ihr hätte schaden können.

Pünktlich um 22 Uhr stand sein Auto wieder vor dem Haus von Christas Eltern. Es brannte noch Licht und er brachte sie zur Tür, das Hausmädchen öffnete und dann verabschiedete er sich mit einer tiefen Verbeugung und bedankte sich ganz formgerecht für den wunderschönen Abend. Drinnen im Wohnzimmer vernahm er Stimmen, das waren wahrscheinlich Christas Eltern. Er ging nicht mehr ins Haus, denn es war schon viel zu spät und das würde sich nicht gehören. Aber er war mit sich selbst zufrieden, dass er sie pünktlich nach Hause gebracht hatte.

Die Woche verging wie im Fluge für Peter, der seiner Arbeit als Versicherungskaufmann nachging und täglich mit Christa über 50 Minuten lang telefonierte, und auch für Christa, die diese Woche zwei Schularbeiten hatte. Eine davon war Mathematik, nicht gerade ihre stärkste Seite, sodass sie mit dem Lernen und Vorbereiten dafür sehr beschäftigt war.

Nur für Estelle verging die Woche gar nicht schnell, denn ihre Arbeit in dem kleinen Lebensmittelladen war sehr eintönig und auch hart. Sie musste jene Arbeiten verrichten, die niemand anderer tun wollte, darunter oft das Ausladen von schweren Kisten, gefüllt mit Lebensmitteln, die sie dann entweder, falls es sich um Frischobst oder Gemüse handelte, direkt im Laden einordnen musste, oder es waren anderen Dinge wie Lebensmittelkonserven, Mehl oder Zucker, die sie im Lager verstauen musste. Dort war Estelle oft nicht der einzige Gast. Hin und wieder huschte ein Mäuschen durch die Gänge, auch wenn ihr Chef immer und immer wieder eine Falle mit Käse auslegte, schien er nicht alle zu erwischen. Nicht, dass sich Estelle etwa vor einer Maus fürchtete, aber die Arbeit als solche war eintönig. Nie durfte sie Kunden direkt bedienen oder sich gar mit ihnen unterhalten. Sie musste nur die niederen Tätigkeiten verrichten und wenn einmal etwas in einem Regal fehlte und sie es übersehen hatte, was äußerst selten der Fall war, wurde sie von ihrem Chef, einem dicken Mann von 40 Jahren, der aufgrund seiner körperlichen Fülle viel älter aussah, als er eigentlich war, sofort zur Verantwortung gezogen. Er hatte rote Haare, viele Sommersprossen und eisblaue Augen, die immer kalt wirkten und meistens geringschätzig auf sein Gegenüber blickten, vor allem auf Estelle schien er immer herumzuhacken. Nur wenn Kunden im Laden waren, wurde er zur Freundlichkeit in Person und überschlug sich mit netten Worten und Komplimenten. Manches Mal hatte Estelle das Gefühl, dass sie schlechtes Benehmen anderer ihr gegenüber wie ein Magnet anzog. Vielleicht lag es daran, dass sie manchmal wirklich tollpatschig wirkte, oder vielleicht auch daran, dass sie es nie gelernt hatte, zu widersprechen und sich zur Wehr zu setzen.

In dieser Woche war nicht nur das Warten schlecht zu ertragen, nein, Estelle musste auch noch die besonders schlechte Laune ihres Chefs, des Herrn Huber, erdulden.

Er war so schlecht gelaunt, weil seine Frau zu ihrer Mutter gefahren war und Herr Huber sich auch noch mit dem Haushalt alleine zurechtfinden musste. Dazu half seine Frau ja auch manches Mal im Geschäft mit. Gerade in dieser Woche hatte Estelle besonders viel zu tun. Die Eintönigkeit ihrer Arbeit hätte unterbrochen werden können, wenn Herr Huber sie hätte Kunden bedienen lassen, aber das machte nur er selbst! Zu allem Überfluss schikanierte er Estelle, wo er nur konnte. Gerade eben hatte er wieder lauthals mit ihr geschimpft, weil er der Ansicht war, dass die Tomaten nicht gut in der Holzkiste eingeordnet seien. Aber sie sahen perfekt aus, einladend für jeden Kunden lachten sie rot und prall aus den Kisten heraus und man hätte sie nicht anders einordnen können, aber er war eben anderer Ansicht und so drehte Estelle jede Tomate noch mal um, nur damit Herr Huber seinen Willen hatte.

Endlich kam der Freitag. Nicht dass Estelle am Samstagvormittag frei haben würde, sie musste auch dann noch arbeiten, aber es war ja schon fast Samstagabend, also Tanzschulabend, und Estelle freute sich die ganze Woche darauf. Heimlich tanzte sie jeden Abend in ihrem Zimmer, um die Schritte selbst zu verfestigen, denn sie wollte sich auf keinen Fall eine Blöße geben. Vielleicht waren all die anderen Kursteilnehmer beim Übungsabend gewesen und würden bereits viel besser tanzen können als sie und Peter. Sie kam so gegen 19 Uhr 30 nach Hause, aß mit ihrem Vater und Rosalinde zu Abend und verabschiedete sich dann, nachdem sie Rosalinde geholfen hatte, den Tisch abzuräumen und das Geschirr zu waschen. Sie wollte ins Bett, um ihren Träumen nachhängen zu können.

Auch Christa hatte den Freitagabend herbeigesehnt. Morgen würde sie keine Schule haben, nicht an allen Gymnasien war Samstag schulfrei, auch sie hatte ja eigentlich nicht jeden Samstag frei, aber jeden zweiten Samstag und morgen war so ein Tag. Deshalb hatten ihr ihre Eltern auch erlaubt, dass sie heute mit Eduardo eine Privattanzstunde bei Frau Kummer nehmen durfte. Sie stand vor ihrem Kleiderkasten, der prallgefüllt mit vielen wunderschönen Kleidern war, und konnte sich nicht entscheiden, was sie heute Abend anziehen sollte. Sie schob mit ihrer Hand ein Kleid nach dem anderen im Kasten zur linken Seite und dann wieder zur anderen. Dann seufzte sie und dachte: Ich habe einfach nichts Passendes für heute Abend, aber jetzt ist es bereits zu spät, etwas Neues zu kaufen. Na, aber morgen muss ich unbedingt mit Mama in die Stadt und mir etwas Neues kaufen. Sie begann von Neuem in ihrem Kasten zu suchen und entschied sich letztendlich für ein veilchenblau-weiß geblümtes Kleid, welches ärmellos war und ihre leicht braungebrannten Arme vorteilhaft zur Geltung brachte. Wie alle Kleider dieser Zeit war das Oberteil des Kleides sehr eng geschnitten und hatte einen V-Ausschnitt. Der Unterteil stand weit ab, da sich darunter ein Unterrock aus Spitze und Tüll befand, ebenfalls in leicht lila Farbe. Dazu wählte Christa weiße Handschuhe, da dies so vorgeschrieben war von der Tanzschule, und violette Tanzschuhe.

Ihre Mutter kam herein und fragte, ob sie ihr die Haare kämmen und vielleicht aufstecken solle. »Ja«, rief Christa erfreut, »du bist ein Schatz, Mama, denn ich bin schon spät dran, da ich überhaupt nichts zum Anziehen habe. Vielleicht sollten wir morgen ein neues Kleid für meinen ersten offiziellen Tanzschulabend kaufen. Was meinst du dazu?« »Das finde ich eine sehr gute Idee, du musst nur noch deinen Herrn Papa davon überzeugen, denn du weißt ja, dass er der Ansicht ist, dass wir drei Damen genug Kleider besitzen. So, nun komm her zu mir, mein Darling. Setz dich doch bitte. Hier, ich habe ein paar Spangen mitgebracht. Welche gefällt dir am besten?«»Na, die hier mit den Perlen und grünen Blättern und Veilchen drauf, die passt perfekt zu meinem Kleid. Du bist ein Schatz, Mama.« Frau Dr. Neuberger begann das Haar von Christa zu kämmen und nahm dann so ein Ding, das wie ein Schwamm aussah. Darum wickelte sie noch Kunsthaar in derselben blonden Haarfarbe, wie sie Christa hatte, und verarbeitete das Ganze auf Christas Kopf zu einem richtigen Kunstwerk. In den 60ern war es in Mode, die Haare so hoch zu tragen, dass diese meistens künstlich mit Schwamm oder Haarteil darunter effektiv gestaltet werden mussten. Zum Schluss kam noch die Spange ins Haar. Christas Mutter betrachtete ihre Tochter und sagte:»Mein Gott, bist du eine Schönheit, mein Schatz. Du siehst so toll aus, dir werden alle Männer zu Füßen liegen.«»Heute nur Eduardo, denn wir haben eine Einzelstunde«, antwortete diese frech. Christa lächelte ihr Spiegelbild an und war mit sich zufrieden, dann drehte sie sich zu ihrer Mutter um und drückte ihr einen dicken Kuss auf ihre Wange.»Danke Mama, du bist einfach die beste Mama der Welt.«

Ja, die Neubergers hatten ein gutes Verhältnis zu ihren Kindern, ein sehr inniges sogar. Dann ging die Mutter hinunter und Christa folgte ihr langsam. Sie schritt wie eine Königin die Stufen hinab, unten wartete ihr Vater, der seine Tochter anlächelte und sagte:»Jetzt wird es immer schwieriger für mich als Vater, dich zu beschützen, so wie du aussiehst, werden wir uns bald vor lauter Verehrern nicht mehr retten können und ich als Vater kann dann nur mit dem Gewehr warten und drohen, wenn einer es wagt, meine Tochter unsittlich anzurühren, dann bringe ich ihn um. War nur ein Scherz, meine Kleine, aber du siehst heute umwerfend aus.« Aus dem Wohnzimmer kam nun auch noch neugierig ihre Schwester Mathilde und meinte, wie das eben nur eine Schwester zur anderen sagen kann:»Nicht schlecht, Schwesterherz, aber mit diesen Haaren siehst du viel zu alt aus, schon wie eine Große!« Den vorwurfsvollen Blick ihrer Mutter übersah Mathilde geflissentlich. Aber nun schaltete sich auch Herr Dr. Hubert Neuberger ein und sagte:»Kleine, das verstehst du Gott sei Dank noch nicht, aber deine Schwester sieht heute bereits wie eine Dame aus.«»Und was ist der Vorteil, eine Dame zu sein?«, fragte seine Tochter.»Für dich läge darin noch kein Vorteil, aber bei Christa ist das durchaus ihrem Alter angemessen, mein Schatz.«»Pfff!«, machte die kleinere Schwester verächtlich und ging wieder zurück ins Wohnzimmer, noch ehe Christa dies kommentieren konnte, denn sie war ja auch nicht auf den Mund gefallen.

Aber gerade in diesem Moment läutete es und alle gingen schnell ins Wohnzimmer, damit es nicht den Anschein erweckte, dass sie nur darauf gewartet hätten, dass Christa abgeholt würde. Die Haushälterin öffnete wieder die Türe und draußen stand Eduardo im dunkelblauen Anzug mit weißem Hemd, einer sehr modischen Krawatte und in der Hand hielt er ein Veilchensträußchen und einen größeren Blumenstrauß aus lauter weißen Rosen. Er wurde hereingelassen und kurz ins Wohnzimmer gebeten, dort begrüßte er zuerst die Dame des Hauses, Frau Dr. Helga Neuberger. Er beugte sich galant über ihre ausgestreckte Hand und sagte:»Küss die Hand, gnädige Frau, guten Abend Helga, darf ich dir heute an einem so wichtigen Tage, dem ersten Tanzschulabend eurer Tochter, einen kleinen Blumengruß überreichen?« Helga lachte, sie freute sich sehr über diesen Blumengruß und sie dachte: Das wäre ein Schwiegersohn nach meinem Geschmack. Vielleicht verliebt sich Christa ja noch eines Tages in ihn, er könnte ihr einfach alles bieten und noch dazu ist er wirklich ein gutaussehender junger Mann mit perfekten Manieren und klug ist er auch.

Dann begrüßte Eduardo Christas Vater. »Guten Abend, Herr Dr. Neuberger. Wie geht es Ihnen?« Die beiden Herren wechselten einige Worte miteinander und als Eduardo und Christa sich zum Gehen verabschiedeten, kam Mathilde die Stufen hinuntergestürmt und sagte: »Hey, willst du etwa gehen, ohne mich begrüßt zu haben?« Eduardo lachte, er fand Mathilde, diesen kleinen Wirbelwind, schon immer sehr nett und hatte sie immer beschützt, war sie doch um sieben Jahre jünger als er. Aber heute betrachtete er sie noch wohlwollender und dachte: Sie sieht mit ihren großen blauen Kulleraugen und ihren extrem langen blonden Locken, die bis zum Popo reichten, genau wie eine Barbiepuppe aus, noch dazu hat sie lange Beine und ist mit ihren 14 Jahren schon jetzt um fast fünf Zentimeter größer als ihre Schwester Christa. Mathilde umarmte ihn einfach, wie sie es als Kinder auch immer getan hatten, dann verabschiedeten sich Christa und Eduardo bei den Eltern der beiden Mädchen und weg waren sie.

Draußen vor dem Hause wartete Eduardos roter Porsche auf sie, er hielt Christa die Tür auf und sie stieg mit ihrem fantastischen weiß-veilchenblau geblümten Kleid ein. Sie waren ein sehr schönes und elegantes Paar. Bei der Tanzschule Kummer angekommen, wartete Frau Kummer bereits auf sie. Sie wurden nicht in den Hauptsaal, sondern in einen kleineren Saal geführt, wo nun ihre erste Tanzstunde begann. Sie wurden in denselben Tänzen unterrichtet wie zuvor der normale Tanzkurs, es begann mit Langsamen Walzer und Slowfox. Eduardo hatte schon einmal die Tanzschule besucht und war deshalb in diesen Tänzen bereits geübt, aber seiner Familie und auch Christa zuliebe besuchte er den Kurs noch mal und erklärte sich auch bereit, die Einzelstunde zu nehmen. Er war ein wahrer Gentleman und sah mit seinen blondgelockten Haaren und dem braungebrannten Gesicht aus wie Ken, nur mit blondem statt mit braunem Haar. Er hatte eine sehr gute Figur mit breiten Schultern und schmalen Hüften, wodurch er, obwohl er erst 21 Jahre alt war, schon sehr männlich aussah. Trotzdem benahm er sich manches Mal so kindisch wie ein 16-Jähriger.

Eduardo war lustig, sehr charmant und immer zu Späßen aufgelegt. Er schien das Leben leichtzunehmen. Na, das Leben hatte es ja auch umgekehrt sehr gut mit ihm gemeint. Sein Vater war ein Großindustrieller, der sich trotzdem immer Zeit für seine Familie genommen hatte, da Geld ja keine Rolle spielte und das Unternehmen fast von alleine lief, sie hatten gute Manager. Dann seine Mutter, die Hausfrau und die eigentliche Herrin des Cesare-Anwesens war. Dann hatte er noch einen jüngeren Bruder von 18 Jahren, den Sebastian. Er konnte das Leben also durchaus leichtnehmen, keinerlei Sorgen, weder finanzieller noch sonstiger Art, drückten ihn. Sie gingen zufrieden nach Hause, hatten viel gelacht und Spaß gehabt, Christa schien ein Naturtalent im Tanzen zu sein, denn obwohl es wirklich ihre erste Tanzstunde war, hatte sie keinen Fehler gemacht und war mit Eduardo über das Tanzparkett geschwebt. Frau Kummer, die Tanzschulbesitzerin und ihre Tanzlehrerin, war hellauf begeistert. Natürlich war es auch für sie sehr wohltuend, endlich einmal ein talentiertes Paar zu unterrichten, welches schnell alles Neue aufnahm und auf dem Parkett umsetzte.

Zwischenzeitlich war auch Peter zu Hause angekommen, rührte jedoch zum Abendessen keinen Bissen an, sondern schaute nur missmutig in der Gegend herum. Seine Mutter fragte ihn, warum er nichts essen wolle, und er antwortete nur schroff: »Habe keinen Hunger, hatte heute nur Stress bei der Arbeit.« Was gar nicht stimmte, denn der heutige Freitag war endlich einmal ein sehr ruhiger Tag bei der Versicherung, bei der er arbeitete, gewesen. Er ging früh auf sein Zimmer, aber anstatt zu lesen oder gemeinsam mit seinen Eltern fernzusehen, starrte er nur zum Fenster hinaus. Er wollte Christa heute noch anrufen nach ihrer Privatstunde mit diesem Eduardo, was der eigentliche Grund seiner schlechten Laune war. Denn wie konnte er, Peter, mit einem Sohn des Cesare-Clans konkurrieren, denn dieser Eduardo sah nicht nur umwerfend aus, sondern war auch noch steinreich und konnte Christa ein Leben bieten, wie sie es gewohnt war. Aber würde sich Christa jemals vorstellen können, in einer Zwei-Zimmer-Wohnung zu leben, denn mehr, wenn überhaupt das, würde er ihr in den ersten Jahren auf keinen Fall bieten können.

Er rief gegen 21 Uhr bei ihr zu Hause an und sie hob sofort ab, denn sie hatte sogar ein Telefon auf ihrem Zimmer, noch dazu mit eigener Durchwahl. »Christa Neuberger!«, meldete sie sich am Telefon. Ihre Stimme klang fröhlich, was Peter irgendwie störte. »Na, dir scheint es ja außerordentlich gut gefallen zu haben!« »Ja, hat es, du kannst dir gar nicht vorstellen, wie gut Eduardo schon tanzen kann, er hat mir verraten, dass er bereits einen Tanzkurs besucht hat, aber trotzdem, er bewegt sich einfach hervorragend. Es war so lustig, auch Frau Kummer war sehr nett und hat sogar gemeint, dass wir eines Tages Turniere tanzen sollten, so talentiert seien wir.« Peter hörte nur zu und ballte seine Hände zu Fäusten, denn es wurmte ihn, aber er wollte Christa nicht noch mehr zeigen, wie eifersüchtig er auf diesen Eduardo war. Nur keine Blöße geben. So antwortete er: »Das ist aber ganz toll, dass es dir so gut gefallen hat, dann können wir morgen auch so beschwingt das Tanzbein schwingen, wenn

du schon so gut tanzen kannst. Freue mich schon sehr darauf. Weiß Eduardo bereits, dass er dich mit mir teilen muss?«
»Na klar, er hat doch gar kein persönliches Interesse an mir, macht das Ganze nur seinen und meinen Eltern zuliebe. Er hat andauernd neue Freundinnen, nur im Moment gerade keine fixe.« Auch das noch, dachte Peter, dann wird er ja daran interessiert sein, bald wieder eine fixe zu haben? Aber er sagte: »Na, dann ist es ja gut, wenn er so verständnisvoll ist. Sehen uns dann morgen Abend bei der Tanzschule. Schlaf gut, mein Schatz.« »Du auch, mein allerliebster Liebling. Freue mich schon so, in deinen Armen zu liegen.« Sie legten auf und Peter dachte nach: Wenn sie sich so darauf freut, in meinen Armen zu liegen, war es auch heute so, als sie in den Armen von Eduardo lag? Er ging in die Küche und begann das stehen gelassene Abendessen mit Heißhunger zu verzehren. So, jetzt habe ich aber genug gegrübelt, sie hat schließlich »mein Liebling« gesagt.

Endlich war Samstag, der zweite Tanzkurssamstag, Estelle wachte schon früh auf und konnte es kaum erwarten, dass es Abend wurde. Sie zog bereits um 16 Uhr ihr Tanzkleid an, es war dasselbe wie letzte Woche, denn sie konnte sich kein zweites leisten, und packte ihre Tanzschuhe sowie ihre Tanzhandschuhe ein. Dann kam Rosalinde in ihr Zimmer und sagte, dass sie sich wieder eine Kette von ihr ausborgen könne, und gab ihr ihre einzige Perlenkette. Estelle küsste ihre Stiefmutter auf die Wange und umarmte sie. Obwohl Rosalinde ihre Stiefmutter war, war sie die netteste Person, die Estelle je kennen gelernt hatte, und sie war so unglaublich lieb zu ihr. Sie strahlte über das ganze Gesicht. Pünktlich um 18 Uhr kam Peter sie wieder abholen, er begrüßte ihren Vater und ihre Stiefmutter, wechselte aus Höflichkeit ein paar Worte mit ihnen, dann fuhren sie los.

Peter war nett zu Estelle, aber Estelle bemerkte sofort, dass er mit seinen Gedanken ganz woanders war. Fast hätten sie einen Unfall gebaut, da er nicht merkte, wie ein blaues Auto von rechts in die Straße bog, und hätte Estelle nicht laut »Achtung!« gerufen, wäre ein Unfall wohl unvermeidlich gewesen. Peter war einfach in Gedanken bei seiner Christa: Wie war es wohl, wenn Eduardo seine Freundin bei ihren Eltern abholte. Es störte Peter einfach, zu wissen, dass sie mit einem anderen im Auto fuhr, noch dazu in einem so viel tolleren als seinem, einem Porsche, ja, so etwas würde er sich wohl nie leisten können. Nach dem Beinahe-Unfall blickte er kurz zu Estelle. »Danke, entschuldige bitte, dass ich heute so abwesend bin, aber ich hatte in dieser Woche viel zu tun«, log er. Aber was hätte er auch anderes zu Estelle sagen sollen? Hätte er ihr mitteilen sollen, dass er viel lieber mit Christa in den Tanzkurs gegangen wäre als mit ihr? Sie war zwar ein einfaches, aber gutes Mädchen und so viel Anstand besaß Peter, dass er sie nicht beleidigen und kränken wollte. Außerdem wusste auch von »Tante« Rosalinde, wie er die Freundin seiner Mutter nannte, dass Estelle sich die ganze Woche auf Samstag gefreut hatte und wie glücklich sie darüber war, dass er so nett war, sie zu diesem Kurs zu begleiten.

Heute dauerte die Fahrt viel zu lange für Estelle, denn sie freute sich so sehr auf die Veranstaltung und auf die Leute dort, na, vielleicht nicht auf alle Leute, aber auf den jungen Mann mit den dunkelbraunen, fast schwarzen Haaren und den dunkelblauen Augen, der seine Partnerin so hervorragend über die Tanzfläche gewirbelt hatte. Ja, auf diesen jungen Mann freute sich Estelle. Sie hatte noch nie zuvor einen schöneren und männlicheren Mann gesehen, aber das schien sie nicht alleine zu finden. Alberto, so hieß dieser Mann, aber das wusste Estelle zu diesem Zeitpunkt noch nicht, war ein extrem gut aussehender junger Mann von 18 Jahren und alle Mädchenaugen schienen ihn zu beobachten. Er bewegte sich wie ein Panther und auch die blauen Augen schienen denen eines Panthers nicht unähnlich zu sein, außer dass sie blau statt grün waren, aber sie blickten genauso leidenschaftlich wie die des Raubtieres.

Gerade als Estelle mit Peter die Tanzschule betreten wollte, kam auch dieser besagte Mann, um den die Gedanken von Estelle die ganze Woche gekreist waren, bei der Tanzschule mit seiner Begleitung an. Er ließ ihnen den Vortritt, indem er mit einer lässigen Handbewegung andeutete, dass sie doch zuerst hineingehen sollten. Wahrscheinlich hatte sich Alberto nichts weiter dabei gedacht, aber für die zu diesem Zeitpunkt noch völlig unschuldige Estelle – nicht nur körperlich reinweiß wie Schnee, so unschuldig war sie, nein, auch gedanklich, sie wusste vom Leben noch gar nichts – bedeutete diese Geste viel mehr. Sie glaubte doch glatt, dass er ihnen nur ihretwegen den Vortritt ließe. Ihre Wangen glühten feuerrot, als sie die Damengarderobe betrat, so sehr freute sie sich darüber und schämte sich zugleich, weil sie sogar der Gedanke an ihn erröten ließ. Sie war so aufgeregt, dass ihre Hände schweißnass waren, weshalb es sie erleichterte, dass sie zum Kurs Handschuhe tragen musste. Dies war sogar Pflicht, sowohl für die Burschen als auch für die Mädchen.

Peter hingegen registrierte diesen Vorfall nicht einmal, hatte ja nur Augen und Ohren für seine Christa, alles andere war ihm egal. Wo steckte sie bloß? Warum war sie denn noch immer nicht da? Sie wollte doch etwas früher kommen an ihrem ersten Tanzschulkursabend. Warum ist sie noch nicht da?, fragte Peter sich immer wieder. Mitten in diese Frage hörte er Stimmen der anderen Kursteilnehmer, die sagten: »Schau doch mal, der tolle Porsche! Ist das nicht einer der Cesare-Söhne? Wow, der besucht gemeinsam mit uns allen hier den Kurs. Finde ich toll!«»Na, dann muss ich mich aber noch schöner machen, denn diesen Mann möchte ich heiraten«, scherzte ein gut aussehendes dunkelrothaariges, sehr rassiges Mädchen in einem ebenso dunkelroten Kleid. All diese Bemerkungen schienen Peter nicht gerade zu beruhigen, aber dann sah er seine Christa, in dem wunderschönen himmelblauen Spitzenkleid, welches sie extra heute Vormittag mit ihrer Mutter bei Brühl & Söhne gekauft hatte. Das war ein Geschäft, an dem Peter und seine Familie zwar immer bewundernd vorbeimarschierten, in dem sie aber noch nie waren, denn es war zu teuer für das Budget der Familie Maier. Christa strahlte über das ganze Gesicht und, was für Peter so wichtig war, sie strahlte ihn an.

Dann wanderte sein Blick zu Eduardo und so von Mann zu Mann musste er zugeben, dass Eduardo ein extrem gut aussehender Vertreter ihres Geschlechtes war. Es war ein Raunen in der Menge zu hören, als die beiden die Tanzschule betraten. Irgendwo hörte man auch:»Das ist doch die Christa, die Tochter der reichen Familie Dr. Neubauer. Kein Wunder, wenn Reich und Reich gemeinsam einen Kurs besuchen. Wie könnte das auch anders sein?« Dann kam Christa auf ihn zu und zog Eduardo hinter sich her. »Darf ich vorstellen, Eduardo, das ist Peter, mein Freund. Peter, darf ich dir umgekehrt vorstellen, das ist Eduardo, der Sohn einer befreundeten Familie meiner Eltern.« »Guten Abend«, sagte Eduardo zu Peter. »Guten Abend«, antwortete Peter. Bevor sie weiter Konversation betreiben konnten, kam Estelle aus der Damengarderobe und ging auf Peter zu. In diesem Augenblick genierte sich Peter für sie, obwohl sie in ihrem grünen Kleid, passend zu ihren grünen Augen und pechschwarzen Haaren, für ihre Verhältnisse umwerfend aussah. Trotzdem wirkte sie eher sehr grob neben der zarten und kleinen Christa. Peter atmete tief durch und sagte:»Darf ich vorstellen? Das ist Estelle, die Tochter einer befreundeten Familie meiner Eltern? Estelle, das ist Christa, von der ich dir bereits so viel erzählt habe, und das ist Eduardo, der Sohn einer befreundeten Familie von Christas Eltern.« Estelle war im Moment überfordert, war sie doch weder sehr geübt in Höflichkeiten noch im Umgang mit so vielen anderen jungen Menschen auf einmal. Sie wurde wieder leicht rot und reichte ihre mit Handschuhen versehenen Hände zum Gruß, dabei nahm sie bei Christa gleich die ganze Hand in ihre beiden Hände und schüttelte sie etwas zu ungestüm und grob, dann wollte sie ihre Hand dem Eduardo reichen, aber dieser schmunzelte, nahm ihre Hand und deutete einen Handkuss an.

Erst jetzt bemerkte Estelle, dass sie sich vielleicht nicht ganz hundertprozentig etikettegerecht benommen hatte. Aber sie hatte sich einerseits gefreut, Christa kennenzulernen, andererseits auch etwas geschämt, dass sie nicht so gut und elegant wie diese aussah. Obwohl Estelle einfach war, da sie nie die Möglichkeit gehabt hatte, eine gute Schule zu besuchen, war sie nicht dumm, sondern analysierte mit gutem Hausverstand und ihren sensiblen Gefühlen diese Situation sofort. Deshalb ärgerte sie sich auch gleich wieder über sich selbst, warum war sie nur so tollpatschig. Aber sie hatte wohl nicht mit der freundlichen Art von Christa gerechnet:»Freut mich sehr, Estelle, dich endlich kennenzulernen. Komm, sei doch bitte so lieb und zeig mir die Damengarderobe, sodass wir uns beide etwas frischmachen können?« Estelle, noch immer war ihr Gesicht leicht gerötet, nahm dieses freundliche Angebot dankend an und verschwunden waren die beiden jungen Damen – oder jungen Mädchen.

Zurückgelassen wurden die beiden Männer, Peter und Eduardo, welcher sehr selbstsicher sagte: »Werde auch mal schnell das Schuhwerk wechseln, damit wir die Mädels besser über das Parkett ziehen können.« Alles, was Eduardo sagte, klang so unbeschwert und immer etwas mit verstecktem Humor. Peter nahm alles viel ernster und so zeigte er Eduardo pflichtbewusst die Männergarderobe. »Bitte, in diese Richtung.« Die Männer waren gleich wieder fertig und warteten dann am Gang auf ihre beiden Damen, die sich angeregt in der Garderobe unterhielten. Nein, eigentlich war die Unterhaltung einseitig, es sprach nur Christa und Estelle hörte aufmerksam zu. Aber immerhin schienen sich die beiden Damen zu vertragen. Nachdem sich Christa auch noch frisch ihre Nase gepudert hatte und Estelle voller Bewunderung alles beobachtete, was Christa machte, kamen sie wieder zurück und wurden von ihren Tanzpartnern in den Tanzsaal geführt. Peter führte Estelle und Eduardo Christa. Sie wollten drinnen im Saal immer einen Tanz lang mit der eigenen Partnerin tanzen, alleine schon aus Anstand und wegen des Versprechens ihren Eltern gegenüber, und dann für einen anderen jeweils tauschen.

Im großen Tanzsaal stand wieder die attraktive Tanzschulleiterin und begrüßte ihre Kursteilnehmer, am Klavier saß ebenfalls dieselbe Dame wie beim letzten Mal. Es brannten so viele Lichter, dass Estelle wieder extrem beeindruckt war. »Guten Abend, meine Damen und Herren!«, sagte Frau Kummer. »Heute werden wir nicht nur Tänze lernen und die vom letzten Mal wiederholen, nein, wir werden auch etwas gutes Benehmen nach Knigge durchnehmen.« »So, nun ganz kurz, Knigge: Wer weiß, wie man ein Restaurant betritt? Geht zuerst die Dame hinein oder der Mann?« »Der Mann, denn er muss zuerst den Weg ins Lokal für seine Dame freimachen«, sagte Alberto. Alle sahen ihn an, aber besonders Estelle, sie betrachtete ihn voller Stolz, als ob Alberto ihr Mann wäre.»Korrekt«, sagte Frau Kummer.»Wer weiß, wie das beim Stufen gehen ist. Geht der Mann zuerst hinauf oder umgekehrt? Und wer geht zuerst hinunter? Die Frau oder der Mann?«»Beim Hinaufgehen der Treppe geht zuerst die Frau und der Mann folgt ihr, damit er sie auffangen kann, falls die Frau stolpert. Beim Hinuntergehen ist das genau umgekehrt, der Mann geht zuerst hinunter, sodass er seine Dame stützen könnte, sollte diese stolpern und die Treppe hinunterfallen«, sagte Eduardo.»Korrekt, meine Damen und Herren. Es scheint mir, dass ich Ihnen Knigge gar nicht beibringen muss, da Sie schon alles wissen.

So, nun Schluss mit dem theoretischen Unterricht, jetzt werden wir einmal kurz die Tänze vom letzten Mal wiederholen. Pauline, bitte spielen Sie uns doch einen Langsamen Walzer!«»Aufstellung bitte, meine Damen und Herren, wählen Sie Ihren Partner aus.« Alle stellten sich in Tanzrichtung auf und die Musik begann zu spielen, einen **Langsamen Walzer** von **Richard Addinsell**. Peter versuchte sein Bestes zu geben und wollte mit seinen Tanzkünsten vor Christa glänzen. Er begann zu tanzen, aber Estelle schien schon wieder alles vergessen zu haben und somit drehten sie sich etwas schwerfällig und noch zu langsam über das Parkett, waren nicht vollständig im Takt. Christa und Eduardo begannen auch zu tanzen. Im Gegensatz zu Peter und Estelle bewegten sich die beiden, als ob sie ihr ganzes Leben lang nur Langsamen Walzer getanzt hätten. Es sah harmonisch, fließend und unheimlich gekonnt aus. Es war eine Wohltat für das Auge, die beiden zu beobachten. Auch Alberto schien ein »Tanzgott« zu sein, mit seinen pantherhaften Bewegungen bewegte er sich zusammen mit seiner rothaarigen zierlichen Tanzpartnerin, der Hilde, wie ein geschmeidiges Raubtier auf der Tanzfläche. Frau Kummer lobte die Kursteilnehmer und sagte, dass sie jetzt den Slowfox wiederholen wollten. »Wieder Aufstellung nehmen, meine Damen und Herren!« Alle Paare formierten sich aufs Neue, nur wechselte Christa zu Peter und Estelle stand plötzlich alleine auf der Tanzfläche, bis Eduardo sich dieser armen Kreatur erbarmte und zu ihr hinüberging. Eigentlich wollte er sich in der Zwischenzeit auf einen Drink in die Tanzschulkantine setzen, denn Tanzen konnte er ja sowieso, aber als er Estelle, die den Tränen nahe war, ganz alleine auf der Tanzfläche stehen sah, erwärmte sich sein Herz voller Mitleid und er dachte: Man soll täglich eine gute Tat vollbringen, das hat schon meine Mutter immer gesagt, und meine wird sein, mit dieser fülligen Frau, die noch dazu tänzerisch völlig unbegabt zu sein scheint, das Tanzbein zu schwingen. Das wird eine Herausforderung werden, diesem Elefanten im Porzellanladen das Tanzen beizubringen.

Kaum bei Estelle angelangt, der gerade in diesem Moment eine Träne aus den Augen kullerte, sagte er galant: »Wer wird denn weinen, schönes Fräulein. Würden Sie mir die Ehre des nächsten Tanzes geben?« Mit diesen Worten versuchte er sie mit seinem ihm eigenen Humor aufzuheitern. Und es gelang. Estelle zwang sich ein Lächeln auf den Mund und war innerlich so glücklich, dass sie nicht alleine auf der Tanzfläche zurückgelassen wurde. Sie blickte ihn von unten hinauf an, er war um einiges größer als sie, was nicht immer der Fall war, aber Eduardo war doch 1,85 Meter groß und obwohl ihre Tanzschuhe Absätze hatten, war er noch immer größer als sie mit ihren 1,72 Metern, was ein angenehmes Gefühl für Estelle war. Eduardo nahm sie sehr geübt in seine Hände und dann begann auch schon die Musik zu spielen, einen Slowfox. Da Eduardo ein perfekter Tänzer und aus diesem Grund auch ein noch sehr guter Führer war, konnte Estelle nicht anders, als richtig zu tanzen. Er führte sie gekonnt dorthin, wo sie tanzen sollte. Nicht, dass Peter kein guter Tänzer war, aber er hatte nicht mehrere Tanzkurse hinter sich, so wie Eduardo, der bereits eine Goldmedaille im Tanzen gewonnen hatte, da er doch fast mit all seinen bisherigen Freundinnen, und es waren nicht gerade wenig, diverse Tanzkurse besucht hatte.

Peter war ebenfalls glücklich, endlich seine Christa im Arm zu halten, die sich leicht führen ließ, sodass der zweite Tanz auch bei ihnen perfekt aussah. Alberto schwebte, wie immer, mit Hilde über das Parkett. Auch die anderen Paare absolvierten diesen Wiederholungstanz vom letzten Mal ganz passabel, vielleicht weil sie beim Übungsabend gewesen waren oder vielleicht auch nur, weil sie Talent hatten, und die, die nicht so gut tanzten, sahen so aus, als ob sie es nie können würden. Frau Kummer klatschte in ihre Hände: »Das war genug Wiederholung für heute, jetzt wollen wir die Grundschritte vom Tango lernen. Also Aufstellung bitte, die Damen auf die rechte Seite und die Herren auf die linke.«

Ein Mann mit graumelierten Haaren betrat den Tanzsaal und Frau Kummer stellte ihn als einen ihrer Tanzlehrer, den Herrn Fritz vor. Sie führte mit ihm den Tangoschritt vor und dann zeigte Herr Fritz den jungen Männern und Frau Kummer den Frauen Mädchen die Schritte. »Rechts rück, links rück, Wiegeschritt«, das waren die Schritte für die Damen und alle versuchten sie nachzumachen. Sobald die Wiederholungen einigermaßen klappten, sagte Frau Kummer: »So, bitte suchen Sie sich einen Tanzpartner, wir probieren den Tango zuerst einmal ohne Musik und dann mit Musik.« Peter eilte zu Christa und Estelle stand etwas verloren da, aber Eduardo war so nett und ging auf sie zu und sagte:»Darf ich bitten, gnädiges Fräulein?«»Ja«, hauchte Christa und hätte ihm in diesem Moment um den Hals fallen wollen, so dankbar und froh war sie, dass er zu ihr gekommen war und sie zu diesem Tanz aufforderte. Mit Eduardo war der Tango sogar für Estelle einfach und sie tanzte mit ihm fast leichtfüßig, denn er führte so, dass man als seine Partnerin gar nicht anders konnte, als gut zu tanzen. Auch Peter und Christa stellten sich beide geschickt an und man merkte, dass die beiden ein Liebespaar waren, denn Christa schmiegte sich etwas enger an Peter, als es für den Tango notwendig gewesen wäre, wenngleich gerade beim Tango der Körperkontakt doch sehr innig ist.

Nach dem Tango zeigte Frau Kummer zwei zusätzliche, also neue Schritte für den Langsamen Walzer. Alle nahmen Aufstellung und übten diese jeder für sich, bevor sie sie wieder mit den Partnern gemeinsam ausführten. Dieses Mal aber ging Eduardo auf Christa zu. Peter kam zu spät und ging mit enttäuschtem Gesicht zu Estelle. Man merkte ihm richtig an, wie ungern er mit ihr tanzte, wo doch sein Liebling nicht mit ihm, sondern mit dem gut aussehenden reichen Erben Eduardo tanzte. Es störte ihn einfach.

Estelle spürte, dass sie nur als lästig von ihm empfunden wurde, und war auf einmal ganz traurig. Heute machte ihr der Kurs bei Weitem nicht mehr so viel Spaß wie beim ersten Mal, auch wenn sie viel besser tanzte, alleine schon, weil die Führung so toll war. Aber wenn man fühlt, dass man eher im Wege ist und nicht als Frau, sondern als Last betrachtet wird, dann kann schon mal der größte Optimist an sich zweifeln, geschweige denn Estelle, die sowieso nicht gerade mit dem größten Selbstbewusstsein ausgestattet war. Sie schaute sehr traurig aus und mit Peter gelangen ihr die neu gelernten Schritte des Langsamen Walzers auch nicht so gut, denn Peter war abwesend und mit sich selbst beschäftigt, und Estelle, nicht gerade ein Tanztalent, brauchte eben für all diese Tänze etwas länger. So plagten sie sich und es war für beide kein Vergnügen. Peter sagte sogar mit herrischem Ton:»Nun mach schon, so musst du tanzen, das gibt es doch nicht, dass du das noch immer nicht kapiert hast.« Sie wurde ganz rot und eine Träne kullerte ihr aus den Augen, sodass Peter sofort wieder einlenkte und sich für seine rohe Art entschuldigte. Estelle konnte ja nichts dafür, dass er sich darüber ärgerte, dass seine Christa gar so selbstverständlich und noch dazu mit einem romantischen Lächeln auf dem Mund über das Parkett schwebte.

Danach war der Kurstag zu Ende und Frau Kummer erinnerte ihre Teilnehmer wieder daran, dass morgen Übungsabend wäre und alle dazu recht herzlich eingeladen seien. Am Gang besprachen die vier, Christa, Eduardo, Estelle und Peter, ob sie hingehen würden, und alle stimmten zu. »Natürlich gehen wir, wird sicher ein Spaß.« Dann fuhr Peter Estelle wieder nach Hause und Eduardo Christa. Peter und Christa hatten sich wieder für danach verabredet, sodass Peter Estelle nicht schnell genug abliefern konnte, um nach Hause zu eilen, sich umzuziehen und dann auf seine Christa zu warten. Eduardo brachte Christa auch gleich nach der Tanzstunde zurück, denn er hatte mit ein paar Freunden verabredet, danach noch auf die Pauke zu hauen, also mit seiner Herrenrunde durch die Stadt und diverse Lokale zu ziehen. Das machte immer großen Spaß, sie tranken Wein oder Bier, aber Eduardo nie zu viel, und dann versuchten sie, Mädchen kennenzulernen oder, wie es im Fachjargon heißt,»Mädchen aufzureißen«, um entweder mit ihnen noch etwas trinken zu gehen, sie zu küssen und, wenn der Abend besonders erfolgreich war, mit ihnen sogar ins Bett zu gehen. Das waren natürlich keine Mädchen, die sie jemals heiraten würden, aber die Jungs hatten Spaß daran und ihre Eltern meinten lediglich:»Sie sollen sich doch ihre Hörner abstoßen, bevor sie eines Tages sesshaft werden und sogar heiraten müssen.« Eduardo machte da auch immer mit, aber er versuchte, die Mädchen niemals zu verletzen, denn sie taten ihm manches Mal schon leid, wenn er sie nur für einen»One-Night-Stand« benutzte. Aber die Mädchen schienen großteils damit einverstanden zu sein. Er schaute gut aus, war charmant, ein guter Unterhalter und lud sie meistens in ein feines Restaurant oder eine tolle Diskothek ein, was sie sich selbst nicht hätten leisten können.

Estelle erzählte wieder ihrer Stiefmutter, wie es gewesen war und welche Tänze sie gelernt hatten, aber sie erzählte nicht, dass sie die Tanzpartner getauscht hatten, weil sie es Peter und Christa versprochen hatte. Dann dachte sie an Eduardo. Eigentlich sah der ganz gut aus, aber sie hatte gehört, dass er ein Student und ein Schwerenöter und noch dazu reich sei. Eduardo kann noch so gut aussehen, er ist wohl eine Liga zu hoch für mich. Aber nett war es trotzdem von ihm, mich nicht alleine stehen zu lassen, grübelte sie. Aber immer wieder schweiften ihre Gedanken zu dem dunkelhaarigen Unbekannten ab, dem Tanzgott, der mit seiner rothaarigen Partnerin eine Augenweide gewesen war. Heute hatte seine Partnerin wieder ein anderes Tanzkleid angehabt und sie nur dasselbe. Ich darf nicht undankbar sein, dachte Estelle, schon das war für meine Stiefmutter schwer genug zu finanzieren. Gerade als sie darüber nachdachte, welche Farbe ihr noch für ein weiteres Kleid gefallen würde, kam Rosalinde herein und legte ein zartrosa Spitzenkleid auf den Küchentisch.»Was hast du da, Rosalinde?«»Ein Kleid, welches mir nicht mehr passt, aber was hältst du davon, wenn ich dir das umnähe und vielleicht noch Stoff für Verzierung besorge, damit du noch ein zweites Tanzkleid hast?« Estelle fiel Rosalinde um den Hals, was für ein Engel diese Frau doch war. Sie konnte glatt ihre Gedanken lesen. Ich liebe diese Frau, mehr als alle anderen Menschen auf dieser Welt, ja sogar mehr als meine Mutter, dachte Estelle.

Am Samstagabend trafen sich Peter und Christa wieder, aber dieses Mal gingen sie nur spazieren. Sie küssten sich und sprachen angeregt über die vergangene Woche und dann auch noch über den Tanzkurs. Anschließend brachte Peter seine Christa wieder zurück und sie schlich sich ins Haus. Peter hatte heute Abend über zwei Stunden auf Christa warten müssen, denn sie konnte sich nicht früher davonschleichen, sodass es bereits 23 Uhr war, bis sie endlich kam. Deshalb waren sie auch nur spazieren gegangen, denn sie waren beide etwas müde und als er sie zum Abschluss küsste, schmiegte sich Christa noch enger als sonst an ihn, sodass es für ihn immer schwieriger wurde, seinen in ihren Armen immer steif werdenden kleinen Peter zu beruhigen.

Sonntagmorgen wachte Estelle gutgelaunt sehr früh auf und machte das Frühstück für ihren Vater und dessen Frau. Rosalinde dankte ihr inniglich, denn sie war einfach ein Sonnenschein und ein absoluter Optimist und jede kleinste Kleinigkeit erfreute sie. Das war hingegen bei ihrem Vater ganz anders, der nur brummte: »Ich mag das weiche Ei aber vier Minuten lang gekocht, das ist ja zu weich!« Kein Danke, kein »Guten Morgen« kam aus seinem Mund. Aber Rosalinde sagte nur: »Du kennst ja deinen Vater, der ist ein Morgenmuffel, der meint es nicht so.« Und während sie das noch so sagte, umarmte sie ihren Mann und drückte ihm einen dicken Kuss auf den Mund. Da lächelte der sogar. Die zierliche Rosalinde und der fast doppelt so schwere Mann. Seine Rosalinde war die einzige Frau, die ihn richtig zu nehmen wusste und mit seinen brummigen Launen gut umgehen konnte. Irgendwie empfand er keine Liebe für sein Kind, war es doch von einer Frau, die ihn hintergangen hatte, und das, obwohl er in Kriegsgefangenschaft nur an sie gedacht hatte und daran, dass er sie in die Arme schließen und heiraten würde, wenn er endlich heimkäme. Aber diese Frau hat sich stattdessen mit dem Nächsten amüsiert und dass verzieh er ihr nie. Jetzt störte ihn alles, das irgendwie in Zusammenhang mit der Mutter von Estelle stand, somit auch Estelle selbst. Viel lieber wäre er alleine mit seiner Rosalinde gewesen, dann hätte diese ihn nur alleine verwöhnen können, und verwöhnt war er wirklich. Sie bediente ihn hinten und vorne, aber Rosalinde machte das auch Spaß. Sie war einfach der Typ dafür, andere Frauen wären ihm schon längst davongelaufen.

Heute hatte auch Estelles Vater frei und sie beschlossen, zu Mittag in ein Restaurant zu gehen. Das taten sie selten, denn sie konnten es sich nicht leisten, aber manches Mal, so jeden zweiten dritten Sonntag, war dies möglich. Sie gingen zu einem netten Heurigenlokal am Ruckerlberg, es war schon so schön draußen, obwohl es noch April war, dass man sogar im Gastgarten sitzen konnte. Sie aßen einen Schweinsbraten mit Sauerkraut und Knödel und tranken dazu Wein, Estelle trank einen Apfelsaft. Sie durfte noch keinen Alkohol trinken, war sie doch erst 16 Jahre alt.

Der Sonntag spielte sich bei Familie Hofer so ganz anders ab als bei der Familie Neuberger. Sie saßen alle auf der Terrasse ihres Hauses und der Koch hatte heute etwas ganz besonders Gutes gekocht, es gab Schweinslungenbraten mit Champignonsauce und als Nachtisch eine Sachertorte. Dazu wurde ein edler Tropfen serviert. Und bei Peter war es ähnlich wie bei den Hofers, nur dass er und seine Eltern heute zu Hause aßen.

Heute war Übungsabend und alle vier freuten sich darauf, wenngleich aus ganz unterschiedlichen Gründen. Estelle, weil es ein Entkommen aus ihrem ach so eintönigen Leben bedeutete und wohl das Einzige war, was sie bis jetzt mit anderen Jugendlichen unternommen hatte. Christa, weil sie verliebt in Peter war und an allem Neuen Gefallen fand. Und Peter, weil er nur mit Christa zusammen sein wollte. Und Eduardo? Er tanzte einfach gerne und hatte eigentlich für Sonntag sowieso keine anderen Pläne mit seinen Kumpeln. Außerdem hatte er derzeit gerade einmal keine Freundin.

Wie am Samstag holte Eduardo Christa ab und Peter Estelle. Sie trafen sich alle vier bei der Tanzschule Kummer. Estelle hatte heute bereits das neue rosa Spitzenkleid an, welches ihr Rosalinde noch in der Nacht von Samstag auf Sonntag umgenäht und einen weißen Tüll daruntergegeben hatte, sodass es von der Mitte an wegstand. Das Kleid betonte sehr vorteilhaft Estelles Brüste, die wirklich nicht gerade klein waren, das Kleid hatte dreiviertellange Ärmel und sie sah zusammen mit den weißen Handschuhen, die ihr Rosalinde geborgt hatte, sehr hübsch aus. Estelle strahlte vor Glück. Rosalinde hatte heute ihre Haare kunstvoll hochgesteckt und mit einer rosa Zierspange auf der Seite versehen (kein rosa Diamant, nur rosa Zirkoniasteine, aber trotzdem wirkten diese edel). Alles in allem sah Estelle heute sehr elegant aus, auch die neue Frisur tat einiges, um das Bild von Schneewittchen mit dem pechschwarzem Haar und schönen smaragdfarbenen Augen zu vervollständigen. Rosalinde hatte sie auch geschminkt. Sie war eine wahre Künstlerin, nicht nur als Schneiderin, die eine wahre Kreation aus dem alten Kleid zu zaubern in der Lage war, nein, auch sonst war sie einfach immer in allem und jedem, was sie machte, sehr talentiert. Estelle war so stolz auf ihr neues Kleid. Es stand ihr wirklich sehr gut, machte sie schlanker, als sie war, und betonte ihre pechschwarzen Haare aufs Vorzüglichste. Richtig schön sah sie heute aus, mit ihren leuchtend grünen Augen, die die Freude eines Kindes vor einem Weihnachtsbaum widerspiegelten.

Auch Christa hatte wieder etwas anderes an. Dieses Mal trug sie ein weißes Kleid, welches am Ausschnitt, an den Ärmeln und um die Mitte dunkelgrün umrahmt war. Es war zudem mit dunkelgrünen und gelben Blumen bedruckt. Ein wenig schaute der Tüllunterrock hervor, dieses Mal einer in Weiß. Dazu trug sie dunkelgrüne Handschuhe, dunkelgrüne Schuhe und eine gelbe Handtasche in der Farbe der Blumen. Sie sah wie immer sehr schön aus, aber heute vielleicht ein wenig jungmädchenhaft und nicht so elegant wie gestern mit ihrem himmelblauen Spitzenkleid oder wie Estelle heute mit ihrem zartrosa Spitzenkleid. Rosalinde war eine Zauberin, hatte sie doch für heute, diesen Übungsabendsonntag, aus dem hässlichen, unscheinbaren Entchen einen edlen, eleganten Schwan gezaubert. Dass Estelle sehr hübsch aussah, bemerkte sogar Peter. Als er sie abholte, pfiff er leise und sagte zu Estelle: »Heute siehst du wahrhaftig umwerfend aus. Das Kleid steht dir so gut.«

Der Übungsabend verlief ganz anders als der Tanzkurs. Hier wurde diverse Tanzmusik gespielt und die Burschen forderten die Mädchen auf, manches Mal auch die von anderen Tanzkursen. Dann führten sie die Tänze aus, die sie bereits gelernt hatten. Aber da sie erst ein paar konnten, schauten sie auch bei den anderen zu. Nur Eduardo forderte das rothaarige Mädchen auf und probierte mit ihr einen Quickstep. Sie folgte ihm mühelos und die anderen drei sahen ihnen bewundernd zu. Dann bemerkten sie den Tanzpartner dieses Mädchens. Er stand auf der gegenüberliegenden Seite und kam nun auf sie zu. Als die Musik zu spielen aufhörte und Frau Kummer sagte, dass sie nun ein paar Tänze für die Beginnerkurse spielen würden, verbeugte sich dieser vor Estelle und fragte:»Darf ich bitten, gnädiges Fräulein?« Estelle war ganz verwirrt, denn damit hatte sie überhaupt nicht gerechnet. Dieser wunderschöne Mann forderte gerade sie, Estelle, auf. Aus diesem Grund kam ihre Antwort auch etwas zögernd, stotternd:»Ich weiß nicht, welchen Tanz werden sie als Nächstes spielen?« Sie hätte sich selbst ohrfeigen können, warum hatte sie nicht sofort zugesagt, ohne zu überlegen, denn sie fand diesen jungen Mann so gut aussehend und interessant. Gott sei Dank antwortete dieser:»Darf ich mich zuerst einmal vorstellen, mein Name ist Alberto Wagner und das dort drüben, die Dame, die mit Ihrem Partner tanzt, ist Hilde Huber.« Dann begann Pauline, die Klavierlehrerin, einen Langsamen Walzer zu spielen und Alberto sagte:»Es wird jetzt ein Langsamer Walzer gespielt, der Tanz, den wir bereits in der ersten Tanzstunde gelernt und zu dem wir einige neue Schritte in der zweiten Tanzstunde geübt haben.« Estelle schaute erleichtert zu ihm auf, er war noch größer als Eduardo, wohl 1,89 Meter, schätzte sie, oder vielleicht sogar 1,90 Meter.»Ja, diesen Tanz tanze ich gerne mit Ihnen, Herr Wagner.«»Sagen Sie doch bitte Alberto zu mir! Wie heißen Sie eigentlich?«»Entschuldigen Sie, dass ich mich noch nicht vorgestellt habe, aber mein Name ist Estelle Bauer.«

Heute war sie selbstsicherer, vielleicht aufgrund des neuen Kleides oder der vielen Komplimente, die sie bereits bekommen hatte. Sogar von Christa war eines dabei, die gesagt hatte:»Wow, was hast du gestern gemacht, du siehst heute umwerfend aus. Wer hat deine Haare so toll gemacht und wo hast du dieses Kleid gekauft? Es ist ja fabelhaft geschnitten, du siehst heute so dünn aus, als ob du fünf Kilo abgenommen hättest. Entschuldige, nicht, dass du sonst dick wirken würdest, aber du kennst mich ja schon ein wenig, ich spreche so, wie mir der Schnabel gewachsen ist, einfach alles kommt gleich direkt raus. Aber in Kurzversion: Du bist heute so schön!« Christa hatte das wirklich aufrichtig gemeint und Estelle hatte geantwortet:»Das hat alles meine Stiefmutter gemacht, auch die Frisur. Und das Kleid ist eines von ihren gewesen, sie hat es heute Nacht für mich umgenäht.« Christa fühlte sich fast schuldig, denn sie konnte sich gar nicht vorstellen, dass man so sparen musste, dass ein altes Kleid umgenäht werden musste oder dass man sich keinen Friseur leisten konnte, daran hatte sie gar nicht gedacht.

Alberto führte Estelle aufs Tanzparkett. Er legte seinen Arm auf ihren Rücken, nahm ihre rechte Hand in seine linke und ab ging es im langsamen Walzerschritt. Estelle fühlte sich wie auf Wolken. Sie tanzte mit dem attraktivsten Mann des Tanzkurses und schwebte regelrecht über das Parkett. Sie war so glücklich und hoffte inniglich, dass der Tanz nie aufhören würde. Inzwischen forderte auch Peter seine Christa auf und Eduardo tanzte weiter mit Hilde, der attraktiven Rothaarigen, die eigentlich die Tanzpartnerin von Alberto war. Gleich nach dem Langsamen Walzer wurde ein Slowfox gespielt und Estelle lächelte Alberto an und wartete auf seine Reaktion. Würde er auch diesen Tanz noch mit ihr tanzen oder sie zurückbringen? Tja, er tanzte einfach weiter, sie spürte seine Hand so warm durch ihr rosa Spitzenkleid, nahm seine Nähe wahr und ihr wurde ganz warm ums Herz. Nicht nur ums Herz, sie merkte, dass sie wieder rot zu werden drohte. Deshalb versuchte sie ihre

Gedanken nochmals auf die vielen Komplimente von vorher zu lenken, damit man ihr nicht anmerkte, wie sehr sie es genoss.

Auch Alberto fühlte sich irgendwie zu Estelle hingezogen, er, der eigentlich jede hätte haben können. Aber irgendwie rührte es ihn, diese Unschuld im Arm zu halten. War sie nicht leicht rot geworden? Mein Gott, ist das süß. Alberto war bekannt als Lebemann, obwohl er gerade einmal 18 Jahre alt war, war er schon Chauffeur eines wichtigen Mannes aus der Geschäftswelt, er bekam dessen Benehmen mit und handelte genauso. Natürlich war er sich seines Charmes bewusst, noch nie konnte ihm ein Mädchen widerstehen, er hatte schon viele gehabt, mit vielen geschlafen und genoss es immer und immer wieder, eine neue Trophäe zu seinen unzähligen Eroberungen hinzuzufügen. Man könnte ihn fast als Casanova bezeichnen, sicherlich hatte er schon mit über 30 Frauen geschlafen, ob jung oder viel älter oder ein wenig älter, er liebte die Frauen, das Leben, das Ausgehen mit seinen Freunden, einfach alles, was Spaß machte. Nur Verantwortung wollte er auf keinen Fall je übernehmen. Aber von all dem wusste Estelle nichts. Sie, die Unschuld vom Lande, glaubte nur, dass ihr Märchenprinz endlich gekommen sei. Sie war so glücklich.

Dann spielte Pauline, die Pianospielerin, auch noch einen Tango, den dritten Tanz, den sie bis jetzt gelernt hatten, und Estelle hätte sie am liebsten umarmt aus Dankbarkeit, denn sie hoffte insgeheim, dass Alberto ihr auch diesen Tanz noch widmen würde. Tatsächlich sagte der:»Estelle, ist es für dich okay, wenn wir auch noch den Tango gemeinsam tanzen?«»Ja, sehr gerne«, antwortete sie etwas schüchtern. Der Tango wird mit leicht gebeugten Knien getanzt und man ist gerade bei diesem Tanz mit seinem

Partner sehr eng verbunden. Der Körperkontakt ist wesentlich intensiver als bei den anderen Tänzen. Sie spürte sein Knie zwischen ihren Beinen und so langsam machte sich ein Kribbeln in ihrem ganzen Körper breit. Beinahe erschrak Estelle: Was ist denn jetzt mit mir passiert? Meine Knie sind ganz weich, mein ganzer Körper kribbelt, als ob ich einen Elektroschock erhalten hätte. Sie blickte verstohlen ihren Partner an, obwohl ihr Kopf beim Tango nach links gerichtet bleiben musste. Und gerade in diesem Moment sah auch Alberto auf sie herab und lächelte und dachte: Diese Estelle ist süß, die muss ich haben, koste es, was es wolle. Er witterte sein nächstes ›Opfer‹! Die Musik hörte auf zu spielen, Frau Kummer kam kurz in den Tanzsaal und sagte, dass es jetzt 15 Minuten Pause gäbe, dann würde der Übungsabend weitergehen. Alberto brachte Estelle zu der Gruppe von Christa, Peter, Eduardo und Hilde zurück. Dort angekommen, stellte er sich bei ihnen vor und umgekehrt. Dann grinste er Hilde an und fragte sie: »Hilde möchtest du etwas zu trinken haben? Und du Estelle, möchtest du etwas?« Hilde nickte und auch Estelle, deshalb beschlossen alle jungen Männer, hinaus an die Bar der Tanzschule Kummer zu gehen und für ihre Damen etwas zu trinken zu holen.

So holten die Männer die Getränke, Peter einen Organgensaft für Christa und für sich ein Glas Rotwein, Eduardo einen Zitronensaft für Estelle und für sich auch ein Glas Rotwein. Alberto für Hilde einen Apfelsaft und für sich ein Glas Mineralwasser, während die Mädchen schon hinaus auf die wundervolle Terrasse gingen und dort angeregt plauderten. Hilde blickte auf den Teich hinaus und sagte: »Ist es nicht schön hier? Ich genieße es immer, hierher zu kommen und Platz zu haben, denn meine Mama und ich wohnen in der Stadt in einer ganz kleinen Wohnung!« »Wo ist denn dein Vater?«, fragte Christa interessiert. »Der ist vor zwei Jahren an Krebs gestorben!«»Das tut mir leid«, sagte Christa.»Das ist ja sehr traurig«, sagte Estelle. Von der Seite her betrachtete Estelle Hilde, die etwas kleiner war als sie, aber nicht so klein wie Christa. Sie trug ein einfarbiges dunkelgrünes Taftkleid mit weißen Handschuhen und einer Perlenkette, hatte längeres naturgewelltes, dunkelrotes Haar und ganz dunkelbraune Augen. Sie hatte eine sehr schmale Taille und blasse Haut, aber war sehr hübsch. Sie sah fast so aus wie Rita Hayworth.»Weißt du eigentlich, Hilde, dass du so heißt wie meine kleine Schwester, na ja, eigentlich heißt sie Mathilde, aber wir nennen sie manchmal auch kurz Hilde.«»Das ist ja ein Zufall«, sagte Hilde,»aber ich heiße nur Hilde und nicht Mathilde!« Gerade in diesem Moment kamen die drei Männer zurück und fragten:»Worüber sprecht ihr denn gerade, über deine Schwester?«, fragte Eduardo.»Nein, nein«, sagte Christa, »na, ja vielleicht indirekt doch.« Sie zeigte auf Hilde und sagte:»Sie heißt genauso wie meine Schwester, auch Hilde.« »Wisst ihr eigentlich, dass Christas Schwester Mathilde auch eine ganz hübsche ist, so wie sie, aber sie ist noch eher eine Blondine!«, scherzte Eduardo.

»Seht doch, da drüben gibt es einen Cocktailstand, hätten wir das früher entdeckt, meine Damen, hätten wir euch einen gebracht.« Draußen, neben der Terrasse war ein kleiner Cocktailstand aufgebaut, wo es rote, blaue und grüne Mixgetränke zu kaufen gab. Frau Kummer war sehr geschäftstüchtig, denn der Übungsabend hatte immer eine Pause, in der die Burschen ihre Tanzpartnerinnen gerne einluden. Es gab alkoholfreie und auch Mixgetränke mit Alkohol. Und da an der Bar alles schnell voll war, ließ Frau Kummer noch diese zweite Getränkemöglichkeit aufbauen. Die drei Damen nippten an ihren Getränken und dann wurde geplaudert.

Eduardo fand auch, dass Estelle heute sehr hübsch aussah, und sagte deshalb: »Estelle, du siehst heute umwerfend aus, hat dir das schon jemand gesagt?« Estelle wurde schon wieder rot, sie konnte einfach nicht anders. Man merkte, dass sie sich über das Kompliment sehr freute. Dann sagte auch noch Alberto: »Ja, das finde ich auch, dieses wunderschöne pechschwarze Haar, welches einen so tollen Kontrast zu ihrem rosa Kleid bildet, mein Kompliment!« Estelle wusste nun nicht mehr, wohin sie schauen sollte, denn sie war so aufgewühlt, aber vor allem hocherfreut über all diese Komplimente. Zum ersten Mal in ihrem Leben fühlte sie sich wohl in ihrer Haut, sie strahlte vor Stolz und Freude und war auch nicht so unsicher wie sonst immer und antwortete sogar frech: »Na, das hätten Sie wohl auch gerne, so schwarzes Haar, oder? Aber Ihr braunes Haar ist auch nicht schlecht.« Kaum ausgesprochen, genierte sie sich schon wieder, dass sie gar so forsch gewesen ist, aber all die netten Worte hatten dazu geführt, dass sie über ihren eigenen Schatten gesprungen und sogar einmal frech gewesen war.

»Na, na, meine Herren, wer wird denn uns beide übersehen, ihr habt ja nur Komplimente für Estelle. Und was ist mit uns? Findet ihr uns gar nicht hübsch?«, fragte, wie immer schelmisch, die Christa. »Natürlich, Christa, das weißt du doch, ich finde dich immer hübsch, und nachdem du das ja eh weißt, brauche ich es doch nicht noch extra zu erwähnen!«, scherzte Eduardo zurück. Das störte Peter, dass Eduardo seiner Christa solche Komplimente machte, und er sagte: »Christa, Darling, du weißt, dass du wie eine Schauspielerin aussiehst, wir alle bewundern dich.« »Ja, freilich, Sie sind auch sehr hübsch!«, sagte jetzt auch Alberto zu Christa.

»Na, und was ist mit mir? Mich habt ihr wohl ganz vergessen?«, stieg nun auch Hilde in das Scherzgespräch ein. »Nein, dich vergessen wir nicht, oder, meine Herren?«, fragte Alberto. »Nein, Sie sind sehr hübsch«, sagte Eduardo. »Alle drei sind hübsch«, sagte Peter, »jede von euch dreien sieht ganz anders aus als die andere, eine ist blond, die andere pechschwarz und eine ist rot.« »Was soll das wieder heißen?«, scherzte Christa weiter. »Wir wollen nicht klassifiziert werden. Also, wie sieht es aus, jetzt werden wir Damen einmal umgekehrt euch Männer in gewisse Kategorien einteilen. Der eine ist blond, der andere braunhaarig, der andere dunkelbraun, fast schwarzhaarig. Na, und welche Augen haben wir denn da, blau, braun und grün.« »Wer ist nun der schönste Mann?«, fragte Alberto. »Aber, aber, meine Herren, nur bei Frauen spricht man über Schönheit, bei Männern nur darüber, ob er männlich und interessant ist, oder?«, sagte Christa, die niemals auf den Mund gefallen war, und blickte Estelle und Hilde schelmisch an, um von ihnen Verstärkung zu bekommen. »Ja, da hat Christa vollkommen recht, nur wir Frauen sind schön!«, sagte Hilde. Estelle kommentierte: »Männer müssen nur interessant sein.« »Komm schon, Estelle, spuck's schon aus, wer von uns dreien ist der Interessanteste?« Estelle tat so, als ob sie angestrengt darüber nachdachte, und antwortete spontan und ganz unerwartet, denn normalerweise sprach sie nie viel: »Alle drei, würde ich sagen, sind gleich interessant.« »Nein, das finde ich nicht«, brachte sich Christa wieder ein. »Mein Peter ist der Interessanteste, entschuldigt bitte, Eduardo ist wie mein Bruder und Alberto, nichts für ungut.« »Ach, wenn das so ist«, zog Eduardo einen Schmollmund und scherzte weiter. »Christa, das hat mich aber tief getroffen. Du findest mich nicht am interessantesten?« Daraufhin lachten alle schallend und dann ertönte die Glocke, die sie wieder in den Tanzsaal rief.

In aufgeheiterter Stimmung gingen alle sechs zurück in den Saal, wo sie gerade einen Jive spielten. Da außer Eduardo und Alberto noch keiner dazu tanzen konnte, warteten die Mädchen gespannt, wen die beiden Männer auffordern würden. Eduardo verbeugte sich vor Estelle, noch bevor es Alberto tun konnte, was diesen wiederum störte, denn er hatte Estelle ebenfalls auffordern wollen. Deshalb verbeugte er sich vor Christa, was Peter fast zum Kochen brachte, denn er konnte Hilde nicht auffordern, da er als Einziger der drei Männer den Jive noch nicht tanzen konnte. Eduardo zeigte Estelle, wie dieser Tanz ging, und sie freute sich sehr darüber, dass er sie aufgefordert hatte und nun auch noch die Geduld aufbrachte, ihr kurz zu zeigen, wie dieser Tanz überhaupt funktionierte. Aber er war ein begnadeter Führer und schaffte es sogar, Estelle gekonnt durch diesen Tanz zu leiten. Um nichts schlechter in der Führung war Alberto, der Christa den Jive beibrachte. Während die vier das Tanzbein schwangen, unterhielten sich Peter und Hilde angeregt. Hilde ist eine Nette, dachte Peter. So bescheiden, aber auch sehr unterhaltsam, vielleicht etwas weniger forsch und schelmisch als seine Christa, aber es war sehr nett, mit ihr zu plaudern. Sie erzählte ihm, dass sie alleine mit ihrer Mutter lebe und eine Lehre als Friseurin mache. Die Arbeit bereite ihr großen Spaß und sie träume davon, eines Tages einen eigenen Friseursalon zu besitzen. Da der Jive ein schneller Tanz war, hatte Estelle keine Gelegenheit, darüber nachzudenken, wie aufregend sie Alberto fand, und sie konnte ihn und Christa auch nicht beim Tanzen beobachten, denn sie musste sich ganz auf den Tanz konzentrieren.

Die Musik wechselte und es wurde wieder ein Slowfox gespielt, aber dieses Mal forderte Peter statt seiner Christa die Hilde zum Tanz auf, denn er wollte seiner Christa zeigen, dass auch er einmal mit jemandem anderen tanzen konnte. Christa blieb vor lauter Staunen fast der Mund offen, denn sie war es absolut nicht gewohnt, dass sich nicht alles um sie drehte, und irgendwie fast eingeschnappt, dass ihr Peter nicht auf sie gewartet hatte. Also tanzte Eduardo mit Christa und Alberto forderte wieder Estelle auf. Estelle war so erfreut darüber, dass sie ihn mit ihren großen smaragdgrünen Augen anblickte und mit einem herzlichen Lächeln, das über das ganze Gesicht ging, anstrahlte. Man sah ihr richtig an, wie sehr sie sich freute. Na, die scheint ja sehr leichte Beute zu sein, dachte Alberto, der es eigentlich lieber hatte, dass er länger auf irgendetwas warten musste. Christa schielte immer wieder zu Peter und Hilde, die gekonnt den Slowfox auf das Parkett legten. Eduardo sah Christas Blick und sagte: »Christa, du wirst dir doch keine Sorgen um den Peter machen, der liebt nur dich. Ich habe selten jemanden gesehen, der so verliebt in jemanden ist, wie dein Peter in dich.« Sie lächelte verlegen zurück und schmiegte sich dann unbewusst an ihren Beschützer. Sie mochte Eduardo wirklich sehr gerne, er war immer fröhlich, meistens zu Schabernack aufgelegt und hatte die beiden Neubauer Mädels immer beschützt. Sie fühlte sich auch jetzt wie von einem großen Bruder in die Arme genommen und sicher, ja einfach geborgen, umhegt und beschützt. Peter wollte es seiner Christa heimzahlen und tanzte wesentlich enger mit Hilde, als es notwendig gewesen wäre, und strahlte sie dabei an. Als er kurz zu Christa hinüberblinzelte, sah er gerade, wie sie sich eng an Eduardo schmiegte, was ihn wiederum dazu veranlasste, Hilde noch enger zu sich heranzuziehen. Wie zwei kleine Kinder konkurrierte der eine mit dem anderen. Eduardo beobachtete die Szene und schmunzelte vor sich hin. Nach diesem Tanz führten alle ihre Damen wieder an den Rand der Tanzfläche, es wurde ein Boogie gespielt, den außer Eduardo und Alberto noch niemand aus der Runde konnte, na ja, vielleicht Hilde. Aber sie entschieden sich alle dafür, den nächsten Tanz auszulassen, und gingen stattdessen wieder kurz auf die Terrasse zurück. Inzwischen stand der Mond schon sehr hoch, es war Vollmond heute, aber kein klarer, sondern ein leicht verschwommener, von sanften Wolken umgeben, sodass er irgendwie wie ein Traummond aussah. Christa sagte:»Seht doch, ist der Mond nicht wunderschön?«»Na ja, ich weiß nicht«, sagte Alberto,»ich habe lieber einen klaren Vollmond.«»Und ich mag es lieber, wenn der Mond eine Sichel bildet, also einen zunehmenden Mond«, warf Eduardo ein. Estelle sagte:»Mir gefällt der Mond von heute Abend auch sehr gut, es ist fast so, als ob die Wolken ihn zudecken, beschützen und ihn umschmeicheln.«»Das klingt ja fast poetisch«, sagte Peter.»So, jetzt haben wir aber genug vom Mond gesprochen, was haltet ihr alle davon, wenn wir nach dem Übungsabend noch auf einen Drink gehen?«, fragte Alberto, der vorhatte, sein sich selbst gesetztes Ziel, die rasche Eroberung von Estelle, so schnell als möglich voranzutreiben, um das dann wieder abhaken und sich der nächsten Eroberung widmen zu können. Eigentlich war Alberto ein Luftikus, ein leichtlebiger Mensch, was ja an und für sich nichts Schlechtes ist, wenn man Christa betrachtet, die ein ähnliches Naturell hatte. Aber er war darüber hinaus verantwortungslos und egoistisch, doch zu diesem Zeitpunkt war er für Estelle ein Superstar, ohne jeden Fehler.

Die Gruppe ging zurück in den Tanzsaal, wo zufälligerweise nach einem Rockn'n'Roll nochmals ein Tango gespielt wurde. Alberto blickte Hilde an und fragte sie:»Ist es okay für dich, wenn ich nochmals mit Estelle tanze?«»Zu spät, Alberto«, sagte Eduardo,»diesen Tanz hat Estelle schon mir versprochen.«Irgendwie hatte Eduardo das Gefühl, er müsse Estelle vor diesem Alberto beschützen. Er wusste nicht, warum, aber sein Instinkt sagte ihm, dass dieser Mann es nicht gut mit Estelle meinte. Er hatte sie zuvor nicht gefragt, weshalb Estelle überrascht war, dass gleich zwei Männer mit ihr tanzen wollten, sodass sie nicht widersprach und sich von Eduardo auf die Tanzfläche führen ließ. Peter war so froh, endlich wieder mit seiner Christa tanzen zu können, und warf Hilde einen entschuldigenden Blick zu, die verständnisvoll nickte.»Na, Alberto, dann bleibt dir wohl nichts übrig, als mit mir das Tanzbein zu schwingen?!«»Natürlich, allerliebste Hilde.« Alle bewegten sich auf der Tanzfläche zum Tangorhythmus und Christa konnte sich gar nicht eng genug an ihren Peter schmiegen, dem das einerseits sehr gefiel, aber andererseits auch in eine peinliche Situation brachte, denn er spürte, dass in seiner Hose etwas wuchs und wuchs, sein Penis freute sich sehr, Christa so nahe zu sein, und wollte gerne noch näher, ja sogar in ihr sein. Christa bemerkte das und schmunzelte, sagte aber kein Wort. Irgendwie war das Peter unangenehm, denn er wollte seine zukünftige Braut – und sicherlich noch Jungfrau – nicht erschrecken. Eduardo tanzte inzwischen einen hervorragenden Tango mit Estelle, die es genoss, in seinen Armen zu liegen und sich führen zu lassen, denn er tat dies so gekonnt, dass ihre Schritte im Takt und richtig waren und sie sogar noch ihren Gedanken nachhängen konnte, die bei Alberto waren.

Eduardo blickte auf Estelle herab und sah, dass sie angestrengt über etwas nachdachte. Daher fragte er sie ganz plötzlich:»Na, Estelle, an wen denkst du denn gerade?« Augenblicklich wurde Estelle feuerrot, fühlte sie sich doch ertappt, und stotterte:»An niemanden!«»Das glaube ich dir nicht, also verrate mir schon, wem galten deine romantischen Gedanken?«»Wieso romantisch?«, fragte Estelle. »Das hat mir dein verträumter Blick verraten, also mach nicht so ein großes Geheimnis daraus, wer ist der Glückliche?«, fragte scherzend Eduardo, der im Grunde genommen keine Antwort auf seine letzte Frage erwartete. Die blieb auch aus, nur Estelle war weiterhin ganz rot im Gesicht und wäre beinahe, trotz seiner hervorragenden Führung, aus dem Takt gekommen.

Inzwischen blickte Hilde Alberto an. Sie waren kein Liebespaar, denn sie wusste als seine Nachbarin nur zu gut, dass er die Mädchen nicht ernst nahm. Aber nachdem sie keinen anderen Tanzpartner gefunden hätte und sie quasi mit ihm aufgewachsen war, wusste sie ihn zu nehmen, dabei war sie sich sehr wohl seines unwiderstehlichen Charmes bewusst, wenn er ein Ziel verfolgte. Aber sie selbst war irgendwie immun dagegen. Ihr hatte heute der Tanz mit Peter sehr gut gefallen und sie fand ihn wirklich sehr gut aussehend. Schade, dass er eine Freundin hat, dachte sie.

Alberto mochte umgekehrt Hilde wirklich gut leiden, aber eher wie einen Kumpel. Natürlich hatte er davor versucht, auch sie zu verführen, das war so sein Instinkt bei jeder Frau, jedem jungem Mädchen versuchte er es. Aber sie war nicht auf ihn hereingefallen und er ließ dann davon ab. Sie war die Einzige, die ihn wirklich kannte und von der er sich auch manches Mal etwas sagen ließ. Nicht einmal seine Eltern, von Roberto und Paula Wagner, durften das. Er war von seiner Mutter immer verzogen worden, konnte tun und lassen, was er wollte, ihm wurden nie Grenzen irgendwelcher Art gezeigt. Auch wenn seine Eltern nicht gerade reich waren, bekam er meistens mehr, als sie sich hätten leisten können, aber sie taten alles, um ihren Alberto zufriedenzustellen. Er fuhr einen Opel während sein Vater die Straßenbahn benutzte, nur damit sein Sohn ein tolles Auto hatte. Sie mussten sich dieses von den Lippen absparen, aber anstatt Dankbarkeit kam von Alberto meistens nicht einmal ein Dankeschön. Sie hatten in der Erziehung wohl versagt, weil sie ihm einfach alles hatten durchgehen lassen, und ihm kauften, was er wollte. Eher hatten seine Eltern eine Woche lang fast nichts gegessen, nur damit ihr Sohn wieder ein neues Spielzeug bekam.

Ein Kind braucht Grenzen und auch Vorschriften, denn wenn diese ihm nicht in der Jugend gezeigt werden, wie soll er sich dann als Erwachsener zurechtfinden? Mit einem solchen Erziehungsstil tut man seinem Kind nichts Gutes, es wird später im Leben nicht viel erreichen, denn es ist gewohnt, sowieso alles zu bekommen, ohne dafür etwas tun zu müssen. So war es bei Alberto. Er wurde wie ein feiner Herr erzogen, ihm wurde alles hinten hineingeschoben, aber in Wirklichkeit kam er aus einer einfachen Familie, seine Eltern waren nur kleine Büroangestellte. Vielleicht haben sie ihn auch nur deshalb so verwöhnt, weil sie sehr lange auf ein Kind gewartet hatten und er erst auf die Welt kam, als seine Mutter bereits 37 Jahre alt war. Das war gerade für die 60er Jahre wirklich sehr spät für eine Frau. Wahrscheinlich waren diese beiden Leute so dankbar, weil sie alles für dieses späte Kinderglück getan hatten, was wiederum zu diesem Alberto führte, der so zu dem wurde, wie er eben jetzt war. Sein Vater hätte ihm vielleicht manchmal mehr Vorschriften machen sollen, aber seine Frau Paula war eine sehr starke Persönlichkeit und er konnte ihr nie widersprechen, sondern machte alles, was sie wollte. Somit wurde Alberto in einem permissiven Erziehungsstil erzogen, was im Jugendlichen- und Erwachsenenalter unter Umständen zu Problemen beim Aufbau und Erhalt von Beziehungen zu Gleichaltrigen führen kann, da sich in der

Kindheit keine positive emotionale Beziehung entwickeln konnte. Auch weiß solch ein jugendlicher Erwachsener womöglich nicht, wie er angemessen mit Nähe und Distanz oder auch mit Ablehnungen umgehen soll, was ebenfalls zur Beziehungsfähigkeit führt.

Pauline beendete den Tango mit einem gekonnten Schlussakkord und die Paare gingen an den Rand der Tanzfläche zurück. Sie entschieden, es für heute gut sein zu lassen und noch auf einen Drink auszugehen. Nachdem sie sich umgezogen, die Tanzschuhe gewechselt und ihre Mäntel angezogen hatten, begaben sich die Paare jeweils zu ihren Autos, die auf dem Parkplatz der Tanzschule Kummer standen. Das Auto von Peter war wohl das kleinste, aber er hatte hart dafür gearbeitet und musste sogar noch einen kleinen Kredit zurückzahlen, während sowohl Eduardo als auch Alberto ihre Autos von den Eltern geschenkt bekommen hatten. Christa stieg ganz selbstverständlich in das Auto von Peter ein, während Estelle etwas verloren auf dem Parkplatz stand, bis Eduardo sagte: »Na, komm schon, steig ein, Estelle. Worauf wartest du denn?« Estelle fühlte sich sehr geehrt, in so einem tollen Auto mitfahren zu dürfen, aber gleichzeitig hatte sie ein wenig Angst davor, denn wie schnell würde dieses Auto wohl fahren? Da sie ja auf dem Land ohne Elektrizität und andere technische Annehmlichkeiten aufgewachsen war, waren ihr solch hochtechnische Autos wie dieser knallrote Porsche etwas suspekt. Hilde nahm im Auto von Alberto Platz. Sie fuhren in das Café Glacis, wo es Musik aus einem Musikautomaten gab. Dieses Kaffeehaus, oder besser gesagt, dieser Tanzclub, befand sich in der Innenstadt von Graz, also ca. 15 bis 20 Minuten Autofahrt entfernt, bei wenig Verkehr.

Eduardo schaltete die Radioanlage seines Porsche ein und schob eine Kassette hinein, es erklang **Elvis Presley** mit *It's now or never* Es war eine nette Musik und Estelle lehnte sich entspannt zurück, während sie das Auto von innen betrachtete. Sie saß ganz tief unten, alle Armaturen waren aus schwarzem Leder und dazwischen befand sich Kirschholz, auch in der Mittelkonsole. Der Ledersitz war ganz weich und sie hatte noch nie so bequem in einem Auto gesessen. Dieser Eduardo war so nett zu ihr, sie mochte ihn, nicht nur, dass er ein perfekter Gentleman war, nein, man spürte bei ihm überhaupt nicht, dass er aus so reichem Hause kam, er war in keinster Weise arrogant oder einge- bildet. Dann startete er den Porsche, der Motor brummte laut und tief und los ging es. Estelle fühlte sich wie im sieb- ten Himmel, noch nie saß sie in einem so tollen Auto, noch dazu mit sicherlich einem der reichsten Erben von Graz. Nicht, dass sie sich mehr für ihn interessierte als für einen großen Bruder, aber diese Situation alleine gefiel ihr doch sehr. Eduardo betrachtete Estelle und sah, dass sie beein- druckt war, denn mit seinen 21 Jahren konnte er diesen Ausdruck auf ihrem Gesicht gut lesen, den sie dann auch noch mit folgenden Worten bestätigte: »Eduardo, ich bin beeindruckt, ich fahre heute zum ersten Mal in meinem Leben in einem Porsche. Das ist wirklich toll, danke, dass du mich mitgenommen hast.« Mein Gott, ist sie süß, diese Unschuld vom Lande. Noch immer sah Estelle heute wie eine Dame aus der Stadt aus, denn die neue Aufsteckfrisur stand ihr ausgezeichnet, dazu hatte sie den Persianerman- tel vorne offen gelassen, da es heute eigentlich dafür viel zu heiß war, aber sie hatte ja keinen Frühjahrsmantel. Man sah das rosa Spitzenkleid herausleuchten, welches ihre wirklich großen, aber durchaus wohlgeformten Brüste so richtig zur Geltung brachte. Eigentlich ist sie beim zwei- ten Hinschauen ganz attraktiv, die Kleine, dachte Eduardo. Den Rest der Autofahrt sprachen sie nicht mehr, sondern lauschten der angenehmen Musik aus der tollen Musikanlage des Porsches. Diese Anlage war ein Weihnachtsgeschenk seiner Eltern, denn er wollte den Klang möglichst vollkommen haben. Nicht dass nicht schon ein tolles Radio im Porsche standardmäßig eingebaut gewesen war, aber diese Anlage übertraf die alte bei Weitem.

Christa machte es nichts aus, in dem bescheidenen Auto von Peter mitzufahren, hatte sie doch nur Augen für ihn und scherzte, sobald sie eingestiegen waren: »Heute hättest du wohl gerne mehr mit mir gemacht, als mich nur geküsst?« Peter tat spielerisch entsetzt: »Aber Christa, wie kannst du denn bloß so etwas von mir denken?« »Na, tu nicht so, ich habe es ja gespürt. Und es hat sich angenehm angefühlt.« »Hat es das, mein Liebling? Aber damit warten wir noch, bis du alt genug dazu bist, okay?« »Warum müssen wir damit eigentlich warten? Ich will es jetzt und sobald wie möglich!« Peter hätte sich beinahe verschluckt und das Auto in den Graben gelenkt. »Das weißt du ganz genau, denn noch bist du mit deinen 16 Jahren zu jung dafür.« Dann schaltete er die Musik lauter, denn einerseits hätte er nichts lieber getan, als mit seiner Christa Liebe zu machen, aber andererseits wollte er sich unter Kontrolle halten und sie ehren und achten, und außerdem sie war noch nicht alt genug dafür.

Alberto stieg ebenfalls in seinen Opel Record nachdem er Hilde galant die Tür aufgehalten und gewartet hatte, bis sie eingestiegen war. »War ein netter Abend, findest du nicht auch, Hildechen?« Bei diesen Kosenamen nannte er sie manchmal. Hilde hingegen antwortete trocken: »Ja, ich fand den Abend auch schön, aber ich mache mir Sorgen, dass du die nette Estelle nicht in Ruhe lässt und ihre Naivität, die sie sicherlich noch von ihrer Kindheit auf dem Land her hat, ausnutzt. Ich kenne dich ja, du Schürzenjäger. Aber bitte versprich mir, dass du die Finger von ihr lässt. Sie scheint wirklich nett zu sein und hat so einen wie dich nicht verdient.«»Aber Hildechen, nie würde ich etwas tun, was der Estelle schaden könnte. Ich finde die Kleine ja auch reizend.«»Das ist es ja gerade, was ich meine, lass die Finger von ihr, sonst bekommst du es mit mir zu tun. Hast du verstanden, Alberto?« Hilde war die einzige Frau, die ihm die Meinung sagte und offen aussprach, was sie und andere über ihn dachten. Von niemandem anderen als von Hilde hätte er sich das gefallen lassen, aber sie hatte irgendwie seine Achtung und genoss sogar seinen Respekt, sofern man überhaupt davon sprechen konnte, dass Alberto für irgendetwas oder irgendjemanden Respekt empfinden konnte, aber bei ihr war das anders.»Ich werde es versuchen, Hildechen, aber versprechen kann ich es nicht!«, war zumindest seine ehrliche Antwort. Hilde seufzte und hoffte, dass er Estelle verschonen würde, aber sie war sich dessen absolut nicht sicher. Den Rest der Fahrt verbrachten sie schweigend. Dann waren sie bei den anderen angekommen, es war gerade 21 Uhr 15 und die Mädchen hatten alle drei Ausgang bis 22 Uhr, maximal bis 22 Uhr 30.

Sie betraten die Bar, wo romantische Musik aus der Jukebox erklang. Sie gaben die Mäntel ab und suchten sich einen Tisch für sechs Personen. Der Kellner war ihnen sofort behilflich, erkannte er doch Eduardo, den Cesare-Sohn, der bereits öfter hier gewesen und bis jetzt jedesmal mehr als großzügig Trinkgeld gegeben hatte. Außerdem besaß der alte Cesare die Hälfte des Lokals, also gehörte es sich, den Sohn des Besitzers bevorzugt zu behandeln. Alberto genoss dieses Getue um sie herum, obwohl es nicht ihm galt. Aber im Gegensatz zu Eduardo spielte sich Alberto immer ganz groß auf und liebte es auch, Personal zu schikanieren, was Eduardo nie gemacht hätte. Sie wurden zu einem romantischen Tisch in einer Nische geführt, welcher nur mit Kerzenlicht beleuchtet war. Der Kellner brachte sofort die Getränke wie auch die Speisekarte und beim Anblick der Preise wurde Peter schon wieder ganz anders. Er hatte ausreichend Geld mit, hatte sich davor noch etwas von seinem Vater geborgt, aber nichtsdestotrotz würde er es ja auch wieder zurückzahlen müssen und die Preise waren extrem hoch. Er hoffte, dass Christa wenigstens nichts zu essen bestellen würde. Aber seine Hoffnung wurde sofort zunichte gemacht, indem diese sagte: »Das Tanzen hat mich ganz hungrig gemacht, ich möchte gerne dieses Steak mit Gemüse und davor eine Champignoncremesuppe.« Estelle sah die Preise und ihr erging es ähnlich wie Peter, denn sie hatte zwar etwas Geld mit, aber wusste nicht, ob sie es selbst bezahlen musste oder ob sie eingeladen werden würde. Aber sie konnte ja wohl kaum von Peter verlangen, dass dieser sie einlud, er musste das ja für Christa tun. Estelle sagte deshalb: »Hier ist es aber sehr teuer, ich weiß gar nicht, ob ich mir das überhaupt leisten kann.« »Natürlich kannst du das, Estelle, du bist selbstverständlich mein Gast«, sagte Alberto prahlerisch. »Du, liebe Hilde, natürlich auch.« Eduardo sagte wie der erwachsenste unter ihnen: »Was haltet ihr davon, meine Herren, wenn jeder nur sein Mädchen einlädt, mit dem er zur Tanzschule gekommen ist?« Peter fiel ein Stein von Herzen, denn dann bezahlte Eduardo für Christa und so, wie er Estelle kannte, würde diese höchstens einen Drink bestellen. Er sagte deshalb rasch: »Das finde ich eine gute Idee, hoffe, dass das okay für die Damen ist?«, und schaute dabei Christa fragend an. »Na klar, wie auch immer, ich habe nur Hunger und würde gerne etwas zu essen bestellen.« Alberto stimmte zu guter Letzt dieser Variante ebenfalls zu. Somit bestellten sie alle ihre Drinks, Cocktails, dieses Mal auch mit Alkohol, denn hier in diesem Club wurde nie jemand nach einem Ausweis gefragt und die Mädchen sahen zumindest heute Abend wesentlich älter aus als 16 Jahre. Christa, Hilde, Eduardo und Alberto bestellten auch etwas zu essen, Estelle und Peter hingegen nur etwas zu trinken. Dann ertönte eine besonders langsame Musik aus der Jukebox und viele Paare tanzten, nicht wie in der Tanzschule, sondern einfach nur so im Kreis, sehr eng aneinandergeschmiegt und das zu dieser langsamen Musik. Christa schubste Peter und sagte:»Liebling, ich möchte diesen Tanz mit dir tanzen.«»Nichts lieber als das.« Peter war bereits aufgestanden, um Christa auf die Tanzfläche zu führen. Diese Gelegenheit ließ sich Alberto nicht entgehen, noch fast all seine Eroberungen waren bei so einer Musik schwach geworden. Er verbeugte sich vor Estelle und sagte:»Darf ich bitten, Estelle.« Sie nickte und brachte kein Wort heraus, als ob ein Kloß in ihrem Hals steckte. Sie liebte diese Art von Musik und war irgendwie sehr aufgeregt, dass Alberto, dieser schöne Mensch, gerade an ihr Interesse fand. Sie war so entzückt darüber und folgte ihm lammfromm. Eduardo beobachtete diese Szene mit Argwohn, er kannte die Sorte von Alberto und machte sich Sorgen um Estelle. Nicht, dass er in sie verliebt gewesen wäre, aber irgendwie rief dieses Mädchen vom Land seinen Beschützerinstinkt wach. Er hätte sie nie verführt, denn er wusste, dass sie noch unschuldig war, nicht nur körperlich, sondern überhaupt, tja, sie war naiv und glaubte jedem alles. Und er mochte nicht, wenn jemand so eine Person ausnutzte. Dasselbe war bei Hilde der Fall. Sie beobachtete diese Szene ebenfalls mit Argwohn, kannte sie doch ihren Alberto nur zu gut. Sie machte sich schreckliche Sorgen um Estelle. Sie wollte einfach nicht, dass ihr etwas passierte, es erwachte auch bei ihr ein Schutzbedürfnis diesem Mädchen gegenüber.

Nur Christa und Peter schienen rund um sich herum nichts zu bemerken, noch bekamen sie die Gefahr mit, die auf Estelle lauerte. Sie tanzten eng aneinandergeschmiegt und verspürten beide ein Kribbbeln in ihrem Körper, worauf sie sie sich noch stärker umfassten. Christa konnte das Gefühl nicht beschreiben, es war zu schön. Jede Faser ihres Körpers wollte Peter, sie wollte, dass er sie noch mehr berührte, aber stattdessen begnügten sie sich damit, eng miteinander zu tanzen. Sie wagten sich nicht einmal zu küssen, denn Peter war immer auf Christas Ruf bedacht und so offen ›schmuste‹ man nicht einfach in einer Bar miteinander, zumindest nicht in den 60er Jahren.

Alberto führte Estelle auf die Tanzfläche und legte seinen Arm fest auf ihre Schulter, er nahm ihre Hände und drapierte sie um seinen Hals, denn dieser Discotanz (Discofox, im Dialekt »Lamourhatscher« genannt) wurde nicht so wie in der Tanzschule getanzt, sondern der Mann hielt die Frau dabei mit beiden Armen am Rücken oder sogar am Popo fest und die Mädchen legten ihre Arme um den Hals der Burschen und dann bewegte man sich sehr langsam zu der Musik und drehte sich im Kreis und bewegte dabei auch die Hüften. Man spürte den Körper des anderen ganz nah, bei Alberto noch näher, denn er hielt bei Estelle nicht den Anstandsabstand ein, sondern presste seinen Körper ganz eng an ihren. Estelle war total verwirrt und wusste nicht, wie ihr geschah, es drehte sich alles, die Musik spielte, er tanzte so rhythmisch, dass sie jeden seiner Körperteile fühlte. Alberto gab aber Acht, dass sie nicht seinen kleinen erregten Alberto bemerkte, denn vorher wollte er gerne ein wenig mit seiner Beute spielen, wenngleich er sich sicher war, dass sie heute schon mit ihm ins Bett gehen würde, wenn er es darauf anlegte. Aber das wäre ihm zu schnell gegangen und außerdem sollte Hilde nicht dabei sein, denn die würde das vielleicht zu verhindern wissen. So konnte er zu ihr noch immer sagen, dass er nichts gemacht hätte.

Alberto hatte wirklich keinen guten Charakter und war so ganz anders als die anderen beiden jungen Männer, nicht so gefühlvoll und ehrlich wie Peter und sicherlich nicht so durch und durch Gentleman wie Eduardo. Auch Eduardo hatte bereits so manche Eroberung hinter sich, aber niemals bei totalen Unschuldslämmern und auch hatte er niemals jemanden verletzt, er war immer ehrlich zu seinen Mädchen gewesen und ihnen auch, bevor er mit ihnen geschlafen hatte, gesagt, wenn er jemanden nur für eine Nacht suchte. Es war durchaus schon vorgekommen, dass die eine oder andere dann enttäuscht gegangen war und er sie auch gehen ließ. Aber es war ihm wichtig, ehrlich zu ihnen zu sein. Die meisten waren jedoch geblieben und hatten sich auf eine Nacht und ein Einmalerlebnis, einen One-Night-Stand mit ihm eingelassen.

Alberto hingegen nutzte die Frauen bis aufs Letzte aus, einmal musste ihn eine um zehn Jahre ältere Dame dauernd einladen, denn ein Gentleman war er, nachdem er bekommen hatte, was er wollte, mit Sicherheit nicht.

Aber all das bemerkte Estelle nicht, sondern sie sah Alberto dahinschmachtend an. Das war sogar Alberto zu viel, sodass er Estelle nach diesem Tanz wieder zurück an den Tisch führte. Er liebt es, wenn sein Freiwild es ihm etwas schwerer machte, weshalb Estelle eine fast zu leichte Beute für ihn war. Hilde und Eduardo hatten nicht getanzt, sondern am Tisch auf die anderen gewartet. Inzwischen waren die Getränke serviert worden, Christa und Peter tanzten noch. »Auf uns alle!«, prostete Alberto den anderen zu. »Prost!«, sagte Hilde und auch Eduardo murmelte nur: »Prost!« Estelle sagte gar nichts, noch war sie nicht aus der Ekstase erwacht, die sie auf der Tanzfläche verspürt hatte. Die anderen zwei schauten sie ganz besorgt an. Dann verbeugte sich Eduardo vor Estelle: »Darf ich bitten?« Inzwischen spielten sie einen etwas schnelleren Tanz, einen weiteren Discofox, und Eduardo beherrschte auch diese ordinäre Tanzweise aufs Vortrefflichste. Und während er mit Estelle tanzte, konnte er nicht anders, als sie zu warnen: »Estelle, es geht mich ja nichts an, aber ich habe bei Alberto kein gutes Gefühl. Er ist ein Weiberheld, bitte pass gut auf dich auf.« »Das sagst gerade du, der ja auch diesen Ruf hat!«, sagte Estelle und verwarf innerlich sofort wieder seine Warnung. Vielleicht stimmt das ja, dachte Eduard grimmig, dass auch ich so einen Ruf habe, aber ich bin sicherlich nicht so wie Alberto, und nahm sich gleichzeitig vor, etwas weniger mit den Mädchen zu spaßen, sondern nurmehr ernste Beziehungen einzugehen und diese etwas länger zu pflegen. Er merkte sofort, dass seine Worte nicht gefruchtet hatten, denn Estelles Blick wanderte bereits wieder ganz verklärt zurück zum Tisch. Sie spürte, dass heute sich etwas geändert hatte mit ihr. Ich bin verliebt, dachte sie, in den schönsten und interessantesten Mann auf Gottes Erde. Für sie war Alberto einfach perfekt. Sie dachte, dass er der Traumprinz sei, und nahm Eduardos Warnung nicht ernst. Gerade so einer, der selbst diesen Ruf hat, muss mir so etwas sagen, dachte sie fast wütend. Obwohl sie Eduardo mochte, ärgerte sie sich über dessen Aussage über ihren Alberto. Was glaubt der denn eigentlich, wer er ist, er selbst hat genug Dreck am Stecken und muss nun den Alberto, der ja wirklich ein Gentleman ist, schlechtmachen. Der Discofox ging zu Ende und sowohl Peter und Christa als auch Estelle und Eduardo gingen zurück an den Tisch, wo Hilde gerade mit Alberto geschimpft hatte.

Die Zeit verging so rasch, dass es schon bald Zeit zum Heimgehen war, denn die Mädchen mussten ja nach Hause gebracht werden. Also bezahlten die Männer und fuhren jeweils mit dem Mädchen, mit dem sie gekommen waren, nach Hause.

Auf der Geburtenstation

Aufwachen, aufwachen!«, hört Estelle jemand schreien. Eine Schwester rüttelt sie und sagt: »Frau Bauer!« Sie trägt einen anderen Nachnamen als ihr Vater, da dieser ihre Mutter ja nie geheiratet hat. »Aufwachen, Ihre Tochter schreit schon so lange, sie scheint großen Hunger zu haben!« Mein Gott, denkt Estelle, »schon wieder dieses ungewollte Balg, es ist doch erst 4 Uhr früh!« »Was soll ich tun?«, fragte sie die Schwester. »Sie müssen das Baby anlegen, das heißt es füttern, also stillen!« »Ich werde sie Ihnen an ihre Brust legen, sodass sie trinken kann.« Warum mir, denkt Estelle, ich möchte dieses Kind einfach nicht haben, jetzt muss ich es auch noch füttern. Aber trotzdem tut sie, wie ihr befohlen, und legt das Kind zuerst an die eine Brust, dann an die andere. Das Mädchen saugt ganz angestrengt mit hochrotem Kopf und schmatzt dabei. »Wenn es fertig getrunken hat, müssen Sie es aufrichten, am besten über Ihre Schulter blicken lassen, sodass es sein Bäuerchen machen kann. Am besten legen Sie sich eine Stoffwindel über die Schulter, damit sie nicht angebrochen werden.« Was macht dieses kleine Ungeheuer denn noch? Estelle kann einfach keine Liebe für das kleine Ding empfinden. Am liebsten würde sie es im Spital zurücklassen und abhauen. Jetzt hat sie gerade diesen wundervollen Traum gehabt und dann weckt sie dieses kleine Ungeheuer auch noch auf. Sie tut trotzdem, was die Schwester ihr aufgetragen hat, ist aber emotional überhaupt nicht daran beteiligt, geschweige denn, dass sie so etwas wie positive Gefühle, vielleicht sogar Liebe für dieses Kind hätte empfinden kann.

Die Säuglingsschwester beobachtet diese traurige Szene und denkt sich: Armes Kind, hoffentlich wird dich deine Mutter doch noch eines Tages lieben können. Estelle stillt das Kind, hebt es hoch und lässt es über ihre rechte Schulter sein Bäuerchen machen. Sie blickt sich im Spitalszimmer um und bemerkt, dass auch andere Mütter gerade ihre Kinder stillten. Aber im Gegensatz zu Estelle scheinen sie ihre Babys liebevoll an ihren Brüsten trinken zu lassen. Sie blicken sie entweder mit lächelnden Augen und sehr zufriedenem Ausdruck an oder einfach nur voller Liebe und das, obwohl sie mitten in der Nacht geweckt worden sind, um ihre Kinder zu füttern. Warum grinsen diese dämlichen Ziegen nur so vor sich hin? Freuen sie sich denn wirklich darüber, dass sie jetzt ihre Kinder stillen dürfen? Estelle ist einfach auf alles böse, eigentlich ist sie von Hass erfüllt, denn wäre sie nicht so naiv gewesen, befände sie jetzt nicht in dieser misslichen Lage und diese anderen Frauen, die ja einen Ehemann haben, würden nicht so von oben auf sie herabblicken. Ihr geht es nun fast genauso schlecht wie ihrer eigenen Mutter! Ja, Estelle hat kurz nach Mitternacht ein uneheliches Kind geboren und war, ob sie wollte oder nicht, selbst zur Mutter geworden. Sie hat fertiggestillt und will nun dieses lästige Kind, ihr wirklich bezauberndes Mädchen mit den riesengroßen braunen Kulleraugen, nur weglegen. Deshalb läutet sie die Glocke für die Nachtschwester, die sofort erscheint und Estelle nach ihren Wünschen fragt. »Können Sie es bitte wieder in das Babyzimmer bringen, ich habe es fertiggefüttert?« »Natürlich«, erwidert die Nachtschwester, »wie soll ihre reizende Tochter denn heißen?« »Weiß noch nicht«, antwortet Estelle mürrisch. »Morgen sollten Sie aber einen Namen gefunden haben, denn wir müssen eine Geburtsbestätigung ausstellen, die Sie für das Standesamt brauchen werden, damit Ihr Kind eine Geburtsurkunde hat. Mein Gott, das auch noch!, denkt Estelle. Mir ist scheißegal, wie dieses Ungeheuer heißt, es ist ein Kind von Alberto, der alles andere als nett zu mir war, und dann erst seine Eltern, die mich wie eine Sklavin ausnützen. Und mein eigener Vater hat mich rausgeworfen, als ich es zum ersten Mal im meinem ganzen Leben einmal guthatte. Und das alles nur wegen dieses Balges – warum war ich nur so naiv und dumm und habe alles geglaubt, was mir Alberto erzählt hat? Nicht einmal Rosalinde, ihre liebe Stiefmutter, konnte ihr helfen und ihren Vater davon überzeugen, sie wieder bei sich aufnehmen. »Sollen wir jemanden anrufen wegen des Kindes, Ihre Eltern vielleicht?« »Nein, nicht meine Eltern, denen ist es egal, aber vielleicht Frau Paula Wagner, die Telefonnummer lautet 320 23 41 in Graz.« »Das werde ich der Schwester sagen, die mich um 6 Uhr früh ablöst, und sie wird dort sofort anrufen.« Warum hat sie eigentlich die Nummer ihrer Schwiegermutter – in spe, wenn Alberto ein Ehrenmann wäre und sie geheiratet hätte, was er NICHT vorhat – angegeben? Sie weiß es nicht, eigentlich hätte sie die Nummer von Rosalinde nennen sollen, aber die arbeitet ja ohnehin hier im Landeskrankenhaus, wo es nicht nur eine Geburtenstation, sondern viele andere Krankenstationen gibt. Die wird vielleicht bald erfahren, dass sie hier liegt und ein Baby bekommen hat, das hofft Estelle zumindest. Denn leider hat sie auch zu Rosalinde keinen Kontakt mehr gehabt, seitdem sie ihr Vater rausgeworfen hatte.

Die Krankenschwester nimmt ihr Baby mit und ließ Estelle mit ihren Gedanken alleine. Die denkt aber gar nicht darüber nach, welchen Namen sie ihrem Kind geben soll, das ist ihr einfach nicht wichtig. Sie ist ja kein Wunschkind, irgendjemandem wird schon ein Name für dieses Kind einfallen. So langsam sind auch die anderen

Mütter mit dem Stillen fertig und die Schmatz- und Sauggeräusche beginnen zu verebben. Estelle will wieder einschlafen und weiterträumen von früher, denn damals war ihre Welt ja noch in Ordnung gewesen. Sie dämmert so vor sich hin, als um 6 Uhr die Morgenschwester ins Zimmer kommt, die Vorhänge öffnet und Licht in das Zimmer strömen lässt. Dann werden wieder die Babys zu den diversen Müttern gebracht, worauf das ganze Zimmer auf einmal von all dem Schreien der Babys erfüllt ist. Estelle steht auf und geht zur Toilette und dann ins Badezimmer, um sich zu duschen und frischzumachen. Wieder an ihrem Bett angekommen, merkt sie, wie weich ihre Knie noch sind und wie schwach sie sich eigentlich fühlt. Sie schlüpft unter die Bettdecke und die Schwester bringt ihr ein frisches Spitalsnachthemd, denn ihr hat ja niemand eines von zu Hause zum Wechseln gebracht. Estelle zieht es sich über und blickt die Schwester dankbar an. Auf einmal kommt das Frühstück, es wird von den Pflegerinnen auf einem Tablett hereingebracht. Hmm, das riecht aber gut, das frische Frühstückssemmerl, der Kaffee, die Erdbeermarmelade, und gerade als Estelle mit dem Essen beginnen will, kam eine Schwester herein und bringt ihr wieder ihr schreiendes Balg. Mürrisch blickt Estelle auf das neue Menschlein und denkt bei sich: Wie habe ich nur so etwas verdient, nicht einmal frühstücken kann ich, ohne dass mich dieses Unding stört. Aber vor der Schwester will sie sich keine Blöße geben und nimmt das Kind es an sich. Es hört nicht auf zu schreien, so laut und erbärmlich, dass alle anderen auf sie blickten, bis Estelle es an eine ihrer derzeit wirklich enorm großen Brüste anlegt, nicht etwa, damit sie dem Kind etwas Gutes tun und seinen Hunger stillen kann, nein, nur deshalb, damit es aufhört, so fürchterlich zu schreien. Ihre Tochter ist ein zartes und kleines Baby. Gerade einmal 2500 Gramm wiegt es. Angesichts ihrer eigenen Leibesfülle ist es verwunderlich, dass es nicht größer ist. Sie schaut es fast mit Todesverachtung an, während sie es stillt, bis es satt ist.

Anstatt ihr Kind wie die anderen Mütter liebevoll an sich zu drücken, will sie es so schnell wie möglich loswerden. Sie läutet und die Schwester nimmt es ihr ab und trägt es wieder weg, aber vorher fragt sie noch: »Wollen Sie es nicht ein wenig bei sich behalten?« »Nein, eigentlich nicht, denn ich möchte jetzt endlich selbst in Ruhe frühstücken.« Dann nimmt sie das Semmerl, bestreicht es dick mit Butter, gibt Marmelade drauf und beißt herzhaft hinein. Der Kaffee schmeckt Estelle auch, wenngleich es sich um Krankenhauskaffee handelt, aber sie ist heute immerhin bedient worden und musste nicht wie die letzten Wochen und Monate noch hart im kleinen Lebensmittelladen arbeiten und den Haushalt für die Familie Wagner führen, die Böden schrubben, alles putzen, kochen und die ganze Familie inklusive Alberto von hinten und vorne bedienen, ohne dafür jemals ein Dankeschön gehört zu haben, und das alles, obwohl sie schwanger war. Zu all dem kam noch hinzu, dass alle permanent auf ihr herumhackten und sagten, dass sie doch froh sein müsse, Unterkunft und Bleibe gefunden zu haben angesichts ihres Zustandes. Sobald das Kind geboren worden sei, müsse sie sich aber eine andere Bleibe suchen. Estelle grübelte und grübelte, wohin sie denn gehen sollte mit diesem Kind. Sie schaut kurz auf ihre Uhr und bemerkt, dass es bereits halb neun war.

Ein junger Mann blickt zur Tür herein, rast dann mit strahlendem Gesicht zu der blonden Frau neben Estelles Bett und küsst sie herzhaft auf den Mund, dann gibt er noch seinem kleinen Sohn, den diese Frau bei sich hat einschlafen lassen, einen dicken Kuss. Estelle muss sich wegdrehen, denn das kann sie nicht mitansehen, wie andere so glücklich sind und anscheinend gute und ehrliche Ehemänner gefunden haben, nicht so wie sie, die auf einem absoluten Taugenichts und Tunichtgut hereingefallen war. Ja, zu Beginn war Alfredo charmant und reizend zu ihr gewesen. Sie seufzt und gerade als sie wieder ihren negativen Gedanken nachhängen will, schaute eine Krankenschwester mit blonden Locken und lachenden grünen Augen zur Tür herein. Mein Gott, das ist doch Rosalinde, denkt Estelle erfreut.

»Hallo, mein Schatz«, sagt Rosalinde, »wie geht es dir denn?«»Rosalinde«, flüstert Estelle mit heiserer Stimme. Sie kann es nicht fassen, dass diese sie besucht. Tränen steigen ihr in die Augen. »Na, wer wird denn weinen, mein Liebling«, sagt Rosalinde und nimmt sie in die Arme. Aus ist es mit der Fassung von Estelle, all die schlechten Wochen und Monate brechen aus ihr heraus und sie weint herzzerreißend. Rosalinde hält sie nur fest und lässt sie weinen. Die anderen Frauen im Raum schauen interessiert zu ihnen herüber und manche denken vielleicht: Was macht denn die Krankenschwester da mit der Patientin? Bald bemerken sie aber, dass sie eine Verwandte dieser sonst immer so stillen Frau zu sein scheint. Rosalinde fragt Estelle: »Na, wo ist denn das Baby? Was ist es denn, ein Bub oder ein Mädchen?« Und während sie Estelle dies fragt, hat sie auch schon die Klingel betätigt und die Säuglingsschwester gerufen, welche sie dann bittet, das Kind zu bringen.

»Ein Mädchen«, antwortet Estelle, »ich weiß noch keinen Namen für sie.« Da wird die Tochter von Estelle auch schon gebracht und Rosalinde schwärmt: »Mein Gott, ist das ein süßes Baby, so hübsch und lieb.« »Was hältst du von Barbara? Oder Maria? Oder Berta?« »Ich weiß nicht«, antwortet Estelle, »irgendwie kann ich keine Liebe für das Kind empfinden. Es ist mir eher lästig!«»Versündige dich nicht, mein Kind. Du hast ein gesundes Mädchen bekommen. Schau einmal auf mich, mir hat Gott nie ein eigenes Kind geschenkt, ich hatte sieben Fehlgeburten und war so froh, als du zu uns ins Haus gekommen bist. Natürlich hätte ich trotzdem gerne ein eigenes gehabt, aber ich hatte dich und du hast mir immer große Freude bereitet. Leider kann ich meinen Dickschädel daheim noch nicht überreden, dich wieder aufzunehmen, aber ich arbeite daran. Wird wohl etwas länger dauern, bis ich es geschafft haben werde. Aber wir werden das schon hinbekommen. Also versündige dich nicht, du hast eine so schöne Tochter, sei stolz auf sie, denn sie kann nichts für ihren Vater oder dafür, dass er dich nicht geheiratet hat.« Sie wiegt das Kind in ihren Armen und schaut voller Liebe auf ihre ›Stief-enkeltochter‹. »Ein schönes Kind«, murmelt sie vor sich hin. Estelle schaut ihr erstaunt dabei zu, aber trotzdem kann sie nichts empfinden für dieses kleine Wesen in den Armen von Rosalinde. Sie will ihre Stiefmutter aber nicht enttäuschen und sagt:»Ich werde mich bemühen, Rosalinde, das verspreche ich dir!« Das glaubt sie in diesem Augenblick vielleicht auch wirklich. »Na, was hältst du von Gabriele? Oder Lisa?«

»Lisa finde ich wunderschön«, sagt Rosalinde. »Okay, dann werde ich sie so nennen.« Rosalinde gibt ihr das Kind zum Stillen. »Wie oft braucht denn so ein Baby etwas zu essen?«, fragt Estelle etwas genervt. »Na ja, zu Beginn alle drei bis vier Stunden, dann wird es aber besser«, antwortet Rosalinde.

»Wie war die Geburt?«, fragt Rosalinde, woraufhin ihr Estelle alles genau schildert. »Da hast du es ja gerade noch rechtzeitig ins Spital geschafft und es hat sich gelohnt: Du hast das schönste Baby der Welt bekommen.« Estelle ist fast ein wenig eifersüchtig auf ihr Kind, von dem Rosalinde so angetan zu sein schien. Sie mag die Liebe von Rosalinde nicht teilen, denn in ihrem bisherigen Leben hat sie so wenig davon bekommen.

Rosalinde bleibt noch ein wenig bei Estelle, dann verabschieden sie sich, denn ihre Arbeit beginnt um 10 Uhr. Sie ist früher gekommen, weil eine Arbeitskollegin, ebenfalls eine Krankenschwester, sie angerufen und ihr mitgeteilt hatte, dass ihre Stieftochter ein Baby bekommen habe. Sie verspricht Estelle, dass sie morgen um dieselbe Zeit wieder bei ihr vorbeischauen wird. Dann gibt sie Estelle einen dicken Kuss, umarmt sie und flüstert: »Das hast du gut gemacht, mein Kind. Bin so stolz auf euch beide.« Rosalinde blickt auf das Baby und haucht auch einen Kuss auf das allerliebste Kind. Dann geht sie wieder, doch bevor sie die Tür schließt, blickt sie nochmals zu den beiden zurück. Estelle schmunzelt und hat irgendwie wieder Mut gefasst, dass es weitergehen wird und noch nicht alles vorbei ist. Das erste Mal seit der Geburt schaut sie das Baby bewusst an und denkt: »Lieben kann ich dich nicht, dazu hat mich dein Vater zu sehr verletzt, aber ich weiß jetzt, wie ich dich taufen werde, du wirst Lisa heißen.«

Sie klingelt nach der Schwester, die sofort kommt. Estelle sagt zu ihr: »Ich möchte, dass das Baby auf den Namen Lisa getauft wird.« »Ein schöner Name«, sagt die Schwester, »das werde ich sofort auf ihrem Geburtenschein eintragen lassen. Und wie noch?« »Was meinen Sie mit ‚noch‘?« »Den Nachnamen meine ich, wie soll der lauten, wie heißen Sie?« »Estelle Bauer heiße ich, somit wird das Baby Lisa Bauer heißen! Können Sie das Baby bitte wieder ins Säuglingszimmer mitnehmen, denn es schläft jetzt?« Die Schwester nimmt das Baby, welches jetzt Lisa heißen soll, an sich. Es schläft friedlich schmatzend mit seinem Nuki (Schnuller), der viel zu groß ist, zufrieden vor sich hin.

Da merkt Estelle erst, wie müde sie selbst ist, erst das Füttern mitten in der Nacht, dann das frühe Aufstehen und außerdem ist sie noch etwas von der Geburt geschwächt. Sie schließt die Augen, schläft sofort tief ein und beginnt weiterzuträumen.

***

Das war wohl einer der schönsten Tage in meinem Leben, dieser Übungsabend, und jetzt das Tanzcafé, dachte Estelle auf dem Nachhause Weg mit Peter. Er brachte sie, wie versprochen, noch vor 22 Uhr 30 nach Hause und Rosalinde schien schon auf die beiden gewartet zu haben. Noch bevor sie läuten konnten, öffnete sie ihnen die Tür. Sie bedankte sich bei Peter für das pünktliche Nachhausebringen von Estelle und dann wünschte sie ihm eine gute Nacht. Estelle strahlte über das ganze Gesicht und umarmte Rosalinde: »Das Kleid ist so gut angekommen, dass ich am Übungsabend sogar zwei Verehrer hatte, die mit mir tanzen wollten.« »Was meinst du mit zwei Verehrern?«, fragte Rosalinde. Estelle erzählte, wie so ein Übungsabend abläuft und dass man da mit verschiedenen Partnern tanzt. Sie plauderten noch ein Weilchen mit Flüsterstimme, weil ihr Vater bereits schlief, dann gingen beide zu Bett.

In der Zwischenzeit hatte auch Eduardo Christa nach Hause gebracht, wo bereits ihr Vater und ihre Mutter auf sie warteten. Sie begrüßten die beiden und fragten Eduardo, ob er nicht noch ein halbes Stündchen zum Plaudern mit hineinkommen wolle. Eigentlich wollte er lieber nach Hause fahren, aber es gebot ihm sein Anstand, das Angebot anzunehmen. Christa wollte eigentlich lieber gleich in ihr Zimmer gehen, aber auch sie musste den Gast, in diesem Fall Eduardo, und ihren Eltern Gesellschaft leisten.

Kaum im Wohnzimmer angelangt, kam der Wirbelsturm auch schon hereingestürmt, das war Mathilde, die Eduardo umarmte und sagte:»Was machst du alter Freund noch zu dieser späten Stund in unserem bescheidenen Heime?« Sie zog ihn immer auf, aber Eduardo mochte sie sehr gerne, sie war so eine Optimistin, nicht dass Christa nicht auch eine war, aber Mathilde war dazu noch ein absoluter Wildfang. Irgendwie fühlte er sich zu ihr hingezogen, mehr als nur ein Bruder zu seiner Schwester, aber das konnte doch gar nicht sein, sie war ja sieben Jahre jünger und noch ein Kind, dachte er.

Die Neubergers boten ihm einen Sitz auf der Couch an und brachten ihm einen kühles alkoholfreies Mixgetränk, da er ja noch mit dem Auto fahren musste, währenddessen schenkte sich Herr Dr. Neuberger ein Glas Wein ein. Dann wurde höflichst Konversation betrieben und man fragte, wie es war. Es wurde auch gefragt, wo sie danach noch gewesen sind. Mit keinem Wort erwähnte Eduardo, dass Peter auch dort war. Er wollte seine langjährige Freundin Christa ja nicht in Verlegenheit bringen. Er blickte des Öfteren auf Mathilde, die zur Abwechslung einmal nichts sagte, sondern gespannt lauschte. Er bemerkte, dass sie heute fast schon weiblich aussah mit ihrer weißen ärmellosen Bluse, die gekonnt über der enganliegenden roten Hose geknüpft war, sodass man teilweise ihren Bauch sehen konnte. Einmal verlor er sogar den Faden, mitten im Erzählen, als er Mathilde anschaute und feststellte, dass sie Formen zu bekommen schien, sie hatte bereits einen Busen (nicht groß, aber doch sehr wohlgeformt, stellte er mit gekonntem Blick fest).»Gefällt dir meine rote Hose«, fragte Mathilde ganz unschuldig, die den Blick von ihm bemerkt hatte.»Ja«, sagte er, wieder selbstsicher wie immer, »du siehst heute fast wie eine Dame aus?«»Was soll denn das heißen, ‚fast'?«, fragte Mathilde voller gespielter Empörung. »Lass es gut sein«, schaltete sich der Vater ein. Sie plauderten dann noch etwas über dies und jenes, auch über den medizinischen Bereich, vor allem, weil sie ja wussten, dass Eduardo Medizin studierte. Dann verabschiedete sich Eduardo und raste in seinem knallroten Porsche durch die Dunkelheit nach Hause.

Auch Alberto brachte Hilde – seine Tanzpartnerin und nicht die Schwester von Christa, sie hatte ja nur denselben Namen – nach Hause, was aber auch nicht schwer war, denn sie war ja seine Nachbarin. Er setzte sie ab und ging dann zu seinen Eltern, die ihn fragten, wie es denn gewesen sei, woraufhin er nur mürrisch antwortete: »Wie soll es schon gewesen sein?« »Sei doch nicht böse mit uns«, sagte seine Mutter, »wir wollten ja nur wissen, wie es war.« Alberto lenkte ein und sagte etwas freundlicher: »Es hat mir heute sehr großen Spaß gemacht, ihr werdet nicht glauben, wen ich kennengelernt habe?« »Wen denn?«, fragten seine Eltern fast zur gleichen Zeit. »Einen der Cesare-Söhne, wir waren dann noch im Tanzcafé, welches, das glaube ich zumindest, auch seinem Vater gehört. Dort haben wir wohl deshalb den besten Platz bekommen.« Seine Eltern hörten aufmerksam zu. Er erzählte noch ein wenig, dann ging er sich umziehen und sagte zu ihnen: »Ich gehe noch mit meinen Kumpeln weg. Wird spät werden, wartet nicht auf mich.«

Alberto traf sich noch mit seinen Freunden, oder besser gesagt, einen ›Sauf-Kumpanen‹. Sie gingen in ihr Stammbeisel, danach noch in eine Disco, wo Alberto fast jedes Wochenende irgendein Mädchen abschleppte, sie bumste, dann einfach zurückließ und sich meistens nie mehr meldete. Im Moment aber hatte er schon seit vier Wochen ein und dieselbe, die leicht zu haben war und eine Kanone im

Bett war. Sie hatte braunes, langes, lockiges Haar, wirkte ein wenig »einfach«, die Augen, die braun waren, blickten stumpf und ihr Ausdruck eher bescheiden, fast ein wenig dümmlich, aber sie hatte eine sehr sexy Figur, sehr kurvig, fast so wie Marylin Monroe, einen üppigen Busen etc. Sie war Kellnerin, aus einfachem Hause, aber bereits 18 Jahre alt, zu diesem Zeitpunkt also volljährig, sodass er wegen ihr keine Probleme mit dem Jugendschutz bekommen konnte. Sie hatte ein winziges Zimmer über dem Lokal, wo sie sich für ihre Schäferstündchen regelmäßig trafen. Sie hieß Berta und war einfach völlig unkompliziert, sie schien keine Ansprüche zu stellen, aber trotzdem liebte sie ihn. Sie himmelte ihn nicht nur an, sondern getraute sich ihm durchaus die Meinung zu sagen, aber trotzdem verzieh sie ihm immer auch wieder alles. Sie war manches Mal, außer beim Sex, fast wie eine Mutter zu ihm und das gefiel ihm ja, wenn sich immer alles um ihn drehte und er im Mittelpunkt stand.

***

Im Krankenhaus

Estelle wacht auf, weil ihr die Krankenschwester die kleine Lisa zum Stillen bringt. Der Säugling trägt am Arm ein rosa Bändchen, auf dem groß geschrieben steht:»Lisa Bauer«. Estelle lächelt und denkt: Na, jetzt hat dieser kleine Wurm auch einen Namen. Trotzdem kann sie noch immer keine Gefühle für dieses Wesen in ihrem Arm, das jetzt wieder ganz hungrig an ihrer Brust saugt, aufbringen.

Kaum hat Lisa genug getrunken, als plötzlich die Krankenzimmertüre aufgeht und eine auffällige ältere, man kann fast sagen, eine etwas ›aufgetakelte‹ Frau hereinkommt. Sie hat dunkelrot gefärbtes Haar, welches kunstvoll hochgesteckt ist, aber die Kleidung, die sie trägt, wirkt billig und ist sicherlich nicht geschmackvoll. Es ist Paula Wagner, die Mutter von Alberto.

Sie geht gleich auf Estelle zu und schaut auf das Baby in ihrem Arm.»Was ist es denn, ein Mädchen oder ein Junge?«, fragt sie fast ungeduldig. Estelle antwortet:»Ein Mädchen und es heißt Lisa.«»Lisa, das ist ja ein schrecklicher Name.«»Mir gefällt Lisa und so wird sie heißen«, antwortet Estelle bestimmt, ja fast ein wenig trotzig und beleidigt.»Na, wenn du meinst, Geschmack hattest du ja nie«, erwidert Paula Wagner, während sie mit geringschätzigem Blick auf Estelle herabschaut.»Ist dein Sohn wirklich ein so schlechter Geschmack, das wusste ich nicht«, antwortet Estelle kämpferisch.»Das ist ja der Punkt, wir sind uns nicht sicher, ob unser Sohn auch der Vater ist. Wir haben mit unserem Sohn gesprochen und aus diesem Grund bin ich jetzt hier, denn ich habe dir etwas mitzuteilen und zwar behauptet Alfredo, dass er nicht dein einziger Verehrer gewesen sei, somit will er dieses Balg da auch nicht anerkennen. Du verstehst schon, was ich meine.«

»Nein, ich verstehe nicht, was du meinst«, sagt Estelle mit harter Stimme und ganz ungewohnt angriffslustig. »Alfredo war mein erster und einziger Mann in meinem Leben und das weißt du ganz genau.«»Na, wer wird denn frech werden, zuerst hast du keinen Anstand und dann auch noch keine Manieren.«»Ich habe MANIEREN, wer keine hat, das bist DU und dein Sohn, ihr wisst ja nicht einmal, was Anstand ist, und jetzt raus, ich will dich nie wieder sehen.«»Aber das ist ja unglaublich!«, faucht Paula. »Jetzt erlaubt sich diese freche Göre auch noch so etwas zu mir zu sagen, nachdem wir dich während deiner Schwangerschaft aufgenommen haben.«»Ja, aufgenommen habt ihr mich, aber behandelt habt ihr mich wie eine Sklavin, ich durfte nur die schweren Arbeiten verrichten, noch nie habe ich ein gutes Wort von euch gehört, geschweige denn ein Dankeschön«, konterte mit etwas lauterer Stimme Estelle. »Und jetzt raus aus diesem Zimmer!«

Estelle ist selbst ganz erstaunt, dass sie so reagieren kann, sie hat ihre ganze Kraft zusammengenommen und einmal rausgelassen, was sie die letzten Wochen und Monate bedrückt hat. Aber kaum ist Paula aus der Türe, beginnt sie bitterlich zu weinen, gemeinsam mit ihrem Kind, welches den lauten Ton in der Stimme ihrer Mutter nicht gewohnt ist. Somit schluchzen beide vor sich hin. Das Baby schreit mit voller Kraft, so laut es der winzige Körper zulässt, und Lisa wird dabei ganz rot, sodass es aussieht, als ob sie erstickt. Sie läutet nach der Schwester, die sofort kommt und ihr das Baby abnimmt und es zu beruhigen versucht, was ihr auch gelingt. Dabei merkt sie, dass Estelle ebenfalls geweint hat und fragt, was denn los sei. Diese antwortet nur: »Unangenehmen Besuch hatten wir beide gerade.«

Auch die anderen Mütter haben etwas von dem Vorfall mitbekommen und ein oder zwei von ihnen blicken nun mit ganz anderen Augen auf Estelle, fast voller Mitleid, denn wenn der Kindesvater nun das Kind auch noch verleugnet, obwohl Estelle behauptet, dass er der Einzige gewesen sei, dann ist das wohl der Gipfel der Frechheit. Die Schwester bringt die kleine Lisa wieder in das Säuglingszimmer und Estelle starrt den ganzen Tag nur aus dem Fenster. Draußen schneit es, dicke Flocken fallen vom Himmel, aber Estelle kann sich nicht über den schönen Schnee freuen, sondern grübelt und grübelt. Wo soll ich denn nur jetzt hingehen, wo soll ich wohnen? Mein eigener Vater hat mich rausgeworfen und Rosalinde, meine allerliebste Stiefmutter, konnte ihn noch nicht umstimmen. Zur Familie Wagner zurück kann ich sicher nicht und eine Wohnung oder ein Zimmer zu mieten, kann ich mir als Lehrling nicht leisten. Was soll ich nur tun? Während sie aus dem Fenster hinausschaut, kullern ihr weiter Tränen die Wangen hinunter. Sie denkt an Lisa und dass ihr Leben ohne ihre Tochter so viel einfacher wäre. Der Schlaf hat Erbarmen mit Estelle, erlöst sie von den dunklen Gedanken und trägt sie fort in die Welt der Träume, wo alles möglich ist.

**

Die nächste Woche verging wieder wie im Fluge für Estelle und die dritte Tanzstunde näherte sich. Sie arbeitete sehr hart in dem Lebensmittelladen, ihre einzige Freude war dieser Tanzschulabend am Samstag. Vielleicht werden wir ja wieder zum Übungsabend gehen, dachte Estelle, denn sie wollte nur zu gerne, dass Alberto sie wieder aufforderte.

Sie wollte in seinen Armen liegen, seine Körperwärme spüren und seinen guten männlichen Geruch einatmen, verstärkt durch ein sehr gutes Eau de Toilette. Er ist so männlich, dachte Estelle und wurde dabei rot. Was ist denn mit mir los? Warum werde ich schon rot, wenn ich nur an ihn denke?

Auch für Christa verging die Woche wie im Fluge. Sie telefonierte täglich mit ihrem Peter und am Freitag holte der sie wieder hochoffiziell von ihrem Elternhaus ab und lud sie zum Eisessen ein. Sie gingen zu einem Open-Air-Konzert, um sich eine Band anzuschauen, und pünktlich um 22 Uhr brachte er sie wieder nach Hause. Christas Eltern erlaubten, dass sie mit Peter ausging, weil sie sahen, wie verliebt ihre Tochter in ihn zu sein schien, aber sie wussten auch, dass Christas Interesse für jemanden sich schnell wieder ändern konnte. Sie hofften wohl sogar darauf, denn auch wenn Peter der vollendete Gentleman zu sein schien, als zukünftigen Schwiegersohn für ihre Tochter hatten sie sich doch jemanden anderen vorgestellt. Vielleicht, so dachten sie, würde Christa, wenn sie es ihr erlaubten, mit Peter auszugehen, bald gelangweilt von ihm sein.

Wenn ihre Eltern wüssten, genau das Gegenteil war der Fall, von Woche zu Woche verliebte Christa sich mehr in ihren Peter Maier und er in sie. Teilweise spürte man das Verlangen von beiden, sich noch mehr zu berühren und eine Stufe weiterzugehen, aber Peter liebte seine Christa viel zu sehr und war ihr gegenüber ein wahrer Ehrenmann. Zu dieser Zeit ging man ja noch als Jungfrau in die Ehe, vor allem die Mädchen aus gutem Hause.

Diesen Samstag hatte Christa keine Schule, sonst hätte sie am Vorabend sicherlich nicht ausgehen dürfen. Christa ging auf die Terrasse, wo ihre Eltern und ihre Schwester bereits beim Frühstück saßen. Dann sagte sie beiläufig und schaute dabei mit bettelndem Blick ihren Vater an: »Papi, ich habe gestern Mathe zurückbekommen und ein ›sehr gut‹ erhalten. Bin ganz stolz auf mich, habe ich mir da nicht etwas verdient?« »Was meinst du damit?«, brummte der Vater, schaute aber gleichzeitig stolz und liebevoll auf seine ältere Tochter. »Ich würde ganz dringend etwas zum Anziehen brauchen.« »Aber dein Kleiderschrank platzt ja jetzt schon aus allen Nähten«, antwortete ihr Vater. »Papi, bitte, bitte, ich brauche für heute Abend ein neues Kleid.« »Was wird mich der Spaß kosten?« »Nicht viel, so 50 Schillinge oder etwas mehr«, lachte Christa. »Ich habe auch schon lange kein neues Kleid mehr bekommen, Papilein«, meldete sich nun noch die jüngere Neuberger-Tochter zu Wort. »Ich habe auch eine gute Note in Mathe bekommen und dazu noch in Deutsch, also habe ich mir auch etwas zum Anziehen verdient, oder?« »Jetzt reicht es aber, jetzt soll nur noch Helga mir sagen, dass sie ebenfalls nichts zum Anziehen hat!«, polterte Dr. Neuberger gutgelaunt. »Ja, Liebling, wenn ich es mir recht überlege, brauche ich auch ganz dringend etwas Neues zum Anziehen.« »Das ist ja wie im Irrenhaus mit diesen drei Frauen«, rief er hilfesuchend gegen den Himmel. Dann nahm er seine Zeitung und sagte: »Na, dann ab mit euch in die Stadt und sucht euch etwas Schönes aus, aber macht mich nicht bankrott damit, einverstanden? Jetzt kann ich endlich meine Zeitung in Ruhe lesen.« »Ja!«, riefen alle drei Frauen der Neuberger-Familie erfreut, frühstückten noch in Ruhe fertig, um dann gleich in die Innenstadt davonzueilen.

Sie nahmen Mamas Auto in die Stadt, heute fuhr Frau Dr. Helga Neuberger alleine mit ihren Töchtern, ohne Chauffeur, denn es war ja Samstag und da hatte er frei. Nicht alle Angestellten hatten dienstfrei, denn die Neubergers brauchten ja jemanden, der das Frühstück machte und es auch wieder wegräumte, denn das machte keine der Frauen selbst.

Ganz anders lief es bei Estelle ab. Sie musste ganz früh am Samstag aufstehen, da dies für sie ja kein freier Tag war. Dann eilte sie, nachdem sie auch für Rosalinde und ihren Vater das Frühstück gemacht hatte, zur Arbeit in den kleinen Lebensmittelladen mit ihrem meist unfreundlichen rothaarigen Chef, der aber heute ausnahmsweise einmal gutgelaunt zu sein schien und zu Estelle sagte:»Heute kannst du einmal die Leute bedienen, denn ich muss weg. Hier ist die Handkasse, habe das Geld genau gezählt, pass auf, dass du auch genau das Geld wieder in die Kasse gibst, welches du einnimmst. Ich sollte so in zwei bis drei Stunden wieder zurück sein.« Estelle konnte ihr Glück kaum fassen, er hatte ihr noch nie die Kasse anvertraut, geschweige denn hatte er ihr je erlaubt, zu bedienen. Sie war ganz aufgeregt und wartete auf den ersten Kunden.

Eduardo spazierte gerade die Herrengasse entlang, als er plötzlich auf der gegenüberliegenden Seite die Neuberger-Frauen sah. Da rief er sofort:»Guten Morgen, meine Damen!«, und wechselte zu ihnen hinüber. Er begrüßte sie und fragte, was sie denn so früh an einem Samstagmorgen, es war 9 Uhr 30, in der Stadt machten. Sie erzählten ihm, dass sie Kleider kaufen gehen wollten, und fragten ihn dann gutgelaunt, ob er nicht mitkommen und ihnen beim Aussuchen helfen wolle, so als Experte und aus männlicher Perspektive.

»Na, eigentlich wollte ich mir nur selbst einen Pullover kaufen gehen, dann wollte ich nach Hause, da ich für meine Prüfungen lernen sollte.« Aber als alle drei Frauen ihn so bettelnd anschauten, brachte er es nicht übers Herz, abzulehnen. Das war ja auch lustiger, als zu lernen. So schlenderte er neben ihnen her.

Mathilde sah heute wieder bildhübsch aus mit ihrer lockigen blonden Mähne und ihrem rosa Kleid. Christa konnte sich ebenfalls sehen lassen mit ihrer engen dunkelblauen Hose und einer im selben Blauton gehaltenen geblümten Bluse. Aber auch die Mutter der beiden Mädchen war eine attraktive Frau. Wie sie so die Herrengasse entlanggingen, bemerkte er sehr wohl die bewundernden Blicke der Männer. Manche von ihnen drehten sich sogar um und schauten den Damen nach. Mit Stolz marschierte er mit ihnen zu Brühl & Söhne, dem Lieblingsgeschäft der Damen. Sie gingen hinein und alle suchten sich Kleider aus, drehten und wendeten sich, wenn sie etwas anprobierten, und er gab seine Kommentare dazu ab, die meist positiv ausfielen.

Plötzlich kam Mathilde aus der Umkleidekabine und trug ein sexy Abendkleid, ganz eng geschnitten, es bedeckte zwar beide Brüste mit Stoff, war aber in der Mitte offen und man konnte ihre makellose Figur erkennen. Sie sah umwerfend aus. In diesem Augenblick kam ein Mann aus der Herrenabteilung , der mit so gierigem Blick auf Mathilde blickte, dass Eduardo sofort in ihre Richtung ging und ihr einen Kuss auf die Wange drückte und sagte: »Du siehst umwerfend aus, Sweetheart.« »Was war denn das?«, fragte Mathilde ihn erstaunt. »Na, der Mann dort hat dich so angestarrt, ja fast mit seinen Blicken ausgezogen, dass ich das Gefühl hatte, ich müsste dich beschützen.« »Das ist ja rührend von dir, mein Gott, wie süß, Eduardo«, zog ihn Mathilde sofort auf. Sie umarmte ihn und drückte ihm auch einen dicken Kuss auf die Wange. Auf einmal fühlte er sich unsicher, das war ihm noch nie davor passiert. Gerade in diesem Moment kam auch Christa aus der Umkleide und fragte schelmisch: »Was hat es mit der ganzen Küsserei so auf sich? Hat er dir etwa ein Kompliment gemacht?« Sie lachte dabei.

Dann betrachtete Christa Mathilde und sagte sofort: »Bist du wahnsinnig, so etwas sexy Aussehendes kannst du noch nicht anziehen, dafür bist du noch viel zu jung, und außerdem würdest du dann jedem Mann den Kopf verdrehen, so wie es dir bei Eduardo ja auch gelungen ist!« Eduardo blickte beinahe verlegen drein, antwortete dann aber: »Dazu ist sie noch zu jung, um mir den Kopf zu verdrehen, aber da ich fast wie ein Bruder für sie bin, muss ich einfach auf sie aufpassen, oder?« »Hast ja recht, Eduardo«, antwortete Christa. »Bist ja unser großer Bruder.« Und sie meinte es wirklich so, während es Mathilde irgendwie störte, dass er sich nur als ihr Bruder bezeichnete. Alle suchten sich etwas Nettes aus, gingen gutgelaunt zum Auto und fuhren zufrieden nach Hause.

Punkt 18 Uhr 30 kam Peter und holte Estelle ab, die heute ihr dunkelgrünes Tanzkleid vom ersten Tanzschulabend anhatte, die Haare hatte ihr Rosalinde wieder kunstvoll hochgesteckt. Sie hatte ja nur zwei Tanzkleider und konnte sich nicht jede Woche ein neues kaufen. Aber sie sah sehr glücklich und zufrieden aus. Peter war ein perfekter Gentleman, öffnete ihr die Tür und los ging es zur Tanzschule.

Eduardo kam ebenfalls pünktlich und holte Christa ab, die heute ein blitzblaues Kleid trug, welches ihre wunderschönen Augen noch blauer erstrahlen ließ. Als er sie abholte, hielt er auch Ausschau nach Mathilde, die aber gerade ein paar Freundinnen in ihrem Zimmer zu Besuch hatte und deshalb nicht unten im Wohnzimmer erschien. Als Christa mit Eduardo wegfuhr, schauten Mathildes Freundinnen gerade aus ihrem Zimmerfenster und sagten: »Mein Gott, das ist aber ein wunderschöner Mann!« Mathilde sprang sofort auf und eilte zum Fenster und fragte, als sie nur Eduardo und Christa sah: »Wen meint ihr denn?« »Den Mann neben deiner Schwester, der ist so süß, dann fährt er auch noch einen Porsche, wow!«»Ist das der Freund von Christa?«, fragten sie. »Nein«, antwortete Mathilde, »das ist Eduardo, einer der Cesare-Brüder und er ist nur Christas Tanzpartner, sie hat einen anderen Freund.«»Dann heirate ich ihn, denn wenn er noch nicht besetzt ist, gehört er mir!«, sagte Maria selbstbewusst. »Das glaube ich nicht, dass er noch frei ist«, log Mathilde auf einmal, denn sie wollte ihren Freund mit keinem anderen Mädchen teilen. »Was macht er denn?«»Er studiert Medizin.«»Ich sage es ja, der perfekte Ehemann für mich!«, sagte Maria nochmals. Dann widmeten sie sich wieder anderen Dingen und zwischenzeitlich waren Christa und Eduardo sowieso schon abgefahren.

Alberto holte, wie jeden Samstag davor, wieder seine Nachbarin, die rothaarige Hilde, ab und gemeinsam fuhren sie zur Tanzschule.

Die Tanzstunde begann wie immer pünktlich um 19 Uhr. Christa konnte es heute gar nicht erwarten, endlich wieder mit Peter zu tanzen. Frau Kummer wiederholte zuerst die Tangoschritte vom letzten Kursabend. Sie begannen mit den Damenschritten, mit links, rechts rück, Wiegeschritt, heute lernten sie das Schließen und die Promenade. Zuerst mussten die Damen wieder auf der einen Seite des Saales und die Herren auf der anderen Aufstellung nehmen. Frau Kummer zeigte die Damenschritte und der männliche Tanzlehrer, Herr Fritz, zeigte die Herrenschritte. Dann tanzte Frau Kummer mit Herrn Fritz, damit die Kursteilnehmer sehen konnten, wie das Ganze als Paar getanzt aussah.

Der Tango ist, wenn richtig getanzt, ein sehr körpernaher Tanz und er wird wirklich ganz eng getanzt. Den wollte Christa auf jeden Fall mit ihrem Peter tanzen. Peter ging es genauso, er konnte sich nicht vorstellen, dass seine Christa sich so eng an Eduardo schmiegen sollte. Deshalb forderte er Christa gleich zu diesem ersten Tanz auf und schaute mit entschuldigendem Blick zu Estelle, die sich in diesem Moment wieder gar nicht wohl in ihrer Haut fühlte. Aber Eduardo war einfach ein guter Mensch und ging wieder auf Estelle zu, weil er Erbarmen mit ihr hatte. Er forderte sie zum Tango auf, auch wenn er lieber mit Mathilde getanzt hätte, doch sofort verwarf er diesen Gedanken wieder. Sie war ja noch ein Kind. Was sollte denn das. Warum dachte er andauernd an sie? Was war nur mit ihm los?

Estelle war dieser Tanz doch fast zu eng und schon gar, wenn sie ihn mit einem noch fast Fremden tanzen musste. Wie so oft zuvor, wurde sie wieder einmal rot, nicht weil sie sich für Eduardo als Mann interessierte, sondern weil sie noch so eine Unschuld war. Trotzdem wollte sie sich keine Blöße geben und tanzte so, wie es Frau Kummer ihnen davor erklärt und mit Herrn Fritz vorgezeigt hatte. Vor allem tanzte sie auch deshalb mit Eduardo weiter, da Alberto sie heute kaum beachtete. Er hatte zwar alle in der Gruppe begrüßt, auch Estelle, aber eben nicht so, wie diese es sich die ganze Woche über vorgestellt hatte, nämlich dass Alberto gleich auf sie zueilen würde und ... Die Enttäuschung über die kühle Begrüßung war Estelle ins Gesicht geschrieben.

Alberto hingegen war heute mit seinen Gedanken ganz woanders, bei seiner Sexpartnerin Berta. Letzten Abend war sie wirklich großartig im Bett gewesen und er hatte es richtig genossen. Sie war, wie auch er, sehr erfahren in diesen Dingen und wusste genau, was einem Mann Spaß machte.

Er tanzte gekonnt mit Hilde, der dieser Tanz auch fast zu viel Anschmiegsamkeit erforderte, weshalb hielt sie Abstand hielt. Sie mochte Alberto, wusste aber auch von seinen Schwächen und eines wollte sie ganz bestimmt nicht, jemals mit ihm etwas anfangen. Aber er tanzte so gut, dass sie dadurch ganz von der Musik gefesselt war, alles rund um sich herum vergaß und Tango tanzte. Es war ein Genuss, mit Alberto zu tanzen. Das konnte er wirklich gut, fast wie ein Tanzgott. Auf einmal tanzten sie diesen Tanz so, wie er eben getanzt werden musste.

Auch Peter stellte sich beim Tango mit Christa gar nicht so schlecht an, denn da die beiden ein Liebespaar waren, wollten sie eng aneinandergeschmiegt tanzen und bei diesem Tanz ist dies ja sogar ein Muss. Deshalb sahen bei ihnen die Tangoschritte leichter, ja fast richtig getanzt aus. Obwohl die beiden noch Anfänger waren, tanzten sie Tango und die Hände der Pianospielerin Pauline glitten nur so über die Tasten, sie spielte den *Kriminaltango*, dahinter ertönte vom Plattenspieler noch zur Verstärkung die Stimme von Peter Alexander, einem deutschen Schlagerstar der 60er Jahre, und alle Kursteilnehmer versuchten motiviert im Takt des Tangos einen Tanz aufs Parkett zu zaubern, der dem wirklichen Tango gar nicht unähnlich war.

Estelle hingegen befand sich im Kampf mit dem Tango – sie fühlte sich sehr unsicher, so eng mit einem Mann tanzen zu müssen. Das größte Tanztalent war sie ja auch nicht und irgendwie gelang es der Tangomusik und deren Rhythmus nicht, auf Estelle überzuspringen. Somit plagte sich Eduardo wirklich sehr damit, ihr diesen Tanz beizubringen. Mit fast mitleidigem Blick beobachtete Frau Kummer die beiden, bis sie auf Estelle zukam und sie zur Seite nahm. Frau Kummer zeigte ihr sowohl die Schritte als auch den Tanz, den sie mit Eduardo vormachte, nochmals und nochmals und nochmals. Frau Kummer schien es zu genießen, mit einem so talentierten und gut aussehenden jungen Mann wie Eduardo zu tanzen und es immer und immer wieder Estelle vorzuzeigen, aber Estelle war das

Ganze irgendwie peinlich. Schon wieder musste sie auf die anderen tollpatschig wirken. Aber jetzt wollte sie es ihnen zeigen, denn sie sah den abwertenden Blick von Alberto und sie wollte alles, nur nicht von ihm geringgeschätzt werden. Also nahm sie all ihre Kraft zusammen, konzentrierte sich, schmiegte sich eng an Eduardo und auf einmal ging es besser, sie konnte fast richtig Tango tanzen.

»Aufstellung bitte, meine Damen und Herren! Heute gibt es wieder etwas Knigge, Benimm-Regeln. Wenn ein Mann eine Dame in einem Ballsaal zum Tanzen auffordern möchte und diese ist mit ihren Eltern dort, wie macht er das?«»Ganz einfach«, rief ein Tanzkursteilnehmer, »er fragt die Dame, ob sie mit ihm tanzen möchte.«»Falsch«, antwortete Frau Kummer, »er verbeugt sich vor den Eltern der Dame und fragt, ob er ihre Tochter zum Tanz auffordern darf, und erst wenn diese zugestimmt haben, muss er sich nochmals vor der Dame verbeugen und sie fragen, ob sie mit ihm tanzen möchte. Nächste Frage: Wenn ein Mann seine Dame mit seinem Auto nach Hause bringen möchte, was muss er dann machen?«»Ihr zuerst seinen Arm reichen, sie zum Auto begleiten, dann beim Beifahrersitz stehen bleiben, die Türe öffnen, damit sie einsteigen kann. Dann wieder die Autotüre schließen und zur Fahrerseite gehen, sie öffnen und losfahren«, sagte Alberto. »Ja, das ist korrekt, super. Also ich kann Ihnen ja fast keine neuen Benimm-Regeln mehr beibringen, deshalb gehen wir jetzt zum nächsten Tanz über. Heute werden wir den Rock'n'Roll durchnehmen!«

Pauline rockte und spielte einen super Rock'n'Roll. Fast alle Kursteilnehmer bewegten sich in diesem Takt, auch Frau Kummer schwang mit Herrn Fritz das Tanzbein und sie führten einen gekonnt getanzten Rockn'n'Roll vor. Es sah toll aus und so leicht. Aber dann mussten sich wieder die Damen auf die eine und die Herren auf die andere Seite stellen, damit Frau Kummer und Herr Fritz die Schritte langsam vorzeigen und die Kursteilnehmer sie wiederholen konnten. Immer und immer wieder führten sie es vor, bis endlich der Großteil der Kursteilnehmer die Anfangsschritte vom Rock'n'Roll verstanden hatte. Dann wurde wieder zu zweit getanzt, dieses Mal ging Peter auf Estelle zu, das schuldete er ihr, nachdem er sie beim ersten Tanz einfach hatte sitzen lassen. Eduardo ging zu Christa und Alberto zu Hilde.

Sie alle rockten durch die Gegend, bei Alberto und Eduardo und ihren Tanzpartnerinnen schaute es wirklich schon gut aus, bei Peter noch etwas holprig, also noch nicht so rockig, wie es sein sollte. Frau Kummer kam wieder auf Estelle zu und zeigte ihr die Schritte nochmals, nach zwei bis drei Wiederholungen hatte es auch Estelle verstanden und es wirkte nicht mehr ganz so hölzern, wenn sie mit Peter im Tanzsaal einen Rock'n'Roll zu tanzen versuchte.

Dann war die Kursstunde auch schon zu Ende. Heute hatte Alberto Estelle gar nicht bewusst wahrgenommen, er war mit seinen Gedanken ganz woanders gewesen. Etwas enttäuscht stieg Estelle zu Peter ins Auto, der sie brav nach Hause brachte. Wie jeden Samstag wartete auch heute wieder Rosalinde auf die beiden. Peter begrüßte sie und verabschiedete sich gleich wieder, indem er sagte, dass er noch etwas vorhabe. Wie nun schon fast jeden Samstag, wollte seine Christa wieder aus dem Hause klettern, damit sie sich noch kurz alleine treffen konnten. Darauf hatte er sich schon den ganzen Tanzschulabend über riesig gefreut.

Estelle setzte sich wie gewohnt zu Rosalinde an den Küchentisch und erzählte, wie es ihr heute ergangen war. Wie immer hörte Rosalinde aufmerksam zu, der Vater von Estelle schlief bereits.

Eduardo brachte Christa nach Hause, verabschiedete sich bereits an der Haustüre und teilte ihr mit, dass er heute noch etwas vorhabe, sich deshalb entschuldigen ließe und nicht mehr mit hineinkommen könne. Christas Eltern hatten noch Besuch, eine andere Arztfamilie und eine Nachbarsfamilie, sie saßen alle draußen auf der Terrasse. Sie hatten bereits gegessen und Helga Neuberger fragte ihre Tochter, ob sie noch etwas wolle, was diese verneinte. Sie begrüßte die Gäste, um sich gleich wieder mit der Ausrede zu verabschieden, dass sie müde sei. Sie wollte auf ihr Zimmer und Peter mitteilen, dass sie heute wohl nicht entkommen könnte, da ihre Eltern Gäste hätten und diese meistens sehr lange blieben. Es sei dann unmöglich, früher zu gehen, da ihre Mutter vor dem Schlafengehen immer noch einen kurzen Blick in die Zimmer ihrer Töchter werfe. Peter war ein wenig enttäuscht, aber er hoffte, dass Christa morgen zum Übungsabend um 18 Uhr gehen dürfte, und dann würde er sie ja wiedersehen.

Auch Alberto brachte Hilde, seine Tanzpartnerin, nach Hause und ging dann wieder in das Stammlokal mit seinen Kumpeln, bevor er sich danach wieder auf ein Schäferstündchen mit Berta traf, wie so oft in letzter Zeit. Berta war wirklich sehr unkompliziert und erleichterte seinen Sexdrang ungemein.

Kaum war Estelle alleine in ihrem Zimmer, kullerten ihr die Tränen herunter, denn sie war so enttäuscht, dass Alberto sie heute total ignoriert hatte, und dabei sie hatte seit letzten Sonntag nur von ihm geträumt und auch geglaubt, dass er sich ein wenig für sie interessieren würde.

Am Sonntag entschieden alle, dass sie zum Übungsabend gehen würden. Peter hatte Erbarmen mit Estelle und rief sie an, ob sie nicht mitkommen möchte. Er hätte dort ja eigentlich auch alleine hingehen können, aber dafür hatte er ein zu gutes Herz, bemerkte er doch, wie sehr Estelle sich immer auf diese Abende freute.

Den ganzen Tag dachte Estelle daran, dass sie heute Abend vielleicht Alberto wiedersehen würde. Deshalb wollte sie besonders schön sein und begann sich schon am Nachmittag herzurichten. Mitten hinein klopfte es an ihrer Zimmertüre und Rosalinde fragte: »Hey, mein Schatz, schau, hier habe ich ein dunkelblaues Seidenkleid von mir. Möchtest du es nicht anprobieren und heute für den Übungsabend anziehen?« Estelle schaute Rosalinde erstaunt und hocherfreut an und sagte: »Rosalinde, du bist einfach zu gut zu mir, gerade habe ich daran gedacht, wie toll doch meine beiden Tanzkleider, das grüne und das rosa, sind, und dann bist du so nett und kommst noch mit einem dritten Kleid von dir. Ich weiß nicht, wie ich dir je dafür danken kann.«

»Kannst du, mein Kind, freue dich einfach und sei glücklich, das ist mehr als genug Dank für mich. Nun probiere es schon an, könnte natürlich sein, dass es dir gar nicht passt«, sagte Rosalinde und dachte insgeheim: Wie gut, dass sie nicht weiß, dass ich es bereits für ihre Größe umgeändert habe, denn sonst wäre es wohl zu klein gewesen.« Estelle schlüpfte hinein und es passte wie angegossen. Rosalinde tat ganz unschuldig und sagte: »Das Kleid passt dir ja ganz genau, sehr hübsch siehst du darin aus, wie eine feine Lady. Da werden sich aber die Burschen die Köpfe nach dir verdrehen.« Estelle drehte und wendete sich vor dem Spiegel und konnte nicht fassen, wer ihr da aus dem Spiegel entgegenblickte: eine wirklich elegante, wunderschöne Frau – und das war **sie**. Sie drehte sich zu Rosalinde um und drückte ihr einen dicken Kuss auf die Wange. »Tausend Dank, ich liebe dich, Rosalinde.« Rosalinde lächelte und freute sich mit Estelle. Diese sah wirklich umwerfend aus. Das Kleid war aus dunkelblauer Seide, hatte dreiviertellange, eng anliegende Ärmel und einen viereckigen Ausschnitt über dem Hals. In der Mitte wurde es von einem Stoffgürtel aus demselben Material mit einer kleinen Masche gehalten und fiel dann weit auseinander. Darunter sah man den dunkelblauen Tüll, aber nur, wenn man sich schnell drehte. Dieses Kleid machte Estelle nicht nur sehr schlank, sondern auch wirklich elegant. Dann fragte Rosalinde noch, ob sie ihr nicht die Haare machen könnte, was sie dann mit Hingebung tat. Sie war wie die letzten Male auch jetzt eine wirkliche Zauberin und steckte die Haare von Estelle kunstvoll hoch. Vollendet wurde das Meisterwerk mit einer Haarspange mit blauen Zirkoniasteinen als Zierde. Zu diesem Kleid gehörte noch ein Mantel aus demselben Material und in derselben Farbe, was Estelles gesamte Erscheinung noch eleganter machte. Zwischenzeitlich war es draußen schon wärmer geworden, sodass man diesen leichten Mantel durchaus dazu tragen konnte.

Estelle ging mit dem Kleid und dem Mantel in derselben Farbe in die Küche, um auch die Meinung ihres Vaters einzuholen. Dem blieb beinahe der Mund offen und er sagte nur: »Du siehst so schön aus, mein Kind, so richtig zum Verlieben.« Das sagte gerade Robert Hofer, der normalerweise so sparsam mit Komplimenten umging. Estelle war so glücklich, dass sie sogleich nochmals Rosalinde umarmte und dann ihren Vater und sagte: »Ihr seid so nett zu mir, danke, danke, ich freue mich so darüber.« Rosalinde hatte ihrem Mann davor wie ein kleines Kind zugeredet, dass er ja nicht sagen dürfte, dass es Rosalindes Hochzeitskleid für die standesamtliche Trauung war, welches sie extra für Estelle umgenäht hatte, denn das hätte Estelle niemals zugelassen. Sie konnten ihr zwar nicht andauernd etwas Neues kaufen, aber nähen konnte Rosalinde und auf diese Weise immer etwas Nettes für Estelle zaubern.

Exakt um 17 Uhr 15 kam Peter und holte Estelle zum Übungsabend ab. Rosalinde öffnete die Tür und bat ihn herein, der dann kurz ein paar Worte mit Rosalinde und Robert wechselte, dann kam auch schon Estelle. Peter blickte sie mit offenem Mund an und sagte: »Aus dem Entchen ist ein Schwan geworden! Na, so was. Du bist immer hübsch, aber heute ganz besonders«, stammelte er. »Estelle, du siehst umwerfend aus heute Abend.« Und er meinte es auch so, hätte er nicht seine über alles geliebte Christa, dann wäre er beinahe in Versuchung geraten, sich mit Estelle auch einmal außerhalb der Tanzschule zu verabreden, so schön sah sie heute aus. Sie verabschiedeten sich und fuhren wie gewohnt zur Tanzschule Kummer.

Eduardo holte Christa für den Übungsabend ab, die aber heute nur die Erlaubnis hatte, bis maximal 21 Uhr 30 zu bleiben, da sie morgen Prüfungen in der Schule hatte. Er kam wie üblich mit seinem roten Porsche rasant die Auffahrt zum Hause Neuberger hochgeflitzt. Vom Fenster aus hatten ihn Christa und Mathilde, die sich gemeinsam in Christas Zimmer aufhielten, bereits gesehen. Die Haushälterin öffnete ihm und er ging kurz hinein, begrüßte höflich Dr. Hubert und Dr. Helga Neuberger und dann kamen ja auch schon die beiden Mädels die Treppe herunter. Heute trug Christa ein schwarzes, sehr dezentes Kleid. Es sah sehr edel aus und hob dadurch die blonden Haare von Christa noch stärker hervor, zugleich betonte es ihre zierliche Figur. Christa trug dazu eine lange Perlenkette, weiße Handschuhe und schwarze Lackschuhe. Mathilde hingegen hatte eine violette, enganliegende Hose und eine wunderschöne, fast durchsichtige, violett geblümte Bluse an, darunter trug sie einen BH in derselben Farbe. Eduardo konnte sich gar nicht sattsehen an Mathilde. Mein Gott, dachte er, was ist nur mit mir los, warum starre ich sie denn so an, sie ist ja noch ein Kind und noch dazu die Tochter von unseren Freunden?

Beide Mädchen lächelten, als sie die Stufe herunterkamen, beziehungsweise Mathilde rutschte das Stiegengeländer runter, sodass sie beinahe auf den Boden gefallen wäre, hätte Eduardo sie nicht aufgefangen. Sie landete geradewegs in seinen Armen. Kaum dort angekommen, drückte sie ihm, wie immer, einen dicken Kuss auf die Wange und sagte:»Hallo Eduardo, schön, dich wiederzusehen, wir haben dich alle bereits vermisst, denn so eine nette männliche Begleitung beim Einkaufen haben wir ja normalerweise nicht.« Eduardo fasste sich, setzte Mathilde wieder auf den Boden und antwortete in ebenso scherzhaftem Ton:»Ja, liebes Hildelein, ich habe auch bereits die Begleitung der wunderschönen Neuberger-Damen vermisst.« Dann begrüßte er Christa, reichte ihr seinen Arm und weg waren sie, auf dem Weg zum Übungsabend. »Heute muss Christa um 21 Uhr 30 zu Hause sein, denn die Schulpflichten rufen, sie hat morgen einen Test. Bitte sei so lieb und bringe sie uns pünktlich zurück«, rief der Vater der zwei Mädchen Eduardo noch nach.

Alle drei Paare trafen sich wieder in der Tanzschule zum Übungsabend. An diesem Abend bemerkte Alfredo Estelle sofort und begrüßte sie ganz überschwenglich. »Hallo Estelle, wie schön, dich wiederzusehen, du siehst heute toll aus, das Blau steht dir ausgezeichnet.« Seine Hilde bemerkte den balzenden Ton in der Stimme ihres Tanzpartners und Nachbarn und fürchtete das Schlimmste. Sie mochte Estelle und wollte daher auf keinen Fall, dass Alfredo den Umstand ausnutzte, dass Estelle noch so naiv und unschuldig war, aber vor allem naiv. Sie glaubte alles und jedem. Alfredo hatte ihr doch versprochen, sie in Ruhe zu lassen, aber da sie ihn zu gut kannte, traute sie seinem Versprechen nicht so ganz.

Peter umarmte Christa, sobald er sie sah, und begrüßte freundlich Eduardo, welcher heute, so von Mann zu Mann gesagt, wirklich gut aussah. Da er nur maßgeschneiderte Anzüge trug, niemals welche von der Stange, wirkte er schon alleine dadurch eleganter als die anderen Herren, denn gerade bei einem Anzug macht die Qualität doch viel aus. Dazu kam seine Ausstrahlung, pure Männlichkeit! Kein Wunder, dass er so viel Erfolg bei Frauen hatte. Dazu war er immer braungebrannt, sehr unterhaltsam und lustig und immer zu Späßen aufgelegt. Sowohl Hilde als auch Estelle begrüßte er mit einem Handkuss und sagte: »Wie schön, dass wir uns bereits nach so vielen Monaten wiedersehen.« Dabei lachte er, denn sie hatten sich ja alle erst gestern gesehen.

Frau Kummer rief in den Tanzsaal, wo gerade ein Samba gespielt wurde. Alle betrachteten die anderen Paare, auch die Turnierpaare, die manchmal zu so einem Übungsabend kamen. Sambamusik ist sehr rhythmisch und man kann sich diesen Tanz gut an einem Meer vorstellen, mit einem Windhauch, der einem ein paar salzige Meerwassertropen auf die Haut sprüht, und dazu wird in sexy Kleidern Samba getanzt. Bei Latein-Turnieren haben die Damen immer sehr wenig an, auch die Männer meist nur eine schwarze Hose mit enganliegendem Hemd. Bei diesem Tanz tragen sogar die Männer Schuhe mit Absätzen, aber nur auf Turnierebene.

Christa war begeistert und rief: »Diesen Tanz möchte ich sofort lernen, das sieht ja wahnsinnig toll aus. Seht doch, das Paar dort drüben, bei dem der Mann braune Haare und seine Partnerin einen langen blonden Zopf hat.« »Das ist sicher ein Turnierpaar«, antwortete Eduardo, der so gute Tänzer schon mehrmals gesehen hatte. »Aber das Mädchen sieht so sexy aus, wow. Wann steht Samba auf unserem Kursprogramm?« »Ich glaube, nächste Woche«, antwortete Peter.

Estelle gefiel dieser Tanz auch, aber alleine vom Zuschauen wurde ihr bereits Angst und Bange und sie befürchtete, dass sie diese komplizierten Schritte wohl nie begreifen würde.

Hilde sagte nur: »Ja, ein interessanter Tanz, aber ich bevorzuge den Rock'n'Roll. Bin halt ein absoluter Elvis-Fan.« Hilde sah heute auch sehr süß aus. Sie war ja Friseurlehrling und dadurch immer sehr talentiert mit den Haaren, sogar mit ihren eigenen. Sie hatte ihre naturgewellten roten Locken mit teilweise geflochtenen Zöpfen interessant hochgesteckt und ihre grünen Augen sehr auffällig geschminkt, sodass sie wie die einer Raubkatze wirkten. Dazu trug sie einen blassrosa Lippenstift. Sie sah umwerfend aus.

Die Musik stoppte und es wurde angesagt, dass der nächste Tanz ein Langsamer Walzer sei. Peter schaute entschuldigend zu Estelle, als er seine Christa mit folgenden Worten aufforderte: »Mein Schatz, darf ich zum Tanz bitten?« »Aber natürlich, mein Herr«, antwortete Christa mit gekünstelt tiefer Stimme. Und weg tanzten die beiden. Eduardo drehte sich um und sagte: »Darf ich bitten, Estelle?« »Gerne«, antwortete diese nur schlicht. Und Alberto verbeugt sich galant vor Hilde: »Möchtest du mit mir diesen Tanz versuchen?« »Selbstverständlich, wie immer gerne«, antwortete Hilde.

Dieser Tanz war nun schon des Öfteren wiederholt worden und somit tanzten alle drei Paare ihn recht gut. Wie immer sah es bei Alberto besonders toll aus, aber auch bei Eduardo mit Estelle als Partnerin wirkte der Langsame

Walzer schon sehr gekonnt. Auch wenn Peter noch nicht ganz so gut tanzte wie die beiden anderen Männer, sahen seine Bewegungen wunderbar fließend und sehr gefühlvoll aus. Peter und Christa tanzten am innigsten. Man sah ihnen wirklich an, dass sie ein Liebespaar waren. Christa schmiegte sich an ihren Peter und der sah sie mit verliebtem Blick an. Estelle schaute kurz zu ihnen hinüber, bemerkte diesen Blick und dachte nur, hoffentlich schaut mich auch einmal ein Mann so an.

Eduardo sagte: »Estelle, heute siehst du sehr hübsch aus, wo hast du dieses tolle Kleid gekauft?«»Meine Stiefmutter hat ein Kleid von ihr für mich umgenäht, sie ist wirklich eine wahre Künstlerin, was das Nähen betrifft.« »Ja das sieht man, das hat sie super gemacht.« Und sie tanzten schweigend weiter.

Hilde sagte nochmals mit drohendem Ton zu Alberto: »Du lässt mir die nette Estelle in Ruhe, hast du verstanden? Sie ist zu gut, als dass du dich an ihr vergreifen solltest. Außerdem hast du es mir versprochen und ich vertraue dir.« Aber in ihrem Inneren war sie sich nicht so sicher, ob sie das wirklich konnte.

Der Tanz war zu Ende und alle brachten die Partnerinnen zurück zum Rand des Parketts.

Dann wurde ein Paso Doble gespielt, doch außer Eduardo und Alberto wusste niemand, wie man diesen tanzte. Alberto schaute sich um und ging dann zielgerade auf die tolle Sambatänzerin zu. Er bat sie um diesen Tanz und sie stimmte sofort zu. Eduardo hingegen blieb bei der Gruppe, die gespannt den Paso Doble verfolgte, der eigentlich einem Stierkampf gleicht. Man stampft auf den Boden, wie die Stiere es machen, und dann tanzt man wie der Torero, der den Stier mit seinem roten Tuch reizt. Eigentlich ist so ein Stierkampf grausam und völlig unfair gegenüber dem Stier, der langsam abgeschlachtet wird, während alle dem grausamen Schauspiel gespannt zuschauen. Beim Paso Doble aber wird niemand getötet, sondern es werden nur genau diese Emotionen ausgedrückt. Zu Alberto passte dieser Tanz, auch er machte seine Beute unfähig, sich zu wehren. Nichtsdestotrotz war es ein wahrer Genuss, dieser blonden Unbekannten und ihm beim Paso Doble Tanzen zuzusehen. Sie war eine hervorragende Tänzerin, wahrscheinlich auf noch höherem Niveau als Alberto, aber er schien einfach ein Naturtalent zu sein und somit sah es sehr gekonnt aus. Man fühlte sich in den Süden, nach Spanien versetzt, wo dieser Stierkampf so etwas wie ein Wahrzeichen des Landes ist.

Estelle war hingerissen und sah ihm begeistert zu. So einen Tanz hatte sie noch nie gesehen. Bis heute hatte sie gar nicht gewusst, dass ein Paso Doble überhaupt existierte. Sie war fasziniert von Albertos Tanzkünsten und immer stärker bemerkte sie, dass sie sich zu Alberto hingezogen fühlte. Eduardo beobachtete Estelle und sah ihre Bewunderung für Alberto. Estelles Augen glühten und mit halboffenem Mund starrte sie nur auf ihn. In Eduardo erwachte so etwas wie ein Beschützerinstinkt, nicht direkt für das Mädchen, eher mehr für das unschuldige Lamm, welches sie zu sein schien. Er wollte sie vor diesem Tunichtgut bewahren. Vielleicht könnte ihm Hilde dabei helfen? Zu diesem Zeitpunkt kannte er sie noch nicht gut genug, daher nahm er sich vor, sich vorsichtig an sie heranzutasten, um festzustellen, wie sie Alberto gegenüber eingestellt war.

»Alberto scheint ja hingebungsvoll mit dieser Unbekannten zu tanzen.« Eduardo erwartete eine eifersüchtige Reaktion, aber das Gegenteil war der Fall. »Ja, er tanzt sehr gut und gekonnt, aber du bist ja auch ein hervorragender Tänzer. Und was Alberto betrifft, er ist nicht mein Freund, falls du das wissen wolltest«, sagte Hilde. »Er ist ein Frauenheld und verletzt dabei leider viele unschuldige Mädchen. Er ist mein Nachbar und zumindest für mich ein guter Freund, aber nur deshalb, weil ich ihn kenne und nie etwas mit ihm hatte. Er ist leichtlebig und nimmt niemanden ernst, lebt in den Tag hinein.« Estelle hörte gespannt zu und antwortete: »Das ist aber nicht fair, dass du so negativ über deinen charmanten Tanzpartner herziehst, wenn dieser nicht einmal da ist, um sich verteidigen zu können.« Eduardo antwortete gar nichts, denn er konnte sich nur zu gut daran erinnern, dass er Estelle warnen wollte, aber sie jetzt genau gegenteilig reagierte, somit ließ er es einfach sein. »Ja, Estelle, ich kenne Alberto mein ganzes Leben lang, wir sind zusammen aufgewachsen, ich mag ihn trotzdem auf meine Art und Weise, aber ich kenne ihn in- und auswendig.«

»Nun zurück zu dir, lieber Eduardo. Man sagt dir ja auch ein großes Frauenverständnis nach, oder?« »Was meinst du damit?«, fragte Eduardo unschuldig. »Na, ja du weißt schon, du wirst des Öfteren mit hübschen Frauen gesehen.« »Werde ich das?«, antwortete Eduardo mit einer Gegenfrage. »Ja, das wirst du!« »Na, wenn du meinst, wird das wohl stimmen, oder?« Estelle lauschte gespannt dieser Konversation.

Zwischenzeitlich kamen Christa und Peter zurück, die gerade draußen an der Bar gewesen waren und ein Mineralwasser getrunken hatten, um Christas Durst zu stillen. Somit hatten die beiden nichts von dem Gespräch zwischen Hilde und Eduardo mitbekommen und auch nichts von den Warnungen, die sie Estelle mit auf den Weg geben wollten, die aber anscheinend, anstatt Früchte zu tragen, nur dazu führten, dass Estelle Alberto noch mehr verteidigte und sich auf seine Seite schlug.

Auf einmal fragte Eduardo Hilde, ob sie mit ihm den

nächsten Tanz wagen möchte.»Ja, gerne«, antwortete diese. Die Musik wechselte und es wurde ein Slowfox gespielt. Alberto kam zurück und forderte Estelle zum Tanz auf. Peter war froh, dass er seinen Pflichttanz mit Estelle noch verschieben konnte, und forderte wieder seine Christa auf. Sobald sie auf der Tanzfläche waren, sagte Eduardo zu Hilde:»Du willst also auch Estelle vor Alberto warnen? Das habe ich bereits letzte Woche versucht, jedoch ohne Erfolg. Sie hat eher gegenteilig reagiert und anstatt es zur Kenntnis zu nehmen, findet sie ihn nun noch netter. Irgendwie glaube ich, dass ich Alberto von Anfang an durchschaut habe, er ist unterhaltsam und nett, solange man kein Mädchen ist, welches von ihm nur ausgenutzt wird, oder? Habe ich recht?«»Ja das stimmt, du hast recht, so leid es mir tut, das über einen guten Freund von mir sagen zu müssen. Auch scheint meine Warnung von heute nichts geholfen zu haben, sie hat ihn auch noch verteidigt.«»Ja, das habe ich auch so empfunden. Was können wir also machen?« »Alberto hat mir zwar versprochen, sie in Ruhe zu lassen, aber bei ihm weiß man nie so recht!«»Ich werde darüber nachdenken, wie wir das einfädeln könnten, damit sie uns das glaubt.«»Warum willst du Estelle eigentlich helfen? Hast du etwas mit ihr vor?«»Nein, sie ist unschuldig und gutgläubig, auch nett, aber sie ist nicht mein Typ. Außerdem bin ich im Moment gerade schwer verliebt.«»In wen, kenne ich sie? Doch nicht etwa in Christa?«»Nein, Christa ist die Tochter von engen Freunden meiner Familie, sie ist wie eine Schwester für mich und ich schätze sie sehr, aber verliebt bin ich nicht in sie.« Hilde begann Eduardo zu mögen, fast sympathisch zu finden. Irgendwie hatte sie das Gefühl, dass sie ihm vertrauen konnte, nicht so wie bei Alberto. Warum hatte sie eigentlich dieses Gefühl, denn wenn man Eduardos Ruf Glauben schenkte, dann müsste sie bei ihm genauso reagieren wie bei Alberto. Sie wusste es nicht, sie spürte nur eine Art von Geborgenheit und er schien ein absoluter Gentlemen zu sein. Na, vielleicht stimmte sein Ruf ja nicht und es waren alles nur Gerüchte.

Eduardo fragte sich, warum er zu Hilde gesagt hatte, dass er schwer verliebt sei. In wen eigentlich, doch nicht etwa in Mathilde, der Schwester von Christa. sie ist doch noch ein Kind. Oder hat es nur so dahingesagt, ohne wirklichen Sinn dahinter? Er wusste es selbst nicht, war aber etwas verwirrt über seine Aussage.

Alberto, der durch den Paso Doble noch etwas in dieser aggressiven Stierkampf-Torero-Stimmung war, konnte sich nur schwer in den Slowfox hineinfinden, er hätte lieber mit noch so einen ausdrucksvollen Tanz weitergemacht. Aber es wurde der von Louis Armstrong komponierte Slowfox *I love you Samantha* gespielt, welcher in dem Film *Die oberen Zehntausend* von Bing Crosby gesungen wird. Langsam erinnerte sich Alberto deutlicher an diesen Film und so nach und nach kam auch er in Slowfox-Stimmung. Er sah Estelle an und bemerkte nochmals mit geschultem Männerblick, dass sie heute ausgesprochen hübsch aussah. Er sagte:»Kannst du dich an den Film *High Society* mit Grace Kelly erinnern, die darin Daisy Cord spielt? Daisy ist gerade im Begriff, ein zweites Mal zu heiraten. Ihre Vorfreude und die Hochzeitsvorbereitungen werden jedoch durch einige für sie unangenehme Umstände getrübt: Ihr Ex-Mann Dexter, ein Schlagerkomponist, kehrt noch am Abend vor ihrer Hochzeit wegen des Newport Jazz Festivals wieder zurück in sein Haus, welches direkt neben dem der Cords steht. Daisy alias Grace Kelly hat ein Gläschen über den Durst getrunken und lässt sich auf eine Romanze mit dem Journalisten Marc Connor ein. Ich finde die Szene mit Frank Sinatra alias Marc Connor am Pool, wo Grace Kelly so perfekt die Beschwipste spielt, einfach umwerfend. Man kann den Flirt förmlich in der Luft spüren. Und jetzt hören wir gerade das Lied, gesungen von ihrem Ex-Mann Dexter alias Bing Crosby. *I love you Samantha*!« Dabei schaute Alberto Estelle an, als wolle auch er die ganze Nacht mit ihr verbringen, und sofort spürte sie wieder, wie ein heißer Schwall durch ihren Körper ging, der in der Farbe ihres Gesichtes endete, sie wurde wieder rot. Albertos bloße Gegenwart wirkte wie eine Droge auf Estelle, sie war, könnte man fast sagen, süchtig nach ihm.

Aber dieses Mal ließ sie sich nicht in die Karten schauen, sondern drehte sich mehr zur Seite beim Tanzen, sodass es Alberto nicht bemerkte. »Ja, ich kann mich an den Film erinnern. Grace Kelly ist wirklich eine wunderschöne Frau und jetzt ist sie ja sogar die Fürstin von Monaco, ein Traum ist wohl für sie wahr geworden.« »Da bin ich mir nicht so sicher, denn sie war ja aus reichem Hause und musste nicht unbedingt einen Fürsten heiraten, doch jetzt ist sie eine Gefangene. Jeder ihrer Schritte wird beobachtet, die Presse ist überall.« »Nein, das sehe ich nicht so, es war ein Märchen.« Alberto lächelte auf sie herab und sagte: »Wenn du meinst, Estelle, dann war es ein Märchen.« Ach, wie rührend diese Estelle doch ist, mit ihrer Unschuld, die muss ich unbedingt vernaschen, ging ihm dabei durch den Kopf. Estelle betrachtete Alberto mit verliebten Augen, wollte aber nicht, dass er es bemerkte, also sah sie ihn nur an, wenn er gerade in die andere Richtung schaute, ansonsten senkte sie ihren Blick. Sie genoss es, in seinen Armen zu liegen beziehungsweise zu tanzen. Er drehte und wendete sie wie eine Puppe und sie folgte ihm einfach im Rhythmus und so glitten sie über das Tanzparkett. Für Estelle war es vielmehr ein Schweben. Jede Faser ihres Körpers war angespannt, da sie seinen Körper so nahe dem ihren fühlte.

Christa tanzte mit Peter und sie schmiegten sich aneinander, so eng es eben bei diesem Tanz ging. Sie sprachen gar nichts, eigentlich eine Seltenheit für Christa. Beide genossen schweigend, jedoch in absoluter Harmonie den Tanz miteinander.

Danach wurde wieder ein Rock'n'Roll gespielt und sie wechselten die Partner, Peter forderte Estelle auf, Eduardo Christa und Alberto Hilde.

Da der Rock'n'Roll ein schneller Tanz ist, konnten die Paare nicht miteinander plaudern, sondern nur die Füße und Hände in die Luft werfen und tanzen. Es machte ihnen allen sichtlich Spaß und sie kamen mit zufriedenen Gesichtern wieder an den Rand des Tanzsaales zurück. Plötzlich nahm Frau Kummer das Mikrofon und verkündete eine Pause, wobei sie alle darüber informierte, so wie beim letzten Übungsabend auch, wo überall eine Bar aufgebaut war.

Es war ein lauer Abend, weshalb alle sechs auf die Terrasse gingen, die Männer holten den Mädchen wieder etwas zu trinken. Außer Hilde durfte noch keines der Mädchen Alkohol trinken und die bevorzugte sowieso alkoholfreie Getränke, heute ein Mineralwasser. Christa bekam einen alkoholfreien Cocktail und Estelle eine Zitronenlimonade.

Während die Männer die Getränke holten, plauderten die Mädchen angeregt miteinander. Christa bemerkte: »Seht doch, auch jetzt in der Pause tanzen noch Paare. Ich glaube, dass das wieder die guten sind, denn ihre Schritte sehen ganz schön schwierig aus, oder was meint ihr?« »Ja, das glaube ich auch«, sagte Hilde und schaute dabei von der Terrasse zurück in den Tanzsaal. »Ich liebe Rock'n'Roll, es ist ein so toller Tanz, obwohl man da fast immer ins Schwitzen kommt. Apropos Schwitzen, bitte entschuldigt mich, ich werde schnell auf die Toilette gehen und mich frischmachen.« »Warte doch«, sagte Christa, »ich würde mich auch gerne frischmachen gehen, wie sieht es mit dir aus, Estelle?«»Nein, ich bin okay. Geht ruhig, ihr braucht nicht auf mich Rücksicht zu nehmen, kann gerne ein bis zwei Minuten alleine auf die Männer warten!«»Wirklich?«, fragte Hilde.»Natürlich, geht doch endlich.« Sie ließen es sich nicht zweimal sagen, denn sie fühlten sich beide etwas verschwitzt. Estelle stand da und beobachtete den Mond, der inzwischen die Sonne am Himmel abgelöst hatte. Heute war er zunehmend, was sie am liebsten hatte, denn dann wuchs er zu einem Vollmond heran. Irgendwie assoziierte Estelle dieses Zunehmen des Mondes mit einem Wachstum von allem, des Reichtums, der Liebe und des Lebens. Während sie so träumerisch den Mond anblickte und leicht von diesem angeschienen wurde, sah sie aus wie ein Mädchen aus einer anderen Welt, das gerade nachdachte. Alle drei Männer fanden sie in diesem Moment wunderschön. War es ihre absolute Unschuld oder das umgenähte Hochzeitskleid von Rosalinde oder einfach die Aura des beginnenden Abends? Was es auch war, Alberto sprach als Erster aus, was er sowie wahrscheinlich auch die anderen dachten: »Estelle, du siehst so von dieser Welt entrückt aus, sollen wir dich wieder zurück zu uns auf die Erde holen?« Verlegen schaute Estelle auf die drei Männer, die sie gar nicht zurückkommen gehört hatte. Sie stammelte:»Ach, das tut mir leid, dass ich euch nicht gesehen habe, soll ich dir das Glas abnehmen, Peter?«»Ja bitte, das wäre nett. Wo sind Christa und Hilde denn hin verschwunden?«»Auf die Toilette, sie wollten sich nur ein wenig frischmachen, sollten gleich wieder da sein.«»Also Prost«, sagte Alberto, der im Moment zwei Gläser in der Hand hielt, für sich einen Cocktail mit Alkohol und für Hilde das Mineralwasser. Er trank von seinem Glas und die beiden anderen Männer taten es ihm gleich. Auch Estelle nippte an ihrem Glas. Hilde und Christa kamen zurück, neu gepudert und ihre Lippen mit knallrotem Lippenstift nachgezogen, schauten sie wieder ganz frisch aus. Jetzt entschuldigte sich auch Estelle und sagte, dass sie sich auch noch schnell frischmachen gehe. Irgendwie wirkte das fast, als wolle sie der Situation entfliehen, denn sie hatte die Bemerkung von Alberto ganz anders aufgefasst und sich gekränkt gefühlt. Sie glaubte, dass er mit diesen Worten von der anderen Welt ihre Herkunft vom Lande gemeint und sich über sie lustig gemacht hätte. Da sie ja kein großes Selbstbewusstsein hatte, war dies das das Naheliegendste, das sie annehmen konnte.

Auf der Toilette angekommen, kullerten ihr die Tränen herunter. Sie wusch sich das Gesicht und versuchte von der verwischten Schminke noch zu retten, was möglich war. Während sie mit den Tränen kämpfte, lachten und amüsierten sich Christa, Peter, Eduardo, Alberto und Hilde draußen auf der Terrasse. Christa sagte:»Für morgen habe ich Schularbeiten auf, aber trotzdem möchte ich noch mal zu dem netten Tanzcafé von letzter Woche gehen. Dort war es so nett und auch ein wenig schummrig, oder, mein Darling?« Dabei schaute sie Peter kokett an und zwinkerte mit den Augen.»Wollen wir dort hingehen?«»Also im Dunkeln ist gut munkeln, wie der Volksmund so schön sagt, meinst du das, liebe Christa?«, scherzte Alberto. Eduardo verteidigte sie sofort.»Aber Alberto«, tat er entrüstet,»Christa ist eine Dame und du wirst doch nicht von dir auf andere schließen wollen, oder?« Alberto lachte und ging auf das leichte Geplänkel ein:»Aber nein doch, lieber Eduardo, nur auf dich, denn was man so hört, hast du es doch auch ganz gerne dunkel.« Alle lachten und beschlossen, dorthin zu gehen.

Estelle kam frisch geschminkt zurück und brachte sogar

ein Lächeln heraus, sobald sie sich der Gruppe näherte. »Was wird denn da so gelacht und das alles ohne mich?«, sagte sie, auf einmal wirklich forsch. Peter antwortete: »Wir haben beschlossen, nach dem Übungsabend noch ins Glacis-Café zu gehen. Möchtest du auch mitkommen?« »Gerne«, sagte Estelle und dachte gleichzeitig etwas verärgert: Na, hoffentlich bezeichnet er mich da nicht auch als andersartig, dieser unmögliche Mensch, dieser Alberto. Es war das erste Mal, dass sie etwas Negatives von ihrem Schwarm dachte, aber sie hatte seine für seine Verhältnisse eigentlich extrem positive Bemerkung vorhin einfach in die falsche Kehle bekommen.

Es wurde noch ein Langsamer Walzer gespielt, zu welchem alle drei Paare jeweils mit der Person tanzten, mit dem sie gekommen waren.

Peter sagte zu Estelle: »Wir hatten heute gar keine Gelegenheit, miteinander zu plaudern, liebe Estelle. Wie ist es dir denn in dieser Woche ergangen? Magst du eigentlich den Tanzkurs? Wir haben noch fünf Tanzstunden, dann ist der Kurs zu Ende.« »Ja, das weiß ich, dass dann der Kurs zu Ende ist, und darüber wirst du wohl sehr froh sein, oder?«, sagte Estelle verbittert. Peter schaute sie erstaunt an, so kannte er sie gar nicht, deshalb fragte er: »Was ist denn los mit dir, Estelle, habe ich etwas falsch gemacht? Ich war dir gegenüber immer ehrlich, indem ich dir sagte, dass ich gerne den Tanzkurs mit dir besuche, aber ich habe dir auch gesagt, dass Christa meine Freundin ist, die ich über alles liebe und verehre.« Estelle merkte sofort, dass sie mit ihrer schroffen Bemerkung Peter gegenüber einen Fehler gemacht hatte, und entschuldigte sich: »Peter, entschuldige bitte, das habe ich nicht so gemeint. Das weiß ich doch, dass du mit deiner Christa da bist. Vielleicht war ich nur ein wenig eifersüchtig, dass Christa jemanden hat, der sie so liebt, und ich nicht.« Das, was sie soeben preisgegeben hatte, war sehr offen und aus dem sonst oft so schweigsamen Mund von Estelle doch sehr viel.

Aber sie vertraute Peter, war er doch ein Jugendfreund und der Sohn der besten Freundin von Rosalinde. »Aber, aber, du wirst auch jemanden finden, der dich liebt. Schau dich doch an, du bist eine wunderschöne Frau. Du wirst noch eines Tages einem Mann viel Kopfzerbrechen bereiten, wenn dir alle Männer so nachschauen, wie sie es jetzt tun, da wir miteinander tanzen«, versuchte Peter sie zu trösten. Damit schaffte er es, ein zaghaftes Lächeln auf den Mund von Estelle zu zaubern. Sie fand Peter wirklich sehr nett und fast war sie wieder die Alte. Aber gerade in diesem Moment sah sie Alberto vorbeitanzen, der sie mit sehnsüchtigem Blick ansah. Estelle glaubte zuerst, sich verschaut zu haben, drehte sich um und schaute zurück, ob Alberto nicht einer Dame hinter ihr so nachschaute, aber nein, es war sie gemeint. Warum schaut er mich denn jetzt so an, das verwirrt mich, dachte Estelle.

Alberto fand Estelle heute wirklich einfach märchenhaft schön, dazu schmachtete sie ihn heute auch nicht so an, sondern war eher schroff, ja fast unfreundlich zu ihm. So etwas hatte er viel lieber als jemanden, der zu leicht zu haben war. Hilde sah Alberto mit vorwurfsvollem Blick an und wiederholte in harschem Ton: »Alberto, lass die Kleine in Ruhe, du hast es mir doch versprochen.«

Christa meinte scherzend zu Eduardo: »Heute scheint Estelle sich ja vor Verehrern kaum retten zu können, sieh nur, wie dieser Alberto sie anschaut und jener Mann da.« Damit meinte sie einen anderen Übungskursteilnehmer, der Estelle wirklich anstarrte. »Ich gönne es Estelle von ganzem Herzen, heute scheint ihr großer Tag zu sein. Hast du eigentlich gewusst, dass all diese Kleider von ihrer

Stiefmutter für sie umgenäht werden? Ich kann mir jeden Tag ein Kleid kaufen und bei Estelle müssen alte Kleider umgenäht werden. Weißt du, Eduardo, ich habe fast ein schlechtes Gewissen, dass bei mir, bei uns, alles so einfach ist und andere so hart für alles arbeiten müssen. Aber sie näht einfach wunderbar. Vielleicht sollte ich Estelle fragen, ob ihre Stiefmutter nicht auch für mich etwas nähen kann, dann könnte sie ein wenig Geld verdienen und die Kleider sehen ja wirklich wie aus einer Haute-Couture-Schneiderei aus. Was meinst du? Kann ich so etwas machen, ohne sie damit zu verletzen?«»Natürlich kannst du das, das finde ich nett von dir, Christa. Aber du musst es vorsichtig angehen. Okay?«, antwortete Eduardo. Eigentlich sind das Dinge, die man eher mit einer Freundin bespricht, aber Eduardo war wie ein Bruder für Christa und deshalb vertraute sie ihm alles an, sogar so etwas Banales wie dies.

***

Auf der Geburtenstation

Der Schlaf von Estelle wird schon wieder unterbrochen. »Aufwachen, aufwachen, aufwachen, Frau Bauer!« Estelle dreht sich noch einmal um, so als ob sie damit andeuten will, dass sie noch nicht so weit ist, wieder aufzuwachen. Aber die Säuglingsschwester ist unbarmherzig. »Sie müssen aufwachen, Ihr Baby schreit und hat Hunger. Wir haben sie gerade gewickelt und heute Nachmittag, wenn sie kräftig genug sind, werden wir Sie, liebe Frau Bauer, ins Säuglingszimmer bringen und Ihnen zeigen, wie Sie Ihr Kind wickeln. Okay?« Nein, das ist nicht okay, denkt Estelle, das will ich eigentlich gar nicht wissen. Sie schlägt die Augen auf und sofort kehren ihre Gedanken zurück zu der sehr unangenehmen Begegnung mit Paula Wagner, der Mutter von Alberto. Wie kann Alberto nur so gemein sein und so etwas behaupten? Er war es doch, der sie verführt hat, und sicherlich war es nicht umgekehrt. Sie war ja noch eine Jungfrau und hatte keine Ahnung, was da alles passieren konnte.

Ihre Gedanken werden wieder von der Säuglingsschwester unterbrochen: »So, hier haben Sie Ihre Lisa!«, und dabei legt sie das Baby auf die Brust von Estelle, die ihr Nachthemd öffnet und das Kind ganz automatisch, fast wie ein Roboter, ohne Gefühl an ihrer Brust trinken lässt. Das Baby schmatzt laut und saugt mit kräftigen Zügen. Obwohl es ein so zartes und kleines, leichtes Baby ist, kann es doch schon ganz schön kräftig saugen. Fast tut Estelle die Brust weh, denn sie ist voller Milch, ein paar Tropfen waren schon davor auf das Nachthemd geflossen. Die Schwester sagt: »Wir werden Sie gleich nach dem Stillen umziehen und Ihnen einen Still-BH geben, in welchen sie einen Wattebausch hineinlegen, damit nicht immer Ihr Nachthemd bekleckert wird.« »Danke«, haucht Estelle.

Dann kommt eine andere Schwester herein und bringt ein Tablett mit dem Mittagessen. »Sie haben das Mittagessen verschlafen, deshalb hier nochmals etwas zu essen.« Estelle schaut auf das Tablett, aber verspürt überhaupt keinen Hunger. Ihr ist der Appetit nach dem Zusammenstoß mit Paula Wagner wirklich vergangen und wieder grübelt sie: Wohin soll ich denn nur mit dem Kind?

Wieder unterbricht sie die Schwester: »Sie haben gesagt, dass sie Ihr Kind gerne Lisa taufen möchten. Möchten Sie, dass unser Spitalspfarrer die Taufe hier durchführt oder möchten Sie dies gerne außerhalb der Spitalsmauern in einer Kirche machen lassen?« Nein, das will Estelle auf keinen Fall, denn ein uneheliches Kind war zu dieser Zeit, in den 60er Jahren, wirklich eine Schande und sie wollte keinesfalls diesen Spießrutenlauf in einer hochoffiziellen Kirche durchmachen. Deshalb antwortet sie rasch: »Ich möchte mein Kind gerne im Spital taufen lassen.« »Wann wollen Sie es denn taufen lassen, morgen oder übermorgen? Und zu welcher Uhrzeit soll der Pfarrer kommen?« Estelle denkt nach und kommt zu dem Entschluss, bis morgen auf Rosalinde zu warten, denn sie hätte gerne, dass diese daran teilnimmt. »Könnten wir bis morgen damit warten, sodass ich noch jemanden fragen kann, ob sie daran teilnehmen kann?« »Aber selbstverständlich«, antwortete die Krankenschwester.

»In einer halben Stunde ist offizielle Besuchszeit für die Mütter, da sollte niemand stillen, also bitte versuchen Sie davor fertigzuwerden mit Ihrer Lisa.« Offizielle Besuchszeit, wiederholt Estelle in Gedanken. Da wird wohl wieder niemand zu mir kommen. Estelle, du bist undankbar, spricht sie in Gedanken zu sich selbst, du hattest ja heute schon wundervollen Besuch von Rosalinde. Und auch ganz schrecklichen Besuch von dieser Hexe, von Albertos Mutter, fügt sie in Gedanken hinzu. Wieder schwenkt ihre Stimmung ins Finstere, obwohl draußen nun die Sonne scheint und der Himmel fast dunkelblau glänzt inmitten dieser weißen Pracht. Die Schwestern gehen wieder und lassen sie alleine mit Lisa, die von all dem nichts mitzubekommen scheint, sondern nur gierig trinkt.

Bald schläft Lia, erschöpft vom anstrengendem Trinken, auf Estelles Schulter ein.

Die Säuglingsschwester nimmt ihr das Kind wieder ab und trägt es in das Säuglingszimmer.

Eine andere Krankenschwester kommt ins Spitalszimmer. Ein Betrieb ist das hier, denkt Estelle, hat man denn niemals seine Ruhe? Die Schwester bringt den Still-BH und ein frisches weißes Krankenhausnachthemd und bittet Estelle, sich umzuziehen. Diese folgt den Befehlen wie ein braves Kind und legt den Stilltupfer unter den BH, damit ihre Muttermilch aufgesaugt wird, falls die Brüste zu viel Milch haben. Erschöpft fällt sie danach in die Kissen zurück. Dann spürt sie ein Ziehen in ihrer Scheide, etwas ganz Normales nach einer Geburt, denn vor kurzem hatte sich diese ja fast zehn Zentimeter ausgedehnt gehabt, um ein Kind herauszupressen. Estelle steht nochmals mit schwachen Beinen auf und geht auf die Toilette. Die Schwester stützt sie, damit sie nicht umfällt, und wartet vor der Toilette auf Estelle, um diese wieder zurück zum Bett zu begleiten.

Kaum beim Bett angekommen, bemerkt Estelle, dass da noch das Tablett mit dem Mittagessen steht, aber sie kann keinen Bissen hinunterbekommen, so sehr gekränkt ist sie weiterhin von dem Gespräch mit Paula Wagner. Sie trinkt nur etwas Tee und bittet die Schwester, das Essen abzuservieren. Diese schimpft sofort mit ihr:»Sie müssen etwas essen, Frau Bauer, denken Sie doch nur an Ihr Kind. Wenn Sie nichts Ordentliches zu sich nehmen, dann bekommt Ihr Baby auch nicht genug zu essen. Jetzt nehme ich das Tablett wieder mit, aber am Abend komme ich persönlich vorbei und kontrolliere, ob Sie etwas gegessen haben.« So viel Fürsorge ist Estelle überhaupt nicht gewohnt. Sie lächelt die Schwester nur schwach an.»Jawohl, ich werde Ihrem Befehl Folge leisten!«, scherzt sie fast. Sie genießt es, dass sich jemand so rührend um sie kümmert.

Estelle will wieder etwas schlafen, aber der Beginn der offiziellen Besuchszeit lässt ihr dazu keine Zeit. Die Tür wird immer und immer wieder aufgerissen, denn die anderen Mütter und Babys im Zimmer bekommen Besuch. Väter, Großeltern, Tanten, Onkeln, Geschwister – nur zu Estelle kommt niemand. Die Besuchszeit hatte um 15 Uhr begonnen und es ist jetzt fast 17 Uhr, also wird sie gleich enden, als plötzlich die Türe geöffnet wird und Christa sowie Peter mit einem riesengroßen Blumenstrauß und einem kleinen Päckchen in der Tür stehen und sich suchend umblicken, bis sie Estelle sehen. Estelle traut ihren Augen nicht und kann sich nicht denken, wie die beiden davon wissen können, dass sie heute kurz nach Mitternacht ihre Lisa bekommen hat.

Aber Estelle freut sich sehr. Christa läuft auf ihr Bett zu, Peter folgt etwas langsamer nach. Und wie Christa eben ist, umarmt sie Estelle inniglich, dann gibt sie ihr das Päckchen, in welchem sich ein allerliebster Babyanzug in Rosa mit dazu passendem Häubchen befindet. Und Peter überreicht Estelle die Blumen.»Alles Gute zur Geburt deiner Tochter!« Estelle bekommt feuchte Augen vor lauter Rührung – wegen des Besuches und der Geschenke.

»Woher wisst ihr eigentlich, dass ich hier bin?« »Wir, beziehungsweise eigentlich hat Frau Lotte Maier, die Mutter von Peter, von Rosalinde erfahren, dass du ein Baby bekommen hast, und das hat dann Peter erfahren und von ihm habe ich es und deshalb sind wir hier. Herzlichen Glückwunsch zu deiner Tochter, wir hoffen, dass der Strampler ihr passt – wir haben auf Anraten der Verkäuferin die Größe für zwei Monate alte Babys genommen – es war so nett, Kleidung für ein Baby auszusuchen, und stell dir vor, die haben doch glatt geglaubt, dass die Kleidung für unser Kind ist, denn Peter hat mich beim Einkaufen begleitet«, sprudelt es nur so aus Christa heraus, die wie immer eine positive Aura um sich herum erzeugt. Sie ist und bleibt eine Optimistin.

Christa sieht sehr elegant aus, sie trägt ein dunkelblaues Tweedkostüm mit hellblauer Bluse und blauen Lederhandschuhen und sowie dunkelblaue Stiefel, dazu einen eleganten Mantel in derselben Farbe. Einzige Farbtupfer bilden eine weiße Perlenkette und weiße Perlenohrringe. Sie hat ihre Haare kunstvoll aufgesteckt und ihre Lippen zinoberrot angemalt. Auf dem Kopf trägt sie einen sehr modischen Hut, den sie aber sofort abnimmt.

Sie wirkt so frisch, ja, sie ist eine wunderschöne Frau, so zart und zerbrechlich und doch so stark im Charakter. Inzwischen ist sie schon 17 Jahre alt, befindet sich in der vorletzten Klasse des Gymnasiums und ist noch immer mit Peter zusammen. Wie lange sind die beiden jetzt eigentlich schon ein Paar?, fragt sich Estelle. Zwei Jahre oder noch länger, gibt sie sich in Gedanken selbst die Antwort.

Jetzt nähert sich auch Peter und gibt ihr die Hand. »Hallo Estelle, wie geht es dir?« Estelle freut sich so über den Besuch, denn sie hatte ja angenommen, dass sie nun eine Aussätzige sei, eine mit einem unehelichen Balg. Ihr kullern vor lauter Freude die Tränen die Wangen herunter.»Na, wer wird denn weinen?«, scherzt Christa.»Wir sind ja jetzt da. Wusste gar nicht, dass Peter und ich zum Weinen sind.« Estelle wischt sich die Tränen von den Wangen und muss nun sogar lachen:»Nein, ihr beide seid wirklich nicht zum Weinen, aber ich freue mich einfach so über euren Besuch. Ich bin so gerührt, dass ihr trotzdem gekommen seid.«»Na, wenn es nur das ist«, antwortet Christa,»dann erlauben wir es, oder?« Dabei sieht sie verschmitzt Peter an. Dieser lächelt nur zurück.

Das Eis ist gebrochen und Christa beginnt, wie sie eben ist, zu reden und hört nicht mehr auf. Sie fragt Estelle, wie die Geburt gewesen sei, ob es wehgetan habe, wie man spürt, wenn es so weit ist, und welchen Arzt sie für die Geburt gehabt habe? Und zu guter Letzt fragt sie ganz aufgeregt nach dem Baby.»Nun sag schon, wo hast du das Mädchen denn versteckt? Ich möchte es unbedingt im Arm halten.«»Sei doch nicht so lästig, Christa, vielleicht schläft es«, schaltet sich Peter ein.»Ja, es schläft im Säuglingszimmer«, antwortet Estelle,»aber ich kann nach der Schwester läuten, dass sie es uns bringt.«»Ja, könntest du das wirklich tun?«, fragte Christa ganz entzückt.»Schon getan«, sagt Estelle,»habe die Klingel bereits gedrückt.«

Kaum gesagt, kommt auch schon die Schwester ins Krankenzimmer und fragt nach den Wünschen, sie schaut erstaunt auf die Besuchergruppe an Estelles Bett und freut sich für sie. Schwester Theodora ist eine Freundin von Rosalinde und weiß daher über Estelles hartes Schicksal Bescheid.»Schwester, könnten Sie bitte so nett sein und Lisa zu uns bringen?«»Selbstverständlich, wird sofort gemacht.«»Danke«, antwortet Estelle und dann unterhält sie sich wieder mit Christa und Peter.»Was macht denn die Schule, Christa?«, fragt sie.»Die Schule ist wie immer, habe nur noch ein Jahr und drei Monate, dann mache ich meine Matura und ich bin fertig, aber ich werde mich entscheiden müssen, was ich studiere. Da bin ich mir noch nicht sicher.« Die Tür öffnet sich und Schwester Theodora kommt mit Lisa herein, die in eine rosa Wolldecke gehüllt ist und allerliebst an ihrem Daumen nuckelt. Voller Neugierde starrt Christa auf das Bündel im Arm der Schwester und sobald sich diese dem Bett von Estelle nähert, kann sie ihre Emotionen nicht mehr zurückhalten und ruft entzückt aus: »Die sieht ja aus wie eine Babypuppe, so klein und zerbrechlich und gleichzeitig so wunderschön, dieser dunkelbraune Haarflaum auf ihrem Kopf und die kleinen Finger!« Sie streckt ihre Arme der Schwester entgegen und diese schaut Estelle an, ob sie der Dame das Kind geben könne. Estelle nickt und Christa bekommt Lisa in ihre Arme. Peter beobachtet mit Freude die Reaktion seiner Christa. Christa wird eine wundervolle Mutter werden, so begeistert wie sie jetzt das Kind von Estelle in ihren Armen hält, denkt er und lächelt.

Christa ist ganz still und schaut das Baby in ihren Armen voller Begeisterung mit fast mütterlichem Blick an, falls so etwas in ihrem Alter überhaupt möglich ist. Lisa gibt keinen Mucks von sich, sondern schläft ruhig weiter. Fast zwei Minuten sehen alle drei in absoluter Stille das Baby an, bis die traute Drei- beziehungsweise Viersamkeit von einer anderen Schwester unterbrochen wird:»Meine Damen und Herren, die Besuchszeit ist leider zu Ende, denn die Mütter müssen sich erholen und ihre Babys müssen gestillt werden. Darf ich Sie bitten zu gehen und morgen wiederzukommen.« Enttäuscht blickt Christa vom Baby auf, sie schaut mit entschuldigendem Blick zu Estelle und reicht ihr das Baby auf den Arm. Dann verabschieden sich die beiden.

Zurück bleiben die Mütter, teilweise mit, aber auch ohne Baby auf dem Arm. Fast wie bestellt schlägt Lisa die Augen auf und als sie gerade lauthals losbrüllen möchte, hat Estelle ihr auch schon ihre Brüste gereicht und Lisa trinkt gierig, anstatt zu schreien. Na, dieses Baby scheint ja permanent Hunger zu haben. Und dabei wandert Estelles Blick hinaus zum Fenster und sie denkt noch über den unerwarteten, aber für sie sehr erfreulichen Besuch von Christa und Peter nach.

Auf dem Korridor angelangt, meint Christa zu Peter: »Das Baby ist eine Wucht oder was meinst du? So süß, da könnte man doch glatt auf den Geschmack kommen«, zwinkert sie Peter zu und lacht. Dann wird sie aber plötzlich ernst: »Arm ist diese Estelle jetzt, sie hat keinen Platz, wo sie hingehen kann, nachdem ihr Vater sie rausgeworfen hat, weil sie ein uneheliches Kind erwartete. Und stell dir einmal vor, was meine doch durchaus aufgeklärten und normalerweise sehr offenen Eltern dazu gemeint haben? Sie sei vielleicht selbst schuld daran. Da ist mir zu Hause aber wirklich der Kragen geplatzt und wir hatten einen großen Streit deshalb.«

»Auch meine Eltern, vor allem mein Vater, waren schockiert. Zuerst glaubte er, als wir von Estelles Schwangerschaft hörten, ich sei der Vater dieses Babys. Aber dann hat Estelle endlich den Namen preisgegeben und mein Vater hat nur gemeint, dass sie vielleicht etwas zu leichtlebig sei. Mir ist es zu Hause nicht unähnlich ergangen wie dir. Ich habe auch Estelle vehement verteidigt. Meine Mutter hatte da mehr Verständnis, sie hat ja mit Rosalinde, der Stiefmutter von Estelle, darüber gesprochen und jeder, der Estelle kennt, weiß doch, dass sie die Unschuld vom Lande ist – oder besser war.«

Sie sind beim Haupttor der Geburtenstation angekommen und verlassen engumschlungen das Gebäude. Draußen ist es bitterkalt, der Schnee, der die Häuser sowie die Wiesen und Felder bedeckt, wirkt so unbefleckt und unschuldig, wie Estelle es noch bis vor einem Jahr gewesen ist. Nun ist sie eine ganz junge Mutter, gerade einmal 17 Jahre alt.

Krankenhausroutine setzt ein, die Babys werden nach dem Stillen in das Säuglingszimmer gebracht und um 17 Uhr 45 wird den Müttern bereits das Abendessen serviert. die Stationsschwester kommt wieder zu Estelle und sagt mit strengem Ton: »Wenn Sie heute wieder nichts essen, werde ich das jedem erzählen, der Sie besuchen kommt. Also essen und keine Widerrede.« Dabei lächelt sie Estelle an, die dann wirklich Hunger verspürt und zu essen beginnt. Eigentlich ist es noch mitten am Nachmittag und nicht schon Abend, aber im Krankenhaus läuft eben alles etwas anders ab.

Nachdem Estelle brav zu Abend gegessen hat, geht sie noch ins Badezimmer, um sich für das Schlafengehen fertig zu machen. Punkt 19 Uhr hat sie die Erschöpfung der vorangegangenen Stunden und Tage eingeholt und sie schläft tief und fest.

***

Die kleine Tanzschulgruppe beschloss, wieder in das Tanzcafé zu gehen, welches zur Hälfte Eduardos Vater gehörte. Sie verteilten sich wie beim letzten Mal auf die Autos, die kleine Christa fuhr mit Peter, Estelle mit Eduardo und Hilde mit Alberto. Kaum dort angekommen, bekamen sie, beziehungsweise Eduardo, so wie die letzte Woche auch, den besten Tisch zugeteilt, in einer Nische, nur beleuchtet von einer Kerze. Die Männer halfen den Damen aus den Mänteln und dann setzten sie sich um den runden Tisch. Wieder eilten die Kellner ganz geschwindt mit der Getränke- und der Speisekarte herbei. Dieses Mal verursachten die Preise nicht mehr so einen großen Schock bei Peter und Estelle, denn sie hatten diese noch gut vom letzten Wochenende in Erinnerung. Estelle hatte zur einen Seite Peter und zur anderen Alberto, der sie schelmisch anschaute:»Na, mein Fräulein, was darf's denn sein?«, äffte Alberto den Schauspieler Paul Hörbiger sehr glaubhaft nach. Estelle wusste schon wieder nicht, ob er sie nur auf die Schippe nahm und sie ärgern wollte. Sie konnte mit dieser Art von Humor einfach nichts anfangen oder bezog ihn eher als Beleidigung auf sich. Hilde sah ihren hilflosen Blick und versuchte Estelle zur Hilfe zu eilen:»Nein, gnäd'-ger Herr, weder noach. I mog nua a Rua.«

Alle lachten schallend, dann gaben sie die Bestellung auf und als eine langsame Platte aufgelegt wurde, fragte Alberto Estelle auch schon:»Darf ich bitten?« Estelle nickte und kämpfte ganz verzweifelt gegen die wieder aufsteigende Röte an. Heute soll er nicht merken, dass ich mich für ihn interessiere, heute nicht, denn er hat mich beleidigt, nahm sie sich vor. Aber es war schon zu spät, ihr Gesicht hatte bereits die Farbe einer sehr reifen Tomate. Alberto bemerkte das sofort und lächelte siegessicher. Kaum in seinen Armen, war jegliche Art von Widerstand zwecklos, ihr Körper wollte sich nur noch näher an seinen schmiegen, obwohl man beim langsamen Discofox ja sowieso schon so eng tanzt. Somit war dieser Tanz fast eine Qual für Estelle, denn die eine Hälfte von ihr wollte sich noch enger an ihn pressen und die andere nur weg von Alberto.

Peter war hocherfreut, dass er seine Christa nun wieder auffordern durfte. Christa schmiegte sich wieder ganz eng an Peter, so eng, dass dieser gar nicht anders konnte, als anzuschwellen. Christa spürte das und lächelte frech. Woher weiß sie eigentlich, was das ist?, wunderte Peter sich. Hat sie vielleicht doch schon ... Nein, verwarf er diesen lächerlichen Gedanken sofort, sie ist sicherlich noch Jungfrau. Somit versuchte er es mit Angriff.» Warum lächelst du, Christa?« Christa blickte ihn erstaunt an,»Na hör mal, ich dachte, dass wüsstest du!«, scherzte sie schon wieder.»Was meinst du damit?«»Stell dich nicht so an, ich dachte, dass du kein Jungmann mehr bist.« Peter wäre beinahe errötet, denn Christa hatte das sehr laut gesagt und so gut das Phänomen»Jungfrau« für die Frauen klingt, so negativ wurde ein unerfahrener Mann angesehen, vor allem in den 60er Jahren. Daraufhin packte er seine Christa, zog sie ganz zu sich heran und rieb sein Glied an ihren Beinen. Nun wurde Christa das doch ein wenig zu viel. Sie wusste noch nicht recht, was sie mit diesem harten Ding da anfangen sollte, obwohl ihre Eltern sie im Gegensatz zu vielen anderen in dieser Zeit aufgeklärt hatten.

Hilde wurde wieder von Eduardo aufgefordert, nachdem die beiden alleine am Tisch zurückgeblieben waren. Hilde fand Eduardo von Mal zu Mal sympathischer, obwohl ihr eigentlich Peter am besten gefiel, aber der war ja schon vergeben und in festen Händen. Eduardo tanzte einen gekonnten, aber auch dezenten Slowfox mit Hilde. Im Tanzcafé kannte man Eduardo, einen der Cesare-Söhne, und viele neidische Blicke von anderen jungen Damen hefteten auf jeder ihrer Bewegungen. Na, zu dieser Zeit wollten die Mädchen heiraten und Kinder bekommen und dachten noch wenig daran, eine eigene Karriere zu machen, also wer hätte da schon eine bessere Partie sein können als einer der Cesare-Söhne?

Alberto schaute wohlwollend auf Estelle Die sieht ja heute wirklich zum Anbeißen aus, dachte er. Sein Blick war wie der eines Fuchses, der mit seiner Beute liebäugelt, bevor er eiskalt zuschlägt. Aber ich habe Hilde mein Wort gegeben – na, ja eigentlich nicht, meine Finger waren überkreuzt und somit ... Seine blauen Augen wurden dabei ganz dunkel, fast wie die eines teuflischen Wesens. Auf einmal rann Estelle ein kalter Schauer über den Rücken und sie schüttelte sich während des Tanzens. Was war denn das? Blamiere ich mich schon wieder? Alberto sagte nur mit honigsüßer Stimme:»Estelle, ist dir kalt? Möchtest du meine Jacke?«»Nein, danke.« Sie unterließ es, das weiter zu erklären, es hätte alles nur verkompliziert. Sie tanzten weiter, aber Alberto wollte Estelle auf keinen Fall verschrecken, somit zog er sie nicht weiter an sich heran. Ganz langsam wollte er das Spiel mit ihr vorantreiben.

»Dann kamen alle an den Tisch zurück und tranken von ihren Cocktails.»Das ist wirklich ein nettes Lokal hier, welches deinem Vater gehört«, meinte Hilde. Alberto stimmte ihr zu:»Ein cooler Schuppen, bin ganz deiner Meinung, Hilde.« Eduardo schaute auf die Uhr.»Christa, ich habe deinen Eltern versprochen, dich heute früher nach Hause zu bringen, also in 15 Minuten müssten wir fahren, damit wir pünktlich sind.«»Ach«, seufzte Christa,»jetzt schon? Schade, heute gefällt es mir besonders gut hier.«»Ja, mein Darling«, entgegnete vernünftig, wie immer, Peter,»wir wollen deine Eltern ja nicht verärgern, nicht, dass sie dir dann gar nicht mehr erlauben, zum Übungsabend zu gehen.« Estelle blickte Peter fragend an:»Heißt das, dass wir auch schon so früh gehen müssen?« Peter blickte zu Christa und diese antwortete an seiner Stelle:»Nein, Estelle, wenn ich Schularbeiten habe und nach Hause muss, heißt das für euch nicht, dass ihr auch schon gehen müsst.« Erleichtert schaute Estelle Christa an, denn sie wollte gerade heute unbedingt noch ein wenig bleiben.

Eduardo forderte jetzt Estelle zum Tanz auf, Peter wieder seine Christa und Alberto Hilde. Alle schwebten über das Tanzparkett und genossen sichtlich die nicht so formelle Atmosphäre dieses Tanzcafés. Es herrschte leicht schummriges Licht, sodass es nicht auffiel, wenn man einen Fehler bei den Tanzschritten machte.

»Estelle, welcher Tanz gefällt dir eigentlich am besten?«, fragte Eduardo. »Weiß nicht«, murmelte sie, »ich glaube, dass mir der Langsame Walzer sehr gut gefällt und dieser Tanz, der Discofox.« »Hmm! Mir gefällt am besten der Rock'n'Roll. Ich habe dich das nie gefragt, was machst du eigentlich sonst so? Arbeitest du schon oder gehst du noch zur Schule?« »Ich mache eine Lehre in einem kleinen Lebensmittelladen und du?« »Ich studiere Medizin, habe bereits meine Anatomieprüfung hinter mich gebracht und nun geht es weiter mit Pathologie und dem Anatomiekurs. Es macht mir großen Spaß, auch wenn es meinem Vater lieber gewesen wäre, dass ich Wirtschaft studiere und eines Tages sein Unternehmen führe, aber wozu habe ich einen kleinen Bruder? Der schlägt genau in diese Linie und somit kann ich mich in aller Ruhe auf die Ausbildung zu meinem Traumberuf konzentrieren. Ich möchte entweder Chirurg oder Kinderarzt werden, das hängt ganz davon ab, wo ich einen Turnusplatz bekomme. Dann möchte ich auch gerne, bevor ich hier zu arbeiten beginne, ein paar Jahre nach Afrika gehen, wo man als Arzt ganz dringend gebraucht wird.« Estelle hörte mit großen Augen gespannt zu und sagte nur, fast etwas wehmütig: »Wow, das klingt alles sehr interessant. Mein Leben wird wohl einmal viel eintöniger ablaufen als deines.«

Peter blickte auf die Uhr und erinnerte Christa nochmals daran, dass sie gehen müssten. Diese schaute ihn fast böse an. »Du willst mich wohl loswerden, Peter Maier, oder?«.

scherzte sie mit ihm., wie immer kokett. »Nein, mein Darling, du weißt, dass ich am liebsten Tag und Nacht mit dir zusammen wäre.«»Das wäre mir dann doch etwas zu viel«, konterte sie sofort. Selbstverständlich musste Eduardo sie wieder nach Hause bringen, denn der hatte sie ja auch abgeholt, aber er versprach den anderen, dass er danach vielleicht noch mal zurückkommen würde.

Eduardo beendete die beiden Tänze mit Estelle und blickte auf Peter: »Pass mir gut auf die Estelle auf, Peter.« Dieser schaute ihn erstaunt an. Wahrscheinlich war er so mit seiner Christa beschäftigt gewesen, dass ihm entgangen war, dass sowohl Hilde als auch Eduardo sich Sorgen um die Sicherheit von Estelle machten. Christa dagegen hatte sofort alles durchschaut und dachte, dass ihr dieser Alberto auch nicht geheuer sei, er könne noch so attraktiv sein, aber ihr Instinkt trog sie nie. Sie nahm ihre Handtasche, während Peter ihr in den Mantel half und einen Kuss auf die Wange drückte, obwohl er sie viel lieber auf den Mund geküsst hätte, aber er war sehr um den guten Ruf seiner Christa bedacht. Und weg waren sie.

Eduardo half Christa in seinen Porsche und sie fuhren los in Richtung des Elternhauses von Christa. »Wissen deine Eltern eigentlich, dass Peter auch beim Tanzkurs ist?«»Nein, dann hätte ich wahrscheinlich nicht zu diesem Kurs gehen dürfen, aber dir vertrauen sie voll und ganz.« »Also sollte ich nichts erzählen, oder?«»Nein, bitte nicht, das wäre supernett von dir.«»Was bekomme ich als Gegenleistung für meine Verschwiegenheit, einen Kuss?« Sie rempelte ihn in die Seite und er hätte beinahe das Lenkrad ausgelassen. »Was soll denn das? Küssen Brüder ihre Schwestern?«»Ja natürlich, wusstest du das nicht?«»Nein, ist mir neu!«, scherzte Christa zurück. »Sie küssen sich zwar, aber nicht auf dem Mund, sondern auf die Wange!«

»Ach, wirklich?« Sie liebte Eduardo, aber eben wie einen Bruder, es war immer so lustig und man konnte ungeniert mit ihm scherzen. Er verstand ihre Scherze so wie sie seine. Sie waren ein eingespieltes Team.

Schon fuhren sie die Auffahrt hinauf. Die Hausangestellte öffnete ihnen die Tür und dahinter erschienen auch schon die Eltern von Christa, die Eduardo ins Haus baten. Heute konnte er nicht ablehnen. »Wie ist es heute gelaufen, Spaß gehabt?«»Und wie, Mama, es war wie immer so lehrreich!«, scherzte Christa. »Na, Hauptsache, es hat dir gefallen und ihr habt eure Tänze geübt.«»Aber Papa, das brauchen wir ja gar nicht mehr, wir sind ja sowieso schon absolute Tanzprofis«, meinte sie gutgelaunt wie immer. »Na, dann musst du also nächste Woche nicht zum Übungsabend gehen, sehe ich das richtig?«, ging ihr Vater auf das Wortgeplänkel lachend ein. »Nein, nein, natürlich müssen wir noch bessere Tanzprofis werden, also der Übungsabend ist ein absolutes MUSS.«»Gut so, aber jetzt ab ins Bett, meine Dame, du hast morgen Schule.« In diesem Moment kam Mathilde die Stufen hinuntergelaufen und umarmte, wie immer, Eduardo ganz überschwenglich und drückte ihm einen dicken Kuss auf die Wange. Er küsste sie zurück auf die Wange und dann ließ sie endlich von ihm ab, nachdem ihre Mutter sie scherzhaft ermahnt hatte: »Du erdrückst uns noch den armen Eduardo.« Alle lachten. »Mathilde darf noch aufbleiben oder muss sie auch schon schlafen gehen?«»Nein, sie darf ausnahmsweise noch aufbleiben, da sie, wie du ja weißt, am Montag erst um 10 Uhr Schulbeginn hat«, lachte Frau Dr. Neuberger. »Das ist so unfair«, schmollte Christa, folgte aber trotzdem brav den Anweisungen der Eltern und ging in ihr Zimmer. Die Neubergers setzten sich gemeinsam mit Eduardo auf die Couch im Wohnzimmer.

»Wie war's denn heute so?«, fragte Mathilde. »Da wir

gerne tanzen und in der Tanzschule auch nette Leute getroffen haben, ist es immer lustig. Solltest du bei Gelegenheit einmal ausprobieren.«»Wie denn?«, fragte Mathilde mit tief verzweifeltem Gesicht und lachte gleich wieder. »Ich habe übernächste Woche einen Galaabend an meiner Schule, wo auch getanzt werden wird, und da darf ich das neue rote Kleid anziehen, welches du mir aussuchen geholfen hast.«»Habe ich nicht, sondern gemeint, dass ich, wenn ich dein Vater wäre, es dir nicht erlauben würde, es anzuziehen, da es viel zu sexy ist.«»Ist es wirklich zu sexy?«, fragte, Besorgnis vorspielend, Dr. Neuberger.»Nein, Hubert, es sieht ganz toll an deiner Tochter aus!«»Na, wenn du meinst, dass sie damit sicher ist, Helga, dann vertraue ich dir.«

»Papi«, umgarnte Mathilde ihren Vater,»das ist einfach ein elegantes Kleid.« Eduardo lachte schallend.»Lachst du mich etwa aus, Herr Cesare?«, meinte Mathilde streng. »Nein, Hildechen, das würde ich mir doch nie erlauben!« »Nenn mich nicht immer Hildechen, ich bin doch kein Baby mehr.«»Na ja, Baby vielleicht nicht, aber …«»Jetzt reicht es, Eduardo!« Mathilde ging auf Eduardo zu und wollte mit ihm zu raufen beginnen.»Halt, habe ich meine Töchter denn gar nicht ladylike erzogen?«»Ich tue ihm schon nicht weh, aber ich bin kein Kind mehr.«»Bist du nicht?«»Nein, bin ich nicht, ich werde nächste Woche 15 Jahre alt, schon vergessen?«»Das ist wahrlich ein Alter, mein Gott, da wartet ja schon bald das Altersheim auf dich«, meinte Eduardo.

Entrüstet verschränkte Mathilde die Arme.»Ich habe mir schon eine Strafe für dich ausgedacht. Du musst mir bis zur übernächsten Woche das Tanzen beibringen, damit ich mich nicht blamiere.«»Aber Hilde«, rief ihre Mutter, »du kannst nicht einfach Eduardo dafür einteilen, oder? »Vielleicht solltest du eine Privattanzstunde nehmen?«»Mit welchem Partner, bitte?«»Na, vielleicht ist Eduardo so nett und geht mit dir nächsten Freitag zu Frau Kummer, der Tanzlehrerin und Besitzerin der Tanzschule Kummer? Verlangen wir da nicht zu viel von dir, Eduardo? Entschuldige bitte, es ist mir nur so eingefallen. Jetzt gehst du schon mit Christa zur Tanzschule, da können wir dir nicht auch noch unsere jüngere Tochter aufzwingen.«

Eduardo war ganz perplex, denn damit hatte er nicht gerechnet, aber der Gedanke, Mathilde das Tanzen beizubringen, gefiel ihm. Sie war ein Wildfang und jetzt schon so schön und fast weiblich, eine kleine Raubkatze. Nicht, dass Christa nicht schön gewesen wäre, aber nur Mathilde brachte ihn immer aus der Fassung. Als sie ganz klein waren, hatte sie beim Spielen immer am meisten riskiert. Da er der Älteste der vier war, fühlte sich Eduardo immer verantwortlich für sie und sie hat ihn wirklich ganz schön gefordert. Sein jüngerer Bruder Sebastian hingegen war immer der ruhigere, also geradezu der Gegenpol zu Mathilde gewesen, und somit fast wie ein Ausgleich.

»Na, was meinst du dazu, Bruderherz?«, fragte Mathilde ganz außer Atem. »Na, ich weiß nicht, ob ich so einem Wildfang wie dir das Tanzen beibringen kann?«»Heißt das ja?«, fragte Mathilde. »So lass ihn doch in Ruhe darüber nachdenken, er hat ja auch Prüfungen an der Universität zu bestehen, so zwischendurch, vielleicht hat er keine Zeit.« »Aber sehr gerne bringe ich eurer Tochter das Tanzen bei. Wann soll ich sie nächste Woche am Freitag abholen? Macht ihr den Termin mit der Tanzschule aus?«»Danke«, hüpfte Mathilde von der Couch auf und drückte ihm wieder eine Kuss auf die Wange. »So, jetzt ist aber genug mit der Küsserei, ansonsten können wir dir nicht erlauben, dass du mit Eduardo zur Tanzschule gehst.«»Bist du dir wirklich sicher, dass es nicht zu anstrengend für dich werden wird?«»Ganz sicher, es ist mir eine Ehre, euren beiden Töchtern das Tanzen beizubringen.«»Könntest du am Freitag um 17 Uhr 15 vorbeikommen, ich werde versuchen, um 18 Uhr eine Privatstunde zu bekommen? Tausend Dank.« »So jetzt muss ich aber gehen, denn bestimmt muss unsere Greisin jetzt ins Bett!« Dabei blickte Eduardo Mathilde an, die in Entrüstung ihre Arme verschränkte, aber dabei lachte.»Eduardo, vergiss nicht, dass wir am Sonntagnachmittag Mathildes Geburtstag feiern, wir haben ca. hundert Gäste dazu eingeladen, deine Eltern und dein Bruder werden auch kommen. Also wenn du nichts anderes vorhast, würden wir uns sehr freuen, wenn du kommen könntest.« »Du musst einfach kommen, Eduardo, es ist doch MEIN Geburtstag«, meinte Mathilde.»Dein Wort ist mir Befehl!« Eduardo verabschiedete sich von den Neubergers und fuhr nach Hause.

Die anderen vier waren noch eine Weile im Tanzcafé geblieben. Peter und Alberto tanzten mehrmals abwechselnd mit Estelle und Hilde. Auch wenn Hilde wirklich eine sehr Nette war und es Spaß machte, mit ihr zu tanzen, so kreisten Peters Gedanken doch schon wieder um seine Christa. Hoffentlich war sie gut heimgekommen. Eigentlich würde er lieber derjenige sein, der sie hochoffiziell zur Tanzschule vor ihren Eltern abholt und wieder nach Hause bringt.

**

Auf der Geburtenstation

Gegen 22 Uhr 30 wird Estelle aus ihrem Schlaf gerissen – Stillzeit von Lisa. Dann wieder um 3 Uhr früh und um 6 Uhr 30. Völlig erschöpft schaut sie die Morgenschwester an und fragt:»Geht das nun jede Nacht so?«»Ja, auf jeden Fall in den ersten zwei bis drei Monaten, dann wird der Abstand zu den Stillperioden etwas länger und man kommt als Mutter zu etwas mehr Schlaf.« Das ist ja schrecklich, denkt Estelle, nicht nur, dass ich jetzt ein Baby habe, nein, ich muss auch noch darunter leiden. Man kann es ihr irgendwie nicht verübeln, mit 17 Jahren Mutter zu werden ist einfach zu früh. Es ist überhaupt schwierig, sich umzustellen, wenn man ein Kind bekommt, auch für ältere Mütter, die einen Ehemann haben, aber wie muss dies erst für eine so junge Mutter sein, die eigentlich selbst noch ein Kind ist, kann man verlangen, beziehungsweise voraussetzen, dass sie weiß, was es heißt, Verantwortung für ein neues Lebewesen zu übernehmen?

Gleich nach dem Frühstück kommt Rosalinde zu Besuch und Estelle erzählt ihr ganz aufgeregt vom Besuch von Christa und Peter und von ihrer Idee, die Taufe gleich im Spital abzuhalten. »Wann hättest du morgen Zeit? Ich möchte so gerne, dass du die Taufpatin von Lisa bist.« »Gerne, mein Kind, morgen könnte ich zwischen 13 und 16 Uhr, dann fängt meine Schicht an.« »Hoffentlich bekommen wir einen Termin beim Spitalspfarrer? Werde gleich die Schwester informieren.«

»Estelle, ich habe dir etwas mitgebracht. Hier ist ein Nachthemd, eine Zahnbürste und Zahnpasta sowie dein Waschbeutel.« »Du bist einfach die Beste«, dabei umarmte

Estelle Rosalinde. »Wo ist denn nur das Baby, die Lisa? Geht es ihr gut?«, fragt Rosalinde. »Ja, ihr geht es bestens, aber mir nicht so gut, denn ich musste sie so oft stillen, dass ich jetzt müde bin und mich kaum auf den Beinen halten kann.« Rosalinde lächelt. »Aber du liegst ja im Bett.« Daraufhin muss sogar Estelle lächeln. »Ja, du hast recht, ich werde hier sowieso nur von lieben Schwestern bedient.« Rosalinde lächelt noch immer: »Ich habe deine Mama angerufen und mit ihr geplaudert, sie würde dich und Lisa aufnehmen, so lange, bis ich meinen Dickkopf von Mann, deinen Vater, überredet habe, euch bei uns wohnen zu lassen.« »Oh je, das heißt, dass ich wieder aufs Land ziehen muss.«

»Ja, aber nur so lange, wie du in Karenz bist und wir eine andere Lösung gefunden haben.« Estelle hatte sich bei ihrer leiblichen Mutter noch nie wohlgefühlt, aber wenn es nicht anders ginge, würde sie sich wohl diesem Schicksal fügen müssen. Sie plaudern noch ein wenig, bis Estelle vor Erschöpfung einschläft. Rosalinde legt ihr ein paar Zeitschriften auf das Nachtkasterl und lässt ein paar Blumen einfrischen, die sie für Estelle mitgebracht hat. Dann geht sie.

***

Estelle schlief, doch bevor sie in die Welt der Träume hinübergeglitten war, hatte sie noch einmal in Gedanken diesen wunderschönen Übungsabend und das nette Tanzcafé mit der romantischen Musik an sich vorüberziehen lassen. Ihre Gedanken schweiften zu Alberto, der an diesem Abend ganz besonders nett zu ihr gewesen war. Sie erinnerte sich, dass es ihr viel zu früh war, als Peter meinte: »Estelle, ich habe deinen Eltern versprochen, dich pünktlich um 22 Uhr

30 nach Hause zu bringen, deshalb müssen wir jetzt fahren.«»Na, gut.« Estelle schmollte ein wenig. Sofort eilte Alberto auf sie zu, hob ihr Kinn hoch und meinte:»Kindchen, heißt diese Reaktion, dass du dich nicht von mir trennen kannst? Das freut mich aber.« Dabei schaute er ihr mit geübtem Blick ganz tief und treuherzig in die Augen. »Nein, das ist nicht wegen dir, sondern wegen des tollen Tanzcafés«, gab Estelle ganz unerwartet schlagfertig als Antwort. Peter und Hilde schmunzelten, denn so kannten sie Estelle nicht, aber beide fanden ihre Antwort gut.

Alberto spielte den Beleidigten:»Na wenn das so ist ...«, wusste aber gleichzeitig um seine unwiderstehliche Wirkung auf Frauen. Er schaute Estelle tief in die Augen, als wollte er ihre Seele ergründen. Er hatte schöne Augen, die einen gefangen nahmen, intelligent, tiefgründig und dunkelblau, ja geradezu dunkel, so wie seine Geheimnisse. Er war mit diesen schönen Augen und den dunkelbraunen Haaren, die immer so aussahen, als ob sie vom Wind leicht zerzaust worden wären, ein wirklich attraktiver Mann. Als Frau verspürt man den unwiderstehlichen Drang, über die Haare zu streichen, um sie zu glätten. Ein schöner Mann eben. Eduardo ist dann doch nicht mehr ins Café zurückgefahren, sondern beschloss, nach Hause zu fahren, um dort für seine Prüfungen wenigstens ein wenig zu ›büffeln‹.

Peter brachte Estelle an diesem Sonntag wieder ganz pünktlich nach Hause, so wie er es immer tat. Auf ihn konnte man sich wirklich verlassen. Alberto nahm wiederum Hilde mit, die ihn auf dem Nachhauseweg nochmals anfauchte:»Alberto, ich hab dich im Visier. Lass die Kleine in Ruhe.«»Na wer wird denn da so kratzbürstig sein? Du bist doch nicht etwa eifersüchtig?«»Eifersüchtig wegen dir, NEIN, das bin ich bestimmt nicht, dazu kenne ich dich zu gut und weiß, dass du beziehungsunfähig bist, also habe

ich mich erst gar nicht in dich verliebt, wäre nur verge-
bene Liebesmühe gewesen. Aber als Freund auf platoni-
scher Ebene hast du Potential. Also zerstöre das nicht – lass
Estelle einfach in Ruhe.« »Hilde, Hilde, du bist ja schlimmer
als meine Mutter, deshalb muss ich jetzt noch zur Berta
fahren, meiner derzeitigen Freundin.« »Freundin, hast du
eine wirkliche Freundin oder eher ein Sexobjekt?« Alberto
ärgerte sich in diesem Moment ein wenig über Hilde, er
mochte es nicht, wenn man ihn so durchschaute. »Ja, sie
ist meine Freundin und ich schätze sie sehr!« Dabei hatte
er wieder seine Finger hinter seinem Rücken überkreuzt
und schaute Hilde mit einem Dackelblick an. Hilde beließ
es dabei und verabschiedete sich.

Alberto fuhr in seine Stammkneipe, wo er Berta wieder-
sah. Ihre Schicht sollte um 22 Uhr 30 zu Ende sein, aber da
sie heute so viele Gäste hatten, bat ihr Chef sie, länger zu arbeiten, bis 23 Uhr. Erfreut erblickte sie Alberto, ging sofort
zu seinen Tisch hinüber und fragte: »Was darf es heute sein,
gnädiger Herr?« »Das Übliche.« Dabei schaute er Berta tief
in die Augen. »Das Übliche, mein Herr?«, kokettierte sie mit
ihm. »Was ist denn das?« »Sie werden das doch wohl nicht
vergessen haben oder?« »Ach, Sie meinen das Eis-Schle-
ckerl?« »Ja, genau das meine ich. Wann kann das serviert
werden?« »Nach 23 Uhr, da ich heute länger arbeiten muss,
mein Herr.« »Na, Fräulein, dann bringen Sie mir in der Zwischenzeit etwas *Gscheites* zum Trinken. Einen trockenen
Martini, bitte.« Dann schaute er sich im Lokal um, ob er
nicht einen seiner Kumpel entdecken könnte. Aber heute
am Sonntagabend war keiner von ihnen da, daher trank
er gleich zwei Martini, um sich die Zeit des Wartens auf
Berta zu vertreiben. Gleich um 23 Uhr gingen sie auf ihr
Zimmer und hatten Oralsex miteinander, denn heute wäre
normaler Sex bei Berta gefährlich gewesen – wegen ihre

fruchtbaren Tage. Alberto war ein gekonnter Liebhaber und sie genoss es, mit ihm Sex zu haben, denn erst durch ihn hatte sie gelernt, was ein Orgasmus ist. Davor hatte sie ihn ihren Liebhabern nur vorgespielt. Danach lagen sie erschöpft im Bett und Berta hätte so gerne gehabt, dass er geblieben wäre und die Nacht mit ihr verbracht hätte, aber Alberto zog sich an und fuhr nach Hause und zurück blieb eine zwar sexuell zufriedengestellte, aber etwas nachdenkliche Berta.

Die darauffolgende Woche verging für alle Beteiligten wie im Fluge, außer für Mathilde, der Schwester von Christa. Die konnte es einfach nicht abwarten, dass der Freitag kam, denn dann würde sie das Tanzen erlernen und zwar mit Eduardo, den sie immer schon sehr gern hatte. Wie einen Bruder? Sie drehte und wendete sich im Spiegel, sie trug ein oranges Kleid, welches ihre Schultern frei ließ und dessen Ärmel so aussahen, als ob sie etwas heruntergerutscht wären, sehr sexy. Dazu betonte die Farbe ihre braune Haut, welche sie vom Herumtollen im Garten hatte. Ansonsten war das Oberteil des Kleides anliegend und der Unterteil bestand aus einem weiten dunkelblau-orangen Rock mit Tüll darunter, so wie in den Sixties eben üblich. Sie sah umwerfend aus, wie eine richtige Lady. Die Haare hat Christa für sie hochgesteckt, aber ihre blonden Locken konnten nicht gebändigt werden. Eine Locke stahl sich aus der Hochsteckfrisur heraus und ringelte sich sanft neben ihrem rechten Auge herunter. Sie sah fast wie ein Engel aus.

Pünktlich um 17 Uhr klingelte es und Eduardo stand vor der Tür, die Neubergers baten ihn herein und er wartete mit ihnen im Wohnzimmer auf Mathilde. Dann wurde die Türe aufgerissen und herein stürmte ganz aufgeregt Christa. »Meine Damen und Herren«, sagte sie mit verstellter, ganz tiefer Stimme, »darf ich Ihnen Fräulein Mathilde vorstellen?« Dabei machte sie eine Handbewegung wie ein Zirkusdirektor und bat Mathilde herein. Diese ging auf das Spiel von Christa sofort ein, waren doch die Neubergers immer für Scherze aufgelegt, und schritt langsam, mit sehr hoch erhobenem Haupte ins Wohnzimmer. Ihre Eltern konnten ein Schmunzeln nicht unterdrücken, was hatten sie doch für humorvolle Töchter.

Nur Eduardo war ganz still und wartete darauf, was jetzt kommen würde. Ihm verschlug es fast die Sprache. War das wirklich Mathilde? Wo war das Kind Mathilde denn nur geblieben? Gott sei Dank sagte Dr. Hubert Neuberger: »Kind, was ist denn mit dir passiert? Hat man dich in eine Verälterungskur geschickt?« Etwas gekränkt blickte Mathilde ihren Vater an. »Das ist nicht nett von dir – eigentlich habe ich geglaubt, dass du mir ein Kompliment machen würdest.« »Du bist so schön«, schaltete sich Frau Dr. Helga Neuberger, ihre Mutter, in die Unterhaltung ein. Dann wieder ihr Vater: »Du siehst ganz allerliebst aus, viel zu allerliebst, als mir als deinem Vater lieb sein kann.« »Du siehst sehr schön aus, heute«, sagte nun auch endlich Eduardo. Mathilde schaute ihn schmachtend an und lachte: »Danke.« Christa: »So, jetzt aber ab mit euch, sonst kommt ihr noch zu spät.«

Daraufhin verließen sie das Haus und Eduardo öffnete Mathilde die Autotür zu seinem roten Porsche. Seit dem Hinausgehen hatten geschwiegen, denn irgendwie hatte die Erscheinung von Mathilde Eduardo die Sprache verschlagen, was bei so einem Kenner des Lebens und auch einiger Frauen durchaus eine Seltenheit war. Christa war sehr schön, wie auch viele andere Mädchen, die er kannte. Aber Mathilde war eine Schönheit, eine auffallende Schönheit, prickelnd, aufregend, extrem sexy und doch wieder so unschuldig mit den blauen Engelsaugen und den blonden Locken. Kaum hatte sie im Auto Platz genommen, fragte Mathilde: »Eduardo, glaubst du wirklich, dass das Kleid elegant genug ist für heute Abend, oder soll ich mich noch schnell umziehen?« Gerade jetzt, in diesem Augenblick sprach das Kind aus ihr und das beruhigte Eduardo wieder etwas. »Nein, mein Kind, du siehst bezaubernd aus heute Abend.« »Sag, nicht immer ›Kind‹ zu mir, übermorgen habe ich Geburtstag und werde bereits 15 Jahre alt.« »Ja, sehr alt, meine Dame.« »Nein, sei einmal ernst, Eduardo. Ich bin dann auch alt genug für einen Boyfriend.« »Was bist du?«, prustete es vor lauter Lachen nur so aus Eduardo heraus. »Auf keinen Fall bist du dafür alt genug, hast du verstanden, damit wartet eine Dame mindestens, bis sie 18 Jahre alt ist.«

»Aber Christa hat doch auch den Peter als Freund und sie ist 16 Jahre alt.« »Aber Peter ist ein Ehrenmann und würde Christa nie etwas antun, sondern wartet damit sicherlich, bis sie entweder alt genug sind oder er sie heiraten kann.« »Aber ich will nicht damit warten, bis ich heirate.« »Und ob du das wirst, mein Fräulein«, sagte Eduardo streng, »ansonsten bekommt es jeder, wer sich meiner Schwester nähert, mit mir persönlich zu tun.« »Deiner Schwester, ich dachte, dass du nur einen Bruder hast«, scherzte Mathilde. »Du weißt genau, wie ich das meine«, entgegnete Eduardo.

»Nein, das weiß ich nicht, du bist nicht mein Bruder und theoretisch könnte ich dich heiraten, wenn ich wollte.« »Ich dachte immer, dass der Mann einer Frau einen Antrag macht und nicht umgekehrt«, scherzte er zurück. »Na ja, bei uns könnten wir es ja auch umgekehrt machen, denn ich kenne dich ja schon, seit ich noch in den Windeln war.« Eduardo schaute sie fragend an. »Pass auf, schau doch auf die Straße und nicht auf mich«, schimpfte Mathilde. »Du hast mich soeben verwirrt, normalerweise verwirre ich die Mädchen und nicht umgekehrt.«»Habe ich das?«»Nur ein ganz klein wenig, denn ich würde dich nicht heiraten, wenn du mich fragen würdest.«»Nein, würdest du nicht?«»Nein, würde ich auf keinen Fall.«»Na, dann eben nicht, bin mir sicher, dass sich einige Männer für mich interessieren und mich auf der Stelle heiraten würden.«Mathilde war ein wenig enttäuscht über seine Reaktion, denn irgendwie gefiel ihr der Gedanke, einmal Eduardo zu heiraten, gar nicht schlecht – na ja, dachte sie, er ist halt doch nur mein großer Bruder. Ganz schnell änderten sich ihre Gedanken wieder und gingen in eine ganz andere Richtung. Daran merkte man, dass sie eben doch noch nicht erwachsen war.

Den Rest der Fahrt verbrachten sie schweigend im knallroten Porsche, der durch den lauen Spätfrühlingsabend brauste. Dann bogen sie in eine Straße ein, die wie eine Allee aussah und von großen alten Bäumen umringt war. An ihrem Ende sah man Lichter. Es war die Tanzschule Kummer, die in einem palaisartigen Haus an einem Kunstteich mitten im Wald untergebracht war und jetzt in ihrer vollsten Pracht erstrahlte.»Wow, so schön habe ich mir die Tanzschule nicht vorgestellt«, sprudelte es vor lauter Begeisterung nur so aus Mathilde heraus.»Das ist ja wie im Märchen und so romantisch. Eduardo, ich danke dir, dass du mich mitgenommen hast, denn ich weiß jetzt schon, dass mir das gefallen wird.«

Kaum angekommen, ging er ums Auto herum und wollte Mathilde die Tür aufmachen, aber sie war ihm schon zuvorgekommen, sodass er ihr nur mehr heraushelfen konnte. Sie schaute auf die vielen Lichter der Tanzschule und schien ihn für einen kleinen Moment ganz vergessen zu haben. Er bot ihr seinen Arm, sie hakte sich in der gewohnten Art und Weise ein und ging in tänzerischem

Schritt neben ihm die Stufen hinauf, bis sie den Eingang der Tanzschule erreichten. Er meldete sie beide nochmals für die Privatstunde an und dann zeigte er Mathilde die Garderobe, wo sie noch schnell die Straßenschuhe in Tanzschuhe umwechselte, bevor sie wieder hinaus in den Gang trat. Da war noch ein anderes Paar, welches mit dem Tanzlehrer Fritz eine Privatstunde gebucht hatte, und dem jungen, etwas blassem, rothaarigem Mann blieb schlichtweg der Mund offen stehen, als er Mathilde erblickte, sodass ihn seine Tanzpartnerin nur am Ärmel zog und zischte: »Möchtest wohl auch diese Barbiepuppe haben, oder? Aber so eine gibt sich mit nichts Geringerem ab als einem der Cesare-Söhne, du wärst sicher nicht gut genug für sie.« Etwas frustriert senkte der Mann seinen Blick und trottete seiner Tanzpartnerin in den kleinen Tanzsaal hinterher. Eduardo hatte den gierigen Blick des Mannes sofort gesehen und legte beschützend seine Hand um Mathildes Schultern.

Frau Kummer kam heraus, sie sah wie immer ganz toll aus. Heute trug sie ein schwarz-grünes Kleid, hatte die Haare kunstvoll hochgesteckt und war bis zur Perfektion geschminkt. Sie lächelte, erkannte Eduardo sofort wieder und blickte etwas überrascht auf seine neue Partnerin, sodass dieser sich sofort zu erklären veranlasst sah: »Darf ich vorstellen, das ist die Schwester meiner Tanzpartnerin, sie heißt Mathilde und hat nächsten Samstag, also in ein bisschen mehr als einer Woche, einen wichtigen Schultanz. Bis dahin möchte sie wenigstens ein wenig tanzen können und mich hat sie als Übungstanzpartner auserkoren.« Mathilde reichte Frau Kummer die Hand und der Schelm lachte aus ihren Augen: »Freut mich, Sie kennen zu lernen. Da ich gehört habe, dass Sie die Beste sind, hoffe ich, dass Sie es schaffen werden, meinen ungeübten Füßen ein wenig das Tanzen beizubringen, oder irre ich mich?« Dabei lächelte Mathilde die Tanzschulbesitzerin Frau Kummer mit ihrem sinnlichen Mund und großen Kulleraugen an. Diese konnte ihrem Charme nicht widerstehen und musste zurücklächeln. Sie mochte dieses Mädchen, etwas frech, aber doch so humorvoll und liebenswürdig, sodass man ihr nur gutgesinnt sein konnte. Anscheinend war sie sich noch überhaupt nicht bewusst, was für eine Schönheit sie war.

»Darf ich Sie in den großen Tanzsaal bitten, der ist heute ausnahmsweise frei, denn normalerweise ist er am Freitagabend für die jungen Offiziere gebucht. Aber die haben heute einen hohen General zu Besuch, sodass die jungen Burschen und deren Tanzpartnerinnen von einer Mädchenschule nicht kommen können. Nächste Woche werden wir, falls Sie noch eine Privatstunde buchen möchten, leider mit dem kleineren Raum vorliebnehmen müssen. Aber heute ist der Saal für nur zwei Personen etwas Besonderes, so wie es sicherlich auch die erste Stunde für die junge Dame sein wird. Darf ich Sie jetzt hineinbitten?«

Eduardo und Mathilde folgten Frau Kummer in den großen Tanzsaal und da blieb Mathilde beinahe der Mund offen stehen. Diese unzähligen Lichter und die vielen Spiegel an den Wänden und ganz hinten der Ausblick auf die Terrasse mit dem Teich dahinter: Das war wirklich beeindruckend, sogar für Mathilde, die ja schon viel Schönes gesehen hatte. Sie drückte ganz fest die Hand von Eduardo und blickte ihn dankbar an.

Frau Kummer begann: »Zuerst werde ich den Damenschritt für den Langsamen Walzer zeigen – auf den Herrenschritt werden wir heute verzichten, denn den können Sie, Herr Cesare, ja schon sehr gut. Hoffe, dass das okay für Sie beide ist?« »Also zuerst mit dem linken Fuß zurück – aber in einer Halbdrehung, dann mit dem rechten Fuß nach vorne und dann kommt der Zwischenschritt, links zur Seite, rechts zur Seite und schließen, dann umgekehrt und dann beginnt der andere Teil wieder von vorne.« Mathilde stellte sich sehr gut dabei an, sie begriff die vorgezeigten Schritte sofort und tanzte sie mühelos nach, sodass Frau Kummer sagte, dass sie es gleich als Paar probieren könnten, sie legte einen Langsamen Walzer auf und los ging es. Frau Kummer zeigte zuerst noch mit Eduardo vor, wie die Haltung zu zweit auszusehen hat.

Dann nahm Eduardo die rechte Hand von Mathilde in seine linke, zog sie zu sich heran und legte seine rechte Hand auf ihren Rücken, davor führte er aber Mathildes linke Hand auf seine Schulter. Frau Kummer drückte die beiden noch näher aneinander, denn zuerst war der Abstand zwischen ihnen zu groß. Irgendwie fühlte es sich für Eduardo sehr ungewohnt an, Mathilde so nahe zu sein. Obwohl er schon mit mehreren Damen einen Tanzkurs besucht und viele Freundinnen gehabt hatte, verspürte er bei Mathilde irgendwie eine Art Scheu. Was ist denn nur los mit mir, dachte er, was ist denn das?

Mathilde fühlte sich wohl in seinen Armen und drückte sich unbewusst noch näher an ihn. Dann begannen sie zu tanzen, es war der wunderschöne Langsame Walzer *Remember Tommy*, gespielt von einer Big Band. Diese einzigartige Musik mit dem Orchester im Hintergrund entführte die beiden in eine Welt der Romantik, mit einer leichten Windbrise im Gesicht und durch die Drehungen des Tanzes mit Mathildas leicht flatterndem Rock bildeten die beiden eine harmonische Einheit. Der Realität des Alltags entrückt, bewegten sie sich im Rhythmus der Musik.

Mathilde war wirklich eine begabte Tänzerin, sie hatte ja schon als kleines Mädchen, eigentlich bis vor einem Jahr, Ballett getanzt und war sehr talentiert. Sie hatte sogar Primaballerina werden wollen, aber leider spielte ihr da ihre Größe einen Streich, denn dafür war sie mit ihren 1 Meter 70 einfach zu groß. Frau Kummer hat es schon genossen, Eduardo mit Christa zu unterrichten, aber mit diesem begabten Mädchen war es für sie als Tanzlehrerin noch eine Spur interessanter.

Die beiden waren ja auch ein wunderschönes Paar, Mathilde mit ihren blauen Kulleraugen und einem Mund so weich und sinnlich, dass man, wenn man diesen nur anschaute, das Gefühl hatte, ihn küssen zu wollen, und ihren wunderschönen Körper, der mit gerade genug Busen weiblich aussah, aber trotzdem eher auf der sehr zierlichen Seite war. Daneben Eduardo mit einer stattlichen Größe von 1,85 Meter, breiten Schultern und seinen dunkelblonden Haaren sowie ebenso blauen Augen wie die von Mathilde. Ein sehr männlicher Herr mit einer beneidenswerten Bräune, die er durch seine Sportlichkeit – Tennis, Golf, Reiten, Schwimmen etc. – das ganze Jahr über hatte.

Diese beiden schönen Menschen tanzten jetzt formvollendet einen Langsamen Walzer. Frau Kummer klatschte begeistert in ihre Hände und sagte:»Mathilde, Sie sind ein absolutes Naturtalent, vielleicht sollten Sie es einmal mit Turniertanz versuchen. Und Sie, Herr Cesare, sowieso, aber Sie haben ja schon mehrere Tanzstunden hinter sich.«»Danke für das Kompliment.«»Wollen wir nun zum nächsten Tanz übergehen, damit Sie wenigstens ein paar Tänze bis zu Ihrem Schultanz geübt haben?«»Au ja, das wäre super.« Eduardo war für seine Verhältnisse sehr still und ließ alles auf sich wirken, vor allem spürte er noch immer die Wärme von Mathilde.»Mensch, Junge, jetzt hör aber ganz schnell auf, so etwas über ein Kind zu denken! Das wäre ja ...« Auf einmal schaute Eduardo ganz ernst, sodass Mathilde ihn fragte:»Was ist dir denn jetzt für eine

Laus über die Leber gelaufen? Gerade hatte ich noch den Eindruck, dass du gerne mit mir tanzt, und jetzt schaust du so grantig.«»Sorry, Mathilde, dachte nur an die Unmenge von Prüfungen, die mir bald ins Haus stehen. Bin schon wieder ganz bei dir.«

Mathilde blickte noch etwas mit Schmollmund durch die Gegend, bis sie ihn auf die Wange küsste und sagte:»Habe dir verziehen, Bruderherz. Tut mir leid, dass du so viel um die Ohren hast.« Eduardo gab es einen Stich ins Herz, als Mathilde ihn wieder Bruderherz nannte. Irgendwie schien ihn das zu stören.

»Als nächsten Tanz werden wir einen Quickstep durchnehmen, hoffe, dass Ihnen das recht ist?«, fragte Frau Kummer.

»Aber natürlich, was muss ich da machen?« Mathilde schaute gespannt auf die Tanzlehrerin, die ihnen den Schritt vormachte. »So, jetzt sind Sie an der Reihe, können Sie mir bitte nachtanzen?« Mathilde tat, wie ihr geheißen wurde, und konnte sofort die Schritte korrekt tanzen. »Na, so schnell hat das sonst noch keine begriffen. Darf ich bitten, mein Herr, könnten Sie Ihre Dame bitte zum Tanz auffordern?« »Selbstverständlich, gerne«, und Eduardo legte auch schon seine Hand auf die Schulterblätter von Mathilde und nahm mit seiner linken ihre rechte Hand und führte sie geschickt über das Parkett. Es war ein wahres Vergnügen, den beiden zuzusehen. Sie tanzten so harmonisch und gekonnt und das, obwohl Mathilde heute erst den Tanz gelernt hatte. Frau Kummer strahlte über das ganze Gesicht und sagte nochmals: »Bitte, Sie müssen als Paar mit dem Turniertanzen beginnen, ich habe schon Ewigkeiten nicht mehr so begabte Schüler unterrichten dürfen.« Mathilde strahlte sie an und auch Eduardo blickte sehr zufrieden.

Viel zu schnell war die Stunde zu Ende und Eduardo

fuhr Mathilde wieder nach Hause. Dort angekommen, riss sie die Tür auf und stürmte in das Haus der Neubergers. »Was ist denn los, mein Kind?«, fragte der Vater. »Papa, du kannst dir gar nicht vorstellen, wie toll tanzen ist, ich bin geschwebt, das ist so einfach, und wenn man tanzt, vergisst man die ganze Welt rundherum.« »Hallo? Was ist mit uns, Mathilde – bekommen wir nicht einmal einen Begrüßungskuss?« »Verzeih, Mama«, dabei umarmte sie Frau Neuberger und drückte ihr einen dicken Kuss auf die Wange. »Guten Abend, Mama, Papa!«

Dann kam auch Eduardo zur Tür herein und begrüße Mathildes Eltern mit einer Verbeugung und einem Händedruck. Er war, trotz seines jungen Alters, einfach der perfekte Gentleman. »Mathilde scheint das Tanzen ja sehr gut gefallen zu haben, wir danken dir, Eduardo, dass du so nett gewesen bist, mit ihr dorthin zu gehen.« »Ja, Eduardo, danke dir tausend Mal, aber wir müssen noch einmal gehen, vielleicht gleich morgen noch eine Stunde oder am Sonntag, denn nur nächsten Freitag ist zu wenig«, sagte Mathilde ganz begeistert. »Jetzt warte einmal, Schatz, du überforderst ja Eduardo. Morgen hat er doch die normale Tanzstunde mit deiner Schwester und außerdem hat er ja auch noch zu lernen«, meinte Frau Dr. Neuberger. »Ist schon okay, Mathilde sollte schon noch ein- bis zweimal vor dem Tanzevent in ihrer Schule eine Stunde belegen. Ich kann ihr morgen vor dem normalen Tanzkurs anbieten, falls Frau Kummer da Zeit haben sollte. Am Sonntag geht es nicht, da feiern wir ja den Geburtstag von Mathilde.«

»Danke dir, Eduardo«, dabei drückte ihm Mathilde einen Kuss auf die Wange. »Du bist doch der Allerbeste!« »Aber wie macht ihr das dann mit Christa? Wer bringt sie zur Tanzstunde?« »Vielleicht kannst du sie bringen, Papa, und mich dann gleichzeitig wieder abholen?« »Zuerst müssen wir aber Frau Kummer anrufen, ob sie überhaupt noch eine Stunde frei hat.«»Ja, du hast ja recht, Mama. Ruf sie doch gleich an – bitte, bitte.«

Frau Neuberger rief bei der Tanzschule an und es wurde ihr mitgeteilt, dass noch eine Stunde von 16 bis 17 Uhr frei sei.»Na, das wäre ja super«, meinte Eduardo, »dann kann ich zuerst Mathilde holen und mit ihr tanzen und dann bringe ich sie zurück und hole Christa ab.«»Das klingt ja nach Stress«, brummte der Vater von Mathilde.»Ehrlich, ist dir das nicht zu viel Aufwand?«»Nein, mache ich doch gerne für meine kleine Schwester«, zog Eduardo jetzt umgekehrt Mathilde auf.»Danke, danke!«

»Leider muss ich jetzt gehen, da ich eine Verabredung habe. Darf ich mich verabschieden?«»Nein darfst du nicht, sag mir sofort, mit wem du eine Verabredung hast!«, rief Mathilde.»Mathilde! Das geht dich doch wirklich nichts an.« »Lass nur Helga, ich habe mit meinen Eltern und meinem Bruder eine Verabredung zum Dinner im Brauhauskeller.« »Ach, so.«»Beruhigt, Mathilde?«»Was heißt hier beruhigt, bin halt neugierig und wollte nur wissen, wo sich mein großer Bruder so mitten in der Nacht noch herumtreibt«, lachte Mathilde.»Na, dann ist es ja gut, wenn du deine Neugierde befriedigen konntest, oder?«»Ja, ja, danke. Gute Nacht, Eduardo.«»Gute Nacht, Mathilde!« Und weg war sie, sie stürmte die Stufen hoch, jetzt war sie wieder ganz Kind. Ihre Eltern sowie Eduardo blickten ihr nach und schmunzelten. Dann drehte sich Eduardo um und verabschiedete sich auch von den Eltern.»Helga, Hubert, gute Nacht! Bis morgen!«»Danke dir, mein Junge, dass du den Beschützer für unsere Töchter spielst, denn dir vertrauen wir ganz und gar und wissen, dass unsere Mädels nur in den allerbesten Händen sind.«

***

Samstagmorgen endlich war es wieder so weit, so herbeigesehnt hatte Estelle diesen Tag. Heute Abend sollte es
wieder einen Tanzkurs geben. Ganz verträumt blickte sie,
am winzig kleinen Küchentisch sitzend und das Frühstück
vor sich, aus dem Fenster und dachte dabei an Alberto. Ob
dieser sie heute wohl diesmal bemerken würde? Bei ihm
war sie sich nie sicher. Aber jetzt hieß es noch zu arbeiten,
sie half Rosalinde beim Abräumen des Geschirrs und weg
war sie auf dem Weg zu ihrer Arbeit in dem kleinen Lebensmittelladen.

Dort angekommen, begrüßte sie heute ein ganz besonders grießgrämiger Chef. »Du bist eine Minute zu spät,
Pünktlichkeit ist mir das Wichtigste, das weißt du, Estelle.«
»Entschuldigen Sie, Herr Huber, es tut mir schrecklich leid,
aber heute ist das erste Mal, dass mir so etwas passiert ist.
Leider ist der Wecker nicht angegangen und somit habe
ich verschlafen und bin EINE Minute zu spät. Das tut mir
schrecklich leid.« »Na ja, einmal lasse ich so eine Unpünkt-
lichkeit noch durchgehen, dafür bleibst du heute aber eine
Stunde länger.« »Eine Stunde länger, aber ich war doch nur
eine Minute zu spät.« »Ja, aber das wird dir dann in Zu-
kunft eine Lehre sein, nicht mehr zu spät zu kommen.«

Estelle sank in sich zusammen, gerade heute, am Samstag, wollte sie nicht zu spät sein, sondern pünktlich das
Geschäft verlassen, denn sie hat sich einen absoluten Luxus
geleistet und einen Termin bei einem Friseur vereinbart.
Und jetzt so etwas. Ihr Chef würde ihr sicherlich nicht erlauben, das Telefon im Geschäft zu benutzen, wie sollte sie
da den Friseur verständigen, dass sie heute nicht kommen
würde. Gerade bei diesem Friseur war es so schwer, einen
Termin zu erhalten, er war wochenlang ausgebucht, und
wenn sie ihn heute versetzen würde, würde sie wohl keinen
Termin mehr bekommen. Pause durfte sie ja auch keine

machen. Estelle wurde ganz heiß zumute. »Was schaust du denn so dämlich durch die Gegend? An die Arbeit, zuerst zu spät kommen und dann blöd schauen, so etwas habe ich schon gerne«, unterbrach der Chef ihre Gedanken. Heute ließ er sie ganz schwere Kisten schleppen und sie musste wirklich hart arbeiten, bis sie endlich, natürlich ohne zum Friseur gehen zu können, Schluss machen durfte. Sie eilte zur Straßenbahn und fuhr todmüde und auch ein wenig enttäuscht und traurig nach Hause, denn die ganze Woche hatte sie sich bereits auf diesen Termin gefreut. Vor lauter Enttäuschung kullerte ihr eine Träne die Wange hinunter. Jetzt sei doch keine sentimentale Zicke, schimpfte Estelle in Gedanken mit sich selbst und wischte sich die Träne weg. Freu dich doch lieber auf heute Abend.

***

Peter schlief heute lange, denn er hatte ja nichts zu tun und konnte erst um 11 Uhr aufstehen und frühstücken. Seine Mutter meinte, dass er ihr lieber im Haushalt hätte helfen sollen, anstatt so lange zu schlafen, aber sie lächelte ihren einzigen Sohn liebevoll an und stellte ihm ein wunderbares Frühstück auf den Tisch. Gleich danach rief Peter bei seiner heißgeliebten Christa an, die schon lange wach war. Sie hatte bereits Sport gemacht, war laufen gewesen und um diese Zeit schon wieder müde, aber sie freute sich, von ihm zu hören. »Guten Morgen, du Schlafmütze, ich bin schon fleißig gewesen, also du weißt eh, falls wir jemals zusammen wohnen sollten, dann musst du aber früher raus.« »Okay, mein Schatz.« Peter freute sich riesig, dass Christa erwähnt hatte, dass sie vielleicht zusammen wohnen könnten. »Ich werde alles machen, beziehungsweise fast alles, was du von mir verlangst, aber nur, wenn du auch umgekehrt alles machst, was ich von dir möchte.«Dabei lachte Peter und Christa:»Selbstverständlich, mein Schatz, denn ich bin mir sicher, dass es nur das ist, was ich auch gerne machen möchte, oder? Sehen wir uns heute Abend? Freue mich schon. Ach ja, ich werde dir auch eine Einladung für das Geburtstagsfest meiner Schwester Mathilde mitbringen, welches morgen stattfindet. Ach ja, Anzug Pflicht, da sind meine Eltern leider immer etwas förmlich. Und wir zwei müssen aufpassen, dass sie nicht mitbekommen, dass wir zusammen sind, sondern sie sollen glauben, dass wir beide nur Freunde sind, denkst du, dass wir es schaffen, die Hände voneinander zu lassen?«»Eigentlich nicht, aber wir werden das schon irgendwie in die Reihe bekommen. Sorry, mein Schatz, ich muss jetzt gehen, denn meine Eltern haben mich gebeten, noch etwas abzuholen, und das Geschäft macht schon um 12 Uhr zu.«»Na, dann lauf mal schön, mein großer Junge.«»Jetzt reicht es aber, du kannst mich doch nicht großer Junge nennen, oder bin ich das für dich?«»Natürlich nicht, mein Liebling, du bist mein allergrößter und bester Mann!«»Na, dann ist es ja gut. Fast hätte ich vergessen, was soll ich denn deiner Schwester zum Geburtstag kaufen?«»Mach dir keine Sorgen, Peter, ich kaufe etwas Schönes für sie und packe es für dich ein, ich bringe das Geschenk heute Abend mit.«»Danke dir, tschüss.«»Tschüss«, und Christa legte den Hörer auf.

***

Hilde musste an Samstagen auch immer arbeiten, sie war ja Friseurlehrling. Ihr Arbeitstag begann bereits um 8 Uhr früh. Heute hatte sie aber lauter nette Kunden. Sie liebte ihren Beruf, Hilde fand, dass es etwas sehr Schönes sei, die Leute zu verschönern und sie glücklich zu machen.

Manchmal hatte sie das Gefühl, dass ein Friseurbesuch so etwas Ähnliches sei ein Psychologenbesuch, man konnte dem Friseur alles erzählen, wie dem Psychologen auch, und fühlte sich danach besser und wurde noch dazu in der Zwischenzeit äußerlich verschönert. Heute hatte sie wieder ihre Stammkundin, die nur Hilde wollte. Obwohl sie nur ein Lehrling war, durfte Hilde sie bereits alleine, also ohne gelernte Fachkraft, föhnen und auch schneiden. Sie vertraute sich ganz den Künsten von Hilde an. Hilde hatte ja auch bald ausgelernt. Ende August musste sie noch ihre Fachprüfung bestehen, dann war sie fertig und würde, wenn sie es wollte, ganz alleine ein Friseurgeschäft eröffnen können, doch dazu fehlte ihr leider das Geld. Aber sie freute sich schon darauf. Frau Stemberger, ihre allerliebste Stammkundin, erzählte ihr von ihren Kindern, den Problemen mit ihnen und von ihrem Mann und was sie am Wochenende machen wollten. Hilde lächelte, sie hörte gerne zu und manchmal tat sie auch ihre Meinung kund. Gerade eben Christa hatte sie angerufen und gesagt, dass sie ihr heute Abend eine Einladung zum Geburtstagsfest ihrer Schwester mitbringen werde, welches morgen stattfinden würde. Hilde war noch nie in so ein vornehmes Haus eingeladen gewesen und dachte gleich daran, welche Frisur sie sich morgen machen und was sie Mathilde kaufen sollte. Sie hatte ja nicht gerade viel Geld, aber bei so einem Mädchen, das bereits alles hatte, war es schwer, ein passendes Geschenk zu finden.

***

Alberto war schon früh aufgestanden, denn obwohl er normalerweise nicht am Wochenende arbeiten musste, hatte sein Chef heute einen Termin in Graz und Alberto musste ihn dorthin fahren. Alberto hoffte nur, dass sie pünktlich zurück sein würden, damit er zum Tanzkurs gehen konnte. Lange wollte er nun nicht mehr warten, diese Unschuld vom Lande zu verführen, erst gestern Abend hatte er mit seinen Freunden gewettet, dass er es in den nächsten vier Wochen machen würde, denn er wolle es langsam angehen lassen, und er hatte auch damit geprahlt, dass sie ihm sowieso schon aus der Hand fresse.

»Und was ist mit deiner jetzigen Flamme, der Berta?«»Die ist schon ein Hit, vor allem, was den Sex angeht. Ich werde sie auch nicht aufgeben, aber dazwischen brauche ich mal ganz frisches Blut, eben diese Jungfrau, von der ich euch erzählt habe.«»Bist du dir sicher, dass sie noch eine Jungfrau ist?«»Tausendprozentig, ansonsten zahle ich euch allen ein Essen und gebe mehrere Runden aus.«»Okay, das klingt gut, und wenn sie doch eine ist, was verlangst du von uns?« »Wäre gut, wenn ihr drei Runden ausgebt. Deal?«»Ja, abgemacht!« Seine Saufkumpel lachten laut auf, als er das sagte. In seiner Runde war Alberto so etwas wie der Rädelsführer, die anderen verehrten ihn fast wie einen Halbgott, denn er hatte immer Glück bei Frauen, war eine absolute Stimmungskanone und ein großartiger Saufkumpan. Aber der große Macher war er eben nur in dieser Runde mit »einfachen«, ja fast ungebildeten Burschen. Ansonsten wohl weniger, denn Christa hatte lange darüber nachgedacht und es auch mit Peter diskutiert, ob sie Alberto auch zum Geburtstagsfest von Mathilde einladen sollte oder nicht. Sie kamen dann zum Entschluss, dass es doch sehr gut wäre, denn sie fanden seine Tanzpartnerin, die Hilde, so nett, dass sie deshalb auch ihn einluden. Christa hoffte nur, dass er sich zu benehmen wüsste. Ihn hatte sie als Einzigen nicht angerufen, sondern wollte ihm die offizielle Einladung erste heute Abend geben, denn insgeheim hoffte sie, dass er vielleicht etwas anderes vorhatte, sodass er vielleicht morgen nicht kommen könnte. Alberto fuhr, wie immer sehr gekonnt, seinen Chef im Mercedes nach Graz. Eine der wenigen Dinge, worin er wirklich besonders gut war, waren Autos und Tanzen. Er liebte Autos, vor allem die schnellen. Er war gelernter Automechaniker und konnte fast alle Autos reparieren. teilweise frisierte er sie auch, das heißt, er machte sie schneller, als sie normalerweise waren, nur um das ihn total erotisierende Geräusch zu hören, wenn der Motor unter der Haube nur so aufheulte. Ja, die Autos waren seine Babys. Um diese kümmerte er sich wirklich aufopfernd, was man bei ihm leider weniger von den Menschen behaupten konnte. Die Mädchen, die er wollte, gebrauchte er und nutzte sie schamlos aus. Sie waren ihm total egal. Ihm war nur wichtig, dass er zum Schuss kam, und dann warf er sie wieder weg. Er war ein skrupelloser Mensch, wirkte aber nach außen, beim ersten Hinsehen, wie ein Gentleman. Im Gegensatz zu Eduardo oder Peter war er jedoch absolut keiner.

***

Eduardo stand heute am Samstag bereits früh auf, denn er hatte bald Prüfung und musste noch wirklich viel lernen. Eigentlich hätte er heute absagen sollen, ebenso morgen, denn der Lernstoff, den er bewältigen musste, war gewaltig. So langsam bekam er Panik, deshalb hatte er sich auch den Wecker bereits auf 5 Uhr früh gestellt und begann gleich nach dem Frühstück zu lernen. Einer ihrer Angestellten, die Liesi, kam heute extra für Eduardo bereits um 4 Uhr 30 ins Herrschaftshaus, damit das Frühstück für Eduardo pünktlich fertig war. Liesi war eine kugelrunde Frau mit einem pausbäckigen, roten Gesicht und eine Seele von einem

Menschen. Sie war zu den Cesares als ganz junges Mädchen gekommen (sie kam übrigens aus Mettersbach, einem kleinen Dorf in der Steiermark) und hatte die Cesare-Jungs praktisch großgezogen. Sie hatte nie geheiratet, für sie waren die beiden Buben, Eduardo und Sebastian, ihre Söhne. Deshalb kam sie gerne so früh, die Initiative ging eigentlich von ihr aus, denn die Cesare-Jungs waren streng erzogen worden. Hatten sie etwas Außergewöhnliches vor, wie zum Beispiel, vor der normalen Zeit aufzustehen, mussten sie ihr Frühstück normalerweise selbst machen.

Aber Liesi, die ihren Eduardo gestern Abend nach der Privatstunde mit Mathilde gleich an der Tür empfangen hatte, fragte natürlich sofort, wann er lernen würde. Sie war sehr streng mit Eduardo und verfolgte genau, ob und wann er dies tat, auch wenn dieser bereits erwachsen war. Eduardo hatte ungemeinen Respekt vor Liesi und gleichzeitig ein schlechtes Gewissen, dass er für die nächste Prüfung sicherlich noch nicht ausreichend gelernt hatte, deshalb erwähnte er auch gleich, dass er morgen ganz früh aufstehen würde, und Liesi sagte sofort, dass sie dann auch kommen würde, um ihm das Frühstück zu machen.

Danach ging Eduardo gleich mit seinen Eltern und seinem Bruder in den Brauhauskeller zum Abendessen. Es war ein angenehmer Abend und wie immer unterhielt sich die Familie über dies und jenes, aber nichtsdestotrotz saß Eduardo auf glühend heißen Kohlen, denn eigentlich hätte er lernen müssen. Aber diese Familienessen waren fast heilig und wurden von allen immer eingehalten, denn sie kamen leider nicht oft vor, da ihr Vater sehr beschäftigt war. Aber wenn, dann war es fast ein unausgesprochenes Gesetz, dass man daran teilnahm. Es dauerte nicht zu lange, um 23 Uhr waren sie alle wieder zu Hause und Eduardo verabschiedete sich sofort mit der Entschuldigung, dass er lernen müsse.

Seine Mutter war nicht nur eine wunderschöne Frau, sondern auch besonders sanft und gutherzig, mit ganzem Herzen war sie für ihre Jungs und die Haushaltsführung da. Natürlich hatte die Cesare-Familie Angestellte – acht waren es alleine auf dem Anwesen und über eintausend insgesamt –, denn es musste alles verwaltet werden. Frau Cesare war nicht nur für das riesige Privatanwesen mit 800 Quadratmeter Wohnfläche und mehreren Hektar Grund, einem Swimmingpool, einem Tennisplatz und ein paar Pferden mit einem Reitstall verantwortlich, sondern hatte auch sehr oft Geschäftskollegen beziehungsweise Geschäftspartner ihres Mannes zu Gast. Außerdem war sie sehr mit ihren Charity-Projekten beschäftigt, denn die Cesares verdienten nicht nur Unmengen, sie gaben auch sehr viel für gute Zwecke aus.

Sie drückte ihrem Sohn einen Kuss auf die Wange und sagte:»Gute Nacht, mein Sohn.«»Gute Nacht, Mama. Gute Nacht, Papa!«»Gute Nacht, Sebastian. Gute Nacht, Eduardo, wünsche dir viel Energie zum Lernen und vor allem den Willen, dich da durchzubeißen und so früh aufzustehen. Wir sind stolz auf dich, mein Sohn!« Dann setzten sich die Cesares noch ins Wohnzimmer und plauderten weiter.

Am nächsten Morgen stand Liesi auf und richtete ihrem Eduardo das Frühstück, denn sie war sehr dahinter, dass aus den beiden Jungs ordentliche Männer wurden. Sie sollten sich nicht von Alkohol, Mädchen oder sonst irgendetwas abhalten lassen, um ihre Ziele zu erreichen.

Liesi wohnte mit zwei anderen Angestellten der Cesares in einem kleinen, ca. 150 Quadratmeter großen Dienstbotenhaus, welches an das Anwesen der Cesares grenzte, aber doch einen extra Eingang sowie eine separate Umzäunung hatte. Dort hatten sie jeder ein eigenes Zimmer, ein Wohnzimmer mit Fernseher, eine Küche und auch eine eigene Waschmaschine. Es ging ihnen also sehr gut, vor allem im Vergleich zu vielen anderen Leuten. In dieser Dienstbotenwohnung der Cesares wohnten sie zum Beispiel viel großzügiger als der Vater und die Stiefmutter von Estelle.

Trotz all des Luxus, welcher die Cesare-Söhne umgab, waren beide sehr bescheidene junge Männer, sehr gut erzogen, hoch gebildet und noch dazu gutaussehend. Natürlich hatten sie bessere Autos als andere junge Männer und trugen maßgeschneiderte Anzüge, aber ihr Wesen war natürlich und einfach geblieben und sie hatten beide etwas für die armen Menschen übrig.

Eduardo tat sich an diesem Samstag beim Aufstehen etwas schwer, denn er hatte noch lange gegrübelt, warum ihn Mathilde so aus allen Bahnen warf und richtig aus der Ruhe bringen konnte.

Nachdem er geduscht und gefrühstückt hatte, versuchte er sich auf seinen Lernstoff aus dem Bereich der Pathologie zu konzentrieren. Die Anatomieprüfung hatte er bereits im Dezember des letzten Jahres absolviert. Er war sehr schnell bei seinem Medizinstudium, denn er liebte es und wollte mit ganzem Herzen Arzt werden. Die Pathologie ist jedoch ein großes und sehr umfangreiches Fachgebiet. Da kann man noch so klug sein, ohne Lernen ist da nichts möglich.

***

Mathilde hatte heute keinen Unterricht, auch Christa nicht, denn jeden zweiten Samstag war an ihrem Privatgymnasium schulfrei. Aber Mathilde war nicht so früh aufgestanden wie Christa, sondern etwas später, denn sie hatte erst um 10 Uhr eine Reitstunde. Sie machte eine gute Figur auf dem Pferd und liebte, wie Eduardo, die Pferde. Sie ging regelmäßig zum Reitunterricht und hatte ein eigenes Pferd, Mia, welches in einem bekannten Reitstall untergebracht war. Heute war das Wetter sehr schön. Sie machten einen Ausritt in den angrenzenden Wald, den Mathilde sehr genoss. Sie war eine sehr gute Reiterin und liebte alle Tiere, nicht nur ihr Pferd, sondern einfach alle.

Mathilde war ganz außer Atem, als sie wieder im Neuberger Hause ankam. Sie war mit dem Fahrrad zur Reitstunde gefahren und ihre blonden Haare waren ganz zerzaust, obwohl sie diese zu einem Zopf geflochten hatte. Der Gegenwind, der ihr beim schnellen Reiten durch die Haare fegte, hatte sie aber wieder leicht durcheinandergebracht. Sie strahlte über das ganze Gesicht, denn sie merkte, dass sich im Hause Neuberger etwas rührte. Der Partyservice, welcher für morgen bestellt war, begann heute bereits mit den Vorbereitungen. So herrschte schon spätmorgens am Samstag ein buntes Treiben auf dem Anwesen. Mathilde umarmte ihre Eltern und ihre Schwester. »Ihr könnt euch gar nicht vorstellen, wie schön es heute war, so mit Mia durch den Wald zu reiten. Ich liebe sie, sie ist so ein gutes Pferd. Der heutige Tag ist einfach perfekt, am Morgen das Reiten, dann mit euch Mittagessen, etwas Lernen am Nachmittag und dann meine zweite Tanzstunde mit Eduardo. Und morgen mein Geburtstagsfest. Ich bin so glücklich. Es ist einfach wunderschön, alles hier. Danke euch.« Alle anderen Neubergers schmunzelten, Mathilde war ein wirklicher Sonnenschein und alleine, wenn sie einen Raum betrat, leuchtete alles rundherum auf. Sie verbreitete ein ganz helles Licht mit ihrem absoluten Optimismus und ihrer Unbekümmertheit. Noch dazu war sie intelligent, gutherzig und lieb. Was kann man sich von einer jungen Tochter mehr wünschen? Ganz zu schweigen davon, dass sie eine absolute Schönheit war, ohne dass sie es selbst zu merken schien.

***

Punkt 15 Uhr 20 erschien Eduardo im Haus von Mathilde, um sie für ihre nächste private Tanzstunde bei der Tanzschule Kummer abzuholen, die sie ja für heute um 16 Uhr gebucht hatten. Mathilde kam die Stufen herunter und Eduardo blieb der Mund offen stehen. Sie trug ein weißes Kleid, bedruckt mit großen roten Rosen, und perfekt darauf abgestimmte rote Schuhe, eine rote Handtasche und kurze rote Handschuhe – sie sah so erwachsen aus. Die Haare hatte sie kunstvoll hochgesteckt, Christa hatte ihr dabei geholfen. In ihr Haar hatte sie ein paar kleine rote Seidenrosen eingeflochten. Dazu hatte sie sich ganz wenig geschminkt und trug einen zinoberroten Lippenstift, der ihren Schmollmund noch verführerischer wirken ließ. Sie sah wirklich wie eine Filmschauspielerin aus. Herr Neuberger kam aus dem Wohnzimmer ins Stiegenhaus mit der wundervollen weißen Treppe und sah seine Tochter. »Mathilde, was soll denn das? Du bist viel zu auffällig geschminkt. In deinem Alter kann man doch noch keinen roten Lippenstift tragen.« »Aber Papilein, ich wollte heute eben schon wie eine junge Dame aussehen, bitte erlaube mir doch etwas Farbe im Gesicht. Steht mir doch gut, oder?« »Zu gut, meine junge Dame, da muss ich mir ja um deine Sicherheit Sorgen machen.« »Jetzt übertreibst du aber, Hubert«, meldete sich Frau Neuberger zu Wort. »Mathilde hat sich eben für eine Tanzstunde hergerichtet und Christa hat ihr geholfen. Ja, ich muss zugeben, sie sieht sehr erwachsen und wunderschön aus. Sei doch stolz auf sie, Hubert.« »Bin ich ja«, brummte Herr Neuberger. »Aber wenn jemand so

aussieht wie unsere Tochter, dann habe ich Angst um sie.«
»Das brauchst du aber nicht, Papa.« Christa war ebenfalls
die Stufen heruntergekommen. »Denn sie geht ja mit Eduardo zu dieser Privatstunde, der passt sicher gut auf sie auf
und gleich danach bringt er Mathilde ja zurück, da er mit
mir zum Tanzkurs geht.« »Ja, ihr habt ja alle recht.« Dann
richtete er sich an Eduardo, der bis dato schweigend das
Szenario verfolgt hatte. »Du passt auf unsere Jüngste gut
auf und lässt sie nicht eine Sekunde aus den Augen, ist das
klar?« »Aber sicher doch, sie ist ja wie meine Schwester und
da lasse ich ihr niemanden zunahekommen. Außerdem
vergisst du, Hubert, dass wir eine Privatstunde mit Frau
Kummer haben, da ist nur eine Pianospielerin oder die
Musik ertönt vom Plattenspieler und ansonsten sind wir
alleine mit ihr. Also die einzige Gefahr ist das Foyer der
Tanzschule, aber da finden um diese Zeit noch nicht die
großen Kurse statt. Spaß beiseite, Hubert, mach dir keine
Sorgen, ich werde sie wie meinen Augapfel hüten.«

»Seid ihr denn alle verrückt geworden, hallo, wir sprechen da von meiner kleinen Schwester!«, mischte sich nun
Christa ein. »Was soll denn das? Sie geht ja nur mit Eduardo
zur Tanzstunde.«

»Ja«, meinte Frau Neuberger, »aber du weißt ja selbst noch,
Christa, als du das erste Mal so ausgesehen hast, da war
dein Vater auch ganz aus dem Häuschen, er macht sich halt
Sorgen um seine Töchter und möchte am liebsten, dass sie
immer seine kleinen Mädchen bleiben.« »Jetzt übertreibst
du aber, liebe Helga. Wollte mich nur vergewissern, dass
Mathilde wieder sicher nach Hause kommt.« »So, nun ab
mit euch.« Eduardo verabschiedete sich bei den Neubergers
und auch bei Christa. »Christa, ich werde pünktlich wieder zurück sein, um dich für unsere normale Kursstunde
abzuholen, die ja um 19 Uhr beginnt.«

Dann reichte Eduardo Mathilde seinen Arm und führte sie zu seinem knallroten Porsche, dessen Autotüre er ihr formvollendet öffnete. Dann stieg er selbst ein und weg waren sie. Sie erreichten die Tanzschule Kummer zehn Minuten vor dem Beginn der vereinbarten Privattanzstunde. Mathilde stieg aus und da gerade ein anderer Tanzkurs stattgefunden hatte und zwar im großen Saal, wimmelte es nur so vor Leuten und fast allen jungen Männern blieb der Mund offen stehen. So eine Schönheit bekamen sie selten zu sehen. Christa war ebenfalls wunderschön, aber Mathilde war einfach berauschend. Sie hatte eine Wespentaille, einen schön geformten Busen, war groß, hatte lockiges Haar – welches zwar heute hochgesteckt war, aber mehrere Locken hatten sich schon wieder in ihr Gesicht verirrt –, dazu dieses umwerfende Kleid. Sie sah aus wie eine Filmgöttin. Sofort legte Eduardo wieder beschützend seinen Arm um Mathilde und geleitete sie zur Garderobe, wo sie schnell die Schuhe in Tanzschuhe wechselte.

Dann trat Mathilde auf den Gang heraus, wo Eduardo schon auf sie wartete. Der hatte sich heute extrem beeilt, da er Mathilde bei so vielen Leuten nicht einen Augenblick alleine lassen wollte. Sie kam lachend auf ihn zu und schaute belustigt dem Treiben im Gang der Tanzschule zu. Eduardo legte wieder beschützend seine rechte Hand auf Mathildes Schulter und versuchte sich durch die Menschenmasse einen Weg zum kleinen Tanzsaal zu bahnen, wo Frau Kummer bereits auf sie wartete. »Nur hereinspaziert, Herr Cesare und Fräulein Neuberger. Sie sehen heute wieder umwerfend aus.« »Danke, Frau Kummer, das Kompliment kann ich nur zurückgeben«, sagte Mathilde. »Guten Tag, Frau Kummer«, begrüßte sie Eduardo. »Welchen Tanz werden wir denn heute durchnehmen?« »Wir werden kurz den Langsamen Walzer wiederholen, so zum Aufwärmen, und dann habe ich mir gedacht, dass wir einen Rockn'n'Roll durchnehmen, denn Fräulein Neuberger hat ja nur mehr eine Privatstunde, am nächsten Freitag, bevor ihr Schultanz stattfindet. Da kann man einen Rockn'n'Roll sicherlich gut gebrauchen. Und als zweiten Tanz habe ich an eine Rumba gedacht, nachdem wir ja letztens einen Quickstep geübt haben. Wäre das in Ordnung für Sie beide?«»Wir vertrauen Ihnen voll und ganz, Sie wissen sicher am besten, welche Tänze man in dieser kurzen Zeit schnell erlernen kann, sodass es zumindest ein wenig so aussieht, als ob man schon ein Tanzprofi wäre«, meinte Mathilde.»Sie sind so begabt, dass wir in der kurzen Zeit mehr Tänze durchnehmen können als mit jemand anderem. Dennoch hängt das Gelingen nächste Woche stark von Ihrem Tanzpartner ab. Wenn der nicht führen kann, kann eine Frau noch so gut tanzen, dennoch wird sie sich schwertun.« Eduardo schaute plötzlich ganz grimmig, denn er dachte daran, dass seine Mathilde nächsten Samstag in den Armen eines anderen liegen würde, und das passte ihm so ganz und gar nicht. Was soll das, mein Junge, schimpfte er mit sich selbst in Gedanken. Jetzt ist aber Schluss damit, du führst dich auf wie ein schwer verliebter Mann, aber du bist nur mit der Tochter einer befreundeten Familie hier. Also reiß dich endlich zusammen!

Dann lächelte er Frau Kummer an, die gleich damit begann, die Damenschritte für den Rock'n'Roll vorzuführen. Dazu nahm sie Eduardo an der Hand und tanzte zur Musik von Bill Haley & His Comets einen flotten Rockn'n'Roll zu *Rock Around The Clock* vor. Mathilde schaute den beiden mit Begeisterung zu und wippte mit den Zehen im Rhythmus der Musik.

Anschließend führte Frau Kummer Eduardo zu Mathilde zurück und sagte:»So, und jetzt Sie beide. Wollen Sie es gleich mit Musik probieren?«»Oh ja, das wäre sicherlich besser, denn dann kommt der Rhythmus fast automatisch in die Beine.«»Gut, Fräulein Neuberger, Ihr Wunsch ist mir Befehl.«»Könnten Sie bitte nochmals den Rockn'n'Roll von Bill Haley & His Comets spielen?«»Aber gerne doch!« Und wieder erklang das Stück aus der Stereoanlage und der Rhythmus der Musik übertrug sich auf die Körper der beiden.

Wenn man bedenkt, dass der Rock'n'Roll ursprünglich in den späten 40er und frühen 50er Jahren in den USA entstand als eine Kombination mehrerer Tänze afrikanisch-amerikanischen Ursprungs, musikalisch hervorgegangen aus Blues, Jump Blues, Jazz und Gospel-Musik, gemeinsam mit Western Swing und Country Music, und man den beiden dann zusah, war es völlig unwichtig, woher dieser Tanz stammte und warum er entstanden war, denn in diesem Moment schien es, als ob er nur für die beiden gemacht worden sei. Sie tanzten mit einer Leichtigkeit im Rhythmus dieser doch sehr schnellen Musik und auch wenn man weder Interesse für Tanz noch Musik bis zu diesem Zeitpunkt gehabt hätte, wäre das in diesem Moment bei der bloßen Beobachtung der beiden vergessen gewesen.

»Bravo!«, klatschte Frau Kummer begeistert in ihre Hände. »Sie sind einfach wunderbar – es ist mir ein Genuss, Ihnen beiden beim Tanzen zuzusehen und Sie können mir glauben, dass ich so etwas nicht sehr oft sage. Bravo, Bravo, Bravo!

Sie lernen so schnell, dass ich Ihnen heute noch zwei zusätzliche Figuren beibringen möchte und zwar Platzwechsel sowie Hip Bump und Spot Turn.« Eduardo kannte diese Figuren bereits, somit tanzte Frau Kummer diese gleich einmal mit ihm vor, bevor sie Mathilde die einzelnen Damenschritte zeigte. Mathilde konnte diese Schritte sofort nachmachen, sodass Frau Kummer auch dieses Mal keine Zeit verlor und gleich die Musik auflegte. Wieder bewegten sich die beiden so, als ob sie schon immer Rock'n'Roll getanzt hätten, und wirbelten nur so über das Parkett. »Danke«, meinte Frau Kummer mehr als zufrieden. »Jetzt werden wir ein Kontrastprogramm machen und die Rumba durchnehmen. Es gibt zwei Arten, die Rumba zu tanzen, als Square Rumba und als kubanische Rumba. Mir persönlich gefällt für Sie beide Letztere besser, also werden wir keine Zeit verlieren und heute nur die kubanische Rumba durchnehmen. Ein anderes Mal werde ich ihnen auch die Square Rumba zeigen.«

Das Ganze wiederholte sich, Frau Kummer tanzte diesen sehr erotischen lateinamerikanischen Tanz mit Eduardo vor und dann zeigte sie für Mathilde wieder einzeln die verzögerten Gehschritte, Promenade, Platzdrehung, Damensolo und Wischer. Diese war begeistert und rief entzückt aus: »Mein Gott, ist das ein schöner Tanz.« Dann wurde die Rumba *Guantanamera* gespielt und beide bewegten nicht nur ihre Füße, sondern auch ihre Hüften dazu, denn beim Lateintanzen wird sehr viel mit dem Becken getanzt. Dabei spürte man die erotische Stimmung zwischen Eduardo und Mathilde, irgendwie war es, als ob ein Funke auf sie beide übergesprungen wäre, sie tanzten diesen Tanz mit so viel Harmonie, aber auch Erotik, dass man bereits beim Zuschauen der beiden bemerkte, dass sie mehr verband als nur Freundschaft, auch wenn sie es vielleicht selbst noch nicht wussten oder nicht zugeben wollten.

Normalerweise lernen Beginner wie Mathilde gerade einmal den Grundschritt, aber Eduardo konnte bereits perfekt führen und Mathilde war ein absolutes Tanzgenie, sodass sie in ihrer ersten Tanzstunde viel aufnahm und sogar schon das Damensolo tanzen konnte. Leider war die

Tanzstunde viel zu schnell zu Ende und sowohl Eduardo als auch Mathilde blickten enttäuscht, als Frau Kummer sagte, dass sie die beiden nächsten Freitag wiedersehen würde. Eduardo berichtigte aber:»Nein, Frau Kummer, Sie sehen mich bereits heute Abend mit Christa, der Schwester von Mathilde, für die normale Tanzstunde wieder.«»Ach, ja das habe ich ja ganz vergessen, wird mir ein Vergnügen sein. Dann bis heute Abend, Herr Cesare, und auf ein Wiedersehen am Freitag nächster Woche mit Ihnen, Fräulein Neuberger.«»Auf Wiedersehen. Danke für die wunderschöne Stunde, freue mich schon so auf nächsten Freitag.« »Ach ja, überlegen Sie sich bitte, ob Sie beide nicht doch das Turniertanzen anfangen wollen, denn Sie sind wirklich außergewöhnlich talentiert. Das sage ich selten und meine es wirklich ehrlich.«

»Das werden wir machen«, meinte Eduardo und schaute dabei fragend Mathilde an.»Wieso siehst du mich so an, ich glaube nicht, dass mir meine Eltern das erlauben würden, aber fragen könnten wir sie ja einmal, oder?«»Wie du meinst, Mathildelein.«»Hör auf, mich so klein zu machen, Mathilde gefällt mir besser.«»Sehr wohl, mein Fräulein, wie mein Fräulein wünschen.« Mathilde gab ihm einen Rempler.»Nie nimmst du mich ernst, aber ab morgen muss das anders werden, denn dann werde ich bereits 15 Jahre alt. Hast du das vergessen?«»Wie könnte ich, muss ja noch ein Geschenk für dich besorgen.« Entrüstet stemmte Mathilde ihre Hände in ihre Hüften»Das ist aber nicht nett von dir, erst so spät daran zu denken.«»Ja, aber am Schluss kommen immer die besten Ideen.«»Was werde ich denn bekommen?«»Sei nicht so neugierig, du wirst schon sehen!«»Sag schon, einen winzig kleinen Hinweis wenigstens, bitte, bitte!«»Morgen, mein Schatz, und jetzt schau, dass du deine Schuhe wechselst, denn sonst komme ich noch zu spät, um deine Schwester abzuholen.« »Spielverderber, ich gehe ja schon.« Schmollend zog sich Mathilde in die Garderobe zurück.

Kaum bei den Neubergers angekommen, stürmte Mathilde ins Haus und drückte ihren Eltern jeweils einen Kuss auf die Wange. »Guten Abend, Papschi, guten Abend, Mami. Das Tanzen macht mir großen Spaß – heute haben wir den Rockn'n'Roll und die Rumba durchgenommen. Tolle Tänze.« Dabei tänzelte Mathilde um die Eltern herum. Dann kam auch Eduardo ins Wohnzimmer und begrüßte die Neubergers. Ihm wurde ein Sitz angeboten und auch ein Drink, denn er würde noch eine Viertelstunde auf Christa warten müssen. Sie plauderten alle angeregt, bis plötzlich Mathilde heraussprudelte: »Mein größter Wunsch zu meinem Geburtstag ist, dass ich mit Eduardo turniertanzen darf.« »Was meinst du damit?«, fragte ihr Vater. »Na, Turniertanzen, profimäßiges Tanzen, denn Frau Kummer meint, dass ich so viel Talent habe und dass wir beide richtig gut werden könnten, dann könntet Ihr zu den Turnieren kommen und uns zusehen.«

»Hast du eigentlich schon Eduardo gefragt, ob er das überhaupt möchte, mein Kind?«, warf Frau Dr. Neuberger ein. »Aber natürlich möchte Eduardo mit mir Turniertanzen, nicht wahr?« Dabei schaute Mathilde Eduardo mit ihren riesengroßen dunkelblauen Augen so eindringlich an, dass der nur mit dem Kopf nickte. »Wie viel Zeit würde das in Anspruch nehmen?«, fragte ihr Vater. »Das weiß ich nicht, wollte zuerst mit euch darüber sprechen, bevor ich Frau Kummer Bescheid gebe.« »Halt, nicht so schnell, mein Fräulein, denn wir haben noch nicht ja gesagt, sondern du hast uns mit dieser Idee einfach so überrumpelt.« »Aber Papilein, falls du glaubst, dass deshalb meine schulischen Leistungen nachlassen, hast du dich geirrt, denn Tanzen ist ja Sport, dadurch habe ich den sportlichen Ausgleich, von dem du ja die ganze Zeit über predigst, und ich verspreche euch, dass ich, sobald meine schulischen Leistungen nachlassen, sofort wieder damit aufhöre.«

»So, jetzt ist aber genug damit, Mathilde. Du bist außerdem noch viel zu jung dafür.« »Aber nur, wenn man in jungen Jahren anfängt, kann man damit auch wirklich gut werden.« »Im Moment möchten wir aber eher, dass du dich auf die Schule konzentrierst.«

In diesem Augenblick kam Christa zur Tür herein, sie trug heute nochmals das zinoberrote Pettycoatkleid, welches sie schon einmal für die Tanzstunde anhatte. Sie sah sehr hübsch und extrem weiblich darin aus. Sofort stand Eduardo auf und reichte ihr die Hand. »Guten Abend, Christa, bist du schon so weit?« »Guten Abend, Eduardo. Ja, ich wäre fertig.« Man bekam fast das Gefühl, als wolle Eduardo die Flucht ergreifen, denn die Neubergers blickten ihn erstaunt an. Auch ihn hatte Mathilde mit dieser Idee total überrumpelt, aber je länger er darüber nachdachte, desto besser gefiel sie ihm. Alleine der Gedanke, dass er dann sicherlich zweimal pro Woche, wenn nicht öfter, Mathilde im Arm halten könnte, hatte etwas für sich. Bei diesem Gedanken schmunzelte und er erwärmte sein Herz. Mathilde ging auf Christa zu und erzählte ihr alles. »Aber Schwesterherz, bist du dafür nicht zu jung?« »Jetzt fang du bitte nicht auch noch davon an. Ich würde das wirklich gerne machen. Würdest du mir den Eduardo dafür ausleihen?« »Was soll das schon wieder, einen Menschen kann man ja nicht ausleihen, da musst du schon ihn fragen, ob er überhaupt so oft mit dir tanzen möchte, Schwesterherz.« »Aber sicher möchte er das.« »Mathilde, ich glaube, wir lassen das Thema für heute, bereite dich in Gedanken doch lieber auf dein morgiges Geburtstagsfest vor und ich werde jetzt deine Schwester zum Tanzkurs ausführen. Okay?« Etwas beleidigt meinte Mathilde: »Wenn du meinst, Eduardo! Wünsche euch beiden noch einen schönen Abend.« Und weg war sie, rannte die Stufen hinauf und warf sich aufs Bett und begann zu heulen. Dieser gemeine Kerl, kann er mich nicht einmal unterstützen. Mag er denn nicht mit mir tanzen? Habe ich ihn wirklich überrumpelt?

Etwas verwirrt ließ Mathilde ihre Eltern zurück. Christa und Eduardo blickten sich an und begannen zu lachen. »Was hat Frau Kummer nur mit Mathilde gemacht?« »Sie hat sie ununterbrochen gelobt und gesagt, dass sie ein ausgesprochen großes Talent habe und unbedingt Turnier tanzen solle.« »Das heißt, die Tanzlehrerin hat ihr diese Flausen in den Kopf gesetzt?« »Ja, Hubert, aber eines muss ich zugeben, sie ist wirklich außergewöhnlich talentiert.« »Was heißt denn das schon wieder?«, meinte Christa. »Bin ich etwa nicht ebenso talentiert?« »Natürlich, Christa, aber Mathilde hat doch so intensiv Ballett geübt und auch sonst das Tanzen, sodass sie vielleicht ein ganz klein wenig talentierter ist als du.« »Ach so ist das«, spielte Christa die Beleidigte, war es aber nicht im Geringsten, dachte sie doch bereits wieder an ihren Peter, den sie heute endlich wiedersehen würde. »Hm«, grübelte Helga Neuberger. »Unsere Tochter ist also ein Tanztalent.« »Ja, liebe Helga, das ist sie. Und falls ihr dem Turniertanzen zustimmen solltet, dann erkläre ich mich gerne bereit, ihren Tanzpartner zu spielen, aber ich würde eure Entscheidung respektieren, so oder so, ob ja oder nein.« »Danke dir, Eduardo, für die Aufklärung.« »Entschuldigt bitte, aber wir müssen jetzt fahren, ansonsten kommen wir zu spät zur nächsten Stunde.« »Aber natürlich, wir wünschen dir und Christa einen schönen Abend.«

Eduardo brachte Christa zum Auto, öffnete wie immer

zuerst den Beifahrersitz und half Christa hinein. Kaum angefahren, sagte Eduardo zur Christa:»Liebe Christa, bitte sei mir nicht böse, aber ich habe eine große Prüfung vor mir und bis jetzt habe ich leider viel zu wenig dafür gelernt, sodass ich dich heute nach der Tanzstunde gleich nach Hause bringen müsste und nicht mehr mit euch ausgehen kann.«»Nein, das kannst du mir aber nicht antun! Aber ich verstehe dich, dass du lernen musst, und morgen musst du ja auch zum Geburtstagsfest meiner Schwester kommen. Schade, aber Gott sei Dank ist Peter ja morgen auch eingeladen zum Fest, da kann ich ihn ja wiedersehen.«»Danke, liebe Christa, für dein Verständnis.«»Aber klar doch, nur wird Peter enttäuscht sein, morgen ist er zwar unter den Gästen, aber wir beide müssen aufpassen, dass wir uns nicht verraten, denn sonst erlauben mir meine Eltern nicht, weiter zum Tanzkurs zu gehen.«

***

Rosalinde half Estelle wieder dabei, sich für den Tanzkurs besonders hübsch zu machen. Estelle entschied sich abermals für das dunkelblaue Tanzkleid mit dem dazu passenden dunkelblauen Mantel, was ja das umgenähte Hochzeitskleid für die standesamtliche Trauung von Rosalinde war. Rosalinde steckte Estelles Haare wieder sehr kunstvoll hoch und tat ihre eigene Haarspange mit dunkelblauen Zirkoniasteinen hinein, dann schminkte sie Estelle. Diese sah bezaubernd aus.

Kaum fertig, läutete es auch schon an der Türe und Peter stand da, um Estelle abzuholen. Nachdem die üblichen Höflichkeiten ausgetauscht worden waren, reichte Peter Estelle seinen Arm und führte sie zum Auto. Estelle war sehr aufgeregt, immer und immer wieder musste sie an

Alberto denken, seine dunkelblauen Augen, seinen männlichen Körper und seine souveräne Art beim Tanzen. Es war eindeutig, sie hatte sich in Alberto verliebt. Sie lächelte während der Fahrt, die relativ schweigsam verlief, denn auch Peter hing seinen Gedanken nach. Beide hatten für morgen eine Einladung zum Geburtstagsfest von Mathilde erhalten. Peter dachte darüber nach, wie er sich dort verhalten sollte, zwar hatte er die Eltern von Christa bereits kennengelernt, aber noch durfte er nicht öffentlich und schon gar nicht vor ihren Eltern zeigen, dass sie ein Paar waren, was ihm wiederum Kopfschmerzen bereitete.

»Wie war deine Woche, Estelle? Hattest du viel zu tun?« »Ja, Peter, war keine einfache Woche, wie halt meistens bei meinem Chef, ich musste wirklich hart arbeiten, deshalb freue ich mich ja so sehr auf den heutigen Abend. Du kannst dir gar nicht vorstellen, wie sehr. Hast du eigentlich für morgen zum Geburtstagsfest von Christas Schwester auch eine Einladung erhalten?« »Ja, und Christa meint, wir beide sollten dort zusammen auftauchen, denn ihre Eltern wissen ja nicht, dass Christa und ich ein Paar sind.« »Ach, so, dann wirst du mich abholen? Wann beginnt es noch mal?« »Um 15 Uhr, glaube ich, muss noch mal auf der Einladung nachschauen. Hast du schon ein Geschenk für Mathilde?« »Ja, Rosalinde war so nett und hat etwas Schönes eingekauft, eine Schminkkassette, sie hat ein Vermögen dafür ausgegeben, so richtig beschämend für mich, denn ich verdiene als Lebensmittellehrling noch so wenig, dass ich ihr nicht viel dafür zurückgeben kann. Aber sie hat gemeint, gerade bei so reichen Leuten kann man nicht mit weniger auftauchen. Hast du auch schon etwas für sie?« »Ja, Christa hat etwas für mich besorgt, ich muss ihr nur das Geld dafür zurückgeben.« »Was ist es denn?« »Ehrlich gesagt, das weiß ich noch gar nicht, habe vergessen, sie zu fragen, aber sie bringt es jetzt zur Tanzstunde mit.« Ihr Auto bog gerade um die Ecke, als sie den roten Porsche von Eduardo erblickten.

Zeitgleich kamen sie bei der Tanzschule an. Beide Paare stiegen aus, begrüßten sich und gingen die Stufen zur Tanzschule hoch, Christa mit Peter und Eduardo mit Estelle. Es war schon komisch, aber Christa und Peter begannen immer mehr, ein Paar zu werden, automatisch gesellten sie sich zueinander und die beiden anderen blieben halt zurück und gingen ihnen nach. »Peter, hier ist das Geschenk für meine Schwester.« »Danke, was ist es denn?« »Ein Seidenschal in Rot, den hat sie sich passend zu ihrem neuen Kleid gewünscht. Du wirst sehen, sie wird sich sehr darüber freuen. Eine Geburtstagskarte habe ich auch dazugegeben, die müsstest du nur noch beschriften und ausfüllen.« »Ach, du bist wirklich ein Schatz, wie kann ich dir nur dafür danken? Was bekommst du dafür?« »Hundert Schilling hat der Schal gekostet, er ist wirklich sehr schön, die Rechnung liegt im Sackerl.« Peter schluckte, 100 Schilling waren für ihn ein wahres Vermögen, da er gerade einmal 1000 Schilling im Monat verdiente, aber was tat man nicht alles für seine große Liebe. Gott sei Dank hatte er sich heute 200 Schilling eingesteckt und deshalb antwortete er: »Ich geb es dir gleich, warte doch ein wenig.« Dann griff er nach seiner Geldbörse und bezahlte das Geschenk.

Alberto erschien mit Hilde und die beiden begrüßten die vier vor ihnen Eingetroffenen. Estelle fühlte sich heute, in diesem wunderschönen dunkelblauen Ensemble, für ihre Verhältnisse wieder recht selbstsicher. Aus diesem Grund blickte sie auch das erste Mal mit ihren dunkelgrünen Augen dem Alberto ganz tief in seine blauen Augen, fast war ihr Blick verführerisch, als sie ihn begrüßte. Alberto war ein wenig erstaunt, denn so kannte er Estelle gar nicht.

Hilde sah, wie schon so oft in letzter Zeit, besorgt in Richtung von Estelle und Alberto und hoffte inständig, dass ihr Nachbar sein Wort halten und Estelle in Ruhe lassen würde.

Schnell zogen sich alle die Tanzschuhe an und gingen in den Hauptsaal. Wieder erstrahlte dieser wunderschöne alte Barocksaal mit dem Kristallkronleuchtern in seiner vollsten Pracht und wenn man durch die Terrassenfenster sah, erblickte man die volle Blütenpracht draußen und alles rund um den Kunstteich, wo bereits die Lichter brannten, wirkte sehr romantisch.

Frau Kummer wartete gemeinsam mit Pauline im Haupttanzsaal auf ihre Schüler und Schülerinnen und rief gleich nach deren Eintreten:»Guten Abend, meine Damen und Herren. Aufstellung bitte, wir werden heute kurz den Langsamen Walzer wiederholen und eine neue Figur dazulernen. Dann werden wir die Rumba durchnehmen.« Eduardo schmunzelte beim Erwähnen der Rumba, denn er dachte an ein paar Stunden davor zurück, als er diesen Tanz mit Mathilde in der Privatstunde geübt hatte. Seine angenehmen Gedanken wurden aber unterbrochen, als Christa auf ihn zukam und fragte, ob es für ihn okay wäre, wenn sie heute gleich den ersten Tanz mit Peter tanzen würde.»Natürlich, verstehe ich.« Peter forderte Christa auf und gerade als Eduardo Estelle bitten wollte, den nächsten Tanz, den Langsamen Walzer, mit ihm zu wiederholen, war Alberto da und fragte:»Eduardo, darf ich heute den ersten Tanz mit Estelle tanzen und würdest du dich bitte um Hilde kümmern?« Verdutzt schaute Eduardo ihn an, er wollte das gar nicht, denn irgendwie fühlte er sich für Estelle verantwortlich. Aber es war zu schon spät. Galant verbeugte sich Alberto vor Estelle und fragte:»Darf ich bitten?«»Sehr gerne«, antwortete Estelle und weg waren sie. Zurück blieben Hilde und Eduardo, der sich sofort zu Hilde drehte und ebenso fragte:»Darf ich bitten?«»Ja, gerne. Danke, dass du mich gerettet hast. Manchmal könnte ich diesen unmöglichen Kerl wirklich auf den Mond schießen.«»Das kann ich gut nachvollziehen.«

Frau Kummer zeigte zusammen mit dem Tanzlehrer nochmals den Langsamen Walzer und gab gleich die neuen Schritte dazu vor. Dann bat sie:»Meine Damen und meine Herren, bitte einander gegenüber aufstellen. Ich werde den Damenschritt zeigen und Herr Fritz den Herrenschritt. Also beim Damenschritt beginnt sie mit dem linken Fuß rückwärts, ein langer Schritt, anschließend den rechten Fuß ein wenig seitwärts bewegen und dann den linken Fuß wieder neben den rechten setzen. Mit dem rechten Fuß einen langen geraden Schritt rückwärts und den linken Fuß ein Stück seitwärts setzen. Den rechten nun wieder neben den linken setzen. Das war die Wiederholung der Gundschritte für die Damen. Dann haben wir die Rechtsdrehung gemacht. Neu ist heute die Linksdrehung, was auf Englisch Reverse Turn heißt, und dann wollen wir die Rechtskreiseldrehung machen, die heißt im Englischen Natural Spin Turn. Ich quäle Sie auch mit den englischen Ausdrücken, da diese öfter auf Platten und auch so vorkommen und damit Sie wissen, was damit gemeint ist. Herr Fritz und ich werden nochmals die neuen Schritte für Sie alle wiederholen und ich bitte Sie, alle gleich nachzutanzen.«

Die meisten schafften es ganz gut, die Schritte nachzumachen, aber manche, so wie eben Estelle, plagten sich doch etwas damit, weshalb es noch weitere zwei Wiederholungen gab, bis Frau Pauline, die Pianospielerin, endlich einen Langsamen Walzer spielte und dieser Tanz nun paarweise geübt wurde.

Alberto führte Estelle so gekonnt in die Schrittfolge des

Langsamen Walzers und mit seiner linken Hand in die richtige Richtung der Drehung, dass Estelle den Tanz ausführen konnte, auch wenn sie davor noch Schwierigkeiten damit gehabt hatte. Manchmal schaute sie von der Seite her Alberto verstohlen an, denn sie fand es einfach großartig, wie er tanzte. Sie fühlte sich so wohl in seinen Armen und war richtig glücklich.

Alberto schaute auch ab und zu verstohlen zu Estelle, das war so ganz und gar nicht seine Art, aber irgendwie rührte ihn diese Unschuld vom Lande. Heute sah sie wirklich sehr attraktiv aus und man sah nichts mehr von dem Landmädchen, sondern sie wirkte wie eine Dame aus feinem Hause und dazu hatte sie so schöne grüne Augen. »Wenn man in deine wunderschönen grünen Augen blickt, dann hat man das Gefühl, als ob man darin eintauchen und in ihnen versinken möchte.« »Wirklich, empfindest du das so?«, fragte Estelle und jubelte innerlich. Vielleicht gefalle ich ihm doch, dachte sie, denn sonst würde Alberto mir nicht so ein schönes Kompliment machen. Den Rest des Tanzes herrschte Schweigen, aber nicht für Estelle, denn in ihrem Inneren tobte es, stürmte es, sie befand sich in einem wellenreichen Meer von Gefühlen.

Christa und Peter stellten sich wie immer ganz geschickt an. Obwohl sie ja beide Anfänger waren, schaute der von ihnen getanzte Langsame Walzer ganz passabel aus. Christa fühlte sich in den Armen von Peter so geborgen und obwohl sie eine sehr lebendige junge Dame war, hielt sie bei diesem Tanz ganz still und ließ sich von Peter führen. Peter seufzte. »Was ist denn, ist irgendetwas falsch?« »Nein, mein Liebling, ich bin nur so glücklich, dich endlich wieder in meinen Armen halten zu können.« »Na, dann ist es ja gut. Mir geht es genauso, Peter. Ich glaube, dass ich dich nicht nur mag, sondern liebe.« Für Peter kam dieses direkte Liebesbekenntnis sehr unerwartet, deshalb drückte er Christa nur noch fester an sich. »Was soll denn das schon wieder? Keine Antwort von dir?«»Doch, ich liebe dich auch, Christa.« Beide hatten zum ersten Mal ganz direkt das L-Wort ausgesprochen. Rund um sie herum versank der Tanzsaal mit den anderen Kursteilnehmern, den Tanzlehrern, der Pianospielerin, und es existierten in diesem Moment nur sie beide.

Hilde und Eduardo tanzten ebenfalls den Langsamen Walzer mit und da Eduardo ein sehr geübter Tänzer war, sah es sehr gut aus. Auf einmal kam Frau Kummer auf sie zu und sagte: »Guten Abend, Herr Cesare, das ist aber nicht die Schwester Ihrer reizenden Tanzpartnerin von heute Nachmittag?«»Nein, Frau Kummer, das ist sie nicht, die tanzt dort drüben, heute haben wir uns erlaubt, die Partner zu wechseln.«»Ich habe mir einen sehr guten Tänzer ausgesucht, Frau Kummer, oder?«, fragte Hilde. »Ja, da haben Sie recht, Fräulein ...?«»Huber!«»... Fräulein Huber, aber Sie sind auch sehr gut.«»Vielen Dank für das Kompliment, Frau Kummer.« Frau Kummer ging nun weiter zu anderen Tanzpaaren und sofort fragte Hilde: »Was hat sie damit gemeint, mit der Tanzpartnerin von heute Nachmittag?« »Ich war mit Mathilde, der Schwester von Christa, hier und hatte mit ihr eine Privatstunde, da sie nächsten Samstag in ihrer Schule einen Schultanz hat und noch nicht tanzen kann. Morgen seid ihr doch, so weit ich informiert bin, alle zu ihrem Geburtstagsfest eingeladen, oder? Wirst du kommen?« Zugleich schweiften seine Gedanken wieder zu Mathilde und er sah ihr schönes Antlitz vor sich und ihre Augen bohrten sich fragend in sein Gesicht. Denkst du an mich?, fragten sie. Ja, ja, ich denke andauernd an dich, antwortete er in Gedanken. »Ja, ich werde gemeinsam mit Alberto kommen, wir freuen uns schon sehr darauf, auch wenn ich noch nie bei so feinen Leuten eingeladen gewesen bin. Was zieht man denn da so zu einem Geburtstagsfest an?«»Ich würde ein schönes Tanzkleid anziehen und Alberto sollte einen Anzug mit Krawatte tragen.«»So fein ist das dort?«»Na ja, die Neubergers legen eben Wert auf gute Kleidung.« Schon wieder sah er Mathilde in Gedanken vor sich, er sah sie in dem schönen Kleid, welches sie heute getragen hatte, dem weißen mit den roten Rosen darauf, und den roten Schuhen. Dabei blickte er sich im Tanzsaal um und für ihn war niemand schöner als Mathilde, auch wenn er gerade Hilde im Arm hielt, die auch sehr gut aussah, aber eben nicht so schön wie Mathilde.

Dann kam die Rumba dran. Frau Kummer erklärte wieder die Schritte, tanzte sie mit Herrn Fritz vor und dann nahmen die Damen und Herren wieder getrennt Aufstellung und mussten die Schrittfolge den Tanzlehrern nachtanzen beziehungsweise wiederholen, bis endlich die Rumba paarweise getanzt werden konnte.

Es fand kein Partnerwechsel statt, sodass Eduardo auch die Rumba mit Hilde tanzte, ebenso Peter mit Christa und Alberto mit Estelle. Estelle war wie im siebten Himmel, sie fühlte sich so geehrt, dass Alberto weiter mit ihr tanzen wollte, und glaubte fest daran, dass er sich auch in sie verliebt habe. Sie malte sich in ihrer naiven Art bereits aus, wie er zu ihrem Vater gehen und um ihre Hand anhalten würde, und dann sah sie sich und Alberto aus der Kirche kommen, sie ganz in Weiß und er in einem wunderschönen dunkelblauen Anzug mit einer weißen Rose im Knopfloch. Sie lächelte und war nur glücklich.

Die Gedanken von Alberto waren aber ganz anderer Natur. Er blickte zwar in diesem Moment Estelle wirklich ein wenig liebevoll an, denn er liebte junge und unschuldige Mädchen. Aber gleich waren seine Gedanken bei seinem eigentlichen Ziel, denn die Zeit drängte, hatte er doch mit seinen Kumpeln gewettet, sie innerhalb der nächsten vier Wochen flachzulegen. Deshalb grübelte er, wo dies am besten ginge. Bei ihm zu Hause wäre das nicht so einfach, bei Estelle zu Hause sicherlich überhaupt nicht möglich, in ein Hotel wiederum wollte er sie nicht bringen, das würde sie nur erschrecken. Dann blickte er nach draußen und nickte wohlwollend mit dem Kopf. Ja, das ist die Lösung, es muss draußen, also im Freien auf einer Decke stattfinden und das Wetter würde ja auch mitspielen, es war bereits warm und lau. Er musste nur noch eine romantische Umgebung finden, wo sie für längere Zeit ungestört sein würden.

Er wurde durch das Einsetzen der Rumba-Musik aus seinen Gedanken gerissen. Die **Rumba** ist ein erotischer Werbetanz afrokubanischer Herkunft, der heute zu den Gesellschafts- und Turniertänzen zählt. Seine besondere künstlerische Charakteristik liegt im Spiel zwischen Mann und Frau. In einer gut getanzten Rumba wird intensiv umeinander geworben, im künstlerischen Kontrast dazu werden beide Partner ab und zu »fahnenflüchtig« und müssen vom anderen wieder zurückgelockt werden.

Man konnte bei Alberto das umeinander Werben fühlen, er wollte Estelle um jeden Preis besitzen und Estelle ließ es geschehen, sie ließ sich umwerben und somit tanzten die beiden eine sehr erotische Rumba. Obwohl Estelle alles andere als ein Tanzgenie war, sah der Tanz sogar bei ihr aufgrund dieser Stimmung gut ausgeführt aus.

Ebenso erging es Christa mit Peter. Peter umwarb seine Christa, nein, eigentlich umwarben sie sich gegenseitig, einer den anderen, denn beide wollten eigentlich bereits mehr vom anderen als nur Küsse, man spürte dieses gegenseitige Werben ihrer Körper. Rumba ist und bleibt einer der erotischsten Tänze überhaupt. Wenn man eine Rumba gut, vor allem mit dem richtigen Partner, dann ist kein Tanz sinnlicher als dieser.

Nur bei Eduardo und Hilde war es anders. Er sah nur Mathilde vor sich und tanzte deshalb die Schrittfolge etwas zu steif aus der Hüfte heraus, man merkte ihnen an, dass weder Hilde noch er sich gegenseitig umwerben wollten, sondern dass zwei nicht auch noch auf anderer Weise miteinander verbundene Personen diesen Tanz tanzten. Frau Kummer kam auf die beiden zu und lächelte nur. Eduardo wusste sofort, warum.

Zu schnell war die Tanzstunde wieder zu Ende und als Peter fragte, was sie denn noch unternehmen wollten, sagte Christa sofort: »Mein Schatz, heute können wir leider gar nichts mehr unternehmen, denn ich muss nach Hause, um bei den Vorbereitungen für das Geburtstagsfest meiner Schwester mitzuhelfen.« Dies log sie, denn sie wusste, dass Peter zu enttäuscht sein würde, wenn er erführe, dass es nur wegen des Lernens von Eduardo sei und er sie nicht auch alleine ausführen dürfte. Christa erzählte ihm somit nicht die ganze Wahrheit, nur um ihn nicht zu kränken. Eduardo blickte sie fragend an, sie wiederum blinkte mit den Augen und er wusste Bescheid und sagte nur: »Dann bleibt mir wohl nichts anderes übrig, als dich nach Hause zu fahren, liebe Christa.« »Ja, das wäre sehr lieb von dir. Könntest du das bitte machen?« »Ja, gerne, wir sehen uns dann alle morgen?«, dabei blickte er in die Runde. Peter war die Enttäuschung nur so ins Gesicht geschrieben. »Wir sehen uns morgen. Ich ruf dich später noch an, Christa.« »Ja, ich freue mich bereits jetzt auf deinen Anruf. Bis später, mein Liebling.«

Und weg waren sie, während die anderen vier zurückblieben und Alberto sofort fragte: »Aber wir gehen noch nicht nach Hause, oder? Für einen Drink habt ihr schon noch Zeit?«Estelle nickte sofort, aber dann schoss ihr der Gedanke ein, dass sie ja nur von Peter nach Hause gebracht werden dürfte, da sie sonst Probleme mit ihrem Vater bekommen würde. Sie blickte sofort fragend den Peter an. Dieser hatte eigentlich ohne seine Christa überhaupt keine Lust, noch auszugehen, aber er sah den bittenden Blick von Estelle, sodass er sich weichklopfen ließ und zustimmend nickte. Hilde war ebenfalls auf das Nachhausebringen von Alberto angewiesen, deshalb willigte auch sie ein. Dazu kam, dass sie den Peter sehr gut leiden konnte und es jedesmal schade fand, dass ein so netter junger Mann schon vergeben war. Aber zur gleichen Zeit mochte sie auch Christa – wer könnte sie denn nicht mögen? Also würde sich Hilde zwar niemals an den Peter ranmachen, aber sie hoffte, dass sie eines Tages einen so ehrlichen und gutherzigen Mann finden würde. Dann blickte sie auf Alberto und dachte: Auf keinen Fall möchte ich auf so einen Tunichtgut wie Alberto hereinfallen. Ich kenne ihn, aber was ist, wenn es noch so einen gibt, den ich nicht kenne und erst danach drauf komme, was das für einer ist? Na, das wird mir nicht passieren, habe ja Übung mit so einem Mann, beruhigte sie sich selbst.

Heute gingen sie in ein anderes Tanzcafé, welches auch sehr nett war, aber etwas weniger vornehm und elitär wie das von Eduardos Vater und vor allem günstiger und somit für die übrig gebliebene Tanzgruppe eher erschwinglich. Kaum hatten sie die Tür geöffnet, erklang aus der Jukebox das Lied **Breakfast at Tiffany's** von Henry Mancini, vom gleichnamigen Film mit Audrey Hepburn und George Peppard. Hilde schmunzelte:»Ich liebe diesen Film!«»Welchen Film?«, fragte Estelle.»Mein Gott, Estelle, erzähl uns bloß nicht, dass du diesen Film nicht kennst?«»Nein, leider kenne ich ihn nicht. Ist es ein guter Film?«»Und ob, das ist der Renner, das Lied wurde zwar erst später geschrieben, aber sobald ich *Breakfast at Tiffany's* höre, bekomme ich Gänsehaut, denn der Film war so toll.« Peter stimmte ihr zu: »Ja, ich fand den Film auch sehr nett.« »Und ich erst«, meldete sich nun auch Alberto zu Wort. »Estelle, wenn du diesen Film nicht kennst, müssen wir das unbedingt nachholen und ihn uns einmal im Kino anschauen. Was meinst du dazu?« »Gerne.« Estelle wurde ganz warm ums Herz. Hatte sie sich wirklich nicht verhört, Alberto hatte sie eingeladen, mit ihm diesen Film anzuschauen? Sie hätte auf Luftsprünge machen und die ganze Welt umarmen können, so glücklich war sie in diesem Moment.

Sie wurde aus den Gedanken gerissen, als der Kellner nach ihren Wünschen fragte. Estelle bestellte sich eine Limonade, Hilde eine Coca-Cola, Peter ein Bier und Alberto ein Glas Wein. Mein Gott, dachte Estelle, Alberto hat immer so viel Stil. Er ist wunderbarer Mann.

Die Jukebox spielte jetzt *Moon River.* »Ich werde verrückt, das gibt es doch nicht!«, meinte Hilde. »Warum wirst du verrückt?«, fragte Estelle etwas naiv. »Na, hör mal, jetzt spielen sie auch noch *Moon River,* ein Lied, das von Henry Mancini für *Breakfast at Tiffany's* komponiert wurde.« »Ja, so weit ich weiß, hat die Lyrik dazu Johnny Mercer geschrieben«, sagte Peter. Und Alberto fügte hinzu: »Und der Song hat den Oskar für den besten Originalsong im Jahr 1961 gewonnen.« Mein Alberto weiß einfach alles, dachte Estelle stolz. Sie alle hörten dem Song zu und hingen ihren Gedanken nach. »Estelle, sobald du den Film mit mir ihm Kino gesehen hast, wirst du Hildes Euphorie für dieses Lied verstehen.«

Die Getränke wurden serviert. Dann wurde ein Rock-n'n'Roll gespielt. Alberto verbeugte sich vor Estelle und fragte: »Darf ich um den nächsten Tanz bitten?« »Aber ich kann ja noch keinen Rock'n'Roll.« »Na, dann ist ja jetzt Gelegenheit, es mir zu lehren.« – Dabei zog er Estelle auch schon an der Hand zur Tanzfläche. Zurück blieben Hilde und Peter. Hilde schaute den beiden nach und man konnte an ihrem Gesichtsausdruck lesen, dass sie auch gerne getanzt hätte. Peter sah das und fragte sie höflich:»Möchtest du auch tanzen?«»Ja, sehr gerne.«

Inzwischen rockten Alberto und Estelle schon auf der Tanzfläche oder besser gesagt, Alberto rockte und versuchte verzweifelt, Estelle mitzuziehen, doch irgendwie konnte ihr diesen Tanz nicht einmal Alberto beibringen, Estelle hatte das Taktgefühl beziehungsweise den Rhythmus für den Rock'n'Roll überhaupt nicht im Blut. Wahrscheinlich hätte sie zu diesem Zeitpunkt noch viele, viele Tanzstunden gebraucht, um ihn einigermaßen tanzen zu können. Aber Alberto war heute Abend ein Gentleman und beruhigte sie:»Wird schon werden, Estelle, wir zwei brauchen dazu einfach nur noch mehr Übung.« Dann zeigte er ihr mit einer Eselsgeduld immer wieder die Schritte und Estelle versuchte diese nachzutanzen. Nach einer Weile gelang es ihr, zumindest die Basisfiguren zu tanzen, und Alberto gab sich damit zufrieden.

»Just let me hear some of that rock and roll music. Any old way you choose it. It's got a black beat, you can't lose it. Any old time you use it, gotta be rock and roll music. If you wanna dance with me. If you wanna dance with me ..." – dieser Beatles-Rock mit den hervorragenden Lyrics ging einfach ins Blut und da Alberto Musik und Tanz liebte, war es ihm heute erstaunlicherweise einmal egal, dass er mit einer schlechten Tanzpartnerin dazu tanzte, denn er hatte Spaß daran und glänzte dadurch ja nur noch mehr, wenn man sah, wie gut er tanzen konnte und wie sehr er sich bemühte. Und was hatte Alberto lieber, als beim Tanz im Mittelpunkt zu stehen.

Ebenso erging es Peter und Hilde, sie rockten wirklich sehr gut auf der kleinen Tanzfläche in dem intimen Tanzcafé bei schummriger Beleuchtung und hatten großen Spaß dabei. Hilde summte den Text mit und auch Peter konnte sich dem Song nicht entziehen und begann schließlich mitzusingen. Es war eine großartige Stimmung. Neben ihnen begann plötzlich ein Paar Rock'n'Roll-Akrobatik zu vollführen, so gut, dass bald alle anderen aufhörten zu tanzen und nur den beiden zusahen, mitsangen und in die Hände klatschten.

Alberto legte beschützend seinen Arm um Estelle, wippte mit den Beinen und klopfte mit der Hand auf Estelles Schulter den Rhythmus mit, während sie dem Paar zusahen. Estelle schaute dabei statt auf die Tanzfläche heimlich Alberto an und studierte eingehend sein Gesicht. Es hatte sehr männliche, leicht kantige Züge mit einem winzig kleinen weiblichen Touch. Lange, seidene pechschwarze Wimpern umrahmten seine dunkelblauen Augen, um die er sicherlich von manchen Frauen glühend beneidet wurde, denn er hatte von Natur aus, was diese mühsam mit Wimperntusche und falschen Wimpern zu erreichen versuchten. Estelle wanderte mit ihren Blicken hinunter zu seiner sehr männlichen, etwas größeren Nase, weiter zu seinen vollen Lippen, welche von sehr starkem Bartwuchs umgeben waren. Obwohl er frisch rasiert war, konnte man fast sehen, wie sein Bart stündlich wuchs. Er war ein auffallend gut aussehender junger, sehr maskuliner Mann mit einer blendenden Figur und sexy schmalen Hüften, fast so wie die von Alain Delon, eigentlich hätte Alberto Filmschauspieler werden sollen, denn er sah fast zu schön für einen Mann aus.

Während Estelle Alberto so genau betrachtete, hörte sie keine Musik mehr, nahm alle anderen nicht mehr wahr, sondern hing nur noch mit liebevollen Blicken an seinem Gesicht. Wie wäre es wohl, wenn dieser Mund sie küssen würde? Gerade als sie weiterträumen wollte, hörte das Paar auf zu tanzen und alle klatschten. Etwas verwirrt stand Estelle neben Alberto, aber sie schaltete sehr schnell, denn sie wollte auf keinen Fall, dass jemand ihre Gedanken erriet, und schon gar nicht, dass jemand bemerkt, dass sie dem Paar nicht einmal zugeschaut hatte, weshalb sie so wie die anderen auch begeistert zu klatschen begann. Alberto drehte sich zu ihr um und klang wie ein absolut begeistertes kleines Kind, als er freudestrahlend sagte: »Ich habe noch nie jemanden so gut tanzen sehen, die waren die absolute Wucht. Was meinst du, Estelle?«

Bevor sie überhaupt antworten konnte, war Alberto schon auf dem Weg zu diesem Paar. »Entschuldigen Sie bitte, dass ich Sie kurz störe, aber Sie waren einfach großartig. Wären Sie wohl so nett und könnten mir verraten, wo Sie diesen tollen Rock'n'Roll zu tanzen gelernt haben. Das hat so einfach und leicht bei Ihnen beiden ausgesehen, wobei ich mir sicher bin, dass es nicht so einfach ist, oder? Alleine die Hebefiguren waren umwerfend gut getanzt. Meine aufrichtige Gratulation!« Die beiden lachten, der Mann war mittelgroß, sehr gut gebaut, hatte braune Haaren und ebenso braune Augen und das Mädchen war eine sehr zierliche, ebenfalls braunhaarige junge Dame mit ebensolchen Augen. Beide atmeten noch etwas schneller, denn so ein Akrobatik-Rock'n'Roll kann einem schon die Kräfte beziehungsweise Puste rauben, auch wenn man noch so gut trainiert ist. Der Mann antwortete Alberto: »Danke für das Kompliment. Ja, wir tanzen gerne, aber dass wir so tanzen können wie jetzt, dafür haben wir Jahre gebraucht. Wir trainieren Rock'n'Roll-Akrobatik und überhaupt Showtanz. Für diese Art von Tanz können wir nur

unsere Trainerin, Frau Leber in der Annenstraße, danken.«
»Könnten Sie mir bitte die Adresse oder Telefonnummer
von dieser Frau Leber geben?«»Aber gerne doch«, sagte
nun das zierliche Mädchen und kramte in ihrer Handtasche. »Hier, das ist ihre Visitenkarte.«»Danke, Sie beide
haben mir unheimlich gut gefallen.«

Alle anderen hatten sich wieder zu ihren Plätzen bege-
ben oder weitergetanzt, jetzt wurde ein Slowfox gespielt,
nur Estelle stand am Rande der Tanzfläche und sah etwas verloren aus beziehungsweise, wie man so schön im
Volksmund sagt, wie bestellt und nicht abgeholt. Sie hatte
Alberto nicht weggehen sehen und dann erst bemerkt, dass
sie alleine war. Deshalb ging sie mit schnellen Schritten
zum Tisch zurück, wo sie erleichtert Hilde und Peter ent-
deckte, die auch wieder Platz genommen hatten. »Hallo
Estelle!«, rief Hilde. »Die beiden Tänzer waren wirklich
sehr gut. Hast du gesehen, wie er sie mehrmals über die
Schulter geworfen hat?«»Ja«, log Estelle, denn sie hatte ja
außer Alberto nichts und niemanden angeschaut.»Die beiden waren sehr gut.« Peter nickte zustimmend und dachte
dabei an seine Christa. Schade, dass sie das nicht auch gesehen hat, aber vielleicht tanzen die beiden ja öfter hier
in diesem Café, dann könnte er ihr das zeigen. Sie wäre
sicherlich genauso begeistert gewesen.»Hey, ihr Faulen«,
rief Alberto, der gerade wieder um die Ecke bog. »Wo bist
du gewesen?«, fragte Hilde. »Na bei den beiden Tänzern.
Stellt euch vor, die trainieren schon länger, genauer gesagt,
seit über zwei Jahren, und zwar bei einer gewissen Frau Leber.« Dabei hielt Alberto die Visitenkarte hoch und zeigte
sie ganz stolz den anderen. Dann blickt er auf Estelle und
verhielt sich wieder, ganz ungewohnt für ihn, sehr nett:
»Entschuldige bitte, Estelle, dass ich dich auf der Tanzfläche stehen habe lassen, aber ich musste erfragen, wo die

beiden so gut tanzen gelernt haben.«»Ist schon gut«, meinte Estelle. »Das verstehe ich, die waren ja wirklich showreif.« »Ja, nicht wahr? Darf ich dich jetzt dafür entschädigen und auf dieses Getränk einladen? Und würdest du mir die Ehre erweisen, den nächsten Tanz mit mir zu tanzen?«, fragte er sie mit einem gekonnt eingesetzten Kleiner-Junge-Blick, als ob er niemals jemandem etwas zuleide tun könnte. Erfreut nickte Estelle, Alberto bot ihr seinen Arm und brachte sie wieder zur Tanzfläche.

Da sie in der Tanzschule den Slowfox schon öfter geübt hatten und dieser Standardtanz ja eng getanzt wurde, konnte ein gut führender Mann auch eine schlechte Tanzpartnerin, wie Estelle eben eine war, dabei so halbwegs gut über das Parkett bringen. Ganz im Gegensatz zu den Lateintänzen und dem Rock'n'Roll, da musste auch die Dame selbst gut tanzen können. Alberto war ein hervorragender Tänzer und konnte ausgezeichnet führen, somit geleitete er Estelle gekonnt durch den Slowfox, sodass diese das Gefühl bekam, selbst gut tanzen zu können. Sie schwebte über allen Wolken und war nur noch glücklich, denn sie bemerkte sehr wohl die bewundernden Blicke der anderen Damen, denn jede Frau wünscht sich einen guten Tänzer als Mann, und dazu kam, dass Alberto für die meisten Frauen wirklich das Idealbild eines Mannes verkörperte. Ganz stolz schmiegte sich Estelle an ihn.

Vom Tisch aus sahen Hilde und Peter den beiden zu und Peter konnte sich nicht verkneifen zu sagen: »Wow, Estelle hat ja auf einmal das Tanzen erlernt.« »Was meinst du damit?« »Na, ja sie ist nett, aber sie tut sich halt nicht so ganz einfach mit dem Tanzen.« »Diese Bemerkung war aber nicht gerade nett von dir, Peter.« »Ich meine es nicht böse, aber seien wir doch einmal ehrlich ...« »Ist schon gut, ich weiß ja ...« Hilde lächelte, denn sogar bei so einer Kleinigkeit schien Peter ein absoluter Gentleman zu sein und auf keinen Fall jemanden beleidigen zu wollen.

»Darf ich bitten, liebe Hilde?« »Gerne, Peter.«

Peter nahm Hilde in die Arme, so wie es die Führung dieses Tanzes eben verlangte, und da merkte Hilde, dass sie es als sehr angenehm empfand, dass Peter sie bei diesem Tanz so eng halten musste. Dummerchen, schimpfte Hilde mit sich selbst in Gedanken, Peter hat eine fixe Freundin, also konzentriere dich nicht auf ihn, sondern auf dich oder jemanden anderen.

Die beiden Paare tanzten noch drei weitere Tänze, bis sie wieder am Tisch Platz nahmen und Peter auf seine Uhr blickte, es war schon fast 22 Uhr 30, also höchste Zeit, Estelle wieder zu Hause abzuliefern, spätestens um 23 Uhr musste sie wieder dort sein. »Die Rechnung, bitte«, sagte er. »Estelle, wir müssen gehen, du weißt ja, ich habe versprochen, dich bis spätestens 23 Uhr nach Hause zu bringen.« »Schade, ist es denn wirklich schon so spät?« Dabei blickte sie auch auf ihre Uhr und sagte: »Ja du hast recht, wir müssen fahren.« Entschuldigend schaute sie dabei in Richtung Alberto. »Na, selbstverständlich muss ein Mädchen aus gutem Hause pünktlich zu Hause sein. Aber wir sehen uns ja morgen bei dem Geburtstagsfest von Mathilde wieder, oder?« »Ja, morgen sehen wir uns alle wieder«, seufzte Estelle erleichtert. Hilde betrachtete die beiden mit besorgtem Blick, denn die Aussage von Alberto konnte man so oder so deuten.

Sie verabschiedeten sich. Peter brachte Estelle nach Hause und Alberto Hilde – auf deren eindringlichen Wunsch.

Estelle wechselte nur mehr ein paar Worte mit Rosalinde und verabschiedete sich dann, indem sie sagte, dass sie sehr müde sei und deshalb gerne schlafen gehen würde. Obwohl

Rosalinde etwas enttäuscht darüber war, dass Estelle ihr nicht mehr vom heutigen Kursabend erzählen wollte, ließ sie es sich nicht anmerken, sondern lächelte Estelle stattdessen nur an und sagte: »Gute Nacht, mein Kind, schlaf gut und träume etwas Wunderschönes. Ich werde noch ein wenig aufbleiben, denn dein Vater hat heute Nachtdienst und wird erst gegen Mitternacht nach Hause kommen.« »Gute Nacht, Rosalinde, danke nochmals für alles, du bist immer so nett zu mir.«

In ihrem Zimmer angekommen, zog Estelle sich langsam aus, ging noch schnell duschen und dann lag sie noch lange wach in ihrem Bett. Sie dachte an Alberto, seine wunderschönen Augen, seinen Traumkörper und seinen Charme. Sie hatte sich eindeutig in ihn verliebt. Ganz warm wurde ihr bei dem Gedanken an ihn. Heute Abend war er so nett zu ihr gewesen und hatte zum Schluss auch noch gesagt, dass ein Mädchen aus gutem Hause pünktlich zu Hause sein müsste. »Glaubt er wirklich, dass ich aus so einem feinen Hause bin?« Ganz stolz war Estelle, denn sie war blind vor Liebe, sie sah in Alberto den schönsten, intelligentesten, humorvollsten, liebenswürdigsten Mann und übersah all seine Schwächen. Für sie war er einfach der perfekte Mann, auch wenn die anderen eine andere Meinung über ihn hatten. Mit einem Lächeln auf den Lippen schlief sie ein.

Nachdem Alberto Hilde zu Hause abgeliefert hatte, fuhr er schnurstracks zu seiner Stammkneipe und bestellte sich einen Whiskey. Er begrüßte seine Kumpel, die ihn natürlich sofort nach seiner Beute befragten. »Was macht denn deine Jungfrau?« »Hast du ihr schon gezeigt, was ein richtiger Mann ist?« »Aber Jungs, nicht so hastig, so eine unschuldige Beute muss langsam erobert werden, ansonsten wäre das Ganze nur halb so spaßig.« »Was meinst du denn schon wieder damit?«»Na ja, sie soll meiner Person gegenüber total hörig sein und mir sozusagen aus der Hand fressen, bevor ich zuschlage.«»Und wann wirst du sie endlich vögeln?«»Gut Ding braucht Weile. So in drei bis vier Wochen spätestens. Außerdem wird sie immer von einem gewissen Peter – dem Sohn einer mit ihren Eltern befreundeten Familie – nach Hause gebracht, den muss ich mir erst noch vom Leibe schaffen.«»Das wirst du wohl zusammenbringen, oder?«»Na klaro, ihr kennt mich doch, außerdem, unsere Wette gilt, und jetzt entschuldigt mich bitte, ich muss ich eine andere Frau mit meinen sexuellen Künsten beglücken. Gute Nacht, meine Herren.« Nach diesen Worten ging er die Stufen zur Dienstwohnung von Berta hinauf.

***

Unsere Mathilde wälzte sich währenddessen schlaflos in ihrem Bett. Sie hatte, gleich als sie heute nach der Privat-tanzstunde mit Eduardo zurückgekommen war, ein Kleid nach dem anderen anprobiert, denn morgen wurde sie schließlich und endlich 15 Jahre alt und da wollte sie ganz besonders gut aussehen. Es waren nicht nur gute Freunde ihrer Familie und deren Kinder, sondern auch all ihre Freunde aus der Schule eingeladen, viele nette Mädchen und Jungen. Zu guter Letzt entschied sie sich für das rote sexy Kleid, welches sie zusammen mit Eduardo eigentlich für ihren ersten Schultanz ausgesucht hatte, aber jetzt, da sie kein anderes Kleid in der Unmenge ihrer Kleider für morgen finden konnte, wählte sie dieses und schmunzelte dabei, denn sie erinnerte sich nur zu gut an Eduardos Worte:»Mit so einem Kleid würde ich meine Tochter nicht aus dem Haus lassen, das ist viel zu sexy.« Dann dachte sie daran, dass er immer für sie da war und dass sie sich bei ihm geborgen und geschützt fühlte. Manchmal hatte sie sogar das Gefühl, dass er sie so sehr beschützte wie ihr Vater, aber dann wiederum, wenn sie in seinen Armen lag, hatte sie ein ganz anderes Gefühl, wie beim Tanzen zum Beispiel. Irgendwann fielen ihr die Augen zu und sie träumte von einem wunderschönen Geburtstagsfest.

***

Im Krankenhaus

E stelle erwacht am zweiten Morgen nach der Geburt von Lisa genauso gerädert wie schon am Tag davor. Mehrmals wird ihr ihre Tochter zum Stillen gebracht. Jedesmal, wenn sie endlich tief schläft, weckt sie die Nachtschwester und bringt ihr das Kind. So langsam ist sie furchtbar wütend auf Lisa, denn nicht nur, dass sie die Tochter von Alberto ist, diesem Tunichtgut, sondern sie quält sie auch noch. Was kann ich denn dafür? Ich wollte dich nicht und möchte dich noch immer nicht. Am liebsten würde ich dich irgendjemandem vor die Türe legen, sodass sich jemand anderer um dich kümmern muss, denkt Estelle grimmig.

Jedes Mal, wenn ihr Lisa gebracht wird, schaut sie sie kaum an, geschweige denn spricht sie ein nettes Wort mit ihr, sondern sie öffnet nur ihr Nachthemd, holt ihre Brust heraus und stillt sie, ganz mechanisch ist dieser Ablauf und sicherlich ganz ohne einen Funken Liebe für dieses kleine Lebewesen in ihrem Arm. Irgendwie scheint dies Lisa zu spüren und schreit noch lauter und vor allem häufiger als die anderen Babys, als wolle sie sagen: »Beschützt mich vor dieser Rabenmutter, dieser eiskalten Person.« Aber niemand scheint das Baby zu verstehen, sondern man bringt sie nur immer wieder zu dieser kalten Person.

Das Frühstück bringt ihr Schwester Theodora, die nicht nur eine ebensolche Optimistin ist wie Rosalinde, sondern auch noch eine von deren besten Freundinnen. Mit strahlendem Lächeln trägt sie das Frühstückstablett herein: »Guten Morgen, Estelle. Hast du gut geschlafen? Ach, ich seh schon, hattest wohl nicht ausreichend Schlaf, oder?

Aber so geht es den meisten jungen Müttern.« Den meisten jungen Müttern, denkt Estelle noch grimmiger, mich kann man wohl nicht mit den meisten jungen Müttern vergleichen! Außerdem scheinen die meisten Mütter ganz hingerissen von ihren Kindern zu sein, während mir diese Lisa so etwas von auf den Wecker geht. Sie sieht nicht nur sehr runzelig aus, sondern schreit auch andauernd und isst und isst. Während sie diesen Gedanken nachhängt, schaut sie fast finster durch die Gegend, aber Theodora, voller Elan und Optimismus, lächelt Estelle so herzlich an, dass diese nicht anders kann, als kurz zurückzulächeln, worauf Theodora sagt:»Na, es geht ja doch, dachte schon, dass du das Lachen verlernt hast. Habe heute sehr gute Nachrichten für dich, gestern wolltest du doch, dass die Taufe gleich hier im Spital stattfindet und dass Rosalinde die Taufpatin ist. Es klappt, stell dir vor, ich konnte den Spitalpfarrer davon überzeugen, dass die Taufe heute um 14 Uhr stattfindet, genau dann, wenn Rosalinde Zeit hat. Ich werde sie gleich anrufen, sodass sie sich für die Taufe hübsch machen kann. Ich freu mich so für dich – na, für euch wollte ich eigentlich sagen.« Dabei strahlt sie über ihr ganzes Gesicht.

Wenn die etwas rundliche Theodora mit ihren sanften, rehbraunen Augen jemanden mit so viel positiver Energie überschwemmt, dann scheint es fast so, als ob das Gute auch auf die andere Person übergreift, sodass man fast nicht anders kann, als sich mit ihr zu freuen. Selbst Estelle ist darüber erstaunt, vor allem aber über sich selbst. Sie muss sogar etwas schmunzeln und bedankt sich für die Bemühungen bei Theodora und das, obwohl es Estelle in ihrem Inneren völlig gleichgültig ist, ob ihre Tochter nun getauft wird oder nicht.

Auch den anderen Damen im Spitalzimmer wird das Frühstück gebracht und auf einmal ist es fast ganz still, denn den jungen Müttern scheint das Frühstück nach so einer anstrengenden und meist durchwachten Nacht gut zu schmecken. Die Bettnachbarin rechts von Estelle sagt nur: »Das freut mich für Sie, dass Ihre Tochter heute getauft wird.« Estelle kann es nicht fassen, dass jemand mit ihr spricht, und noch dazu etwas Positives sagt. Sie drehte sich zu der Nachbarin um und strahlt über das ganze Gesicht, während sie antwortet: »Danke, das ist nett von Ihnen.« In diesem Moment scheint Estelle sich auch selbst auf die Taufe zu freuen, zumindest wird sie dann Rosalinde wiedersehen und die tut ihrer Seele immer gut.

Kurz darauf nickt Estelle kurz ein, bis so gegen 10 Uhr ein lautes Geschrei sie weckt – na, wer ist das wohl? Es ist Lisa, die trotz ihrer extremen Winzigkeit und ihres federleichten Gewichtes wie eine Löwin brüllt. »Ist ja schon gut, kannst du nicht einmal leise sein?«, fragt Estelle ohne Freude ihr Kind, welches ihr wieder zum Stillen gebracht wird. Wieder ganz mechanisch öffnet sie vorne ihr hellblaues Nachthemd, welches Rosalinde ihr gestern ins Spital gebracht hat, damit sie keine klinisch weißen Spitalnachthemden mehr tragen muss, und legt Lisa an. Ganz emotionslos, es scheint fast so, als ob alle Gefühle, falls überhaupt jemals viele vorhanden waren, aus dem Körper von Estelle verschwunden sind. Kaum ist sie mit dem Stillen fertig, läutet sie gleich der Schwester, damit das Kind wieder ins Säuglingszimmer gebracht werden kann. Estelle will nicht, so wie die anderen Mütter, ihr Kind noch ein wenig bei sich behalten, sondern ist froh, wenn es ihr wieder abgenommen wird.

Da Estelle bis zum Mittagessen schläft, ist sie, als Rosalinde so gegen 13 Uhr 30 in ihr Zimmer kommt, fast ausgeruht, zumindest sieht sie etwas frischer aus. Rosalinde kommt gleich auf sie zugeeilt. »Wie geht es dir, mein Schatz, hattest du ein wenig Gelegenheit, dich von den unglaublichen Strapazen der Geburt etwas zu erholen? Theodora hat mir erzählt, dass du heute in der Früh sehr müde warst und anscheinend nicht genug Schlaf bekommen hast. Aber jetzt siehst du wieder ganz erholt aus, was mich sehr freut. Darf ich dich etwas für die Taufe zurechtmachen? Ich habe dir ein Kleid mitgebracht, in welches du kurz hineinschlüpfen kannst, und dann gehen wir gemeinsam mit Lisa zur Spitalkapelle, welche nur fünf Gehminuten von hier entfernt ist. Glaubst du, dass du dazu bereits in der Lage bist?« »Aber ja doch, das werde ich schon schaffen. Du siehst aber heute sehr elegant aus, liebe Rosalinde. Hast du dich extra wegen der Taufe so schön gemacht?« Rosalinde trägt ein lindgrünes Kleid mit kleinen weißen Blümchen drauf, dazu hat sie weiße Handschuhe an, einen weißen Hut auf dem Kopf und weiße Schuhe an, die sie extra auf der Schwesternstation angezogen hat, denn draußen ist es sehr kalt und es schneit es bereits den ganzen Tag, da kann man nur Stiefel tragen.

Gott sei Dank können sie die Spitalkapelle auf unterirdischem Wege erreichen und müssen bei diesem schlechten Wetter nicht auf die Straße. Rosalinde lächelt zu den Worten von Estelle: »Aber freilich doch, mein Kind, heute ist ein ganz wichtiger Tag für deine kleine Tochter, heute bekommt sie hochoffiziell einen Namen, den sie ihr ganzes Leben lang mit Stolz und Würde tragen wird, und du wirst sehen, du wirst eines Tages sehr stolz auf sie sein.« Mein Gott, denkt Estelle, jetzt fängt Rosalinde auch noch damit an, dass Lisa etwas Besonderes in meinem Leben sein soll. Wenn sie nur wüsste, wie egal mir dieses Kind ist. Aber sie sagt nichts, denn sie will Rosalinde nicht die Freude an der bevorstehenden Taufe verderben, stattdessen bemüht sie sich, ein winzig kleines Lächeln auf ihre Lippen zu zaubern, welches gleich viel intensiver wird, als sie sieht, was ihr Rosalinde mitgebracht hat. Diese zaubert aus ihrer Tasche ein zartgelbes Spitzenkleid hervor, welches nicht taillenbetont wie die meisten Kleider zu dieser Zeit ist, sondern gerade, ja fast sackmäßig geschnitten und so den noch nicht wieder zurückentwickelten Bauch von Estelle aufs Vorteilhafteste verdeckt. Rosalinde schminkt Estelle, frisiert ihr Haar und gibt ein gelbes Seidenband mit einer Masche in das rabenschwarze Haar, dann hilft sie ihr beim Anziehen. Und aufgrund des Still-BHs mit den kleinen Tupfern darin besteht auch keine Gefahr, dass das Kleid durch eventuell zu viel produzierte Muttermilch Flecken bekommt.

Dann führt Rosalinde Estelle vor den Spiegel im Spitalbadezimmer und Estelle freut sich über die gut aussehende junge und elegante Dame, die ihr da aus dem Spiegel entgegenblickt. Ganz anders als zu der Zeit, die sie bei Paula Wagner, ihrer bis vor kurzem geglaubten Schwiegermutter in spe, verbracht hat. Dort ist sie eher ein Aschenbrödel gewesen, musste nach ihrem Job im Lebensmittelladen noch putzen, kochen, bügeln und alle zufriedenstellen. Wenn die anderen ausgingen, musste sie zu Hause bleiben, denn ihr wurde immer und immer wieder mitgeteilt, dass sie derzeit zu fett sei, um sie begleiten zu können, und sie hatte dies den Wagners geglaubt und gemacht, wie ihr geheißen wurde. Voller Bitterkeit denkt sie an diese Zeit zurück.

Und jetzt fühlt sie sich mit dem wunderschönen zartgelben Spitzenkleid fast wie eine Prinzessin. Plötzlich steigen ihr Tränen in die Augen, die Rosalinde sofort bemerkt. »Was ist denn los mit dir, Kindchen? Wer wird denn weinen?« Es fühlt sich so gut an, wenn sich jemand um einen kümmert, und Estelle schmiegt sich ganz fest in die Arme von Rosalinde, die sie ganz still festhält und immer und immer wieder streichelt. Dann löst Rosalinde sich langsam aus der Umarmung und sagt:»Nun werde ich noch schnell unser kleines Prinzesschen hübsch machen!« Zuerst weiß Estelle nicht, wen sie meint, bis sie sieht, was Rosalinde noch aus der Tasche zieht: einen wunderschönen weißen Strampelanzug und eine rosa Spitzendecke.»Mein Gott, ist das aber schön«, ruft sogar Estelle ganz entzückt aus.»Ja, das ist wunderschön, daran habe ich sehr lange gesessen, als ich es für meine eigene Tochter genäht habe, die leider gleich nach der Geburt gestorben ist«, sagt, noch immer etwas traurig, Rosalinde. Dann verlässt sie das Spitalszimmer und sagt noch, dass sie Estelle in fünf Minuten abholen werde.

Ganz still bleibt Estelle im Zimmer zurück, sie hat gar nicht gewusst, dass Rosalinde einmal ein Baby gehabt hat. Sie geht zum Fenster und blickt in das Schneetreiben hinaus, mehrere Schneeflocken verfangen sich am Fenster und schmelzen, noch bevor man das wunderschöne Kristallsternmuster jeder einzelnen Flocke in sich aufnehmen kann. Im Zimmer verfolgte so manche Mutter beziehungsweise Besucher das Treiben von Estelle und Rosalinde, die ihre Stieftochter im Badezimmer für die Taufe herrichtete, da ja zu dieser Zeit Besuchszeit war und Estelle sich schlecht hätte im Zimmer umziehen können. Und sie sahen, wie statt eines hässlichen Entchens fast ein schöner Schwan wieder herauskam. Na ja, schöner Schwan mag vielleicht etwas übertrieben klingen, denn so eine richtige Schönheit ist Estelle nicht, aber sie ist auch nicht hässlich, sie hat nur sehr grobe Züge und kann dadurch wohl nie eine elegante Erscheinung werden, aber ihre wunderschönen langen, rabenschwarzen Haare machen sie irgendwie doch schön. Und gerade in diesem Augenblick sieht sie sehr gut aus, das Kleid kaschiert sehr gut ihre üppige Figur, die durch die Schwangerschaft sicherlich nicht schöner geworden ist, aber mit diesem Kleid bemerkt man von all dem gar nichts.

Zwischenzeitlich geht Rosalinde in das Säuglingszimmer und wechselt die Kleidung von Lisa, die darüber gar nicht erfreut ist, sondern gleich lauthals zu schreien beginnt. Deshalb gibt ihr Rosalinde etwas Tee, denn es ist zu wenig Zeit, um sie noch schnell von Estelle stillen zu lassen. Die Taufe wurde innerhalb von zehn Minuten anberaumt und es war sehr schwierig gewesen, kurzfristig einen Termin zu bekommen. Deshalb beeilt sie sich und läuft fast mit Lisa ins Krankenhauszimmer, um dort Estelle abzuholen, damit sie ja nicht zu spät in der Spitalkapelle ankommen.

Estelle wartet bereits auf Rosalinde und bemerkt mit Entsetzen, dass diese ihre Tochter Lisa mit so viel Liebe anblickt. Mein Gott, denkt Estelle, warum muss Rosalinde denn so viel Energie an dieses undankbare Wesen verschwenden? Sie ärgert sich darüber, denn eigentlich will sie Rosalinde für sich ganz allein und schon gar nicht deren Liebe mit diesem ungewollten Bastard teilen. Na, die wird mir das noch büßen!, denkt Estelle böse.

Von all dem bemerkt Rosalinde gar nichts, sondern kommt ganz stolz mit Lisa auf Estelle zu und sagt: »Darf ich dir deine Tochter in der Taufkleidung bringen? Ich habe noch nie so ein schönes Kind gesehen, sie ist wunderhübsch und wird eines Tages bestimmt eine unglaubliche Schönheit werden.« ... wird eine unglaubliche Schönheit werden, äfft Estelle in Gedanken Rosalinde nach und ärgert sich noch mehr über Lisa. Aber sie reißt sich alleine schon wegen Rosalinde zusammen, setzt wieder ein unschuldiges Lächeln auf und folgt ihr zur Kapelle.

Dort wartet schon der Pfarrer auf sie. Es ist eine sehr

kleine Kapelle, aber mit vielen Heiligenfiguren, vor allem die Jungfrau Maria sieht sehr schön aus. Und als Estelle die Jungfrau länger betrachtet, wird ihr ganz traurig ums Herz. Wäre ich doch auch noch Jungfrau, hadert sie mit ihrem Schicksal.

»Guten Tag, meine Damen«, wird Estelle in ihren traurigen Gedanken unterbrochen. »Einen schönen guten Tag, Herr Pfarrer«, antwortet mit sehr viel Optimismus in ihrer Stimme Rosalinde ganz freudestrahlend mit ihrer gewinnenden Art. Der Pfarrer schaut Rosalinde genau an und fragt:»Na, wer von Ihnen beiden ist denn nun die Mutter?«»Na, hören Sie mal, Herr Pfarrer, das ist doch wohl ganz klar, diese junge hübsche Dame in Gelb ist die stolze Mutter unserer kleinen Lisa.«»Also Lisa soll das Kind heißen.«»Ja, so ist es, Lisa soll es sein.«»Ein schöner Name«, antwortet der Pfarrer und sieht dabei auch Estelle an, die irgendwie mit ihren Gedanken ganz woanders zu sein scheint. Sie sind bei Alberto und bei der Vorstellung, dass es ganz anders sein würde, wenn diese Taufe wie bei anderen Leuten auch mit beiden Elternteilen stattfinden würde. Dann verwirft sie diese Gedanken wieder und antwortet höflich:»Herr Pfarrer, was müssen wir tun, damit die Taufe stattfinden kann?«»Also, meine Damen, sobald die Musik zu spielen beginnt, marschiert die Taufpatin mit dem Kind im Arm zusammen mit der Mutter in die Kapelle hinein, sie bleiben dann beim Taufbecken stehen und warten auf meine weiteren Instruktionen.«»Ihr Wort ist uns Befehl.« Beide Damen verlassen mit Lisa wieder die Kapelle und warten auf das Einsetzen der Musik, welche nicht lange auf sich warten lässt.

Es wird das *Ave Maria* von Franz Schubert gespielt und bei dem wunderschönen Gesang der Sängerin betreten die beiden so verschiedenen Damen – nicht nur äußerlich:

blond die eine, schwarzhaarig die andere, sondern auch innerlich – mit dem kleinen Baby am Arm die Kapelle. Als ob Lisa es wüsste, dass ein ganz besonderer Augenblick auf sie zukommt, ist sie wider Erwarten ganz still, vielleicht fühlt sie auch die unbeschreibliche Liebe und Wärme dieser blonden Frau, die sie jetzt in die Kapelle trägt, oder sie ist noch erschöpft von der Nacht. Wie dem auch sei, sie ist ganz ruhig und wenn man es nicht besser wüsste, dass in diesem Alter ein Baby noch nicht lachen kann, dann hätte man überzeugt davon sein können, dass Lisa lächelt.

Der Pfarrer beginnt mit den für eine katholische Taufe üblichen Worten und sobald er seinen Finger in das Taufbecken hält und dann mit dem Wasser ein Kreuz auf die Stirn des Kindes machen will, beginnt Lisa wie am Spieß zu brüllen. Vielleicht hat sie das Wasser erschreckt oder die fremde Hand, jedenfalls brüllt und brüllt sie, aber dennoch muss auch die Taufpatin, also Rosalinde, das heilige Wasser auf den Kopf des Kindes geben, was aber in diesem Moment gar nicht so einfach ist, denn mit all der Kraft, die dieses kleine Wesen in sich hat, schreit und strampelt es, sodass es fast unmöglich ist, das Wasser auf sein Stirn zu geben. Aber Rosalinde lächelt trotzdem und irgendwie schafft sie es. Nur Estelle ist völlig genervt von dieser Szene und fast mit Verachtung schaut sie auf Lisa. Und genau diesen Blick erhascht der Pfarrer und blickt sowohl fragend als auch irgendwie strafend zu Estelle.

Im Hintergrund wird nun das Tauflied von Erwin Zillinger gespielt. Rosalinde schaut voller Liebe auf das schreiende Bündel in ihrem Arm und beginnt es im Rhythmus der Musik hin und her zu wiegen und leise mitzusummen, bis es sich beruhigt hat und zu schreien vergisst. Rosalinde lächelt zufrieden und der Pfarrer lacht zurück. Nur Estelle schaut fast grimmig vor sich hin.

Danach gehen sie gehen langsam zum Spitalzimmer zurück und Rosalinde meint, dass Estelle doch jetzt die Lisa stillen solle, doch diese antwortet nur, dass sie dafür zu müde sei. Rosalinde, wie immer verständnisvoll, sagt darauf nur: »Selbstverständlich, mein Schatz, ich werde mit der Schwester sprechen, ob wir eine Ausnahme machen können und deine kleine Tochter ausnahmsweise mit dem Fläschchen füttern.« »Wow«, sagt Estelle erleichtert, »Rosalinde, das würdest du wirklich für mich tun? Das wäre super. Danke dir tausend Mal.« Rosalinde nickt und lächelt auf das Kind herab. Estelle ist nur froh, Lisa nicht schon wieder auf den Arm nehmen und ihr die Brust reichen zu müssen. Sie geht ins Spitalzimmer, wo eine Überraschung auf sie wartet.

***

Am Sonntag, den 13.Mai 1962, kitzelten Sonnenstrahlen das Gesicht von Mathilde, sie blinzelte und ganz langsam öffnete sie ihre Augen. Dann reckte und streckte sie sich und schmunzelte. »Heute ist mein Geburtstag, mein Geburtstag!«, summte sie hocherfreut. Mit einem Satz sprang sie aus dem Bett, zog die Vorhänge ganz zur Seite und schaute hinunter in den Garten von ihrem Elternhaus. Dort stand bereits, ganz in Weiß, ein Zeltpavillon, welchen die Cateringfirma gestern aufgestellt hatte, nur für den Fall des Falles, dass es heute regnen würde. Sie trug einen Babydoll-Pyjama mit einer kurzen Hose und einem Hemdchen darüber, ganz in weißer Spitze mit einem orangen Seidenband durchgezogen. Sie horchte, aber hörte noch keinen Lärm im Hause Neuberger, was Mathilde sehr wunderte, aber dann schaute sie auf ihre Uhr. »Es ist ja erst 7 Uhr morgens, was mache ich denn schon so früh, da ich doch gerade heute viel länger hätte schlafen sollen?«, fragte sie sich selbst. »Macht nichts, ich werde nicht mehr schlafen, sondern hinunter in die Küche schleichen und ein Brötchen essen, denn ich bin ja sooo hungrig. Tja, mit 15 Jahren hat man halt mehr Hunger als noch mit 14 Jahren.« Vorsichtig lief sie barfuß die Treppe hinunter und schlüpfte unbemerkt in die Küche, ihre Angestellte würde heute erst um 7 Uhr 30 kommen, also hatte sie Zeit, vorweg in Ruhe ein kleines Frühstück einzunehmen. Sie holte sich Milch aus dem Kühlschrank und nahm sich ein Brötchen, beschmierte dieses ganz dick mit Butter und gab noch ordentlich Marillenmarmelade drauf. Dann biss sie herzhaft hinein und schaute wieder zum Fenster hinaus. Sie war so froh darüber, dass die Sonne schien, denn dann würde es ein perfektes Fest werden. Dann schlich sie sich wieder zurück in ihr Zimmer, sie wollte ihren Eltern und ihrer Schwester nicht die Freude verderben, denn die hatten bestimmt eine kleine Überraschung zu ihrem Geburtstagsfrühstück geplant, zumindest hatten sie das bis jetzt immer so gehandhabt.

Punkt 7 Uh 30 kam Sieglinde, die bereits seit 15 Jahren Köchin bei den Neubergers war. Sie hatte bei ihnen zu arbeiten begonnen, als Mathilde gerade geboren war. Die nette Frau mit den pechschwarzen Haaren schmunzelte, als sie daran dachte, wie Klein-Mathilde als Baby gewesen war und dass sie heute bereits ihren 15. Geburtstag feierte. Dann begann sie in der Küche das Frühstück für die Familie Neuberger herzurichten, welches die Herrschaften heute im großen Esszimmer einnehmen wollten. Sie deckte den Tisch besonders hübsch und nahm dafür das Lieblingstischtuch von Mathilde, ein zartgelbes Damasttischtuch mit dezenten Clownmotiven, die in derselben Farbe wie der Grundton des Tischtuches gehalten waren, sodass man die Figuren darauf nur bei näherem Hinschauen erkannte. Die Sonne strahlte so sehr, als ob sogar sie sich heute über den Geburtstag von Mathilde freute.

Um 9 Uhr kamen die Eltern von Mathilde an den Frühstückstisch. Helga Neuberger sagte zu ihrem Mann:»Sollen wir Mathilde aufwecken oder sie schlafen lassen?«»Na hör mal, an ihrem Geburtstag werden wir sicherlich zusammen frühstücken«, brummte Hubert Neuberger zurück. Dann hörten sie auch schon Schritte auf dem Flur und hereingestürzt kam Christa. Sie strahlte und drückte beiden Eltern jeweils einen Kuss auf die Wange.»Guten Morgen, Mama! Guten Morgen, Papa! Wo ist denn unser Geburtstagskind, noch nicht auf?«»Nein, noch nicht. Wir haben beschlossen, sie aufwecken zu gehen. Wer will sie holen?«»Ich nicht«, antwortete Christa,»dann ist sie vielleicht sauer auf mich, weil ich sie zu früh aus ihrem Schönheitsschlaf hole.«»Ich möchte sie auch nicht holen, also, lieber Hubert, du bist ihr Vater und sozusagen das Oberhaupt der Familie, also lassen wir dir den Vortritt«, meinte Frau Dr. Helga Neuberger. Herr Dr. Neuberger runzelte die Stirn, denn damit hatte er nicht gerechnet, aber er wollte sich keine Blöße geben und ging auch schon die Stufen hinauf zum Zimmer von Mathilde.

Dort klopfte er vorsichtig an, nicht wissend, dass seine Tochter schon fix und fertig angezogen auf ihrem Bett saß und voller Ungeduld darauf wartete, dass endlich jemand sie holen käme. Deshalb ließ ihre Antwort auch nicht lange auf sich warten.»Herein!« Ihr Vater öffnete die Zimmertüre und begann beim Eintreten gleich mit seiner Bassstimme zu singen:»Alles Gute zum Geburtstag, hoch soll sie leben, dreimal hoch!« Er umarmte seine Tochter inniglich und drückte ihr einen dicken Kuss auf die Wange.»Alles Gute zum Geburtstag, mein Darling. Bist du schon fertig, sodass du gemeinsam mit uns frühstücken kannst?«»Danke dir, Papa. Ich bin schon seit 7 Uhr wach und warte und warte auf euch. Warum seid ihr denn heute gar so spät dran?« »Na hör mal, an Sonntagen frühstücken wir normalerweise noch später. Aber es ist bereits alles vorbereitet im Esszimmer.«»Ich komme ja schon.«

Kaum unten angekommen, begannen auch ihre Mutter sowie Christa, ihre Schwester und Sieglinde, die Köchin, zu singen:»Happy birthday, liebe Mathilde, happy birthday to you«. Mathilde strahlte über das ganze Gesicht, sie freute sich so sehr: über ihre Familie, über ihren heutigen Geburtstag, einfach über alles. Ihre Mutter, die zunächst die Sicht auf den Frühstückstisch verdeckt hatte, gab diese nach dem Geburtstagsständchen frei und Mathilde erblickte sofort ihre Lieblingsblumen auf dem Tisch. In einer Vase standen dicke, zartgelbe Rosen mit einer kleinen rosa Umrandung, die nur schwer zu bekommen, aber ihre absoluten Lieblingsblumen waren. »Wow«, strahlte sie,»danke euch allen, die Blumen sind ja wunderschön!« Dann setzten sich alle an den so liebevoll gedeckten Tisch und begannen zu frühstücken.»Ich kann mich noch so gut daran erinnern, wie du geboren wurdest. Du wolltest unbedingt zwei Wochen zu früh kommen und hast uns alle ein wenig aus dem Häuschen gebracht. Gott sei Dank war dein Vater da und hat mich sofort ins Spital gebracht, als die Fruchtwasserblase geplatzt ist«, schwelgte Helga Neuberger in Erinnerungen. Die Neubergers sprachen offen über alles, auch über eine Geburt, und verschwiegen nicht, wie die meisten Eltern zu dieser Zeit, die Umstände, wie man überhaupt Kinder bekommt. Die meisten Eltern klärten in den 60er Jahren ihre Kinder nicht auf, sodass viele erst durch Erfahrungen oder Erzählungen ihrer Freunde erfuhren, wie das Ganze eigentlich ablief. Nicht so bei den

Neubergers, die ja selbst Ärzte waren und es vielleicht auch aus diesem Grund als sehr wichtig empfanden, offen über diese Dinge zu sprechen. »Ich habe dann deine Mama ins Spital gebracht und dort hast du gar nicht lange auf dich warten lassen, nach bereits vier Stunden warst du auf der Welt. Und geschrien hast du wie am Spieß.« »Ich kann mich gar nicht mehr daran erinnern«, scherzte Mathilde.

***

Den ganzen Vormittag über herrschte reges Treiben im Hause Neuberger, die Cateringfirma stellte noch die Tische auf, welche festlich gedeckt wurden. Der ganze Blumenschmuck war ebenso in Zartgelb und Weiß gehalten wie auch die ganze Dekoration. Es wurde die Tanzfläche aufgebaut, dann die Tribüne für die Band, die Anlage installiert, getestet etc. Heute sollte eine Lifeband die Gäste unterhalten. Mathilde schwirrte froh und munter durch das Haus, bis sie dann noch schnell mit ihrer Schwester und ihrer Mutter zum Friseur fuhr. Mit kunstvoll aufgesteckten Haaren kamen die drei Frauen zurück und zogen sich dann jeweils auf ihre Zimmer zurück, um die Kleider für den Nachmittag auszuwählen. Herr Neuberger schaute seinen Damen schmunzelnd nach und dachte: Gott sei Dank haben wir Männer es da einfacher, wir brauchen nur einen Anzug, Hemd und Krawatte und schon sind wir fertig.

Mathilde hatte ein blitzblaues Kleid für den heutigen Anlass gekauft. Aber irgendwie war sie sich nicht sicher, ob sie dieses oder doch lieber das rote Kleid anziehen sollte, welches Eduardo als zu sexy und provozierend empfunden hatte. Sie probierte zuerst das blaue Kleid an, drehte und wendete sich darin vor dem Spiegel. Aber irgendwie war ihr dieses, zwar wirklich außerordentlich schöne und elegante Kleid zu brav für den heutigen Anlass. Deshalb holte sie das rote Kleid aus dem Schrank und zog es an. Es war sehr tief ausgeschnitten und ließ sehr deutlich den Ansatz ihrer Brüste erkennen. Und es betonte ihre makellose Figur auf das Vortrefflichste. Mathilde war sowieso schon sehr groß mit ihren 1 Meter 70, aber heute zog sie noch dazu sehr hohe rote Sandalen an und wirkte wie ein Mannequin oder eine Filmdiva. Ihre zarte, ja extrem schlanke Figur ließ sie trotz ihrer Größe ganz zerbrechlich wirken. Ihre Taille tat das Übrige hinzu, sie wirkte so dünn, als ob man sie mit zwei Händen hätte umfassen können. Sie sah wunderschön aus und man hätte sie sich gut auf dem Titel eines eleganten Modemagazin vorstellen können«?

Als Mathilde die Treppen hinunterschritt, vorsichtig, denn sie war es nicht gewohnt, mit so hohen Absätzen zu gehen, sah sie schon ihre Eltern und ihre Schwester unten auf sie warten. Ihrem Vater blieb der Mund offen stehen, denn er hatte zwar von dem Kleid gehört, es aber noch nicht an seiner Tochter gesehen. »Mathilde, das Kleid ist wirklich etwas zu gewagt, meinst du nicht?« »Aber Papilein, bin ich nicht schön darin?« »Ja, das schon«, meinte ganz beschützerisch ihr Vater, »aber damit verdrehst du jedem Mann den Kopf und dazu bist du ja wohl noch etwas zu jung, oder?« »Also hör mal, Papa, heute bin ich 15 Jahre alt geworden und außerdem bist du ja eh die ganze Zeit anwesend, somit kann nichts passieren. Es wäre doch gefährlicher, wenn du nicht dabei wärst, oder?« »Lass sie doch, Hubert«, schaltete sich nun Frau Neuberger ein. »Sei stolz auf deine Tochter und freue dich darüber, dass sie gut aussieht.« Herr Dr. Neuberger setzte ein gekünsteltes Lächeln auf, war sich aber nicht sicher, ob es gut wäre, wenn er Mathilde so an die Öffentlichkeit gehen ließe. Insgeheim dachte er an Eduardo, der dasselbe gemeint hatte: Ich hätte auf ihn hören sollen! Auch Christa empfand das Verhalten ihres Vaters als etwas übertrieben und meinte nur: »Aber Papa, heute ist Mathildes Geburtstag und da ist es ihr gutes Recht, gut auszusehen. Und was ist mit mir? Wie gefalle ich dir?« Er drehte sich zur Christa um und betrachtete sie eingehend. Sie war sehr hübsch heute. »Dieses Lindgrün steht dir ausgezeichnet. Du bist wunderschön.« Christas Kleid war aus pastellgrüner Seide, auch fast bodenlang und sehr eng anliegend, wodurch es ihre elfenhaft zarte Figur betonte. »Das hat aber nicht so begeistert geklungen!«, meinte Christa scherzhaft. »Aber Christa, du bist eine Schönheit und dein Kleid ist perfekt, aber du musst doch zugeben, dass das Kleid deiner Schwester etwas zu tief ausgeschnitten ist«, meinte ihr Vater.

Bevor Christa antworten konnte, klingelte es bereits an der Türe und die ersten Gäste kamen an. Es war ein Ärztekollegen-Ehepaar mit ihrem Sohn Stefan, der in dieselbe Klasse wie Mathilde ging. Die Neubergers blieben am Eingang stehen und begrüßten der Reihe nach ihre Gäste, die von den Angestellten anschließend weitergeleitet wurden. Zuerst stand dort Herr Neuberger mit seiner Gattin, dann Mathilde als Partygirl und zuletzt die Christa. Neben Mathilde sah Christa fast klein aus, obwohl auch ihre lindgrünen Schuhe sehr hohe Absätze hatten. Frau Neuberger trug ein dezent schwarzes Kleid mit weißen Umrandungen und weißen Handschuhen, wie das Kleid von Audrey Hepburn in dem Film *Frühstück bei Tiffany*. Sie und die ganze Familie sahen sehr elegant aus.

Sie schüttelten viele Hände, bis Christa endlich ihren Peter bemerkte, der sich mit Estelle brav hinter den anderen Gästen anstellte, um die Neubergers zu begrüßen. Gut sah er aus in dem dunklen Anzug mit der dunklen Krawatte und dem weißen Hemd. Estelle trug das rosa Spitzenkleid, welches sie schon zum Tanzschulabend anhatte. Jetzt waren sie an der Reihe. Herr Dr. Neuberger erkannte Peter sofort und stellte innerlich zufrieden fest, dass dieser mit einem anderen Mädchen gekommen war. »Herr Dr. Neuberger, Frau Dr. Neuberger, danke für die nette Einladung«, dabei verbeugte sich Peter tief vor ihnen. »Herzlich willkommen, na, wen haben Sie denn da mitgebracht?«»Fräulein Estelle Bauer, meine Tanzpartnerin, darf ich Sie Ihnen vorstellen?« Estelle fühlte sich in diesem Augenblick gar nicht wohl, denn sie war es nicht gewohnt, bei so feinen Leuten zu Gast zu sein, und außerdem war sie überhaupt nicht sehr oft von zu Hause weggewesen, außer in der Tanzschule und im Tanzcafé. Ganz schwitzig waren ihre Hände und sie war in diesem Moment sehr froh, dass sie Handschuhe trug und diese als Dame nicht ausziehen musste. Fast hätte sie kein Wort herausgebracht, so fasziniert, aber auch gleichzeitig extrem eingeschüchtert war sie von all dem Glanz und Reichtum, der diese Familie umgab. Fast stotternd sagte sie endlich: »Guten Abend, danke für die Einladung.«

Erleichtert ging sie weiter, doch dann blieb ihr beim Anblick von Mathilde vor Erstaunen der Mund offen stehen. Noch nie habe ich so eine Schönheit gesehen, dachte sie. Peter ließ sie aber nicht weitergrübeln, sondern sagte: »Estelle, darf ich dir Mathilde, die Schwester von Christa, vorstellen?« Neben der zierlichen, aber fast gleich großen Mathilde wirkte Estelle doppelt grob, sie war immer vollschlank gewesen, aber normalerweise waren die Leute um sie herum viel kleiner. Aber jetzt stand ihr ein Mädchen gegenüber, gleich groß und dann noch dazu sooo extrem schlank. Mathilde reichte ihr die Hand: »Ich habe schon viel von Ihnen gehört, von der Christa und von Eduardo.

Herzlich willkommen, es freut mich riesig, dass Sie kommen konnten.«

In den Sixties sagte man nicht gleich beim ersten Treffen Du, auch wenn man noch so jung war. Mathilde strahlte Estelle so herzlich an, dass diese sich langsam wieder etwas wohler fühlte. Und dann sah sie auch Christa, ein vertrautes Gesicht. Peter begrüßte Christa mit Handkuss und schaute ihr bewusst nicht in die Augen, um sich ja nicht zu verraten. Christa schmunzelte.»Herr Maier, herzlich willkommen in unserem bescheidenen Heim«, meinte sie scherzhaft. Aber es gab dem Peter Maier einen Stich im Herzen, wie sie »bescheiden« sagte, denn wenn er da an das seine dachte … Aber sie strahlte ihn an und dann gleich auch Estelle, um sich nur ja nicht zu verraten.»Herzlich willkommen, Estelle, schön, dass du kommen konntest.«
»Danke, ich freue mich so, dass ich dabei sein darf. Danke für die großartige Gelegenheit.« So langsam kamen die Worte zurück. Und schon waren sie an den Gastgebern vorbei und die Neubergers mussten die Hände der nächsten Gäste schütteln, bis …

»Die Cesares sind angekommen!«, rief hocherfreut Mathilde, als sie hinten in der langen Reihe Eduardo erblickte. »Ja, du hast recht, mein Kind. Es scheint so, als ob heute alle Gäste kommen, die wir eingeladen haben.« »Ja, nicht wahr, Mama, das ist wunderbar?« Stolz blickte die Mutter auf Mathilde und antwortete: »Ja, mein Kind, alle feiern heute mit dir deinen Geburtstag.« »Wie lange müssen wir noch hier stehen und die Gäste begrüßen?« »Noch ein Weilchen, aber du bist entlassen, sobald du die Cesares begrüßt hast.« »Ja wirklich, Papa!« »Ja, Mathilde, denn heute ist ja dein Geburtstag.« »Danke, du bist der Größte!« »Gilt das auch für mich?«, meldete sich Christa zu Wort.»Natürlich, mein Schatz, deine Mama und ich werden noch ein Weilchen die Stellung halten und die Gäste begrüßen, die noch kommen.«

Jetzt war Alberto mit Hilde an die Reihe. Ganz formvollendet und sehr gekonnt verbeugte sich Alberto. »Gnädige Frau, gnädiger Herr, vielen Dank für die nette Einladung zum Geburtstagsfest Ihrer Tochter.« Herr Dr. Neuberger blickte erstaunt Christa an, denn er kannte diese Leute nicht. Christa schnell: »Papa, darf ich dir vorstellen, Herr Alberto Wagner mit seiner Tanzpartnerin Hilde Huber, die mit Eduardo und mir zum selben Tanzkurs gehen.« »Guten Abend, Herr Wagner, Frau Huber«, erwiderte sehr galant Herr Dr. Neuberger. Hilde hatte sich heute mit ihrer Frisur besondere Mühe gegeben, sie hatte ihre naturgewellten roten Haare kunstvoll hochgesteckt und mit einer Haarspange versehen, die mit Zirkoniasteinen besetzt war, die fast wie Diamanten funkelten. Dazu trug sie ein dunkelgrünes Chiffonkleid mit Pettycoat-Unterrock und ebenso grüner Spitze. Ihre Taille wurde mit einem Stoffgürtel in derselben dunkelgrünen Farbe und einer Masche in der Mitte hervorgehoben. Auch sie sah heute sehr hübsch aus.

Gerade als Hilde Frau Dr. Neuberger die Hand zur Begrüßung reichen wollte, lockerten sich ihre Haare und eine Haarlocke viel ihr ins Gesicht. Helga Neuberger schmunzelte und sagte: »Frau Huber, Sie haben wunderschöne Naturlocken.« Diese wurde ganz verlegen und beinahe rot im Gesicht, denn auch sie war so feine Leute einfach nicht gewohnt und fühlte sich nicht ganz wohl in ihrer Haut. »Danke.« Dann bemerkte sie, wie Alberto Mathilde mit seinem Raubtierblick anstarrte, und versuchte ihn gleich abzulenken: »Alberto, Mathilde ist die Schwester von Christa und die wird heute 15 Jahre alt.« Sie legte die ganze Betonung auf das Alter von Mathilde, denn man konnte bei Alberto ja nie wissen. Dieser ließ sich aber nicht beirren, er sog den schönen Anblick von Mathilde in sich auf und schaute sie fast ›gierig‹ an. Dies bemerkte sogar Eduardo, der mit seinen Eltern und seinem Bruder noch zirka zwei Leute hinter ihnen stand und sich darüber maßlos ärgerte. Warum musste sie auch so ein sexy Kleid anziehen, damit provoziert sie ja alle Männer, dachte er grimmig.

Mathilde reichte völlig unschuldig und sehr höflich Alberto ihre Hand: »Es freut mich sehr, dass Sie und Fräulein Huber mir heute die Ehre Ihrer Anwesenheit geben, ich habe schon viel von Ihnen gehört.« »Hoffentlich nur Positives.« »Wie bitte?« Mathilde war nicht ganz bei der Sache, sondern schielte immer wieder auf die Cesares. »Selbstverständlich nur Positives«, erwiderte Mathilde höflich. »Christa, wie schön, dich wiederzusehen«, versuchte Alberto auch bei Christa all seinen Charme spielen zu lassen. »Alberto, herzlich willkommen.« Höflich, aber nicht erfreut kam die Antwort von Christa. Sie hatte Alberto gleich durchschaut, dafür war sie umso höflicher bei Hilde: »Herzlich willkommen, Hilde, es freut mich riesig, dass du kommen konntest. Schön siehst du heute aus mit dem dunkelgrünen Kleid, das schmeichelt deiner Haarfarbe.« »Das Kompliment kann ich nur zurückgeben, du und deine Schwester, ihr seht fantastisch aus. So schön. Danke für die Einladung, das war wirklich sehr nett von dir.« »Danke für euer Kommen.«

Jetzt endlich war die Familie Cesare an der Reihe. Massimo Cesare gab Mathildes Vater die Hand: »Na, alter Freund, jetzt wird auch deine jüngste Tochter schon 15 Jahre alt, wie doch die Zeit vergeht, noch eben haben sie im Sandkasten gespielt!« »Ja, du hast recht, mein Freund, die Zeit vergeht viel zu schnell! Herzlich willkommen, schön, dass ihr alle kommen konntet. In letzter Zeit sehen wir ja euren Eduardo viel öfter als euch. Es ist wirklich nett von ihm, unsere Töchter in den Tanzkurs zu begleiten. Sophia, wie immer elegant und wunderschön. Herzlich willkommen.« Sophia nickte nur und erwiderte den Gruß von Hubert Neuberger. »Helga, meine Verehrung.« »Massimo, schön, dass ihr gekommen seid.« »Sophia, herzlich willkommen.« »Danke dir, Helga, das Kompliment muss ich zurückgeben, du siehst wunderschön aus, und wen haben wir denn da? Mathilde«, dabei drehte sie sich in deren Richtung, »du wirst täglich schöner und erwachsener. Herzlichen Glückwunsch zum Geburtstag.« »Danke, Tante Sophia. Ich freu mich, dass ihr alle zu meinem Fest gekommen seid.« Dann kam Sebastian, der Bruder von Eduardo, der zuerst ihre Eltern begrüßte und dann, zu Mathilde gewandt, die er nun schon eine Weile nicht gesehen hatte, meinte: »Wow, du siehst ja richtig toll aus, 'ne Wucht, siehst ja fast erwachsen aus.« Ehrlich und direkt wie immer, das war Sebastian. »Du siehst auch toll aus, Christa, freut mich, euch wiederzusehen.«

Endlich war Eduardo an der Reihe. Er begrüßte fast freundschaftlich Hubert Neuberger. »Guten Tag Hubert, ihr habt ein wunderschönes Wetter für den Geburtstag eurer Tochter bestellt, herzlichen Glückwunsch.« Dann verbeugte er sich vor Helga Neuberger. »Helga, du siehst wunderschön aus. Danke für die nette Einladung.« Dann stand er endlich vor Mathilde. »Herzlichen Glückwunsch zum Geburtstag, meine Kleine.« »Na hör mal, ich bin doch nicht deine Kleine!« »Nein, das bist du nicht, mit den hohen Absätzen bist du richtig groß, und ganz vergessen habe ich, dass du heute schon uralt geworden bist«, neckte sie Eduardo. »Ganz recht, ich bin heute 15 Jahre alt geworden.« Er drückte Mathilde einen Kuss auf die Wange und flüsterte ihr ins Ohr: »Herzlichen Glückwunsch zum Geburtstag, aber dir gehört trotzdem dein Hintern versohlt, denn habe ich nicht gesagt, dass du dieses Kleid in der Öffentlichkeit tragen solltest, damit siehst du viel zu sexy aus!«»Gerade deshalb habe ich es ja an!«»Ich sag es ja, du gehörst ordentlich über das Knie gelegt und ...« Damit drehte er sich zu Christa:»Gut siehst du heute Abend aus, sehr chic, sehr elegant. Es ist schön, wieder hier zu sein.« Christa flüsterte Eduardo ins Ohr:»Vergiss nicht, dass ich immer nur mit dir beim Tanzkurs tanze.«»Ehrensache!« Und weg war er, verschwunden in der Menge.

Die Band spielte gerade einen neuen Schlager, *Zwei kleine Italiener* von **Conny Froboess**, die extra für den heutigen Festtag engagierte Sängerin sang fast so gut wie Conny selbst. Estelle schaute sich um und konnte so viel Luxus einfach nicht fassen. Allen wurde zur Feier des Tages entweder ein Glas Champagner oder ein anderes Getränk als Aperitif serviert und sie lauschten der Band, nippten an ihren Gläsern und unterhielten sich angeregt, bis schließlich die Partyplanerin das Mikrofon ergriff und sagte:»Herzlich willkommen, meine Damen und Herren, zum Geburtstagsfest von Mathilde Neuberger, mein Name ist Andrea und ich habe die Ehre, Sie heute durch den Nachmittag zu führen. Bevor wir mit dem Tanzen beginnen, werden wir uns um Ihr leibliches Wohlergehen kümmern und aus diesem Grunde erlauben Sie mir, Ihnen mitzuteilen, dass das Buffet eröffnet ist. Das Essen ist bitte selbst zu holen, es ist Selbstbedienung, die Getränke werden Ihnen am Tisch serviert oder, falls das nicht schnell genug gehen sollte, haben wir dort drüben eine Bar mit nicht alkoholischen Getränken und auf der gegenüberliegenden Seite eine Bar mit alkoholischen Getränken aufgebaut. Wir haben heute keine Sitzordnung gemacht, Sie können sich alle hinsetzen, wo immer Sie möchten. Guten Appetit!«

Die Gäste stürzten sich auf das Buffet, was wirklich alles

bot: Lachs, Shrimps, Eier mit Kaviar, Foie gras, Schweinebraten, Fisch, Wiener Schnitzel, Spaghetti etc., etc. Die ganze Tischdekoration war in einem zartem Gelbton und in Weiß gehalten, auf jedem Tisch stand ein Blumengesteck mit weißen beziehungsweise zartgelben Rosen und grünem Efeu (leider waren nicht so viele Lieblingsrosen von Mathilde aufzutreiben gewesen, deshalb hatte man sich mit der Partyfirma auf die anderen beiden Farben geeinigt). Die älteren Paare setzten sich an den Tischen zusammen, ebenso die jüngeren. Mathilde gesellte sich an einen großen Tisch, wo viele ihrer Schulkolleginnen und -kollegen sowie Eduardo, Sebastian, Christa, Peter, Estelle, Alberto, Hilde und noch andere saßen.

Wie sie mit ihrem beladenen Teller zum Tisch kam, sagte Maria: »Wie machst du das nur, du scheinst so viel zu essen und trotzdem bist du so?«»Na, vielleicht ist gerade das mein Geheimnis, man muss nur viel essen, dann ist die Figur perfekt«, antwortete eine sehr selbstbewusste Mathilde. Dann bemerkte sie, dass sich zwei ihrer Freundinnen neben Eduardo gesetzt hatten und ihn förmlich einkreisten. Sie lächelte und setzte sich neben Paul und Kurt, zwei Buben von ihrer Schule, die hocherfreut darüber zu sein schienen. Kurt begann sofort mit Mathilde zu flirten: »Mathilde, du siehst heute wie eine Filmdiva aus, einfach wunderschön, so richtig zum Verlieben.« Kurt war in derselben Klasse wie die Christa und ein sehr selbstbewusster junger Mann.

Alberto hatte sich neben Estelle gesetzt, denn er wollte die Zeit nutzen, um ihr Vertrauen zu gewinnen. Er flüsterte ihr ins Ohr: »Aber du bist viel hübscher, ich mag lieber mehr Kurven und nicht so magere wie die Mathilde.« Estelle wurde ganz rot, freute sich aber riesig über das Kompliment. Irgendwie getraute sie sich heute kaum zu sprechen, denn sie war einfach überwältigt von all dem Schönen, ja dem puren Luxus, der ihr hier geboten wurde. Peter saß auf der anderen Seite von Estelle, um den Schein zu wahren, und Christa saß gleich daneben. Sie versuchten eine harmlose Konversation zu führen, damit die Eltern von Christa nicht mitbekamen, dass sie eigentlich ein Paar waren. Sebastian saß neben Hilde, die ihre Sprache so langsam wiedergefunden hatte und sich angeregt mit ihm unterhielt.

Im Hintergrund spielte die Band das Lied *J'suis d'accord* von **Françoise Hardy**. Als die Musik aufhörte zu spielen, trat die Partyplanerin wieder ans Mikrofon:»Meine Damen und Herren, darf ich kurz um Ihre Aufmerksamkeit bitten?« Die Gäste unterbrachen ihr Gespräche und hörten gespannt zu.»Wie Sie alle wissen, sind wir heute aus einem ganz besonderen Anlass hier und zwar wegen des Geburtstages von Mathilde. Aus diesem Grund haben wir uns etwas ganz Besonderes einfallen lassen und zwar wollen wir gerne auf dieser Leinwand das Leben von Mathilde Revue passieren lassen.« Auf der Leinwand wurden Babyfotos, Kinderfotos, Kindergartenfotos, Schulfotos etc., etc. von Mathilde gezeigt und dazu wurde *I want to hold your hand* von den **Beatles** gespielt. Das erste Foto zeigte Mathilde als winzig kleines Baby, dann in der Babybadewanne, dann ... und das letzte Foto war von heute, ein Fotograf hatte es von ihr gemacht, ohne dass Mathilde es bemerkt hatte. Sie war sehr zufrieden mit diesem Foto, es blickte daraus eine selbstbewusste, hübsche, junge Dame in einem roten sexy Kleid auf die Gäste.

Wieder ergriff die Partyplanerin das Wort:»Applaus und ein großes Dankeschön an die Eltern, Schwester und Freunde, die uns diese Fotos zur Verfügung gestellt haben.« Alle klatschten.»Darf ich die Eltern von Mathilde sowie ihre Schwester auf die Bühne bitten?« Die Neubergers gingen auf die Bühne und begannen gemeinsam mit dem Sänger ein Lied anzustimmen: »Alles Gute zum Geburtstag wünschen wir dir, Mathilde, hoch sollst du leben, drei Mal hoch.« Dann wurden die Gäste aufgefordert, alle mitzumachen, und viele sangen, teilweise falsch, teilweise sehr gekonnt, teilweise extrem laut, aber alle sehr intensiv und aus vollem Herzen, das Geburtstagslied für Mathilde.

Mathilde war ganz gerührt und wischte sich über die Augen, damit niemand bemerkte, dass Tränen aufgestiegen waren.

»Danke, Danke, Sie können sich wieder hinsetzen«, sagte die Partyplanerin. Dann schaute sie nach oben, wo ein Feuerwerkskörper in den Himmel hinaufzischte und damit ankündigte, dass jetzt die vierstöckige Torte mit einer Balletttänzerin darauf hereingeschoben werden würde. Die Torte war im selben Farbenmotto wie alles andere gehalten, Gelb und Weiß, und es brannten 15 Kerzen darauf, eine davon in einer anderen Farbe, sie symbolisierte die Lebenskerze.

Alle Gäste schauten gespannt dem Treiben zu und waren sichtlich begeistert von der Torte. »Mathilde, würden Sie bitte zur Torte kommen und die Kerzen ausblasen und sich dabei etwas wünschen. Sie wissen ja, dass dieser Wunsch auf jeden Fall in Erfüllung gehen wird.« Mathilde erhob sich von ihrem Sitz und marschierte sehr aufrecht und mit festem Schritt in Richtung Torte, während ihr so mancher bewundernde Blick folgte. Dann pustete sie die Kerzen mit einem Mal aus, dabei veranstaltete der Schlagzeuger einen Trommelwirbel. Sie lächelte danach siegessicher.

»Glückwunsch, Ihr Wunsch geht sicher in Erfüllung«, meinte Andrea, die Partyplanerin. »Meine Damen und Herren, die Torte wird Ihnen serviert werden, falls Sie aber auf Diät sein sollten, dann gibt es da drüben auch ein Nachspeisenbuffet mit Früchten, Joghurt und etwas anderem zur Auswahl.«

Dann blickte die Organisatorin auf Mathilde. »Mathilde, nun müssen Sie den ersten Tanz eröffnen und da heute Ihr Geburtstag ist, haben wir uns gedacht, dass wir Damenwahl ausrufen. Bitte suchen Sie sich einen Partner für den ersten Tanz aus.« Mathilde war etwas überrascht und wusste nicht so recht, was sie machen sollte. Dann ging sie aber schnurstracks auf Eduardo zu und verbeugte sich vor ihm, wie ein Mann es normalerweise vor einer Dame tut: »Darf ich bitten, mein Herr?« »Selbstverständlich, meine Dame«, ging Eduardo sofort auf diesen koketten Ton ein und führte Mathilde galant zur Tanzfläche, wo die Band *Fever*, einen wunderschönen **Slowfox** spielte. Eduardo begann gekonnt mit ihr zu tanzen und alle blickten gespannt auf die beiden. Ein schönes Paar, dachte sich wohl so mancher von den Gästen. »Damenwahl, meine Damen, bitte fordern Sie Ihren Tanzpartner für diesen Tanz auf, denn der allgemeine Tanz ist eröffnet.« Frau Dr. Neuberger forderte ihren Ehemann auf, ebenso Sophia Cesare und beide Paare gingen auf die Tanzfläche. Sebastian forderte die Christa auf und Alberto die Estelle, somit forderte notgedrungen Peter die Hilde auf etc., etc.

Alberto bemerkte sofort, dass Mathilde nur Augen für Eduardo hatte, und somit lenkte er seine ganze Konzentration auf Estelle. Er drückte sie etwas enger an sich, als es für diesen Tanz notwendig gewesen wäre, und Estelle wurde ganz weich in den Knien. Sie schaute Alberto wieder verstohlen an und es war ihr ins Gesicht geschrieben, dass sie sich verliebt hatte. Diesen Moment nützte Alberto sofort für sich und strich mit seinen Lippen an ihrem Ohr entlang. Estelle war so verwirrt, dass sie beinahe das Gleichgewicht verlor und umgefallen wäre, hätte Alberto sie nicht ganz fest in seinem Griff gehabt und somit das Schlimmste verhindert. Alberto schien Freude daran zu haben, dass er Estelle so derart verwirren konnte, und lächelte siegessicher. Sie tanzten noch mehrere Tänze, bis er sie fragte, ob sie nicht ein wenig mit ihm im Garten der Neubergers spazieren gehen wolle. Sie nickte nur und folgte ihm. Den Garten der Neubergers konnte man wohl eher als Park bezeichnen, so groß war er. Alberto, ganz Gentleman, bot Mathilde seinen Arm an und führte sie durch den Park. Vorbei gingen sie an einer Gartenlaterne, bis sie zu einem dichten Gebüsch kamen, in das die Lichter nur spärlich hineinfielen. Alberto zog Estelle näher an sich und küsste das total verdutzte Mädchen auf den Mund, bohrte seine Zunge hinein und versuchte damit vorsichtig ihre Zunge zu erreichen und diese mit seiner zu massieren. Estelle wusste nicht, wie ihr geschah, geschweige denn hatte sie eine Ahnung davon, was ein Zungenkuss überhaupt ist. Aber sie ließ es mit sich geschehen, ja genoss es sogar und auf einmal begann auch sie, wahrscheinlich mehr als Reflex und sicherlich ganz unbewusst, seine Zunge mit ihrer zu massieren. Sie küssten sich sehr lange, bis sie aus der Ferne hörten:»Meine Damen und Herren, darf ich nochmals kurz um Ihre Aufmerksamkeit ersuchen, wir wollen gerne ein Tanzspiel machen, wo es zum Schluss für die drei besten Paare Preise geben wird.« Die Gäste hörten auf zu plaudern und lauschten gespannt den Anweisungen der Ansagerin.

»Also mitmachen darf jeder, aber nur paarweise, also bitte, wer mitmachen möchte, kommt zu mir auf die Bühne und holt sich eine Startnummer ab. Wer nicht mitmachen möchte, schaut die nächsten Tänze über nur zu.«

»Wir brauchen auch eine Jury, wer möchte gerne Jury sein? Bitte nur melden, wenn Sie sich auch ein wenig mit dem Tanzen auskennen. Darf ich einen Überraschungsgast ankündigen: Frau Kummer, die Leiterin der Tanzschule Kummer am Hilmteich.« Applaus setzte ein und Mathilde war sehr erfreut, aber auch sehr erstaunt darüber. »Frau Kummer hat sich bereit erklärt, die Hauptjury zu übernehmen.« Langsam näherten sich auch Alberto und Estelle der Gruppe – Estelle noch ganz aufgewühlt von dem Kuss und hochrot im Gesicht, Alberto gelassen und selbstsicher wie immer.

Mathilde hatte gerade den Tanz mit Kurt beendet, davor hatte sie mit Paul und Stefan getanzt und nur den Eröffnungstanz, Slowfox, mit Eduardo. Jede Bewegung von Mathilde, ja jeden jungen Mann, mit dem Mathilde getanzt hatte, verfolgte Eduardo mit Argusaugen. Er hatte dazwischen auch Christa aufgefordert, dann Hilde, aber jetzt reichte es ihm, er ging schnurstracks auf Mathilde zu und fragte: »Darf ich bitten, mein Fräulein? Geben Sie mir die Ehre, bei diesem Wettbewerb mitzumachen?« Erstaunt ließ Mathilde die Hände von Kurt ab, mit dem sie soeben den Tanz beendet hatte, und sagte schlicht: »Gerne, mein Bruderherz.« Eduardo kochte innerlich vor Wut, musste sie ihn denn vor diesem Kurt Bruderherz nennen? Er verbeugte sich dennoch formvollendet vor Kurt und fragte: »Wenn Sie gestatten, entführe ich Ihnen jetzt Ihre Tanzpartnerin?«

Kurt, nicht gerade auf den Mund gefallen, erwiderte: »Eigentlich gestatte ich nicht, aber Mathilde hat ja schon zugesagt.« Dann drehte er sich in Richtung Mathilde: »Aber die nächsten Tänze gehören wieder mir?« »Selbstverständlich, Kurt, wir wollen ja auch den Schultanz gemeinsam tanzen«, flirtete mit tiefer, fast rauchiger Stimme die Mathilde. Eduardo war sooo wütend und zerrte sie deshalb in Richtung der Partyorganisatorin, um sich eine Nummer für den kleinen Tanzwettbewerb zu holen. »Au, du tust mir weh, Eduardo. Was ist nur los mit dir?«»Gar nichts«, brummte dieser nur grimmig. »Möchte nur eine Startnummer holen.«»Ja, aber das geht doch auch langsam, oder?«»Hmmm«, brummte er weiter vor sich hin, unterließ es aber, Mathilde zu antworten.

Auch Peter reichte das Versteckspiel und deshalb ging er zielstrebig auf Christa zu und fragte ganz förmlich: »Darf ich bitten?« Christa schaute nach links und rechts, dann etwas besorgt zu ihren Eltern, aber dann gab sie sich einen Schubs. Eduardo tanzt ja mit meiner Schwester, also was solls, dachte sie, also werde mit meinem Liebling tanzen. Deshalb nickte sie zustimmend.

Alberto kam mit Estelle gerade rechtzeitig, sie gingen sich ebenfalls anmelden und holten sich eine Startnummer. Estelle war ein wenig besorgt, denn sie war ja keine gute Tänzerin und wollte Alberto auf keinen Fall blamieren. Aber nach diesem Kuss, der sie so aus der Bahn geworfen hatte, ließ sie willenlos alles mit sich geschehen.

Sebastian, der Bruder von Eduardo, forderte Hilde für diesen Wettbewerb auf. Er hatte sich ausgesprochen gut mit ihr unterhalten und sie gefiel ihm sehr gut mit ihren roten Locken, den wunderschönen dunkelbraunen Augen und der blassen Haut. Sebastian war zwar grundverschieden von seinem Bruder, aber nicht auf dem Gebiet des Tanzes und der Wirkung auf Mädchen. Er war wie dieser ein hervorragender Tänzer. Er sah seinem Bruder sehr ähnlich, bis auf die Haarfarbe, die bei ihm mittelbraun war. Ganz tief schaute er mit seinen blauen Augen der Hilde in ihre dunkelbraunen, fast schwarzen Augen und fragte höflichst: »Darf ich bitten? Es wäre mir eine Ehre, mit Ihnen bei diesem Wettbewerb teilzunehmen.« Hilde war etwas verlegen, sollte sie mit ihm tanzen, obwohl sie von seinem Ruf als Weiberheld gehört hatte? Dann nickte sie sich selbst zu, ja, warum eigentlich nicht, hier kann er mir ja nichts tun. Sebastian war zwar der jüngere Bruder von Eduardo, sah aber aus, als sei er ungefähr gleich alt, seine Statur war ein wenig kräftiger und in seinem Gehabe wirkte er einfach ein wenig älter, als es für sein Alter üblich war. Er war bereits jetzt ein absoluter Geschäftsmann, seinem Vater sehr ähnlich, er sollte einmal das Unternehmen übernehmen, da Eduardo, stattdessen lieber ein guter Arzt werden wollte. Sebastian studierte deshalb auch Wirtschaft und dachte eher an Profit und Gewinn als an soziale Ungerechtigkeit.

Insgesamt hatten sich 15 Paare für diesen Wettbewerb angemeldet. Die Partyplanerin instruierte die Teilnehmer: »Bitte, wir brauchen noch zwei bis drei gute Tänzer oder zumindest Leute, die sich mit dem Tanzen gut auskennen und die Frau Kummer bei der Juryentscheidung unterstützen können und auch möchten.« Es meldete sich Sophia, die Mutter der Cesare-Söhne, die ebenfalls eine begnadete Tänzerin war, als weiteres Jurymitglied. Zu guter Letzt erklärte sich auch Herr Matheus dazu bereit, auch er hatte in jungen Jahren zu tanzen begonnen und früher sogar Turniere getanzt.

»Darf ich die Jurymitglieder bitten, sich dort hinzusetzen? Danke. Wenn die Tänze beginnen, können Sie selbstverständlich herumgehen, damit Sie die einzelnen Paare besser betrachten können.« Die drei Jurymitglieder setzten sich und die Paare befestigten die Startnummern jeweils auf der Rückseite der Sakkos der Herren. Die Partyplanerin erklärte, dass sie drei Tänze spielen werden und nach dem ersten Tanz bereits die Hälfte der Paare ausscheiden würde, also sieben bis acht Paare, dann werde ein zweiter Tanz gespielt, bei dem die zweite Hälfte der Paare ausscheide. Zum Schluss, also für den dritten Tanz, blieben dann nurmehr vier Paare übrig. In dieser dritten Tanzrunde werde bestimmt, welches Paar welchen Platz bekommt: Platz eins, zwei oder drei. Für die ersten drei Paare würde es wunderschöne Preise geben. In der letzten Runde könne auch das Publikum durch Klatschen mitbestimmen, wer welchen Preis bekommen soll.

»Also meine Damen und Herren, gibt es noch Fragen zu diesem Wettbewerb? Nein? Dann darf ich Sie um Aufstellung bitten. Da sich so viele Paare gemeldet haben, werden wir drei erste Tanzrunden durchführen, denn ansonsten wäre die Tanzfläche zu klein. Also darf ich Mathilde und Eduardo, Kurt und Maria, Christa und Peter, Hilde und Sebastian sowie Paul und Anna auf die Tanzfläche bitten. Liebe Jury, Sie müssen die Hälfte der Paare ausscheiden lassen, aber bitte alle ersten Runden miteinbeziehen. Danke.«

Mathilde ging mit Eduardo als erstes Paar auf die Tanzfläche. Andrea, die Partyplanerin, stellte sie vor: »Mathilde, unser Geburtstagskind, und ihr Tanzpartner Eduardo sind die Ersten. Bravo – bitte Applaus!« Alle klatschten, dann betraten auch die anderen Paare die Tanzfläche. Mathilde blickte Eduardo ganz groß an: »Du willst es wirklich mit mir Anfängerin wagen?« »Aber natürlich, mein Schatz, denn niemand ist so gut und so schön wie du.« Ein klein wenig verwirrt fragte Mathilde: »Meinst du das wirklich?« »Aber natürlich, Mathilde, du wirst sehen, wir werden heute gewinnen.« Aber es gab keine Zeit mehr zum Weiterdiskutieren, sie wurden von Andrea unterbrochen. »Sind die Paare bereit?« »Ja«, antworteten alle Teilnehmerpaare der ersten Runde. »Na, dann kann es losgehen. Viel Glück.« Es wurde der Rock'n'Roll *Loco-Motion* von **Little Eva** gespielt und ab ging es. Man bemerkte, dass alle Paare ein wenig nervös waren, aber nach den ersten paar Takten gab sich das und sie rockten auf der Tanzfläche. Frau Kummer, Sophia, die Mutter der Cesare-Söhne, und Herr Matheus stellten sich um die Tanzfläche herum auf und machten in ihren Tabellen Notizen.

Estelle und Alberto waren erst in der zweiten Runde des ersten Durchgangs dran. Wieder rief Andrea, die Partyplanerin, die Paare auf die Tanzfläche und das Ganze wiederholte sich. Dann die dritte Runde. Die Jury schrieb fleißig mit, sie hatten alle Paare mit ihren Tanznummern auf ihren Zetteln stehen und mussten überall den Takt, die Korrektheit der Schritte, das Gesamtbild und noch so einiges mehr bewerten. Sie konnten jeweils 15 Punkte vergeben, das heißt, das beste Paar bekam 15 Punkte, dann 14 Punkte usw. Und dann wurde alles zusammengerechnet und nur die ersten sieben Paare kamen in die zweite Runde.

Andrea meldete sich wieder zu Wort: »Meine Damen und Herren, während wir die Resultate zusammenzählen, bitte ich Sie auf die Tanzfläche – denn dazwischen machen wir einen allgemeinen Tanz für diejenigen, die jetzt beim Wettbewerb nicht mitmachen können. Natürlich können auch die Wettbewerbsteilnehmer nochmals tanzen, falls sie nicht zu müde dazu sind.« Es wurde *Do you love me* von **The Contours** gespielt – ein sehr stimmungsvoller Twist, den man viele Jahre später auch im Film *Dirty Dancing* (1987) mit Patrick Swayze und Jennifer Grey hören konnte. Sofort war das Publikum begeistert und die Leute twisteten auf der Tanzfläche. Wer konnte dieser Musik schon widerstehen? Sogar die Neubergers tanzten voller Begeisterung mit.

Sobald die Musik endete, sagte Andrea: »Nach diesem wunderbaren Twist zu *Do you love me* bitte ich Sie, die Tanzfläche zu räumen, denn wir werden jetzt von der Jury hören, wer es in die zweite Runde geschafft hat. Die Spannung steigt ...« Der Schlagzeuger der Band trommelte zunächst und schlug dann die Schlagzeugstöcke aneinander, um Ruhe zu schaffen.

»Also, folgende Paare haben es geschafft: das Paar mit der Startnummer eins, Mathilde und Eduardo, dann das Paar mit der Startnummer vier, Hilde und Sebastian, das Paar mit der Startnummer neun, Kurt und Maria, das Paar mit der Startnummer sieben, Christa und Peter, das Paar mit der Startnummer fünf, Paul und Anna mit der Startnummer elf, Barbara und Alexander mit der Startnummer 13 und letzte Paar, welches es in die nächste Runde geschafft hat, ist das Paar mit der Startnummer 15 das sind Alberto und Estelle. Bravo. Ein großer Applaus für unsere Paare, die es in die nächste Runde geschafft haben.«

Bereits beim Warten hatte Alberto schon unruhig von einem Fuß auf den anderen getreten, denn er wollte unbedingt in die nächste Runde und wäre sehr enttäuscht gewesen, hätte er es nicht geschafft.

Apropos: Die anderen Paare, die es leider nicht in die zweite Runde schafften, waren schon sehr enttäuscht. Für diese kamen verbindliche Worte von der Partyplanerin: »Leider haben es die anderen Paare nicht geschafft, doch Sie können mir glauben, meine Damen und Herren, es ist der Jury sehr schwergefallen, eine Entscheidung zu treffen, denn alle Paare waren hervorragend und deshalb darf ich Sie jetzt alle um einen großen Applaus bitten.« Alle Gäste klatschten ganz laut und voller Begeisterung. »Danke, Danke, meine Damen und Herren, so, jetzt sind sieben Paare übergeblieben und die Jury wird nun drei weitere Paare ausscheiden lassen, denn in der Endrunde tanzen nurmehr vier Paare. Darf ich die aufgerufenen Paare bitten, auf die Tanzfläche zu kommen.« Alle gingen auf die Tanzfläche, dieses Mal waren Alberto und Estelle eines der ersten Paare, denn Alberto wollte einen guten Platz belegen.

»Wir werden jetzt eine Rumba spielen und zwar den *Cu-*

ban Love Song von **Edmundo Ros**. Dabei ist es der Jury egal, ob die Paare eine Square Rumba oder eine kubanische Rumba dazu tanzen möchten. Es liegt bei Ihnen. Sind Sie bereit? Ja? Dann darf ich die Musik bitten, die Rumba zu spielen. Viel Glück, meine Damen und Herren, für diese nächste Tanzrunde.«

Bevor sie mit der Rumba starteten, schaute Eduardo Mathilde tief in die Augen und nickte ihr aufmunternd zu. Mathilde erwiderte seinen Blick und dann begannen sie die Rumba zu tanzen. Als sie ihre Hüften langsam im Rhythmus der Rumba bewegten, lag so viel Erotik in der Luft, dass man ein Knistern zwischen den beiden spüren konnte. Es sah so aus, als ob Eduardo mit seinen Bewegungen seine Beute umkreiste und sie langsam mit ihrem Körper antwortete. Manchen Zusehern blieb sogar der Mund offen stehen, als sie den beiden zusahen. Eduardos Mutter lächelte, als sie ihre Notizen auf den Juryblock machte.

Alberto setzte, sobald die Musik begann, sein Siegerlächeln auf und führte Estelle in die Musik ein. Er bewegte seine Hüften gekonnt zum Takt, er war ja ein atemberaubender Anblick, ein Naturtalent. Aber da Estelle seine Partnerin war und obwohl sie sich die allergrößte Mühe gab, schauten sie als Paar einfach nicht so natürlich und leicht aus wie die anderen. Nach außen hin blieb Alberto der perfekte Gentleman und lächelte seine Partnerin den ganzen Tanz über an, obwohl er innerlich vor Wut kochte und sich in diesem Moment nichts sehnlicher wünschte als eine andere Tanzpartnerin. Und wäre da nicht die Wette gewesen ...

Christa schaute ganz vorsichtig ihren Peter an, doch sie wollte ja nicht, dass ihre Eltern bemerkten, dass sie in ihn verliebt war, deshalb senkte sie auch gleich wieder ihren Blick. Peter drückte mit seiner rechten Hand ihre linke

Hand, ihre einzige Verbindungsstelle. Dann begannen sie sich von der Musik leiten zu lassen ...

Wieder stellten sich die Jury-Mitglieder um die Tanzfläche herum auf und machen sich Notizen. Alle Paare gaben ihr Bestes.

Die Musik endete. »Danke – alle Paare waren großartig und es wird der Jury sicherlich wieder sehr schwerfallen, sich zu entscheiden. In der Zwischenzeit werden wir wieder Musik für alle spielen, um die Wartezeit zu verkürzen, und dann geht es in die letzte Runde. Bitte kommen Sie auf die Tanzfläche und tanzen Sie zu dem Hit von **Ray Charles**, *Your cheatin' Heart* – viel Spaß.«

Eduardo schaute Mathilde an: »Darf ich bitten, mein Fräulein?«»Aber wir haben doch noch eine Runde zu tanzen, sollten wir da nicht eher Pause machen?«»Aber nein, kennst du diesen neuen Hit von Ray Charles? Das ist nur ein Tanz zum Beruhigen, bevor wir in die letzte Runde kommen.«»Wir wissen ja noch nicht, ob wir es geschafft haben!« Da zog Eduardo Mathilde einfach auf die Tanzfläche und legte seinen Zeigefinger auf ihre Lippen. »Pssst, die Musik ist einfach zu schön – einfach nur tanzen – ich mag Ray Charles.«

Auch die alten Neubergers tanzten wieder, wie viele andere auch, nur Christa traute sich mit ihrem Peter nicht auf die Tanzfläche, um sich nur ja nicht zu verraten, denn sie wusste ja, dass er nicht gerade in das Bild eines zukünftigen Schwiegersohnes ihrer Eltern passte. Sebastian wiederum ließ sich diesen Tanz nicht entgehen und fragte Hilde, die sofort einwilligte. Es war ein wunderschöner Song.

»Tut mir leid, meine Damen und Herren, dass ich Sie aus dem Tanz herausreißen muss, aber wir haben noch eine Tanzrunde offen und zwar die letzte. Es ist der Jury dieses Mal außerordentlich schwergefallen, sich zu entscheiden.

Alle waren einzigartig und deshalb darf ich wieder um Applaus für unsere Tänzer bitten.«Es wurde ganz laut geklatscht und sogar gepfiffen, die Stimmung war sehr gut, nicht nur durch den Wein und die Cocktails, auch sonst war die Party im vollen Gange und alle warteten gespannt auf das Ergebnis. »So – die Spannung steigt – also: Paar Nummer eins, Mathilde und Eduardo haben es in die Endrunde geschafft – Applaus bitte! Das Paar Nummer 15: Alberto mit Estelle, das Paar mit der Startnummer 11: Paul und Anna, sowie Barbara und Alexander mit Nummer 13.«

Christa war sehr enttäuscht, ebenso ihr Peter sowie Sebastian und Hilde, aber ehrlicherweise mussten sie alle zugeben, dass Barbara und Alexander sowie Paul und Anna besser als sie gewesen waren, und dem Geburtstagskind Mathilde gönnten sie es sowieso. Nur bei Estelle waren sie nicht so sicher, aber letztendlich gestanden sie es ihr doch zu und auch wenn man kein Alberto-Fan war, musste man zugeben, dass er Estelle bravourös durch die Tänze geführt hatte und somit die Tänze wirklich gekonnt ausgesehen hatten. So erholten sich alle rasch wieder von ihrer Enttäuschung und klatschen begeistert die Endrunde ein.

»Danke für den kräftigen Applaus, meine Damen und Herren – die Teilnehmer haben es wirklich verdient. Bravo! Und jetzt in der Endrunde wird der Wiener Walzer *An der schönen blauen Donau* von **Johann Strauss** gespielt werden. Bitte Aufstellung nehmen. Viel Glück!« Alle schauten ihrem Partner tief in die Augen, manche, um sich gegenseitig Kraft zu spenden, manche, um einfach die Bestätigung zu finden, dass sie den Tanz tanzen können, und die anderen … Dann begann die Band den Walzer zu spielen, verstärkt durch eine Soundmaschine, die das Orchester ersetzte, denn nur so klang der Walzer so, wie er eben klingen sollte.

Mathilde dachte beim ersten Walzerschritt daran, dass es gut war, dass sie erst vor kurzem mit ihrem Vater den Wiener Walzer spaßeshalber geübt hatte, und Eduardo war ein hervorragender Führer, somit schwebte sie mit ihm über die Tanzfläche. Alle Paare tanzten den Walzer hervorragend, aber Mathilde und Eduardo harmonierten vielleicht eine Spur besser als die anderen. Aber noch war nichts entschieden, die Jury stand wieder am Rande der Tanzfläche und machte sich Notizen. Es war ein langer Walzer und als endlich die Musik aufhörte zu spielen, konnte man sehen, dass die Paare etwas erschöpft waren.

»Danke, Sie haben alle großartig Walzer getanzt. Jetzt wird sich die Jury ein letztes Mal zurückziehen und dazwischen wird wieder Musik gespielt, damit auch die anderen zum Tanzen kommen. Ich bitte wieder alle auf die Tanzfläche. Viel Spaß mit **Frank Sinatra** und seinem wunderschönen Lied *Come fly with me*!«

Es war schön, die Leute auf der Tanzfläche zu beobachten, alle drehten und wendeten sich im Rhythmus von Frankie Boy und die Gäste, die nicht tanzten, wippten mit ihren Zehen mit.

»Danke, meine Damen und Herren, bitte nehmen Sie wieder Ihre Plätze ein. Jetzt wird das Siegerpaar dieses Tanzwettbewerbs ausgerufen! Wir wollen es aber etwas spannender machen und fangen mit dem vierten Platz an.« Andrea pausierte und alle schauten interessiert und gespannt auf die Bühne. Die Paare, die soeben den Wiener Walzer in der Endrunde getanzt hatten, standen am Rand der Tanzfläche und hielten sich gegenseitig bei den Händen. Alle waren aufgeregt – dann wurde ein Tusch von der Band gespielt ... und alle waren mucksmäuschenstill, man hätte in diesem Moment eine Stecknadel fallen hören können.

Andrea, die Partyplanerin, schaute alle Paare langsam nacheinander an, dann lächelte sie:»Alle haben Großartiges geleistet – sonst wären sie ja nicht in die Endrunde gekommen, und es war wirklich sehr schwer, eine Entscheidung zu treffen, aber nicht jeder kann Gewinner dieses kleinen Tanzturniers sein.« Die Spannung im Publikum wuchs.»Der vierte Platz geht an das Paar Nummer 13: Barbara und Alexander! Applaus, meine Damen und Herren, für deren großartige Leistung.« Alle klatschten – und die beiden machten gute Miene zum bösen Spiel und verbeugten sich und gingen ganz kurz auf die Tanzfläche.»Danke Barbara – danke Alexander! Der dritte Platz geht an das Paar mit der Startnummer 15, und zwar an Alberto und Estelle! Applaus bitte.« Alberto zog Estelle auf die Tanzfläche und die beiden verbeugten sich vor dem Publikum, aber man konnte in den Augen von Alberto sehen, dass er zutiefst enttäuscht war. Estelle hingegen konnte ihr Glück kaum fassen, sie, als Tanz-Untalent, hatte es auf den dritten Platz geschafft. Sie strahlte vor Glück. Die Partyplanerin überreichte ihnen ein in weiß-gelbes Papier verpacktes Geschenk.»Der zweite Platz geht an Paar Nummer 11, Peter und Anna. Applaus, Applaus!« Die Leute klatschten vor lauter Begeisterung und auch die beiden gingen auf die Tanzfläche und verbeugten sich vor dem Publikum. Andrea überreichte ihnen ebenfalls ein weiß-gelb verpacktes Geschenk, nur dieses Mal war es ein wenig größer, na ja, es war ja auch für den zweiten Platz.

Die Musik spielte wieder einen Tusch!!! Dann verkündete die Organisatorin:»Der erste Platz geht an Mathilde und Eduardo!« Die beiden kamen auf die Tanzfläche und verbeugten sich wie die anderen Paare zuvor.»Herzliche Gratulation – darf ich Ihnen den Siegerpokal überreichen?« Eduardo nahm den Pokal entgegen, das Publikum tobte vor Begeisterung, Mathilde strahlte und alle anderen Gäste schienen sich mit den beiden zu freuen, alle, außer vielleicht Alberto. »Ach ja, bei einem Turnier ist es üblich, dass das Siegerpaar noch einen Tanz für das Publikum ganz alleine tanzt. Aber Sie können sich den Tanz aussuchen. Was darf die Band für Sie spielen?«

Eduardo schaute Mathilde fragend an und die sagte wie aus der Pistole geschossen: »*New York, New York* von **Frank Sinatra**.« Dann schaute sie Eduardo an und dieser nickte zustimmend. »Dann sei mir Ihr Wunsch Befehl. Band – bitte, könnten Sie für unser Siegerpaar dieses Lied spielen?« Eduardo führte Mathilde gekonnt über das Tanzparkett und es war ein wahrer Augenschmaus, den beiden beim Slowfox zuzusehen. Alle sangen mit und die Stimmung hatte den absoluten Höhepunkt erreicht. Manche, wie auch Helga Neuberger, die Mutter von Mathilde, hatten sogar Tränen der Rührung in ihren Augen, auch Sophia Cesare wischte sich heimlich die Augen. Beide Mütter waren unheimlich stolz auf ihre Kinder und in diesem Moment nur glücklich. Auch die beiden Väter schauten wohlwollend zu.

Viel zu schnell ging der Song zu Ende und wieder sagte Andrea, die Partyplanerin: »Vielen Dank für diesen wunderschönen Siegertanz – Mathilde und Eduardo – sie waren beide großartig – herzlichen Glückwunsch nochmals.« Alle klatschten ganz laut und pfiffen und tobten vor Begeisterung. Dann verließen die beiden die Tanzfläche.

»Danke auch an die hervorragende Jury und an alle Tanzpaare, die mitgemacht haben. Jetzt gibt es wieder Musik zum Tanzen für alle. Viel Spaß bei **What a wonderful World** von **Louis Armstrong**.«

Alle drängten sich zu Mathilde und Eduardo und gratulierten den beiden zum Sieg. Und dann kam auch schon Kurt zu Mathilde:»Mathilde, Eduardo, herzliche Gratulation. Ihr beide ward einfach großartig. Mathilde, kannst du dich noch erinnern, was du mir versprochen hast: alle anderen Tänze! Ich will ja nicht so unverfroren sein und alle einfordern, aber den nächsten, bitte.« Er verbeugte sich zuerst vor Eduardo:»Darf ich sie dir wieder entführen«, dann verbeugte er sich vor Mathildes Vater: Wenn Sie erlauben, Herr Dr. Neuberger?« Beide Männer nickten und dann verbeugte sich Kurt noch vor Mathilde:»Darf ich dich um den nächsten Tanz bitten?« Die schaute lachend in die Runde, nickte zustimmend und weg waren sie. Eduardo blickte ihnen noch nach, schließlich konnte er nicht alle Tänze mit Mathilde tanzen, deshalb forderte er sehr galant Christa zum nächsten Tanz auf.

Peter wusste, dass er sich mit dem Tanzen mit Christa zurückhalten musste, denn er wollte sie weiterhin sehen können, deshalb forderte er Estelle zum Tanz auf, nur damit Christas Eltern keinen Verdacht schöpften. Alberto ging auf Hilde zu ... und somit tanzten fast alle.

Die Band spielte und spielte. Viele folgten der Aufforderung und die Tanzfläche war vollbesetzt. Die Party war im vollen Gang und die Stimmung der Gäste hervorragend. Es wurde bereits dunkel, so wurden die Kerzen angezündet sowie die zusätzliche Gartenbeleuchtung, die in dem parkgroßen Garten montiert worden war.

Dann meldete sich wieder die Partyplanerin zu Wort: »Wir haben natürlich *noch* eine Überraschung für das Geburtstagskind. Bitte schauen Sie doch mal alle zum Himmel hinauf.« Ein Feuerwerk wurde gezündet und dazu wurde **Far More Blue** vom **Dave Brubeck Quartet** gespielt. Am Himmel waren die tollsten Figuren zu sehen, Funken sprühten und das Feuerwerk erleuchtete mit verschiedensten Figuren den nachtschwarzen Himmel und verwandelte es in einen Ballsaal. Die letzten Raketen wurden so in den Himmel geschossen, dass es mit ein wenig Fantasie fast so aussah wie eine Torte. Fünf Minuten lang begeisterte dieses Feuerwerk die Partybesucher.

Vor allem Mathilde war ganz gerührt – mit Tränen in den Augen klatschte sie begeistert in die Hände. Sie war überglücklich. Dann rannte sie zu ihren Eltern und drückte beiden einen dicken Kuss auf die Wange. »Danke, danke, das ist ja eine tolle Überraschung. Heute ist mein allerschönstes Geburtstagsfest überhaupt – ich weiß nicht, wie ich euch danken kann!«

Ihre Eltern schmunzelten und waren zusammen mit Mathilde glücklich darüber, dass ihr heutiges Geburtstagsfest ein so toller Erfolg war.

Auch die Gäste waren von diesem schönen Feuerwerk ganz angetan, aber niemand war so erstaunt über so viele Lichter wie Estelle. Es war überhaupt das erste Mal, dass sie so etwas Schönes sah, ja, es war ihr allererstes Feuerwerk. Sie starrte noch lange in den Himmel, auch als das Feuerwerk schon lange zu Ende war. Alberto beobachtete sie und irgendetwas berührte sogar ihn in diesem Moment. »Die Kleine ist ja wirklich allerliebst, sie kann sich so über etwas freuen.« Er schaute sie liebevoll an und meinte es in diesem Moment sogar ernst.

Dann wurden die Geschenke ausgepackt und Mathilde freute sich über alle, wenngleich sie die ganze Zeit das von Eduardo suchte und nirgendwo fand. Bald hatte sie alle Pakte ausgepackt, aber nirgends etwas von Eduardo gefunden. Obwohl sie enttäuscht darüber war, ließ sie es sich nicht anmerken. Die Cesare-Familie hatte ihr ja bereits für ihre Ausstattung ein Silberteeservice geschenkt. Na, vielleicht war das ein Gemeinschaftsgeschenk, aber trotzdem war sie irgendwie enttäuscht, denn noch gestern hatte sie mit Eduardo über ihren Geburtstag gesprochen und er hatte gesagt, dass er noch etwas besorgen müsste – na, vielleicht hatte er es einfach vergessen.

Als sie so nachdachte, hörte sie am Mikrofon den Eduardo:»Mathilde, deine Eltern und ich haben noch ein gemeinsames Geschenk für dich.« Mathilde hatte Tränen vor lauter Rührung in den Augen, er hatte sie also doch nicht vergessen.»Mathilde, wir haben das lange durchdiskutiert, aber wir glauben, dass du dich darüber sehr freuen wirst. Ab Herbst nächsten Jahres werden wir bei Frau Kummer einen Turniertanzkurs besuchen und zu trainieren beginnen. Hier ist der Gutschein für einen Jahresturnierkurs.«

Mathilde strahlte über das ganze Gesicht, das war das schönste Geschenk, das man ihr überhaupt hatte machen können. Wieder umarmte sie ihre Eltern und drückte ihnen jeweils einen Kuss auf die Wange, dann ging sie auf Eduardo zu und küsste ihn ebenfalls auf die Wange und flüsterte ihm ins Ohr:»Dachte schon, dass du mich vergessen hast.«»Aber mein Liebling, das würde ich bei meiner Schwester niemals«, antwortete Eduardo.»Ich habe noch etwas Kleines für dich.«»Noch etwas?«, fragte dieses Mal sehr erstaunt die Mathilde.»Ja, noch etwas.« Mit diesen Worten überreichte er ihr ein kleines Päckchen.»Mach es schon auf«, sagte Eduardo etwas ungeduldig. Ganz langsam öffnete Mathilde das Päckchen. Es sah aus wie eine Schmuckschachtel, aber Schmuck schenkte man doch nur seiner Freundin, oder? Mathilde öffnete es und auf schwarzem Samt lag eine kleine Brosche mit zwei Tänzern drauf.»Wow«, sagte ganz gerührt die Mathilde,»die ist wunderschön!«»Ja, nicht wahr?«, fragte Eduardo.»Ich habe sie in der Tanzschule gekauft, das ist eine Anstecknadel für Turniertänzer.«»In der Tanzschule gibt es so etwas?«»Ja!«

Mathilde freute sich einerseits riesig, aber da er es in der Tanzschule und nicht bei einem Juwelier gekauft hatte, war es nun doch kein Geschenk, welches ein Mann seiner Freundin macht. Du bist wirklich dumm, Mathilde, führte in Gedanken Mathilde ein Selbstgespräch. Warum in aller Welt sollte er dir auch ein Geschenk wie für seine Freundin machen? Du bist ja nur die kleine Schwester für ihn und jetzt seine Tanzpartnerin. Freu dich doch, dass er dir so ein schönes Geschenk gemacht hat.

Noch lange wurde im Hause Neubergers getanzt, getrunken, gegessen und Mathildes Geburtstag gefeiert. Gegen 21 Uhr begannen die ersten Gäste sich so langsam zu verabschieden. Alle waren sich einig, dass es wieder einmal ein Jahrhundertfest gewesen war – also ein ganz typisches Neuberger-Fest eben, sehr stilvoll, sehr gelungen und sehr gut organisiert.

Estelle konnte es noch gar nicht fassen, sie hatte heute ihren ersten Kuss bekommen und das nicht nur von ihrem Traummann, sondern noch dazu in einem so romantischen Ambiente wie in diesem Park der Neubergers, untermalt mit einem Feuerwerk, Torten etc. Sie war nur glücklich und schwebte im siebten Himmel. Niemand hatte von dieser kleinen Episode etwas bemerkt und sie getraute sich auch nicht, mit jemanden darüber zu sprechen beziehungsweise sich irgendeinem anzuvertrauen, denn Estelle, völlig unaufgeklärt, war noch nicht einmal sicher, ob man sich überhaupt, bevor man verheiratet ist, küssen dürfte.

***

Im Krankenhaus

Als sie die Tür öffnet, sieht Estelle sofort auf dem Sessel neben ihrem Bett einen Mann, den sie unter Tausenden sofort erkennen würde. Es ist Alberto, der Vater ihres Kindes, die große Liebe wie auch die größte Enttäuschung ihres Lebens. Er trägt einen dunkelblauen Anzug und hat eine dunkelblau-weiß gestreifte Krawatte umgebunden. Er sieht, wie immer, sehr männlich und ungemein attraktiv aus. Ihr Blick schweift im Spitalszimmer umher und sie bemerkt sofort die interessierten Blicke so mancher Frauen. »Estelle!«, ruft Alberto ganz erstaunt, denn er hatte nicht eine so gut aussehende Frau erwartet, sondern eben Estelle, die er die letzten Monate über eher als sehr abstoßend empfunden hatte, aber stattdessen kommt ihm eine sehr attraktive junge Dame im zartgelben Spitzenkleid mit weißen Handschuhen entgegen und blickt ihn mit ihren wunderschönen smaragdgrünen Augen ganz groß, aber auch gleichzeitig fragend, nein, eigentlich vorwurfsvoll an. »Estelle, du siehst heute ja großartig aus, gar nicht so, als ob du gerade erst entbunden hättest.«

In diesem Moment ist Estelle Rosalinde so dankbar, dass diese sie hergerichtet hat, denn dadurch ist sie ein wenig selbstbewusster, als sie es normalerweise gewesen wäre, und kann Alberto anders entgegentreten, als dieser es erwartet hatte. »Was machst du hier?«

»Na hör mal, ich will doch unser Kind sehen!«

»Bist du sicher, dass du unser Kind sehen willst?«

»Ja, das bin ich, was soll denn das wieder heißen?«

»Na, deine Mutter war gestern hier und hat gemeint, dass

du gar nicht sicher wärst, ob du überhaupt der Vater bist, bei meinem Lebenswandel.«

»Natürlich weiß ich das, du Dummerchen, habe nie ein unschuldigeres Wesen in meinem Armen gehabt, als du es warst, und ich werde dich bestimmt nicht alleine lassen.«

»Meinst du das ernst?«, fragt Estelle, denn inzwischen kannte sie ihren Alberto und wusste leider nur zu gut, dass er oft etwas versprach, aber es meistens nicht hielt.

»Na, komm her, du!« Dabei zieht er sie in seine Arme und gibt ihr einen dicken Kuss auf den Mund. Und wieder wird Estelle schwach und in diesem Moment glaubt sie ihm einfach alles, vielleicht auch deshalb, weil das Leben so viel einfacher wäre, wenn sie ihm alles glauben könnte. Irgendwie hat dieser Mann sie in der Hand, sobald er ihr zunahekommt, wird sie wieder schwach. Und heute, am Tauftag ihrer Tochter, hat er sich zu ihr bekannt. Sie ist glücklich. Es wird schon alles gut werden, beruhigt sie sich selbst.

Während Alberto sie ihm Arm hält, denkt er an Berta, die er auch geschwängert hat und die heute (eigentlich einen Monat zu früh) ins Spital gebracht wurde. Da er ohnehin auf das Ergebnis der Geburt von Berta warten muss, dachte er, dass es nicht schaden könne, auch sein zweites Kind im Spital zu besuchen. Heute könnte er ja noch nett zu Estelle sein, aber dann würde er leugnen, dass er der Vater sei, denn seine Mutter hatte ihm dazu geraten, da er ansonsten zu viele Alimente zahlen müsste.

Aber als Estelle seine Körperwärme spürt, ist für sie in diesem Moment ihre Welt in Ordnung, denn sie hätte niemals vermutet, dass Alberto gar nicht wegen ihr oder Lisa im Spital ist ...

Als Rosalinde zurück ins Spitalszimmer kommt, sitzt Estelle noch immer lächelnd und vollständig angezogen auf ihrem Bett und ist in diesem Moment hundertprozentig davon überzeugt, dass jetzt alles gut werden wird. Rosalinde kommt freudestrahlend auf sie zu und sagt:»Lisa schläft jetzt endlich, wir haben ihr ein Fläschchen gefüttert und sie ist noch während des Fütterns vor lauter Erschöpfung eingeschlafen. Deshalb habe ich sie auch noch nicht umgezogen, sondern in ihrem Taufanzug gelassen.« Estelle lächelt weiter und hat gar nicht zugehört. Ihre Gedanken sind noch immer bei dem Besuch von Alberto.»Hm.« Dann sieht Estelle plötzlich Rosalinde vor sich stehen.»Mein Kind, hast du mir denn überhaupt nicht zugehört?«»Verzeih, ich war ganz in Gedanken, liebe Rosalinde. Alberto war gerade hier und hat mich besucht. Jetzt wird bestimmt alles gut.«»Hat er gesagt, dass er das Kind anerkennen wird?«, fragt die normalerweise so positive, aber in diesem speziellen Fall sehr skeptische Rosalinde. Estelle antwortet fast etwas schroff:»Darüber haben wir nicht gesprochen, aber natürlich wird er das, er hat uns ja auch besucht.«»Uns?«, fragt Rosalinde,»ich habe ihn nicht im Säuglingszimmer gesehen!«»Er wollte Lisa nicht aufwecken, aber er hat sich ganz genau nach ihr erkundigt.«»Wann will er denn wiederkommen?«»Darüber haben wir nicht gesprochen!«»Ach so«, brummt Rosalinde, die sich schreckliche Sorgen macht, denn sie traut diesem Frieden nicht, kennt sie inzwischen diesen Alberto und seine Familie doch nur zu gut. Aber sie will Estelle die Freude nicht nehmen. Vielleicht stimmt es ja doch, dass er sich Estelles und des Kindes annehmen will, vielleicht tut sie ihm ja Unrecht und es steckt ja doch noch ein Funken Ehrgefühl in ihm, überlegt sie. Aber irgendwie kann Rosalinde das nicht ganz glauben. Sie verabschiedet sich von Estelle, denn ihre Krankenschwesternschicht beginn in fünf Minuten. Sie sagt, dass sie nach dieser Schicht noch mal zu Estelle kommen wolle. Estelle nickt nur und lächelt noch immer ganz verträumt.

Estelle sitzt noch lange auf ihrem Bett, bevor die Nachtschwester, die bereits um 19 Uhr mit ihrem Nachtdienst beginnt, sie aus ihren verträumten Gedanken reißt und ihr wieder Lisa zum Stillen bringt. In diesem Moment lächelt Estelle wohl zum ersten Mal ihr Kind an und setzt es gleich zum Stillen an ihre Brust. Aber auf die Frage, ob sie das Kind noch länger, auch nach dem Stillen bei sich haben wolle, schüttelt Estelle verneinend den Kopf. Sie will einfach alleine sein und ungestört ihren Gedanken nachhängen können.

Sie hat auch bereits zu Abend gegessen, denn das Essen wird hier bereits um 17 Uhr 30 gebracht, daher fallen ihr gleich nach dem Stillen die Augen zu und sie schläft ein.

**

Estelle träumte noch die ganze Woche von dem Kuss, denn sie von Alberto auf Mathildes Geburtstagsfest erhalten hatte. Wie so oft, war auch in dieser Woche ihr Chef wieder ein ganz besonderes Ekel, er schikanierte sie, wo er nur konnte, und somit halfen Estelle diese positiven Gedanken, die Woche leichter zu ertragen. Sie arbeitete wie immer hart und war sehr fleißig, aber all das war ihrem Chef nicht genug. Estelle wusste von den Eheproblemen von Herrn Huber oder bekam doch mehr mit, als ihm wahrscheinlich lieb war. Seine Ehefrau schien sich nicht besonders für ihn zu interessieren, sondern war andauernd verreist und ließ ihn mit dem Kind permanent alleine. Estelle glaubte, dass das vielleicht der Grund für seine oft schlechte Laune war und er vielleicht deshalb all seinen Ärger bei ihr, seiner Angestellten, ausließ. Wie dem auch sei, leicht hatte es Estelle auf keinen Fall mit ihm. Sie freute sich daher schon jetzt wahnsinnig auf ihren nächsten Tanzschulabend und konnte es kaum erwarten, dass die Woche vorüber war. Endlich war es Freitag, nur noch einmal schlafen und dann war wieder Samstag, ihr Tanzschulabend. Sie freute sich so sehr darauf, dass alles andere unwichtig wurde, sogar die schlechte Laune ihres Chefs.

***

Mathilde hatte im Gegensatz zu Estelle eine extrem angenehme Woche hinter sich, denn für sie gab es keine Schularbeiten, auch sonst war etwas weniger zu tun, deshalb ritt sie zweimal mit ihrem Pferd aus, was sie normalerweise unter der Woche kaum, sondern nur am Wochenende konnte. Irgendwie macht es schon einen Unterschied, wo man hineingeboren wird, und Christa und Mathilde hatten es da wirklich gut getroffen, ja, man könnte sogar behaupten, dass sie den Jackpot gewonnen hatten, weil sie in dieser Familie aufwachsen durften.

Heute um 18 Uhr würde Mathilde wieder von Eduardo zu einer Privattanzstunde abgeholt werden, bevor morgen, am Samstag, das Schulfest und somit der Schultanz stattfinden würde. Mathilde freute sich wahnsinnig auf heute Abend, hatte sie doch seit ihrem Geburtstagsfest nicht ein Wort von Eduardo gehört. Sie entschied sich, heute das ursprünglich für ihr Geburtstagsfest gekaufte blitzblaue Kleid zu tragen und dazu weiße Hand- und Tanzschuhe. Ihre Haare steckte sie ein wenig anders als normalerweise hoch und zwar mit einem Haarschwamm, wobei sie einen Teil ihrer Haare mit Klammern befestigte und die anderen in langen, frechen Locken hinausschauen ließ. Als Haarschmuck nahm sie drei schmale, mit hellblauen Zirkoniasteinen besetzte Haarreifen, die sie jeweils mit drei Zentimeter Abstand zueinander auf die hochfrisierten

Haare setzte. Ihre Frisur sah fast so aus wie die einer römischen Göttin, sehr extravagant, aber trotzdem edel und elegant. Mathilde wirkte mit ihrer extrem zierlichen Figur sowie ihrem zarten Gesichtchen fast elfenhaft, sodass man immer das Gefühl hatte, man müsse sie gegen alles Böse beschützen.

Heute kam Eduardo ein paar Minuten zu spät und Mathilde wartete schon voller Ungeduld auf ihn. Kaum trat er zur Tür herein, platzte sie gar nicht damenhaft in den Korridor, in den ihre Angestellte den Herrn Cesare gerade hereingelassen hatte, und sagte:»Wo bist du denn gewesen? Dachte schon, dass du mich versetzen würdest.«»Was ist denn das für eine Begrüßung, nicht einmal einen Willkommenskuss erhalte ich oder zumindest ein ›Guten Abend, schön, dass du mich abholen kommst‹. Was sind denn das für Manieren, Mathilde?«»Ja, du hast ja recht, Eduardo, entschuldige bitte, es tut mir leid, aber ich dachte beziehungsweise befürchtete, dass du mich einfach versetzt hast.«»Ist schon gut, Mathilde. Werde nur noch schnell deine Eltern begrüßen, dann müssen wir eh schon fahren.« Gemacht, getan, und sie waren bereits wieder auf dem Weg zur dritten Privattanzstunde.

Frau Kummer wartete schon im kleinen Tanzsaal auf die beiden und begrüßte sie aufs Herzlichste:»Guten Abend, Herr Cesare. Guten Abend, Fräulein Neuberger. Ich möchte mich bei Ihnen nochmals recht herzlich für das wunderschöne Geburtstagsfest bedanken, das war ein sehr schönes Fest und ich freue mich schon sehr, Sie beide im Herbst bei mir für das Turniertanztraining begrüßen zu dürfen.«

»Guten Abend, Frau Kummer, aber bitte sagen Sie doch Mathilde zu mir.«»Gerne, also was nehmen wir heute für einen Tanz durch, Mathilde? Wollen Sie zuerst die anderen Tänze, Langsamer Walzer, Foxtrott, Rockn'n'Roll und

Rumba, wiederholen oder einen neuen Tanz dazulernen?«
»Einen dazulernen, denn morgen ist ja bereits mein Schultanz, und vielleicht zum Schluss noch die anderen Tänze
kurz wiederholen«, antwortete übereifrig Mathilde. Sie
wollte noch so viel lernen, wie nur möglich war. Eduardo
nickte nur und sagte:»Ich füge mich dem Wunsch der jungen Dame.« »Na gut, dann wollen wir keine Zeit verlieren
und noch einen neuen Tanz dazulernen. Wollen Sie beide
einen schnelleren Tanz wie den Samba erlernen oder lieber einen etwas langsameren, so wie den Tango zum Beispiel.« »Tango sagt mir etwas, aber wie geht der Samba?«,
fragte Mathilde. Frau Kummer blickte in Richtung Eduardo:»Wollen wir Mathilde diese beiden Tänze vortanzen, sodass sie sich dann entscheiden kann, welchen sie
heute noch lernen möchte?« »Gerne!« Eduardo und Frau
Kummer begannen mit einem Tango und Mathilde blickte
den beiden interessiert zu, dann tanzten sie ihr noch eine
Samba vor. Mathilde klatschte vor Begeisterung in die
Hände und sagte, dass sie heute lieber einen Samba lernen möchte, denn diesen, so glaubte sie zumindest, könnte
sie beim Schultanz eher gebrauchen als einen Tango. »Ihr
Wunsch ist mir Befehl«, lachte Frau Kummer. »Ich werde
Ihnen wieder den Damenschritt vortanzen und Sie machen ihn nach, denn den Herrenschritt brauchen wir ja
nicht zu wiederholen, oder?« »Nein, wir konzentrieren uns
ganz auf Mathildes Schritte.«
   »Der Ballroom-Samba ist erst zu Beginn des 20. Jahr-
hunderts aufgetaucht, während der original Sambarhyth-
mus bereits im späten 19. Jahrhundert in Brasilien getanzt
wurde. Der Samba wird im Zweiviertel- beziehungsweise
im Viervierteltakt getanzt. Die Füße bewegen sich nur wenig vor- und rückwärts, nur ein paar Zentimeter jeweils,
und der Hüftschwung ist ganz anders als bei der Rumba

oder dem Cha-Cha-Cha. Darf ich den Schritt vortanzen?« Während Frau Kummer den Grundschritt vortanzte, zählte sie laut dazu mit: »Step-ball-change, oder: and-a-one› and-a-two, then back to one. Also mit dem rechten Fuß zurück, dann mit dem linken Fuß folgen und dann wieder mit dem rechten nach vorne – zurück zur selben Ausgangsstelle und jetzt mit dem linken folgen. Also: and-a-one and-a-two, oder: step-ball-change. Und nicht vergessen, locker in den Knien sein, das heißt die Knie beugen und wieder strecken. So, wie ich es jetzt vortanze.« Sie legte eine tolle Sambaplatte auf: *Sweetheart from Venezuela* von Harry Belafonte.

Mathilde schaute interessiert zu und dann tanzte sie Frau Kummer den Grundschritt nach. Sie hatte, wie schon in der vorangegangenen Woche, sofort den Rhythmus in ihrem Blut und man bekam den Eindruck, als ob sie diesen Tanz schon immer getanzt hätte. Frau Kummer war schlichtweg begeistert. »Also Sie sind ein wirkliches Talent, deshalb werden wir jetzt den Samba gleich mit Musik und zu zweit tanzen. Sie legte wieder **Sweetheart from Venezuela** auf und Eduardo tanzte mit Mathilde den Samba. »Nachdem dieser Tanz schon so hervorragend getanzt wurde, haben wir noch Zeit, die anderen Tänze kurz zu wiederholen. Also beginnen wir mit dem Slowfox. Ich werde eine Platte auflegen und Sie tanzen dazu. Nach jedem Tanz werden wir kurz besprechen, was geändert beziehungsweise verbessert werden sollte.«

Es erklang der Nummer-eins-Slowfox-Hit der 60er Jahre, **Ramona** von den **Blue Diamonds**. Eduardo nahm Mathilde in seine Arme beziehungsweise er nahm mit ihr die Tanzhaltung ein. Dazu legte sie ihre linke Hand in seine rechte und es legte seine linke Hand auf ihren Rücken, dann zog er sie näher an sich heran, denn der Slowfox wird, wie fast alle Standardtänze, sehr eng getanzt.

Eduardo fühlte durch das blitzblaue Tanzkleid von Mathilde ihre Haut und roch ihr Parfum, »Jolie Madame« von Balmain Paris – Orchideenduft stieg ihm in die Nase. Es knisterte es zwischen den beiden, Mathilde hätte beinahe ihren Kopf auf seine Schulter sinken lassen, aber noch bevor dies geschehen konnte, riss sie ihn zurück und hielt ihn danach besonders aufrecht. Beim Slowfox schaut man sich beim Tanz ja nicht in die Augen, sondern die Dame hält ihren Kopf nach links gedreht, somit konnte Eduardo unbemerkt nochmals den betörenden Duft von Mathilde einatmen. Dies alles passierte innerhalb einer hundertstel Sekunde und blieb dadurch völlig unbemerkt von Frau Kummer. Und so führte Eduardo Mathilde gekonnt über das Tanzparkett und sie ließ sich von ihm leiten. Sie folgte seinen Führungsbefehlen so geschickt, als ob die beiden schon immer zusammen getanzt hätten.

Sie wiederholten noch die anderen drei Tänze, den Langsamen Walzer zu **Elvis Presleys** *Are you lonesome tonight?* sowie den Rock'n'Roll und die Rumba. Frau Kummer musste nur Kleinigkeiten korrigieren.

Dann war die Stunde auch schon zu Ende und Eduardo fuhr Mathilde in seinem knallroten Porsche nach Hause.

Da heute ein sehr warmer Maitag war, hatte er das Autoverdeck unten, Mathildes Haare wehten im Wind und waren bald ganz zerzaust. Sie sieht in jeder Lebenssituation süß aus, dachte Eduardo und schimpfte in Gedanken schon wieder mit sich selbst: Junge reiß dich zusammen, sie ist noch ein Kind! Von alledem bemerkte Mathilde nichts, sondern sie streckte ihre Arme in die Höhe und genoss den lauen Frühsommer- beziehungsweise Spätfrühlingwind, dann schloss sie die Augen: »Ach, ich liebe das Tanzen, es gefällt mir wirklich immer so gut und danach fühle ich mich so unbeschreiblich glücklich.«

Eduardo lächelte: »Ja, mir macht das Tanzen auch großen Spaß.« Dann versuchte er die elektrisierende Stimmung zwischen ihnen etwas zu neutralisieren, indem er etwas Alltägliches fragte: »Wann ist eigentlich dein Schultanz morgen?« »So gegen 18 Uhr 30 und er wird bis 22 Uhr dauern, ich freue mich schon sehr darauf!« »Mit wem wirst du dorthin gehen?« »Kurt wird mich mit seiner Vespa von zu Hause abholen und wieder zurückbringen, obwohl der Herr Papa ja meint, dass er mich lieber selber abholen kommen möchte.« »Da muss ich deinem Vater recht geben, liebe Mathilde, auch ich finde es sicherer, wenn er dich holen kommt, denn man weiß ja nie, ob dort etwas anderes als nur Limonade getrunken wird, und dann wärst du in großer Gefahr.«

Mathilde verdrehte ihre Augen und schaute Eduardo von der Seite her vorwurfsvoll an: »Mein Gott, Eduardo, jetzt sprichst du schon wie mein Papa, das darf ja wohl nicht wahr sein, oder?« »Doch, ich mache mir Sorgen um dich, Mathilde.« »Du machst dir Sorgen um mich, das ist aber lieb von dir«, sagte sie im spöttischen Ton. »Na ja, große Brüder machen sich immer Sorgen um ihre Schwestern und wollen sie beschützen. Also du machst dir Sorgen um mich, sozusagen als älterer Bruder und nicht als mein Freund.« »Natürlich beides, Mathilde, aber das weißt du ja.«

Mathilde störte es ungemein, dass er sie immer Schwester nannte, obwohl sie ja zugeben musste, dass es irgendwie auch stimmte, denn sie und ihre Schwester Christa waren ja gemeinsam mit den Cesare-Brüdern großgeworden und Eduardo, der ja als Ältester nicht immer die einfachste Stellung hatte, hatte sich ihnen gegenüber immer wie ein große Bruder benommen.

Trotzig erwiderte Mathilde deshalb: »Ich frage dich ja

auch nicht, ob du nichts trinkst, wenn du Christa oder jemand anderen nach Hause fährst. Hast du derzeit eigentlich eine fixe Freundin, Eduardo?«Völlig überrumpelt, antworte Eduardo etwas schroff:»Na hör mal, das ist doch wohl nur meine Angelegenheit, oder?«

Wie immer nicht auf den Mund gefallen, fuhr Mathilde fort:»Na hör mal, du bist ja mein Bruder und als deine Schwester geht es mich sehr wohl etwas an, mit wem du dich so herumtreibst.«»Tut mir leid, Mathilde, dass ich dir gegenüber so unhöflich gewesen bin. Nein, ich habe derzeit zumindest keine fixe Freundin.«»Was heißt denn das schon wieder, du hast zumindest keine fixe Freundin?«, äffte sie ihn nach.»Hast du viele andere?«»Jetzt wirst du aber zu neugierig und indiskret, Mathilde. Ich habe derzeit keine fixe Freundin. Diese Antwort sollte dir reichen. «

»Hattest du schon viele Freundinnen?«»Ein paar, ja.« »Aber wenn man den Klatschblättern glauben darf, dann hattest du bereits sehr, sehr viele. Erst vor kurzem habe ich dich in einer Zeitung mit einem bekannten Model – Luise, glaube ich, heißt sie, die mit langen, dunkelbraunen Haaren – abgebildet gesehen.«»Seit wann liest du solche Klatschzeitschriften, Mathilde? Das ist nicht gut für dich. Kann schon sein, kann mich an dieses Model nicht mehr genau erinnern.«»Du scheinst deine Mädchen ja schnell zu vergessen. Hat dir eigentlich schon einmal eine mehr bedeutet?«»Was soll das schon wieder, du fragst mir ja lauter Löcher in den Bauch.«»Du hast mir keine Antwort auf meine Frage gegeben.«»Auf welche Frage?«»Auf die, ob du schon einmal eine Freundin hattest, die dir mehr bedeutet hat als die anderen.«»Du meinst, ob ich schon einmal daran gedacht habe, eine davon zu heiraten? Hast du das mit ›mehr‹ gemeint?«»Ja, vielleicht, aber man muss ja nicht gleich ans Heiraten denken, oder?«»Ja da hast du auch wieder recht, ich habe noch lange nicht vor zu heiraten.«»Noch immer keine Antwort.«»Also gut, du Quälgeist. Ich habe noch keine Freundin gehabt, die mir MEHR bedeutet hat, alle haben mir etwas bedeutet, sonst hätte ich sie ja nicht als Freundinnen gehabt, aber die eine, falls du das meinen solltest, war noch nicht dabei.«

Zufrieden lächelnd, lehnte sich Mathilde in den Autositz zurück und meinte:»Na, geht ja, kannst mir ja doch eine Antwort auf meine Fragen geben.«»Ja, aber lieber gebe ich dir Antworten auf andere Fragen, diese waren mir einfach zu persönlich.« Den Rest der Autofahrt saßen sie schweigend nebeneinander und jeder hing seinen Gedanken nach.

***

Endlich war der so lang herbeigesehnte Samstag da. Estelle sprang aus dem Bett und machte sich voller Schwung und Elan fertig für ihre Arbeit. Obwohl sie sehr viel zu tun hatte, verging ihr der Samstagvormittag viel zu langsam und sie konnte es kaum erwarten, bis sie sich endlich verabschiedete und nach Hause fuhr. Dort angekommen, hatte Rosalinde ein tolles Essen gekocht, welches Estelle mit Heißhunger verschlang. Am Nachmittag half sie Rosalinde ein wenig mit der Hausarbeit, war dabei aber mit ihren Gedanken ganz woanders, sie wirkte irgendwie rastlos und unruhig, sodass sogar Rosalinde sie fragte:»Was hast du nur, Estelle? Ist alles in Ordnung?«»Aber ja doch, Rosalinde, ich freue mich nur schon so sehr auf heute Abend.« In Wirklichkeit war sie so unruhig, weil sie seit dem Geburtstagsfest von Mathilde kein Wort mehr von Alfredo gehört hatte. Hatte er denn den Kuss mit ihr schon vergessen? Estelle strich mit ihrem Zeigefinger über ihren Mund, als ob sie damit den Kuss wiederholen könnte, ja sie spürte förmlich seine Lippen auf ihrem Mund sowie seine Zunge, die die ihre streichelt. Sie lächelte dabei und schüttelte in Gedanken ihren Kopf. Nein, so einen Kuss kann man nicht vergessen haben, beruhigte sie sich selbst.

»TRRRR!« Es klingelte und Estelle sprang wie von einer Tarantel gestochen auf, lief zur Eingangstür und riss diese förmlich auf. Etwas verwirrt blickte Peter auf die völlig außer Atem wirkende Estelle. Ihre Augen waren heute ganz dunkelgrün, sie sogen einen fast in ein tiefes, unergründliches Loch und man bekam das Gefühl, als ob man in einen Abgrund stürzen würde. Dieses Gefühl wurde noch verstärkt durch das dunkelgrüne Tanzkleid, welches sie auch zu ihrer ersten Tanzstunde getragen hatte. Irgendwie fühlte Peter sich nicht wohl, als er Estelle anschaute, konnte aber nicht sagen, warum. »Guten Abend, Estelle. Ist alles in Ordnung?« Wie ein gehetztes Tier blickte Estelle mit ihren heute so unruhig grünen Augen hin und her und antwortete rasch: »Warum fragst du das, Peter? Mit mir ist alles okay.« »Dachte nur, irgendwie wirkst du heute so anders als sonst.« »Anders als sonst?«, wiederholte Estelle. »Ja, anders als sonst, ich weiß auch nicht, wie ich das beschreiben soll, aber du hast mir fast Angst eingejagt.« »Na hör mal, ich will eher das Gegenteil erreichen, als jemandem Angst einzujagen, und wenn schon, dann will ich dir ganz bestimmt keine einjagen. Du bist ja immer so nett zu mir«, antwortete Estelle kokett, so gar nicht, wie sie selbst normalerweise geantwortet hätte.

Peter begrüßte auch ihren Vater und Rosalinde und dann waren sie auch schon auf dem Weg zur Tanzschule. Im Auto beruhigte sich Estelle ein wenig, aber sie war furchtbar aufgeregt und hatte regelrecht Angst vor der Begegnung mit Alberto. Hatte sie alles richtig gemacht oder hätte sie ihn noch nicht küssen dürfen? Er wird doch um ihre Hand bei ihrem Vater anhalten, oder?

Peter saß schweigend neben Estelle und schüttelte dieses unangenehme Gefühl ab, welches er beim Türöffnen und der heutigen ersten Begegnung mit Estelle gehabt hatte. Stattdessen dachte er an etwas Angenehmeres und zwar an seine Christa. Sie hatten heute schon viermal miteinander telefoniert, eigentlich wegen Unwichtigkeiten, aber er vermisste sie und sie eine Woche nicht zu sehen, war doch eine sehr lange Zeit. Gestern Abend hatte Christa sich auch nicht aus dem Hause davonschleichen können, da sie heute eine Matheschularbeit schreiben musste. Christa hatte ihm am Telefon erzählt, dass ihr dieser Mathematiktest eigentlich ganz gut gelungen sei.

Als Peter mit Estelle die Auffahrt zur Tanzschule Kummer hinauffuhr, bemerkte er sofort den roten Porsche von Eduardo, der bereits auf dem Parkplatz stand. Christa ist also schon da, dachte Peter hocherfreut. Irgendwie war er in letzter Zeit weniger eifersüchtig auf Eduardo, er wusste nicht warum – oder vielleicht doch? Estelle nahm den Porsche gar nicht wahr, sondern hielt nur Ausschau nach dem Opel Record P2 von Alberto oder Alberto selbst. Aber ob sich Estelle noch so sehr die Augen verrenkte, es war kein Opel Record P2 auf dem Parkplatz zu sehen. Etwas enttäuscht stieg sie aus dem Auto, nachdem ihr Peter die Türe geöffnet hatte.

Das übliche Szenario wiederholte sich auch heute, sie ging in die Umkleide für Frauen und Peter in die für Männer. Dort eingetroffen, suchte sie mit ihren Blicken Hilde, die Tanzpartnerin von Alberto. Leider auch vergebens, sie war nicht da. Auf einmal klopfte Estelle jemand auf die Schulter und sie zuckte erschreckt zusammen. »Guten Abend, Estelle«, rief Christa hocherfreut. »Wie geht es dir?

Wie war deine Woche?« Christa war wie immer höflich, mit viel Optimismus in der Stimme. »Ah ... ah«, begann Estelle zuerst stotternd, bis sie, halbwegs gefangen, fortfuhr: »Guten Abend, Christa, mir geht es gut.« Das war auch schon alles, was aus ihrem Mund herauskam, deshalb startete Christa gleich noch einen Versuch: »Hübsch siehst du heute wieder aus, das Grün steht dir sehr gut und passt perfekt zu deinen schönen Augen.« Ganz verwirrt über das Kompliment, aber jetzt endlich abgelenkt, antwortete Estelle: »Danke für das nette Kompliment, aber auch du siehst, wie immer halt, sehr schön aus. Ist das dunkelblaue Kleid mit den gelben Tupfen neu?« »Nein, es ist nicht neu, ich habe es nur schon lange nicht mehr angehabt.« »Es steht dir wirklich ausgezeichnet, Christa.« »Danke. Wollen wir hinausgehen?« »Ja, weißt du eigentlich, ob heute Alberto und Hilde nicht kommen?« »Keine Ahnung«, antwortete Christa, »habe die ganze Woche nichts von den beiden gehört.« »Gehen wir trotzdem in den Tanzsaal?« »Ja«, folgte ihr, etwas zerstreut und in Gedanken verloren, Estelle.

Der Tanzsaal wurde gerade geöffnet und auf dem Korridor warteten schon Peter und Eduardo auf die beiden Damen. Eduardo schien ebenfalls etwas gedankenverloren zu sein heute Abend. Er dachte an das Schulfest von Mathilde und irgendwie schien es ihn maßlos zu stören, dass Mathilde von einem anderen Burschen, dem Kurt aus Christas Klasse, abgeholt worden war. Die beiden Burschen waren zur gleichen Zeit beim Neuberger-Anwesen eingetroffen, der eine mit seiner knallroten Vespa und der andere mit seinem knallroten Porsche. Kurt kam auch aus einer sehr wohlhabenden Familie, nicht ganz so wohlhabend wie die der Cesares, aber ungefähr so wie die Neuberger Familie. Auch er begrüßte die Eltern von Mathilde und Christa formvollendet. Eduardo wurde aus seinen Gedanken gerissen, als die beiden Mädchen, Christa und Estelle auf ihn und Peter zukamen. Peter lief sofort seiner Christa entgegen und gab ihr einen Handkuss und Eduardo, Gentleman wie immer, begrüßte Estelle.

In diesem Moment rief auch schon Frau Kummer:»Meine Damen und Herren, darf ich in den Tanzsaal bitten?« Alle Kursteilnehmer gingen langsam in den wunderschön und hell beleuchteten Tanzsaal, nur Alberto und Hilde waren nirgends zu sehen. Die Türe wurde geschlossen und Frau Kummer begann mit ihrem Unterricht.»Wir wollen heute den Quickstep wiederholen, ein paar neue Figuren dazulernen, dann die Rumba nur wiederholen und zum Schluss ein wenig den Wiener Walzer ausprobieren«, verkündete Frau Kummer stolz.

Irgendwie in der Ferne vernahm Estelle die Stimme von Frau Kummer. Sie konnte sich heute überhaupt nicht auf den Tanzunterricht konzentrieren, aber wie denn auch, sie hielt ja permanent nach Alberto Ausschau, der aber anscheinend nicht zur heutigen Tanzstunde gekommen war. Warum denn nicht?, fragte sich in Gedanken ganz beunruhigt Estelle. Möchte er mich nicht mehr wiedersehen? Aber was ist, wenn ich ihn wiedersehen möchte? Ich könnte ihn ja nicht einmal anrufen oder zu ihm nach Hause fahren, ich kenne weder seine Telefonnummer, noch weiß ich, wo er wohnt, führte Estelle ihren Monolog in Gedanken fort.

Auch Eduardo hörte Frau Kummer heute kaum zu, denn er stellte sich gerade vor, wie Mathilde jetzt vielleicht in den Armen von Kurt oder einem anderen jungen Mann liegen beziehungsweise tanzen würde. Nur Christa und Peter waren ganz aufmerksam bei der Sache. Heute fragte Peter gar nicht erst Eduardo, sondern ging gleich auf seine Christa zu und forderte sie zum ersten Tanz, dem Quickstep auf. Eduardo blieb nichts anderes übrig, als zu Estelle zu gehen und sie um den nächsten Tanz zu bitten. Diese hörte ihn aber gar nicht, sondern blickte nur ins Leere. Deshalb musste Eduardo seine Frage nochmals ganz laut wiederholen:»Gibst du mir die Ehre des nächsten Tanzes?« Endlich nickte Estelle kurz und folgte Eduardo auf die Tanzfläche. Während sie zu tanzen begannen, sah sie nur das Gesicht von Alberto vor sich, seine dunkelbraunen Haare, seine blaugrünen Augen, seine gebräunte Haut, seinen umwerfenden Körper, und bemerkte nicht einmal, dass sie eigentlich in den Armen eines nicht weniger attraktiven jungen Mannes, ja sogar eines in der High Society heiß begehrten Junggesellens befand. Da der Quickstep ein sehr schneller Tanz ist, erforderte er bald die ganze Konzentration von Estelle. Das war gut so, somit wurde sie etwas von ihren verzweifelten Gedanken abgelenkt. Wieder einmal bestätigte sich, dass Musik so etwas wie Therapie sein kann.

Sie lernten noch Figuren zum Quickstep dazu, dann wiederholten sie die Rumba. Bei der Rumba spürte Eduardo förmlich den zierlichen, elfenhaften Körper von Mathilde, hielt aber stattdessen den etwas zu groben, vollschlanken Körper von Estelle in den Armen. Irgendwie blickte er fast ein wenig ungehalten, ja irritiert auf Estelle, nicht, dass er sie nicht sympathisch gefunden hätte, aber diese Rumba würde er jetzt viel lieber mit jemand anderem tanzen.

Gerade als noch eine zweite Rumba gespielt wurde und die Damen und Herren wieder ihre Ausgangspositionen, einander gegenüber, eingenommen hatten, wurde die Tür geöffnet und Alberto kam mit Hilde herein. Er schaute in Richtung von Frau Kummer und sagte:»Entschuldigen Sie bitte unsere Verspätung, Frau Kummer, aber wir hatten eine Autopanne.« Frau Kummer nickte nur.

In diesem Moment konnte man förmlich das Aufatmen von Estelle hören, von da an ließen ihre Augen Alberto nicht mehr los. Sie verfolgten ihn im Tanzsaal überallhin und sie war sehr überrascht, als er geradewegs auf sie zu marschierte und fragte: »Estelle, würdest du diese Rumba mit mir tanzen?« Estelle verschlug es vor lauter Aufregung die Sprache, dafür stieg ihr aber umso mehr Röte ins Gesicht. Ganz außer Atem und hochrot, nickte sie nur zustimmend mit ihrem Kopf.

Hilde ärgerte sich in diesem Moment über Alberto, wenigstens hätte er anstandshalber den ersten Tanz mit ihr tanzen können, stattdessen stand sie nun etwas verloren und alleingelassen am Rande der Tanzfläche. Ganz Gentleman, wie immer, rettete Eduardo die Situation und forderte sofort Hilde sehr galant zum nächsten Tanz auf. Sie lächelte ihn dankbar an und flüsterte nur: »Danke dir, Eduardo, wie immer bist du mein Retter.« »Gern geschehen!«

Wieder einmal hatten Peter und Christa nur Augen füreinander, sie bekamen das ganze Tohuwabohu gar nicht mit, sondern tanzten die Rumba, wie eben nur ein Liebespaar sie tanzen kann, und schauten sich dabei ganz tief in die Augen.

Alberto lächelte Estelle an und strich mit seinem Mund wieder ganz zart an ihrem Ohr entlang, berührte es aber dieses Mal nicht. Trotzdem spürte es Estelle mit jeder Faser ihres Körpers und wieder wurden ihre Knie ganz weich. In diesem Moment war sie Wachs in seinen Händen, sie hätte alles für ihn gemacht. »Tut mir leid, mein Liebling, dass ich dich habe warten lassen«, flüsterte Alberto ihr ins Ohr. Dann schaute er ihr tief in die dunkelgrünen Augen. Der Frauenkenner registrierte sofort die Liebe, die ihm daraus entgegenblickte. Einerseits freute er sich wahnsinnig darüber, war er doch dem Gewinn seiner Wette wieder ein gutes Stück nähergekommen, aber andererseits fühlte er in diesem Moment fast so etwas wie Mitleid mit ihr. Doch so schnell und unerwartet dieses Mitleid auch gekommen war, genauso schnell und unerwartet verschwand es wieder, denn er flirtete erbarmungslos mit ihr:»Estelle, du hast mir so gefehlt.«Estelle wusste nicht so recht, was sie darauf erwidern sollte, deshalb lächelte sie ihn nur dankbar an. Dann tanzten sie, beziehungsweise der Tanzgott Alberto tanzte und führte Estelle so gekonnt über das Tanzparkett, dass auch Estelle tanzen konnte. Noch dazu ist die Rumba ja ein erotischer Tanz, Alberto ließ seine Hüften dabei nur so schwingen und verwirrte Estelle damit nur noch mehr. Alleine wenn Estelle ihm beim Tanzen zusah, wurde sie knallrot. War es Röte des Verwirrtseins oder der Scham? Wie dem auch sei, sie war auf jeden Fall hocherrötet, als Alberto sie zurückführte, weil die Tanzpaare wieder einander gegenüber Stellung beziehen mussten.

Frau Kummer zeigte mit dem Tanzlehrer Fritz die neuen Schritte für den Wiener Walzer, dann wurde Der *Schatzwalzer* interpretiert von *Johann Strauss junior*, von Pauline, der Pianospielerin, gespielt und von den Tanzlehrern vorgetanzt.»So meine Herren, darf ich Sie bitten, Ihre Damen zum nächsten Tanz, dem Wiener Walzer aufzufordern?«

Wieder ging Alberto auf Estelle zu und fragte:»Darf ich bitten, Estelle?«Dieses Mal antwortete Estelle zumindest, wenngleich auch nur mit drei Worten:»Sehr gerne, Alberto!«

Eduardo hing seinen Gedanken nach, während Peter wieder Christa zum Tanz holte. Beinahe hätte er vergessen, jemanden aufzufordern, hätte er nicht von Frau Kummer nochmals die Aufforderung vernommen:»Meine Herren, darf ich Sie bitten, Ihre Damen zum Wiener Walzer zu holen?«Beinahe aufgeschreckt, ging er schnell auf Hilde zu und fragte sie ein weiteres Mal:»Liebe Hilde, darf ich dich wieder bitten?«Diese nickte nur erleichtert. Dann blickte sie kurz in Richtung Alberto und begann dabei ein wenig ihre Stirn zu runzeln. »Was ist?«, fragte Eduardo. »Ach, Eduardo, ich mache mir Sorgen um Estelle, denn Alberto scheint jetzt sein Fischernetz ausgeworfen zu haben.« »Na, wir werden schon auf sie aufpassen!« »Ja, meinst du?«, fragte sie wenig überzeugt.

Während Hilde mit Eduardo den Wiener Walzer tanzte, tanzte Mathilde auf ihrem Schulfest gerade mit Kurt einen Slowfox. Kurt schaute ganz verliebt auf seine Tanzpartnerin, wohl das schönste Mädchen der ganzen Schule. Mathilde jedoch empfand rein gar nichts bei diesem Tanz, nicht nur, dass Kurt ein viel schlechterer Tänzer als Eduardo war, aber dieses Schulfest gefiel ihr gar nicht gut. Der Tanz fand im Turnsaal statt, also in einer etwas sterilen Umgebung, auch wenn der Raum festlich geschmückt und sogar das Licht etwas dämmriger gemacht worden war. Irgendwie hatte Mathilde schlechte Laune heute. Als sie Kurt bei ihren Eltern abholen gekommen war, kam ja auch Eduardo Christa abholen und dieser hatte sich nur mit Christa unterhalten und sie nur ganz kurz begrüßt. Er hätte doch fragen können, wie es ihr heute ginge, etc. Stattdessen hatte er nur eine intensive Konversation mit ihren Eltern und der Christa. Darüber hatte sie sich geärgert und sich dann nur Kurt gewidmet, mit ihm gesprochen und geflirtet. Dabei hatte sie aber nicht bemerkt, dass Eduardo immer wieder heimlich in ihre Richtung blickte und das sehr wohl registrierte.

Alberto konnte den Wiener Walzer bereits sehr gut tanzen und war im Gegensatz zu seinem normalen Charakter heute ausnahmsweise ein sehr geduldiger Lehrer, er zeigte Estelle nochmals den Schritt, den sie beim ersten Mal einfach nicht hatte nachtanzen können. Dann probierte er diesen abermals ganz langsam mit ihr. Dabei summte er zum Rhythmus des Wiener Walzers mit, sodass auch Estelle den Rhythmus sowie in weiterer Folge das Taktgefühl, also den Dreivierteltakt, etwas besser mitbekam. Plötzlich konnte Estelle Walzer tanzen beziehungsweise sie ließ sich endlich von Alberto führen, sodass der Walzer, den die beiden aufs Parkett legten, ganz ordentlich aussah. Man darf eben nie vergessen, dass Estelle nicht das Tanzen im Blut hatte, sondern sich jeden Tanz auf das Schwerste erarbeiten musste.

Danach gingen sie wieder in das Tanzcafé, welches Eduardos Vater gehörte, und setzten sich an ihren Stammtisch, also den Tisch, den sie auch die letzten Male zugewiesen bekommen hatten. Kaum hatten sie Platz genommen, erstarrte das Gesicht von Eduardo zu einer eisernen Maske. »Was ist denn los mit dir«, fragte Christa. »Na, schau doch einmal zum Eingang, wer da gerade hereinkommt.« »Ist das nicht meine Schwester?«, rief nun sehr besorgt Christa aus. »Ja, das ist deine liebe Schwester Mathilde, die doch heute beim Schultanz sein sollte und stattdessen jetzt mit diesem Kurt in dieses Tanzcafé kommt.« Hilde sagte verwundert: »So grimmig kenne ich dich ja gar nicht. Warum darf sie denn nicht in diesem Lokal sein?« »Na hör mal, Hilde, sie ist ja erst 15 Jahre alt und wohl noch etwas zu jung dafür, oder?« »Meinst du wirklich? Ich war auch schon mit 15 Jahren ab und zu aus!« Sehr unwirsch und dabei Mathilde und Kurt nicht aus den Augen lassend, erwiderte Eduardo: »Mag sein, aber Mathilde hat heute gelogen und behauptet, dass sie beim Schultanz sei, und nun ist sie hier, außerdem ist sie sehr schutzbedürftig und noch völlig naiv.« »Und du spielst dich jetzt ein wenig wie ihr Vater auf«, meinte lakonisch Alberto.

Währenddessen betrat Mathilde mit Kurt das Lokal, ihnen wurde ein romantischer Tisch in der anderen Ecke zugewiesen und als sich Mathilde dorthin bewegte, bemerkte sie nicht die Blicke der meisten männlichen Gäste. Sie wurde von allen angestarrt, ein wenig eifersüchtig und irritiert von den Frauen und sichtlich bewundernd von allen Männern. Man sah eben selten im wirklichen Leben eine solche Schönheit, wie Mathilde eine war. Kurt half ihr aus dem Mantel und sie setzten sich. Mathilde hatte weder ihre Schwester noch Eduardo bemerkt, als dieser auch schon wutentbrannt mit raschen und festen, fast in den Boden stampfenden Schritten auf ihren Tisch zukam. Sichtlich überrascht blickte Mathilde hoch. »Guten Abend, Mathilde«, sagte Eduardo mit barschem Ton. »Ich dachte, dass du heute einen Schultanz hättest!« Völlig cool und sehr gelassen antwortete Mathilde: »Ja, hatten wir auch, aber dort war es so langweilig, dass ich Kurt gebeten habe, mich noch woandershin auszuführen.« Langsam wendete sich Eduardo nun um und begrüßte Zähne knirschend auch Kurt: »Guten Abend, Kurt!« »Guten Abend, Eduardo, schön, dich hier zu treffen. Seid ihr auch alle hier? Das ist aber eine nette Überraschung.« »Ja, das kann man wohl sagen, eine NETTE Überraschung, Kurt. Mathilde!«, sagte Christa, die nun auch zu ihrem Tisch gekommen war, mit ebenso scharfer Stimme. »Guten Abend, Schwesterherz.« »Guten Abend, Christa.« »Du scheinst ja böse auf mich zu sein.« »Ja, das kann man wohl sagen, du hast unseren Eltern und mir erzählt, dass du beim Schultanz seist, und nun sitzt du hier in einem Tanzcafé, das geziemt sich nicht.« Mathilde erwiderte, nun auch langsam etwas genervt: »Na, hör mal Christa, erstens bist du in demselben Tanzcafé, dann geziemt es sich wohl auch nicht für dich, zweitens habe ich bereits Eduardo erklärt, dass wir beim Schultanz waren, aber dort war es so langweilig, dass ich Kurt gebeten habe, mich noch für eine halbe Stunde in ein anderes

Lokal zu bringen, wo man auch tanzen kann und wo es etwas lustiger ist. Deshalb sind wir jetzt hier.«»Papperlapapp, du bist dazu viel zu jung und kannst nicht einfach in ein Tanzlokal gehen.«»Liebes Schwesterherz, ich bin nur eineinhalb Jahre jünger als du und ich mache ja nichts Verbotenes, ich gehe nur tanzen und das hätte ich ja auch auf dem Schulfest getan. Und außerdem trinken weder Kurt noch ich Alkohol, also was soll die ganze Aufregung? Ihr beide tut ja gerade so, als sei ich noch ein ganz kleines Kind.«

Eduardo antworte:»Ohne Erlaubnis deiner Eltern solltest du nicht in so ein Lokal gehen, das weißt du.« »Ach ja«, erwiderte Mathilde nun sehr trotzig,»hat denn Christa die Erlaubnis, in dieses Lokal zu gehen?« Christa blieb fast sprachlos der Mund offen.»Unsere Eltern haben mich Eduardo anvertraut und sie vertrauen darauf, dass er auf mich aufpassen wird, liebe Mathilde.«»Ach so, wissen sie denn auch, dass dein Boyfriend, der Peter, auch hier ist? Wissen sie überhaupt etwas von ihm?« Darauf konnte Christa keine Antwort geben, stattdessen blickte sie nur fuchsteufelswild ihre Schwester an. Eduardo versuchte seine Ruhe wiederzugewinnen und die Situation irgendwie zu retten: »Wir wissen alle, dass das nicht richtig war und wirklich gefährlich sein könnte. Wir kennen Gott sei Dank alle den Kurt und wissen, dass er ein Gentleman ist, aber was wäre, wenn das nicht so ist, dann ist alleine mit einem Mann in ein Lokal zu gehen doch sehr verantwortungslos. Wir, auch deine Schwester Christa, sind in einer Gruppe hier.« Kurt war das Ganze sehr unangenehm und er war auch enttäuscht darüber, dass er jetzt nicht alleine mit Mathilde war. Ob er so ein Ehrenmann, wie in Eduardo soeben beschrieben hatte, war, wusste er selbst nicht zu beantworten, denn er war eigentlich schon mit dem Gedanken hierhergekommen, Mathilde, seinen Jungherrenschwarm, heute Abend zu küssen. Dieses Lokal eignete sich bestens dazu, das Licht war nicht so hell, ja man könnte sogar sagen, es war etwas schummrig, und die Stimmung war sehr romantisch, untermalt von der netten Tanzmusik. Also in solch einer Umgebung kann schon so manches Mädchenherz schwach werden, oder?

»Ist schon gut, Eduardo und Christa. Ich weiß ja, dass ihr euch Sorgen um mich macht. Also was soll ich eurer Meinung nach jetzt tun? Das Lokal verlassen? Das meint ihr sicherlich nicht, oder?« Christa hatte ihre Sprache wiedergefunden: »Nein, Mathilde, aber es wäre nett, wenn ihr beide zu unserem Tisch kommen würdet und uns Gesellschaft leisten könntet.« Fragend schaute Mathilde Kurt an und dem blieb in dieser Situation nichts anderes übrig, als zustimmend mit dem Kopf zu nicken, aber hocherfreut war er bestimmt nicht darüber. »Danke, dass ihr heute Abend unsere Gäste seid«, antwortete, wieder gefasst, Eduardo.

Also trotteten die beiden Eduardo und Christa ganz brav zu deren Tisch hinterher.

Die zurückgebliebenen Peter, Hilde, Estelle sowie Alberto hatten die Szene mit Spannung verfolgt. Sie bekamen zwar nicht die ganze Konversation mit, da ihr Tisch am anderen Ende des Lokals stand, dafür aber die Gestik und die sprach Bände. Peter blickte besorgt, auch Hilde, Estelle war nur überrascht und Alberto schien das Ganze ungemein zu amüsieren. Auch er fand Mathilde wunderschön, aber hatte schon bald bemerkt, dass er bei ihr keine Chance hatte, somit konzentrierte er sich auch jetzt ganz auf Estelle und während sie das Ganze beobachteten, hatte er seinen Arm um ihre Schultern gelegt, was ihm wiederum einen vorwurfsvollen und zugleich fragenden Blick von Hilde einbrachte.

Kaum beim Tisch angekommen, war Eduardo wieder die Ruhe selbst: »Darf ich euch vorstellen, Mathilde, die Schwester von Christa, und Kurt, ein Schulkollege von Christa.« Er sagte bewusst nicht Freund von Mathilde, was irgendwie ja auch stimmte. »Das sind Peter, Hilde, Estelle und Alberto.« Während er sie sie einander vorstellte, nickten alle zum Gruß mit dem Kopf. »Den beiden hat der Schultanz nicht so gut gefallen, deshalb leisten sie uns jetzt Gesellschaft«, erklärte nun Christa. Peter blickte sie fragend an, Christa aber gab ihm nur ein Zeichen, dass sie ihm später alles genauer ausführen würde. Alberto: »Mathilde, Kurt, was dürfen wir euch zum Trinken bestellen?« Kurt: »Wir haben unsere Drinks bereits am dortigen Tisch bestellt und zwar zwei alkoholfreie Cocktails. Vielleicht sollte ich den Kellner informieren, dass wir den Tisch gewechselt haben.« »Das habe ich schon gemacht«, antwortete Eduardo. »Danke, dann ist ja alles bestens.« Mathilde: »Dieser Song ist so nett, wer möchte ihn mit mir tanzen?« Sofort antwortete Kurt: »Selbstverständlich ich, darf ich bitten?« Und schon verbeugte er sich galant vor Mathilde und weg waren sie auf der Tanzfläche.

»Was ist denn passiert?«, fragte nun neugierig die Hilde. »Meine Schwester hat den Schultanz langweilig gefunden und ihren Tanzpartner gebeten, sie hierher zu bringen.« »Na ja, das ist ja nicht gerade der Weltuntergang«, meinte Hilde. »Nein, das nicht, aber trotzdem sie ist noch etwas zu jung dafür.« »Ja, da teile ich ganz die Meinung von Christa«, meldete sich nun auch einmal der Peter zu Wort. »Ich bin derselben Meinung wie die beiden.« Auch Estelle nickte zustimmend, nur Alberto sagte: »Na ja, die Kleine wollte halt ein wenig Spaß haben!« Christa blickte etwas ungehalten in seine Richtung, unterließ es aber, ihm zu antworten. Peter meinte zu Christa: »Wollen wir auch das Tanzbein schwingen, nur damit die ganze Aufregung ein wenig nachlässt?« »Ja, warum nicht, das finde ich eine gute Idee von dir, Peter, lass uns tanzen.« »Wollen wir ihrem Beispiel folgen, liebe Estelle?« »Gerne, Alberto«, antwortete diese, die das ganze Schauspiel schweigend in sich aufgenommen hatte.

Alleine am Tisch zurück blieben Eduardo und Hilde. Hilde nahm all ihren Mut zusammen und fragte: »Eduardo, darf ich dich etwas fragen, du scheinst dich mehr als nur wie der Freund ihrer Familie für die jüngere Schwester von Christa zu interessieren, oder?« Mit allem hatte Eduardo gerechnet, aber nicht mit so einer Frage, und eigentlich wusste er selbst keine Antwort darauf, deshalb sagte er nur: »Nein, da irrst du dich Hilde, mein Bruder Sebastian und ich sind mit den beiden Neuberger-Mädels sozusagen aufgewachsen und da ich der Älteste von allen bin, fühle ich mich sehr für die beiden verantwortlich.« »Na, wenn du meinst, dass es nur das ist. Wie auch immer, es ehrt dich sehr, sie so zu beschützen und wie ein Habicht über sie zu wachen«, antwortet Hilde mit allwissendem Blick. »Möchtest du mit mir tanzen? Ich weiß, das sollte normalerweise der Herr die Dame fragen, aber ich glaube, dass du dazu noch zu sehr aufgewühlt bist, und ein wenig Bewegung täte dir im Moment ganz gut.« »Täte es das?« »Ja!« »Na, dann lass uns auch das Tanzbein schwingen.«

Alberto zog Estelle bei diesem Tanz, einem Slowfox, ganz eng an sich, sodass diese seinen Körper mit jeder Faser ihres Körpers spürte. Estelle hörte ihr Herz rasen und hoffte, dass es nicht so laut pochte, dass Alberto es vernehmen konnte. Dieser hingegen gab sich ganz dem Tanz hin und setzte all seine Verführungstaktiken ein – er drückte sich ganz eng an Estelle und diese spürte etwas, was sie zu Beginn des Tanzes nicht gespürt hatte, es war ganz hart und drückte beim Tanzen zwischen ihre Lenden. Das verwirrte Estelle, die ja keine Ahnung hatte, dass der Mann ein Glied hat, welches von Zeit zu Zeit anschwillt und … Es erregte Alberto diese Unschuld, ja sicherlich noch eine Jungfrau im Arm zu halten und er dachte beziehungsweise durchlebte während des Tanzes bereits die von ihm geplante Verführungsszene. Mit zufriedenem Blick registrierte er Estelles Verwirrung, ja sogar Ratlosigkeit, was das denn sei. Er hingegen rieb sein Glied nur noch mehr an Estelle und dachte, dass er heute unbedingt noch zu Berta fahren müsste, um seinen Dampf abzulassen.

Kurt war noch immer sehr enttäuscht, aber jetzt sehr zufrieden, diesen engen Slowfox mit Mathilde tanzen zu können. Er tanzte diesen Tanz natürlich nicht so eng wie Alberto, denn er wollte seinen Schwarm, seine Liebe, auf keinen Fall erschrecken. »Mathilde, so ein Pech, dass wir deine Schwester und die ganze Tanzschulrunde getroffen haben, ich wäre lieber alleine mit dir hier gewesen.« »Ach so, wärst du das?« »Ja, das wäre sicherlich noch netter gewesen.« »Hmmm«, antworte Mathilde, in Gedanken versunken. Sie beobachte Eduardo, der zuerst angeregt mit Hilde am Tisch gesprochen hatte und sich nun mit ihr auf die Tanzfläche begab.

Eduardo bemerkte den Blick von Mathilde und zog deshalb seine Tanzpartnerin, die Hilde, viel enger an sich, als es notwendig gewesen wäre. Diese registrierte das sofort und wusste auch, warum, denn sie hatte die beiden beobachtet. Sie schmunzelte nur verstehend. Sofort wandte Mathilde ihren Kopf ab und war einfach nur wütend und enttäuscht.

Die Einzigen, die von alldem wieder nichts mitbekamen, waren Christa und Peter, sie genossen es sichtlich, diesen Tanz gemeinsam zu tanzen, denn Peter tat nichts lieber, als seine Christa im Arm zu halten, und Christa liebte es, in seinen Armen zu liegen. Sie schmiegte sich ganz eng an ihn und registrierte sofort, dass Peter ein wenig mit seinen Hüften wegrückte, denn er wollte seine Christa nicht erschrecken. Diese lächelte nur und schmiegte sich wieder so eng an ihn, dass Peter sich nicht helfen konnte, auch wenn er mit noch so viel Anstrengung versuchte, seine Gedanken in eine andere Richtung zu lenken, so regte sich trotzdem etwas in seiner Hose, wenn er Christa so nah bei sich spürte. Christa hatte das nun ja schon mehrmals bemerkt und sich zwischenzeitlich schlaugemacht, das heißt, sie hatte in einem Medizinbuch ihrer Eltern alles über das männliche Glied nachgelesen. Sie drückte sich noch enger an ihn und brachte den armen Peter damit ganz aus der Fassung. Christa schmunzelte.

Sie tanzten alle noch eine Weile und wechselten auch die Partner, nur Eduardo forderte Mathilde nicht ein einziges Mal zum Tanz auf, was diese wiederum vor Wut schäumen ließ.

So gegen 21 Uhr 45 meinte Eduardo nur: »Meine Neuberger-Damen, es ist Zeit, nach Hause zu fahren.« »Was meinst du damit?« »Liebe Mathilde, ich werde euch beide, wenn Kurt es gestattet«, dabei blickte er keine Widerrede duldend Kurt an, der wiederum ganz eingeschüchtert nur zustimmend nickte, »nach Hause fahren. Ihr müsst spätestens um 22 Uhr dort sein.« Mathilde trotzig: »Kurt hat mich abgeholt und wird mich nun auch nach Hause bringen! Was soll ich sonst meinen Eltern erzählen?« »Ganz einfach, dass Christa und ich beim Schultanz kurz vorbeigeschaut und dich dann von dort gleich mitgenommen haben.« »Das wäre eine Lüge!« »Ach ja, also wäre es dir lieber, Mathilde, wenn wir deinen Eltern erzählten, dass du statt auf dem Schulfest in einem Tanzcafé warst.« Mathilde schäumte vor Wut, denn darauf konnte sie nichts erwidern. Nun gab auch noch Christa ihren Senf dazu: »Da muss ich Eduardo recht geben. Du kommst mit uns nach Hause und basta.« So einen Ton war Mathilde überhaupt nicht von Christa gewöhnt und blickte nur schmollend und beleidigt in die Runde.

Peter sagte: »Ich muss heute auch früher nach Hause, darf ich dich auch schon zurückbringen, Estelle?« Estelle war sichtlich enttäuscht, denn sie wäre noch gerne länger mit Alberto hier im Lokal geblieben, aber sie wusste, dass sie zu Hause nicht ohne Peter ankommen durfte, also folgte sie brav und sagte nur: »Ja, natürlich!« Alberto blickte ebenfalls enttäuscht drein oder versuchte es zumindest und schlug vor: »Aber ich könnte doch Estelle nach Hause bringen.« Fragend blickte Peter auf Estelle, aber diese verneinte: »Das ist lieb von dir, Alberto, und ich wäre auch sehr gerne geblieben und hätte mich von dir nach Hause bringen lassen, aber leider geht das nicht, denn ich muss mit Peter zurück nach Hause kommen, denn sonst käme auch ich in große Schwierigkeiten. Das verstehst du sicherlich, oder?«

»Natürlich, Estelle, das ist auch gut so, dass du so beschützt wirst«, antwortete Alberto, dachte dabei aber: Wie kann ich sie dann nur alleine treffen, wenn sie dauernd so beschützt wird? Es kam ihm eine Idee: »Liebe Estelle, du wolltest dir ja immer den Film Frühstück bei Tiffany mit Audrey Hepburn anschauen, den zeigen sie morgen um 15 Uhr im Annenhof-Kino. Glaubst du, dass du mit mir dorthin gehen kannst?« Estelle freute sich sehr darüber, dann dachte sie krampfhaft nach. »Ich könnte meinen Eltern sagen, dass ich mich mit einer Freundin verabredet habe, wo sollen wir uns treffen?« »Ich dachte, vielleicht zehn Minuten davor vor dem Annenhof-Kino, wenn es dir recht ist?« Und ob es mir recht ist, dachte hocherfreut Estelle. »Ja gerne. Ich werde morgen um 14 Uhr 50 vor dem Kino sein.«

Hilde kam sich in letzter Zeit etwas überflüssig vor, deshalb fragte sie Peter:»Könntest du so lieb sein und mich auch nach Hause bringen?«»Aber Hilde«, antwortete Alberto, auf einmal wieder ganz Gentleman,»das werde selbstverständlich ich tun.«»Ja? Fährst du denn jetzt auch gleich nach Hause?«»Natürlich, Hilde, komm wir gehen.« Hilde drehte sich zu Peter um:»Danke dir, Peter, nun doch nicht nötig. Danke trotzdem.«

Eduardo half beiden Damen in seinen Porsche, Mathilde musste hinten sitzen und Christa auf dem Beifahrersitz.

Christa ermahnte Mathilde noch einmal:»Also, Schwesterherz, nur zur Erinnerung, wir haben dich beim Schultanz abgeholt, weil wir neugierig waren, und du warst nie in diesem Tanzcafé, ansonsten würden sich unsere Eltern zu große Sorgen machen.«»Ist schon gut, werde mich schon nicht verplappern.«

Kaum beim Hause der Neubergers angekommen, wurde auch schon die Türe von Herrn Dr. Hubert Neuberger selbst geöffnet, denn er hatte den ganzen Abend wie auf Nadeln zu Hause gesessen und an seine Töchter gedacht, vor allem an Mathilde, seine Jüngere, die heute ja sozusagen das erste Mal mit einem Jungen ausging. Erstaunt und fragend zugleich blickte er auf den Porsche. Sie stiegen aus, Mathilde lief ihm entgegen und umarmte ihren Vater. »Mathilde, warum kommst du mit Eduardo und Christa nach Hause?«»Papa, die beiden haben mich vom Schultanz abgeholt. Anscheinend machst nicht nur du dir Sorgen um mich, sondern auch Christa und Eduardo.«»Ach so.« Nun näherten sich auch Eduardo und Christa. »Hallo, mein Schatz.« Hubert Neuberger umarmte seine Tochter und schüttelte Eduardo die Hand. »Guten Abend, Eduardo.« »Guten Abend, Hubert.«»So eine Überraschung, du selbst machst uns die Tür auf.«»Na ja, habe euch schon kommen

gehört und da bin ich gleich zur Türe gelaufen.« Nun kam
auch Helga Neuberger ihnen entgegen und korrigierte ihren Mann:»Du warst den ganzen Abend unausstehlich,
weil du mir immer wieder mit deinen Fragen auf die Nerven gegangen bist: Was wird sie jetzt wohl machen? War
es auch richtig, dass wir sie haben ausgehen lassen? Ist sie
nicht doch noch zu jung?«
Alle lachten und dann gingen sie gemeinsam ins Haus.
Eduardo blieb nur auf einen Drink, dann verabschiedete er
sich, denn er musste noch für seine Prüfung lernen.»Hast du
morgen Zeit, mit mir zum Übungsabend zu gehen?«»Liebe
Christa, nein, morgen kann ich beim besten Willen nicht
kommen, denn ich habe am Montag eine große Prüfung,
aber vielleicht kannst du ja mit unserer Tanzschulgruppe
gehen?« Eduardo schaute fragend in Richtung von Helga
und Hubert, aber Herr Neuberger schüttelte verneinend
den Kopf.»Nein, liebe Christa, wenn Eduardo nicht dabei
ist, habe ich kein gutes Gefühl und viel zu sehr Angst um
dich. Bitte sei uns nicht böse, aber wir sind der Meinung,
dass du morgen den Übungsabend vielleicht einmal auslas-
sen solltest.« Christa war sehr enttäuscht, aber irgendwie
verstand sie die Sorge ihrer Eltern, denn auch heute hatte
sie sich ja umgekehrt um ihre Schwester gesorgt. Schade,
dass ihre Eltern den Peter nicht als ihren Partner akzeptieren würden, denn der würde ganz bestimmt auf sie aufpassen und sicherlich würde ihr in seiner Gegenwart nichts
passieren.
Peter brachte Estelle nun schon vom sechsten Tanz-
schul-Samstagabend wieder sicher nach Hause, wo wie
immer Rosalinde schon auf die beiden wartete.»Guten
Abend, Peter, möchtest du noch auf einen Drink mit hineinkommen?«»Danke dir, liebe Rosalinde, das ist sehr
nett, aber ich bin müde und würde jetzt gerne nach Hause

fahren. Gute Nacht, Estelle, dann bis morgen zum Übungsabend.« Denn Peter wusste ja zu diesem Zeitpunkt noch nicht, dass seine Christa morgen nicht würde kommen können.»Guten Abend, Rosalinde.«»Guten Abend, Peter, danke dir, dass du immer so nett bist und Estelle sicher nach Hause bringst. Wir sind dir sehr dankbar dafür.«

**

Am Sonntag machte Estelle voller Eifer das Frühstück für Rosalinde und ihren Vater und stand sogar früher als Rosalinde auf, also bereits um 7 Uhr. Sie richtete alles sehr liebevoll her und kurz danach erschien auch schon Rosalinde.»Was ist denn heute los? Warum verwöhnst du uns denn so?«»Gar nichts«, schwindelte Estelle ein wenig,»ich wollte mich nur bei euch bedanken, dass ihr so nett zu mir seid und ich die Tanzschule besuchen darf.« Rosalinde lächelte glücklich:»Das freut mich, mein Kind, dass es dir dort so gut gefällt. Es wurde ja auch Zeit, dass du einmal unter Leute kommst und etwas anderes siehst als nur deine Arbeit.« Estelle und Rosalinde begannen zu frühstücken und Estelle überlegte dabei krampfhaft, wie sie es heute nur erreichen könnte, ins Kino gehen zu dürfen. Nach einer Weile fasste sie Mut und fragte:»Rosalinde, du weißt ja, ich habe dir erzählt, dass wir in der Tanzschule noch zwei andere Paare kennengelernt haben, Christa und Eduardo sowie Hilde und Alberto.«»Ja, das hast du. Ist die Christa nicht die Schwester von Mathilde, bei der du vergangenes Wochenende zu ihrem Geburtstagsfest eingeladen warst? Bei der extrem reichen Familie?«»Ja, das ist richtig. Das war wirklich ein tolles Fest und nächste Woche sollen wir auch Fotos bekommen, das hat zumindest gestern Christa versprochen. Aber etwas ganz anderes. Gestern hat mich

Hilde, die Partnerin von Alberto, gefragt, ob ich nicht mit ihr heute Nachmittag um 15 Uhr ins Kino gehen möchte. Es wird der Film *Frühstück bei Tiffany* mit Audrey Hepburn gespielt. Ich war ja noch nie im Kino, aber würde so gerne einmal hingehen. Selbstverständlich bezahle ich das Ticket selbst.«

»Was bezahlst du selbst?«, ertönte nun die strenge Stimme ihres Vaters am Eingang zur Küchen. »Guten Morgen, Papa!«»Guten Morgen, Robert, hast du gut geschlafen, mein Schatz?«, fragte Rosalinde. »Guten Morgen«, brummte ihr Mann zurück. »Also, du hast mir nicht geantwortet, Estelle, was bezahlst du selbst.«»Ein Ticket fürs Kino, für die heutige Nachmittagsvorstellung.«»Ins Kino? Wer hat dir denn erlaubt, dorthin zu gehen?«»Bis jetzt noch niemand, Papa. Aber als du gekommen bist, habe ich gerade Rosalinde davon erzählt, dass Hilde, eine Tanzschulkollegin, heute Nachmittag gerne mit mir ins Kino gehen würde.«»Ein Mädchen fragt ein anderes Mädchen? Zu meiner Zeit hat ein Junge ein Mädchen gefragt.«»Ja, zu deiner Zeit, lieber Papa«, antwortete, bereits etwas verzweifelt, Estelle. »Aber wenn nur zwei Mädchen gehen, ist es auch ungefährlicher«, schaltete sich nun auch, für Estelle Partei ergreifend, Rosalinde ins Gespräch ein. »Robert, sie wollen sich Frühstück bei Tiffany anschauen und das ist für Burschen ein zu romantischer Film. Ich für meine Person kann gut verstehen, dass sich diesen Film nur zwei Mädchen anschauen wollen.«»Kannst du das, Rosalinde?«, zog sie ihr Mann ein wenig auf, dann wieder in Richtung Estelle: »Wann möchtest du denn gehen, Estelle?«»Der Film beginnt um 15 Uhr, also würde ich um 14 Uhr 30 mit der Straßenbahn von zu Hause wegfahren, um rechtzeitig dort zu sein, und der Film dauert, glaube ich, etwas mehr als zwei Stunden. Peter würde mich dann von dort abholen, wir würden gemeinsam zum Übungsabend fahren und danach würde er mich wieder, wie jeden Sonntag davor, nach Hause bringen.« Estelle wurde ganz heiß im Gesicht, denn sie war es nicht gewohnt, zu lügen, und noch dazu hatte sie Peter noch gar nicht in ihre Pläne eingeweiht, das heißt, sie müsste ihn erreichen, bevor ihr Vater und Rosalinde herausbekommen würden, dass er sie gar nicht abholen würde, sondern dass Alberto angeboten hatte, sie gleich nach dem Film zum Übungsabend zu bringen. »So, so du bist dir sicher, dass Peter nicht auch im dunklen Kinosaal mit dir sitzt.« »Ja, ganz sicher, Papa, denn Peter hat eine fixe Freundin und geht mit mir nur in den Tanzkurs, weil seine Eltern euch so gut kennen.« »Ja, das ist ja ganz was Neues, seit wann hat der Bursche eine Freundin? Wer ist sie denn?« »Das ist Christa«, sagte jetzt wahrheitsgetreu Estelle. Nun Rosalinde: »Christa, die Christa, die auch mit euch zur Tanzschule geht?« »Ja, genau diese Christa, und ihre Eltern erlauben ihr auch nur in die Tanzschule mit einem Jungen zu gehen, dessen Familie sie gut kennen.« Rosalinde blickte erstaunt und fragte neugierig: »Und wenn ihr dann beim Tanzkurs seid, tanzt du dann nur mit dem Peter und die Christa mit dem Eduardo, obwohl sie Peters Freundin ist?« Estelle, sowieso nicht besonders redegewandt, hatte nun nicht nur sich selbst, sondern auch den Peter in eine verzwickte Situation gebracht, sie wusste nicht, was sie antworten sollte, sondern blickte etwas verzweifelt, bevor sie sich entschied, den beiden zumindest einen Teil der Wahrheit zu sagen: »Ja, im Grunde genommen tanze ich trotzdem nur mit dem Peter und die Christa mit dem Eduardo und maximal einen Tanz pro Abend tanzt vielleicht der Peter mit seiner Christa, denn Christa wurde sehr streng erzogen und folgt brav den Anweisungen ihrer Eltern, sowie ich auch, was aber nichts an der Situation ändert, dass die beiden ein Paar sind.« »Ach, so ist das«, antwortete nun etwas lauter ihr Vater. »Und du bist ganz sicher, dass du nur mit der Hilde ins Kino gehen willst?«, fragte er. »Ja, Papa«, log dieses Mal Estelle sehr gekonnt, was sogar sie selbst verwunderte. Aber sie wollte heute unbedingt mit ihrem Schwarm Alberto ins Kino gehen, koste es, was es wolle. Einzig allein leid tat ihr dabei Rosalinde, die immer so gut zu ihr gewesen war, denn sie hat es ganz bestimmt nicht verdient, angelogen zu werden. Aber was hätte Estelle anderes machen können? Hätte sie Rosalinde die Wahrheit gesagt, hätte diese ehrliche Seele sicherlich nicht ihren Ehemann belogen und dann hätte ihr Vater ihr nie dazu die Erlaubnis gegeben. Ganz langsam begann nun Robert Hofer sein Frühstück zu essen und die Zeitung zu lesen, wobei er Estelle ignorierte. Rosalinde schenkte ihm seinen Kaffee ein und gab Estelle ein Zeichen, indem sie mit ihren Augen zwinkerte und ihr bedeutete, einstweilen ihren Vater in Ruhe zu lassen. Nachdem in den Augen von Estelle fast eine halbe Ewigkeit vergangen war, antwortete ihr Vater: »Na gut, Estelle, von mir aus darfst du heute Nachmittag ins Kino gehen, aber Punkt 20 Uhr bist du wieder zu Hause, verstanden?« »Ja, Papa, danke dir.« Sie sprang von ihrem Sitz auf und drückte ihrem Vater ganz spontan einen Kuss auf die Wange. »Danke.« Dann ging sie zu Rosalinde und küsste diese ebenfalls auf die Wange.

Am Vormittag half Estelle, wie immer brav, Rosalinde, die Wohnung zu putzen – dann, so kurz vor Mittag, fragte sie, ob sie kurz spazieren gehen dürfte. Erstaunt blickte Rosalinde Estelle an, denn so etwas hatte sie noch nie verlangt, nickte aber trotzdem zustimmend mit ihrem Kopf. Estelle ging zur nächsten Telefonzelle und rief den Peter an. Gott sei Dank war er selbst am Apparat. »Maier«, meldete er sich am Telefon. »Peter, hallo, hier ist Estelle.« »Estelle?«, rief

Peter sehr verwundert aus. »Ja, ich bin es. Peter, ich habe eine riesengroße Bitte an dich.« »Ja, ich höre.« »Könntest du heute so lieb sein und mich nicht von zu Hause zum Übungsabend abholen?« »Also möchtest du heute nicht zum Übungsabend gehen?« »Doch, das möchte ich sehr gerne, aber es ist nur so, ich treffe mich davor mit Alberto und gehe mit ihm ins Kino, er wird mich gleich direkt hinbringen, aber das dürfen meine Eltern natürlich nicht wissen.« »Ich verstehe, und ich soll dein Alibi sein?« »Nicht so ganz, ich habe gesagt, dass ich mit Hilde ins Kino gehe und dass du mich vom Kino abholst und von dort zum Übungsabend bringst.« »Ich soll also für dich lügen?« »Bitte, Peter, bitte.« »Aber du weißt schon, dass ich diesem Alberto nicht traue.« »Ja ich weiß, kann mir zwar nicht vorstellen, warum du ihn so wenig magst, aber glaube mir, im Kino kann nichts passieren, und dann kommen wir ja eh zum Übungsabend.« »Das heißt, falls ich mitmachen sollte, dann treffen wir uns bei der Tanzschule Kummer?« »Ja, genau, und dann habe ich noch eine Bitte an dich, du müsstest mich dann nach Hause bringen, um 20 Uhr muss ich heute Abend schon zurück sein. Ginge das?« »Ich weiß nicht, ob ich wirklich für dich lügen soll, nicht dass ich dir nicht gerne einen Gefallen täte, aber dass dieser Alberto dabei ist, gefällt mir gar nicht.« »Bitte, bitte, hilf mir, dann hast du etwas gut bei mir.« Noch getraute sich Estelle nicht, ihm zu gestehen, dass ihre Eltern jetzt wussten, dass er mit Christa befreundet ist, dass das eigentlich sogar seine Freundin ist. Aber das wollte sie ihm erst heute Abend auf dem Nachhauseweg gestehen. Erleichtert legte Estelle den Hörer auf und ging wieder zurück zur Wohnung von Rosalinde und Robert Hofer. Irgendwie fühlte sie sich dabei nicht gut, denn diese Lügerei und Schummelei war nichts für sie, aber dann dachte sie an Alberto und ihr schlechtes Gewissen war im Nu verflogen.

Die Zeit verging wie im Fluge, bis es endlich so weit war, dass sie von zu Hause wegfahren konnte. Estelle hatte sich heute wieder für das dunkelblaue Kleid mit dem Mantel in derselben Farbe entschieden, nicht, dass sie viel Auswahl hatte, aber sie wollte heute besonders schön aussehen und das tat sie auch. Ihre Augen leuchteten voller Vorfreude, die Haare glänzten seidig schwarz und dieses Kleid ließ sie immer aufs Neue sehr elegant aussehen. Punkt 14 Uhr 30 stieg sie in die Straßenbahn und fuhr in Richtung Kino. Alberto schlief, wie meistens an einem Sonntag, sehr lange und freute sich schon auf das Kino mit Estelle. Er zog den Anzug für die Tanzschule an, band sich aber eine dunkelgrüne Krawatte um, die die Farbe der Augen von Estelle hatte, und machte sich in seinem Auto auf zum Kino.

Wie vereinbart, wartete Alberto ab 14 Uhr 45 vor dem Kino. Estelle kam mit der Straßenbahn um 14 Uhr 50 an und sah ihn schon vom Fenster aus auf der gegenüberliegenden Straßenseite. Sie war so glücklich, denn dieser attraktive Mann dort drüben wartete auf SIE, ja, auf sie. Irgendwie konnte Estelle ihr Glück kaum fassen. Sie stieg aus der Straßenbahn aus und ging raschen Schrittes, ja, sie lief fast auf Alberto zu, der gerade noch eine Zigarette geraucht hatte und diese in diesem Moment austrat. Gekonnt zauberte er ein strahlendes und gewinnendes Lächeln auf sein Gesicht, als er Estelle auf sich zukommen sah. »Hallo, Estelle, das finde ich aber toll, dass du kommen konntest«, dabei drückte er ihr einen Kuss auf die Wange. Estelle blickte sich etwas ängstlich um, hoffentlich hatte das niemand gesehen, der sie beziehungsweise ihre Familie kannte. »Hallo, Alberto, ja ich freue mich auch schon so sehr auf diesen Film.«

»Komm, lass uns hineingehen, Estelle.« Alberto nahm ihre Hand und zog sie in den Kinosaal, davor wurden noch ihre Tickets kontrolliert. »Danke, Alberto, dass du die Tickets bereits gekauft hast. Was schulde ich dir?« »Gar nichts, mein Engel, nur ein Lächeln.« Estelle lachte ihn freudestrahlend an. »Danke für die Einladung.« »Bitte, gerne, mein Schatz.« Dann setzten sie sich. Estelle blickte sich interessiert um, sie war heute das erste Mal in einem Kinosaal und war ganz überrascht über die Größe der Leinwand und die vielen gemütlichen Samtsessel. Wie ein Kind, welches das erste Mal Weihnachten erlebt, nahm Estelle all diese Eindrücke in sich auf. Sie war wieder einmal überwältigt. »Mein Gott, ich wusste nicht, dass ein Kino so gemütlich ist.« »Heißt das etwa, dass du noch nie in einem Kino warst?« »Ja, das heißt es, lieber Alberto. Heute ist mein Debüt.« »Du bist süß, das ist ja großartig, das heißt, ich bin der ERSTE, mit dem du ins Kino gehst.« »Ja, Alberto, das bist du, mein Erster.« »Dein Erster«, wiederholte Alberto und dachte, aber nicht nur auf diesem Gebiet will ich dein Erster sein.

Plötzlich wurde es dunkel im Kinosaal, der fast ausverkauft war, und der Film wurde gezeigt. Sobald die Lichter erloschen waren, nahm Alberto auch schon Estelles Hand in die seine und hielt sie ganz fest. Estelle wusste nicht, ob sie ihre Hände Alberto aus Anstand entziehen sollte, stattdessen hielt sie ganz ruhig inne und genoss die Wärme seiner Hand auf der ihren. Der Film faszinierte Estelle so sehr, dass sie bald vergaß, dass Alberto ihre Hand hielt, und immer, wenn eine romantische Szene gezeigt wurde, küsste Alberto ganz liebevoll zuerst den Hals von Estelle, dann ihre Ohren und strich mit seinen Lippen über ihre Wangen. Nur auf ihren Mund küsste er sie nicht, obwohl Estelle auf einmal ein großes Verlangen danach verspürte. Irgendwie wusste sie nicht, wie ihr geschah. Sie schwebte im siebten Himmel. Sie saß neben ihrer Liebe, sah sich im

Kino einen romantischen Film an und spürte die Liebkosungen von Alberto. Ganz gebannt verfolgte Estelle die Handlung des Filmes und bewundert Audrey Hepburn, ihre Schönheit, ihre Eleganz und ganz besonders gefiel sie ihr mit dem schwarzen Hut und dem schwarzen Kleid sowie der langen weißen Perlenkette.

In diesem Moment hoffte Estelle, dass der Film nie zu Ende gehen und dass es immer so bleiben würde.

Aber auch der schönste Augenblick ist einmal vorüber und das Licht brachte Estelle wieder zurück in die Realität und aus der Trance heraus, die sie verspürt hatte. »Na, Estelle, wie hat dir der Film gefallen?« »Sehr gut, ich habe noch nie so etwas Schönes gesehen.« »Das freut mich zu hören, dass es dir gefallen hat.« Ganz verliebt schaute Alberto das Mädchen vom Lande an. In diesem Augenblick fühlte er sich unwahrscheinlich hingezogen zu ihr. Es reizte ihn diese Unverdorbenheit, dieses sich noch über etwas so extrem freuen Können. Er war gerührt. »Wollen wir schon in Richtung Tanzschule fahren? Wir könnten die Zeit, die wir zu früh dran sind, nutzen und dort spazieren gehen beziehungsweise ein Picknick veranstalten.« »Ein Picknick?«, fragte erstaunt Estelle. »Ja, ich habe ein paar Leckereien eingekauft, wie eine Leberpastete und ein gutes Brot, auch eine Flasche Sekt und Gläser dazu habe ich mitgebracht.« »Aber ich darf ja noch keinen Alkohol trinken.« »Na ja, Sekt ist ja auch in diesem Sinne nicht gerade Alkohol, sondern eher ein Sprudelwasser mit besserem Geschmack.« Estelle blickte einerseits ein wenig skeptisch, folgte dann aber Alberto nur zu gerne zum Auto. Sie war einfach glücklich, mit ihm zusammen zu sein, und dachte an nichts anderes mehr als an ihn.

Bei der Tanzschule angekommen, parkten sie und Alberto holte eine Decke aus dem Auto sowie den Picknick-

korb und zog Estelle auch schon mit sich fort in den na-
hegelegenen Wald, beim Kunstteich vorbei, bis sie auf der
anderen Seite zu einer kleinen Lichtung mit einem Stück
Wiese kamen. Niemand anderer war dort und man konnte
dieses Stück weder von der Tanzschule aus noch von sonst
wo in der Nähe sehen, denn es war gut hinter einem Stück
Felsen versteckt. Genau dort breitete Alberto die Decke
auf. »Estelle, bitte setz dich doch und lass dich ganz von
mir verwöhnen.« Dabei schaute er ihr tief in die Augen und
Estelle wurde ganz mulmig zumute. Dann war Alberto abgelenkt, indem er aus dem Picknickkorb zwei Sektgläser
zauberte sowie eine Flasche Sekt, dann die Pastete, mehrere Wurstsorten sowie verschiedene Brote, die er fein
säuberlich auf zwei Tellern kunstvoll drapierte. Irgendwie
wurde man das Gefühl nicht los, dass er das nicht das erste
Mal machte.

Estelle schaute ihm mit ihren großen, grünen Augen gespannt dabei zu, sie registrierte seine feingliedrigen Hände
mit den langen Fingern, die alles sehr gekonnt auf den
mitgebrachten Tellern arrangierten. Dann setzte Alberto
sich neben Estelle auf die rot-weiß-dunkelblau gemusterte
Decke und öffnete sehr gekonnt die Sektflasche, schenkte
ihnen beiden ein und reichte eines der Gläser Estelle. »Auf
unseren Tanzkurs und unser heutiges erstes Rendezvous,
welches wunderschön ist, und mögen noch viele folgen.«
Dabei hob er sein Glas. Estelle folgte seinem Beispiel, hob
auch das ihre und erwiderte den Toast: »Mögen noch viele
folgen.«

Obwohl die Sonne noch immer sehr warm herabschien,
begann sie doch langsam zu sinken und veränderte dadurch auch ein wenig ihre Farbe, war nun nicht nur mehr
grellgelb, sondern orangegelb, was wiederum für die ganze
Stimmung und Farbenpracht wie eine Art Weichzeichner

wirkte. Ein lauer Wind wehte und eine Haarsträhne fiel in das Gesicht von Estelle, welche Alberto ganz langsam und sehr liebevoll zur Seite strich. In dieser langsamen Bewegung, die an und für sich eine völlig harmlose ist, war trotzdem so viel Erotik mit hineingelegt, dass sogar ein Außenstehender, wenn er diese Szene beobachtet hätte, dies hätte fühlen können. Diese sanfte Berührung setzte den ganzen Körper von Estelle auf 200 Volt, jede Faser ihrer Haut sowie die darauf befindlichen Härchen signalisierten Hochspannung.

Sie tranken vom Sekt und dann legte Alberto sich einfach auf die Decke und schaute in den Himmel. Estelle wusste nicht, wie sie reagieren sollte, sollte sie ihm folgen und sich auch hinlegen oder sollte sie doch besser sitzen bleiben, sie entschied sich für Ersteres. »Estelle, schau nur, wie klar der Himmel heute ist, nicht ein einziges Wölkchen trübt ihn.« »Ja, er ist wunderschön.« »Vielleicht ist das ein Zeichen für uns beide, nichts trübt unsere Gemeinsamkeit.« Estelle wusste nicht so recht, was sie mit dieser Bemerkung anfangen sollte, deshalb zog sie es vor, lieber stumm zu bleiben. »Ach, Estelle, ich würde dich jetzt so gerne küssen, aber ich finde dich so attraktiv, dass ich für nichts garantieren kann, wenn ich dich jetzt küsse.« »Was meinst du damit, Alberto?«, fragte Estelle völlig naiv und unschuldig. »Du weißt schon, Männer lieben das Küssen, wollen aber meistens noch ein wenig mehr.« Irgendwoher hatte Estelle Folgendes gehört: »Solange wir nicht miteinander schlafen, ist es schon okay, oder? Nur, wenn man miteinander schläft, dann muss man auch heiraten.« Alberto konnte sein Lachen nicht zurückhalten, sondern prustete lauthals heraus: »Das war jetzt aber nicht dein Ernst, Estelle, oder?« Jetzt war Estelle total verwirrt und schaute ihn sehr verunsichert, aber auch ein wenig verärgert sowie gekränkt an. »Was meinst du damit, Alberto, du verwirrst mich?« Alberto, sofort wieder einlenkend und ganz Gentleman: »Keine Angst, mein Liebling, wir werden nichts machen, was du nicht machen möchtest. Und mit dem Heiraten wollen wir noch ein wenig warten, oder?« Estelle nickte erleichtert und atmete tief durch, interpretierte sie doch seine Aussage so, dass er sie sicherlich heiraten würde. »So, jetzt trink noch einen Schluck Sekt, meine Liebe, und schau dir dieses schöne Naturschauspiel an.« In diesem Moment flog gerade ein weißer Schmetterling vorbei und setzte sich auf das Kleid von Estelle. Sie lächelte und freute sich wahnsinnig darüber, nicht, dass sie eine allzu große Tierliebhaberin gewesen wäre, sondern weil dieser Schmetterling dieses Szenario noch malerischer und schöner machte. Estelle fühlte sich in diesem Moment so leicht und unbeschwert, vielleicht war es ja auch der Sekt – sie hatte vor lauter Aufregung bereits das ganze Glas leergetrunken –, vielleicht war es aber nur der zauberhafte Spätnachmittag an diesem ganz speziellen Sonntag oder ihr erstes Rendezvous. Was es auch war, Estelle verspürte eine Leichtigkeit, die sie nur zu gerne öfter verspürt hätte, aber ihr bisheriges Leben war nicht immer einfach gewesen, sodass so eine Leichtigkeit ein purer Luxus gewesen wäre. Estelle ließ sich auf die Decke fallen, sie schaute in den Himmel und genoss diese Situation in vollen Zügen. Plötzlich beugte sich Alberto über sie und ganz langsam näherte sein Gesicht sich dem ihren, bis er seinen Mund auf ihren legen konnte. Estelle hielt ganz still, einerseits war ihr ein wenig bange, aber andererseits kribbelte es in ihrem ganzen Körper und jede Faser desselben wollte Alberto, ja, sie wollte ihn besitzen. Nicht, dass Estelle dieses Gefühl zu diesem frühen Zeitpunkt hätte selbst analysieren können, aber sie war wie betäubt.

Alberto, ein sehr geübter und routinierter Liebhaber, fuhr zuerst mit seinem Zeigefinger die Konturen ihres Gesichtes ab, dann zeichnete er mit diesem Finger ihre Augenbrauen nach, fuhr über ihre geschlossen Augenlider, dann über ihre Nase, bis er den Mund erreichte, dann strich er ganz zart mit dem Finger darüber, aber er küsste ihn nicht. Der Körper von Estelle bäumte sich auf und sie wusste in diesem Moment nicht, wie ihr geschah, sie wusste nur, dass es in ihrem Inneren schrie: »Mehr, mehr, küss mich endlich!« Aber Alberto küsste sie nicht, noch nicht, sondern streichelte ganz zart ihren Hals, weiter ihren Arm, landete dann vorsichtig in der Nähe ihrer Brust, berührte diese aber nicht, sondern streichelte stattdessen nur behutsam ihren Körper. Dann erreichte seine Hand ihre Hüfte, er streichelte auch diese, ohne jedoch das Kleid zu heben und sie in eine vielleicht zu ungewohnte Situation zu bringen. Alles in Estelle war angespannt, sie wartete und wartete, wusste eigentlich in diesem Moment noch nicht worauf, aber sie war so gespannt. Dann strich seine Hand weiter entlang eines ihrer Beine und dann wieder von unten hinauf über das zweite Bein. Dann endlich küsste er sie voller Leidenschaft und Estelle erwiderte diesen Kuss, sie hatte sich vom letzten Mal sehr wohl gemerkt, dass die Zungen sich gegenseitig streicheln. Sie genoss es und immer und immer wieder küssten sie sich. Estelle konnte gar nicht genug bekommen.

Während sie sich küssten, lag Alberto nicht auf Estelle, sondern noch brav neben ihr auf dem Bauch. Plötzlich stoppte er das Küssen. Estelle wusste nicht, wie ihr geschah, aber noch bevor sie weiterdenken konnte, nahm Alberto einen Grashalm in seine Hand und wiederholte mit diesem, was er vorher mit seinem Finger gemacht hatte, er strich damit über das Gesicht, die Augenbrauen, die Nase, die Lippen und dann weiter den Hals entlang, nur dieses Mal blieb er mit dem Grashalm beim Ausschnitt ihres Kleides kurz stehen und strich dann mit dem Grashalm über ihre Brüste beziehungsweise ummalte diese wie mit einem Bleistift, er zeichnete damit einen Kreis, der immer enger wurde, und blieb dann an der Brustwarze stehen. Aber bei all dem war Estelle noch völlig bekleidet und den Grashalm konnte sie kaum spüren, obwohl das Kleid aus ganz dünnem Material war. Estelle wurde ganz heiß, obwohl es eigentlich um diese Uhrzeit an diesem lauen Maisommertag so langsam kälter wurde. Aber all das bekam Estelle nicht mit, sie spürte oder glaubte nur zu spüren, dass der Grashalm ihre Brüste berührt hatte, und bevor ihr das Ganze zu Bewusstsein kam, wanderte dieser Grashalm auch schon weiter in richtig Bauchnabel, dann zu ihrem Schambein, berührte dieses aber nicht, sondern er strich nur daran vorbei, dann bis hin zu den Beinen und ganz langsam streichelte Alberto mit ihm das erste Bein, bis er bei den Schuhen von Estelle angekommen war. Ganz vorsichtig zog er sie aus und berührte mit dem Grashalm dann ihre Fußsohlen (Gott sei Dank war Estelle nicht kitzlig) und dann die zweite Fußsohle und strich dann den anderen Fuß entlang mit dem Grashalm hinauf und wiederholte das Ganze, bis er beim Gesicht angekommen war. Dann küsste Alberto Estelle aufs Neue. Diese glaubte nun, dass sie dringend aufs Klo müsste, denn sie verspürte, dass es in ihrem Höschen ganz nass geworden war. Jetzt war Estelle total verwirrt, aber Alberto ließ ihr keine Zeit, verwirrt zu sein, sondern streichelte dieses Mal ganz vorsichtig mit seiner Hand ihre linke Brust, dann ihre rechte, aber noch immer mit dem Kleid dazwischen. Estelle begann ganz schwer zu atmen. Ihr ganzer Körper schrie: »Mehr, mehr, das tut so gut!« Wieder nahm Alberto ganz vorsichtig seine Hand vom Körper von Estelle, griff stattdessen nach dem Glas Sekt und trank eine Schluck daraus, dabei ließ er Estelle nicht eine einzige Sekunde aus seinen dunkelblauen Augen, sondern sah ganz tief in die ihren. Estelle war nurmehr verwirrt, sie wollte ihn, warum hörte er denn nur auf, was sollte das? Noch bevor sie weiterdenken konnte, kam er mit seinem Mund zu dem ihren und sagte:»Trink, Estelle.« Während er das sagte, öffnete sie ihre Lippen und ganz langsam ließ er einen Tropfen nach dem anderen von dem Sekt, den er soeben getrunken hatte, in ihren Mund fallen und Estelle trank den Sekt aus seinem Munde. Sie schluckte und wollte, dass seine Zunge wieder die ihre massiert, aber nein, das tat sie nicht.

Stattdessen küsste Alberto ihr Kinn, dann ihre Ohren, dann ihren Hals und wanderte mit dem Mund hinunter in Richtung ihrer Brüste, langsam öffnete er mit seinen Händen ihr Kleid und streifte es etwas zur Seite, sodass Estelles weißer BH zum Vorschein kam, dann öffnete er mit einer Hand den Träger des BH, sodass seine Lippen auf der Brust von Estelle Platz fanden und kein Stoff mehr dazwischen lag. Er berührte die Brust mit seinem Mund ganz vorsichtig und sehr langsam strich Alberto mit seiner Zunge über den Brustansatz hinauf zur Brustmitte, bis er bei der Brustwarze angelangt war, welche er mit einer kreisenden Zungenbewegung bis zur halben Ekstase von Estelle streichelte. Estelle atmete schwer. Dasselbe machte er mit der zweiten Brust. Sie war so erregt, dass sie nicht einmal bemerkt hatte, dass sie jetzt sozusagen oben ohne auf der Decke lag.

Dann, ganz langsam, bewegte sich die Zunge von Alberto wieder in Richtung des Mundes von Estelle. Er wollte sie auf keinen Fall erschrecken. Trotzdem rückte sein Körper etwas näher an sie heran, sie spürte etwas Hartes in seiner

Hose. Langsam nahm Alberto die Hand von Estelle und flüsterte ihr ins Ohr: »Liebling, bitte, kannst du ihn massieren?« Estelle tat automatisch, wie ihr gesagt wurde, und massierte sein Glied. Er zeigte ihr, wie er es gerne hatte, und sie tat es genau so, aber Alberto hatte seine Hose an und diese noch nicht geöffnet. Jetzt flüsterte er wieder ins Ohr: »Liebling, ich sterbe fast vor Verlangen, aber natürlich werde ich mich wegen dir zurückhalten, aber kannst du mich auch ohne Stoff dazwischen massieren?« Estelle nickte, wie unter Trance. »Ja«, hauchte sie. Alberto öffnete ganz langsam den Reißverschluss seiner Hose, dann zog er diese ein wenig hinunter sowie auch seine Unterhose, nahm Estelles Hand und führte sie zu seinem Glied. Er wollte, dass sie es mit ihrer ganzen Hand umfasst und dann auf und nieder bewegte – auf und nieder. »Jetzt nochmals auf und nieder.« Während Estelle das machte, küsste er sie und streichelte immer wieder abwechselnd ihre Brüste, aber seine Hand fuhr nicht hinunter zu ihrem Kleid, noch nicht, er wollte sie nicht verschrecken.

Stattdessen begann er nun auch schwer zu atmen. »Baby, weiter so, noch mehr, hmmmm, das tut gut, ich komme, ich komme.« Estelle hatte nicht die geringste Ahnung, was er mit »Ich komme, ich komme« meinte, aber sie folgte seinen Anweisungen und massierte ihn immer und immer wieder, auf und ab, auf und ab. Alberto konnte nicht mehr, sein Samen ergoss sich über die Hand von Estelle. Dieser Vorgang holte Estelle aus ihrer Hypnose zurück. Sie spürte etwas Nasses auf ihrer Hand. Alberto beruhigte sie zugleich: »Danke, mein Schatz, du hast mir ungemein geholfen. Nehme an, dass du nicht weißt, was jetzt passiert ist. Also ich hatte einen Samenerguss, denn du hast mich so aufgeregt, und jetzt möchte ich gerne, dass du einen Orgasmus hast.« »Was ist ein Orgasmus.« »Dachte mir schon, dass du das nicht weißt, aber ich möchte, dass jede Faser deines Körpers angespannt ist, bis etwas in dir eruptiert.« Neugierig schaute Estelle Alberto an. »Darf ich das mit dir machen?« »Solange du nicht mit mir schläfst, warum denn nicht!«, sagte Estelle, die nur eines wollte, von ihm berührt werden und sonst gar nichts.

Wieder begann Alberto, aber dieses Mal mit einem Grashalm, ganz langsam jeden Körperteil von Estelle zu berühren. Dies sanfte, fast nicht spürbare Berühren, angefangen beim Gesicht, hinunter zu den Brüsten, bis, von unten angefangen, die Beine entlang, geschah fast in Zeitlupe. Dann begann Alberto sie zu küssen, ganz sanft, und dann streichelte er sie – davor blickte er sie an und sie nickte nur – stark erregt – und er streichelte sie mehr und mehr und ... ja, der Körper war so angespannt und fühlte sich so unglaublich gut an, dass Estelle vor Lust stöhnte und Alberto lächelte. Ja er hatte sie zum Höhepunkt gebracht ... »Was ist mit mir geschehen?«, fragte Estelle. »Wir haben doch nicht Sex gehabt, oder?« »Nein, du Dummerle, wir haben uns lediglich lieb gehabt.« Sie lagen noch eine Weile auf der Decke und blickten zum Himmel hinauf, der heute besonders strahlend blau zurückschien, so als ob auch er lächelte und sagen wollte: »War das nicht wunderschön?«

Alberto sah auf die Uhr und sagte zur Estelle; »Ich glaube, dass wir gehen sollten, denn der Tanzkurs hat bereits begonnen.« »Was? Wie spät ist es denn schon?« Es war bereits fünf Minuten nach 18 Uhr – dem Beginn des Übungsabends.

Hastig stand Estelle auf, strich sich ihr Kleid zurecht und Alberto hob die Decke auf. Dann begann Estelle zu laufen – Richtung Tanzschule, denn sie wollte nicht, dass Peter dachte, sie hätte eine Dummheit gemacht. Dummheit – habe ich denn eine gemacht?, grübelte Estelle. Nein, sie hatte ja nur ihren zukünftigen Ehemann etwas näher kennengelernt, oder? Alberto lächelte. Die Estelle ist ja doch eine leichte Beute, dachte er, aber noch werde ich ein paar Mal mit ihr spielen, bevor ich tatsächlich zuschlage ... Er summte ein Lied vor sich hin und folgte Estelle nur langsam in dieselbe Richtung – dann rief er ihr nach: »Estelle, ich glaube, dass es besser ist, wenn wir getrennt in der Tanzschule erscheinen, ich will ja nicht deinen guten Ruf ruinieren. Geh du einmal vor und ich komme dann in zehn Minuten nach.«

Die Tanzstunde hatte bereits begonnen und Peter tanzte inzwischen mit Hilde, denn seine geliebte Christa durfte ja heute nicht zum Übungsabend kommen, da Eduardo für seine Prüfung lernen musste. GRRRR, die Tür knarrte, als Estelle sie öffnete und alle Paare sowie die Tanzlehrerin blickten auf sie. Estelle wurde knallrot und murmelte: »Liebe Frau Kummer – bitte entschuldigen Sie meine Verspätung, der Bus war verspätet.« »Na ja, eigentlich schätze ich Pünktlichkeit, aber so etwas kann schon einmal passieren, oder? Also weitermachen!« In diesem Moment war der Langsame Walzer zu Ende und Frau Kummer sagte: »Aufstellung bitte, die Damen auf die linke Seite und die Herren auf die rechte Seite und dann haben wir Damenwahl.«

Peter sah Estelle fragend und auch ein wenig vorwurfsvoll an, aber diese blickte in eine andere Richtung, um ja nicht in Verdacht zu kommen, oder vielleicht auch, weil sie Peter angelogen hatte, der ja glaubte, dass sie nur im Kino gewesen sei. Peter ging dann zum Rand des Tanzschulsaals und wartete, bis er aufgefordert wurde. Beim nächsten Tanz ging Estelle auf ihn zu, denn ein nettes junges Mädchen hatte Alberto aufgefordert, wahrscheinlich eine aus einer höheren Tanzschulgruppe, denn sie tanzte bereits ausgezeichnet.

Heute ging die Tanzschulgruppe danach nicht mehr aus, denn Christa und Eduardo waren nicht dabei und Estelle wollte heute lieber pünktlich zu Hause sein, plagte sie doch ihr schlechtes Gewissen. Eduardo musste lernen und Peter wollte heute ohne Christa nirgends hingehen – aus diesem Grund verspürte auch Hilde keine Lust. Außerdem war sie sehr sauer auf Alberto, der hatte sie heute versetzt und nicht zum Übungsabend abgeholt, sie musste alleine, also mit dem Bus dorthin fahren. Als Alberto den Tanzsaal betrat, wusste Hilde sofort, dass etwas passiert sein musste, denn Alberto lächelte selbstgefällig. Aber als Hilde ihn zur Rede stellte, log er sie nur an und sagte:»Musste heute am Sonntag ausnahmsweise arbeiten, tut mir leid, dass ich dich nicht mehr rechtzeitig verständigen konnte ...«

Als sie sich alle verabschiedeten, flüsterte Alberto Estelle ins Ohr:»Freue mich auf nächste Woche, mein Lämmchen.« Und wieder wurde Estelle rot, denn sie dachte an ihr einzigartiges Erlebnis auf der Decke im Grünen. Außer Hilde schienen die anderen davon nichts zu bemerken, denn sie waren alle damit beschäftigt, sich zu verabschieden.

Hilde blickte Alberto auf der Heimfahrt vorwurfsvoll an. Alberto bemerkte den Blick und fragte:»Was? Warum siehst du mich so an?«»Du weißt, warum!«»Nein, das weiß ich nicht! Habe mich ja schon entschuldigt, dass ich so spät war, aber ich konnte dich wirklich nicht mehr verständigen.« Den Rest der Fahrt nach Hause verbrachten sie schweigend.

***

Die nächste Woche verging für Estelle wie im Fluge, wie im Traum, sie verrichtete ihre Arbeit wie in Trance – immer und immer wieder durchlebte sie diesen Augenblick auf der Decke im Grünen ... sie war einfach nur verliebt ... und sogar, wenn sie ihr Chef tadelte, bekam sie das eigentlich gar nicht mit, denn sie befand sich ja im siebten Himmel, wo alle nur mit einer rosaroten Brille herumlaufen.

Alberto hatte seinen Kumpeln bereits ausführlich von seinem kleinen Sonntagsabenteuer auf der Wiese berichtet und prahlte damit, dass er der beste Verführer der Welt sei und bald wieder eine Jungfrau auf seine endlose Eroberungsliste setzen könnte.

***

Im Krankenhaus

Estelle lächelt (tja, noch ist ihre Welt in Ordnung – alles scheint sich so gut anzufühlen, so richtig). Es klopfte und herein kommt eine Dame mittleren Alters in einem einfachen Mantel. »Fräulein Bauer?« Estelle nickt und die Frau nähert sich ihrem Spitalbett. Estelle weiß nicht, warum, aber irgendwie hat sie Angst vor ihr. »Ich bin Frau Sommer vom Jugendamt und müsste Ihnen ein paar Fragen stellen.« Estelle nickt nur stumm. »Bitte ziehen Sie sich den Morgenmantel über, denn das, was ich mit Ihnen gerne besprechen möchte, ist sehr privat und dafür wollen wir doch besser ins Besprechungszimmer gehen.«

Estelle macht stumm, was ihr aufgetragen wurde, und folgt der Dame vom Jugendamt. »Bitte setzen Sie sich doch.« Frau Sommer holt langsam ein paar Papiere aus ihrer Tasche und Estelle rutscht unruhig auf ihrem Sessel hin und her. »Fräulein Bauer, Sie haben Herrn Alberto Wagner als Vater Ihrer Tochter angegeben. Sind Sie ganz sicher, dass Herr Wagner der Vater Ihres Kindes ist?« Estelle nickt und schaut die Dame vom Jugendamt fassungslos an – sie kann in diesem Moment kein Wort herausbringen, ihr Hals ist wie zugeschnürt. Frau Sommer schaut Estelle lange forschend an, dann wiederholt sie die Frage: »Sind Sie ganz sicher?« Mit einem krächzenden »JA«, welches nun bereits in Tränen erstickt wird, antwortet Estelle.

Erst jetzt beginnt sie die Ungeheuerlichkeit dieser Frage zu begreifen. »Warum fragen Sie?«, würgt sie heraus. »Weil Herr Wagner behauptet, dass er sicher NICHT der Vater sei und sie sowieso mit jedem schlafen würden.« Jetzt kann sich Estelle nicht mehr zurückhalten und beginnt laut zu schluchzen. Frau Sommer beobachtet sie mit Argusaugen und nach einer Weile sagte sie schließlich:»Kindchen, beruhigen Sie sich erst mal. Ich glaube Ihnen ja, aber es wird für Sie nicht leicht werden, denn Sie werden wahrscheinlich vor Gericht müssen und so eine Vaterschaftsklage kann ein Jahr dauern, bis Sie eine finanzielle Unterstützung erwarten können. Außerdem sind Sie noch minderjährig und bis zu Ihrer Volljährigkeit wird der Staat die Vormundschaft für Ihre Tochter haben.«

Estelle hat vor lauter Kummer und Schmerz, in den sich jetzt auch noch Wut mischt, nicht ganz mitbekommen, was Frau Sommer sagt, und fragt deshalb:»Was heißt das?«»Im Moment hat der Staat die Fürsorge für Ihr Kind, also im erweiterten Sinn habe ich als Vertreterin des Fürsorgeamts zu entscheiden, was aus dem Kind wird!« Verständnislos blickt Estelle die Frau vom Jugendamt an. »Wann werden Sie volljährig? Also nächstes Jahr?«Estelle nickte.»Haben Sie einen Rechtsanwalt, der Sie vertreten könnte?«»Nein«, antworte Estelle wie in Trance. Alberto hat Sie doch gerade erst besucht und war so nett und hat sich mit ihr gefreut – die Dame will sicherlich zu einer anderen Frau, denkt sie verzweifelt. Aber diese Frau hat doch den Namen von Alberto genannt, also war doch sie gemeint, oder?»Na, dann wird Ihnen einer vom Staat zur Verfügung gestellt, denn als Lehrling in einem Lebensmittelladen verdienen Sie viel zu wenig. Ich werde morgen noch mal zu Ihnen kommen – mit den notwendigen Papieren. Jetzt gehen Sie zuerst einmal auf Ihr Zimmer zurück und ruhen Sie sich aus. Auf Wiedersehen und bis morgen!«»Auf Wiedersehen«, erwidert Estelle mit gedrückter Stimme. Dann geht sie mit schleppendem Schritt wieder auf ihr Spitalzimmer und legt sich hin, sie zieht die Decke bis zum Kinn hinauf und weint leise, bis der Schlaf sie endlich gnädig in das Reich der Träume holt.

***

Endlich war wieder Samstag – Tanzschultag! Estelle hüpfte diesmal noch leichtfüßiger und schneller aus dem Bett als die Samstage davor – sie summte sogar ein Lied unter der Dusche, was eigentlich überhaupt nicht ihre Art war. Seit sie bei ihrem Vater und ihrer Stiefmutter wohnte, hat sie noch nicht ein einziges Mal gesummt, auch davor nie, sie war kein fröhliches Wesen per se, vielleicht wegen der Isolation in ihrer Jugend oder einfach, weil so ihr Wesen war. Wie auch immer, an diesem Samstag summte sie, die Sonnenstrahlen umarmten sie und sie hätte umgekehrt die Welt umarmen können! Sie eilte sogar fröhlich zu ihrer Arbeitsstelle.

Wie immer holte sie Peter von zu Hause ab und sie fuhren gemeinsam zu ihrer siebten Tanzschulstunde. Die anderen waren auch wieder da und gleich beim ersten Tanz forderte Alberto sie auf. Sie wiederholten den Tanz von der letzten Kursstunde. Alberto flüsterte Estelle ins Ohr: »Liebling, ich habe dich so schrecklich vermisst. Kein Augenblick ist vergangen, an dem ich nicht an dich gedacht habe!« »Mir ist es auch so ergangen«, sagte Estelle freudestrahlend. Sie-gessicher lächelte Alberto über Estelle hinweg. Und genau in diesem Augenblick schaute Hilde, die gerade mit Eduardo tanzte, auf die beiden. Oh je, oh je, hat Alberto wieder seine Finger nicht von Estelle lassen können, dachte sie. Ich muss Estelle warnen, vielleicht kann ich es auf der Toilette tun.« Eduardo hatte Hildes Blick bemerkt. »Na, wer wird denn beim Tanzen so grimmig schauen?« »Oh, es ist nicht wegen des Tanzens, das macht mir doch Spaß, es ist wegen

Alberto!«»Was ist mit ihm?«»Schau doch nur hin!«, dabei deutete sie auf die beiden.»Ich dachte, dass du nicht auf Alberto stehst!«»Das tue ich auch nicht, aber ich fürchte, dass Estelle vor ihm nicht sicher ist.«»Aber wir lassen sie doch die ganze Zeit nicht aus den Augen, da kann eigentlich nichts passiert sein.«»Du kennst Alberto nicht, der lügt und betrügt und findet immer Wege, um zu seinem Ziel zu kommen. Ich kenne ihn nur zu gut.«»Na, dann werden wir eben noch besser aufpassen.« Und mit diesen Worten schwenkte Eduardo sie herum.

Peter war so glücklich, endlich seine Christa wieder im Arm zu halten, dass er davon nichts mitbekam. Leider, denn wenn er Verdacht geschöpft hätte, wäre vielleicht das Kommende zu verhindern gewesen!

Wie immer gingen sie anschließend in das Tanzcafé. Alle sechs waren guter Stimmung und wie in den vorangegangenen Wochen brachten Peter und Eduardo ihre jeweiligen Tanzpartnerinnen danach pflichtbewusst und pünktlich nach Hause. Auch Alberto, der ja nicht anders konnte, brachte Hilde zurück und ging danach, wie immer, noch in sein Stammlokal, wo Berta arbeitete und ihn nach ihrer Schicht immer in ihrem kleinen Zimmer über dem Lokal seine Sorgen vergessen ließ – sie war eine ebenso routinierte Liebhaberin wie Alberto und er brauchte so etwas – eine Frau, die alles tat, keine Forderungen stellte, die einfach nur da war und außerdem noch ganz hübsch war. Berta war einfach superbequem für Alberto und deshalb liebte er sie fast – auf seine Art, falls er überhaupt dazu fähig war.

***

Wieder war eine Woche vergangen und der Tanzschulsamstag nahte. Estelle war sehr aufgeregt, nahm sich für

Samstag sogar einen Urlaubstag und leistete sich den Luxus, zum Friseur zu gehen. Sie ließ sich ihre Haare ein wenig schneiden, dann noch kunstvoll aufstecken und fühlte sich wie eine ganz feine Lady, war sie doch erst das zweite Mal in ihrem Leben bei einem Friseur. Davor hatte immer ihre Mutter ihre Haare geschnitten und jetzt tat es Rosalinde für sie. Nicht, dass Rosalinde keine gute Arbeit leistete. Nein, Estelle wollte sich nur einmal so fühlen wie die anderen Mädchen von der Tanzschule und sich verwöhnen und »verschönern« lassen. Sie genoss es sichtlich, im Friseursessel Platz zu nehmen, sich ihre Haare waschen zu lassen, das fühlte sich so gut an und dann hatte sie endlich einmal Zeit, ein Magazin in aller Ruhe zu lesen. Das war purer Luxus für Estelle, denn wann hatte sie schon Zeit zum Lesen? Vielleicht am Abend, aber da sie als Lehrling in diesem Feinkostladen wirklich hart arbeiten musste, war sie am Abend meistens viel zu müde dazu, fiel nur ins Bett und schlief sofort ein. Somit war das etwas ganz Besonderes für Estelle und als sie aus dem Friseursalon trat, fühlte sie sich wirklich großartig, selbstsicher sogar und glaubte in diesem Augenblick selbst, dass sie wirklich schön sei. Jede Frau ist auf ihre Art und Weise schön, aber Estelle fehlte normalerweise irgendwie das Strahlen, denn auch wenn eine Frau äußerlich nicht den Schönheitsidealen der Zeit entspricht, dann gibt doch schöne Frauen, die von innen her, also durch ihre inneren Werte Schönheit ausstrahlen. Eigentlich war Estelle kein wirklich guter Mensch, sie hatte es ja auch nicht gelernt, fehlten ihr in ihrer Jugend doch die sozialen Kontakte, und dann hatte sie noch eine Mutter, die nicht viel übrig hatte für ihre zwei Töchter von zwei verschiedenen Vätern. Wie hätte sie da auch Güte entwickeln können? Aber heute, an diesem speziellen Samstag strahlte sie, innerlich wie äußerlich. Sie schmunzelte, dachte sie doch an die zärtliche Umarmung von Alberto.

Aus diesem Grund hatte sie wohl auch ihre ganzen Ersparnisse von der Bank abgehoben, nicht dass es gerade eine große Summe gewesen wäre, aber für Estelle waren es doch mehr als zwei Jahre Arbeit gewesen, diese zusammenzubekommen. Damit ging sie in ein Geschäft, ein bekanntes Damenmodengeschäft, und kaufte sich ein neues Kleid für den Abend. Estelle hatte das Gefühl oder besser gesagt, verspürte den unwiderstehlichen Drang, heute müsste sie noch schöner als sonst aussehen für ihren Alberto, der sie ja bald heiraten würde. Das kornblumenblaue Rohseidenkleid war einfach geschnitten, aber bezauberte gerade dadurch mit schlichter Eleganz. Sie fühlte sich fast wie Audrey Hepburn in *Frühstück bei Tiffany*.

Alberto hatte ihr letzten Sonntag bei der Verabschiedung einen Zettel in ihre Hand gedrückt: »Treffen nächsten Samstag beim Stadtparkschlössl um 15 Uhr«. Wie einen Schatz bewahrte Estelle diesen Zettel auf und fieberte die ganze Woche dem Treffen entgegen. Und wieder log sie ihren Vater und Rosalinde an, sodass diese glaubten, dass sie heute arbeiten müsse und erst am Nachmittag zum Friseur ginge. Also hatte Estelle einen freien Samstagnachmittag.

Als Estelle sich an diesem Samstag mit Alberto traf, starrte dieser sie gleich verblüfft an. »Du siehst einfach umwerfend aus, mein Darling.« Estelle strahlte ihn ebenfalls an und selbstsicher erwiderte sie: »Das ist alles, kein weiteres Kompliment zu meinem neuen Kleid?« Alberto sah sie mit seinem unwiderstehlichen Lachen an: »Du bist heute die schönste Frau hier ...« Er verschloss seine Hände über ihrem Rücken und sah tief in ihre Augen: »Ich nehme an, dass das genügen muss ... Nun bist du an der Reihe ...« »Du siehst auch nicht schlecht aus ...« »Was heißt das schon wieder – nicht schlecht …?« Sie lachte zurück und errötete leicht: »Gut siehst du aus, wie immer.« »Das ist schon besser.«

Dann küsste sie Alberto auf den Mund, aber Estelle blickte sofort erschrocken um sich, denn in aller Öffentlichkeit wollte sie ihn nicht küssen, denn noch waren sie ja nicht verheiratet. »Na, schau nicht so, mein Lämmchen, es hat uns schon keiner gesehen. Darf ich dich auf ein Eis im Stadtparkschloss-Café einladen?« Sie nickte stumm. Er bestellte für sie einen Erdbeer-Schokolade-Eisbecher und erzählte von seiner Woche. Estelle hing an seinen Lippen. Was ist das doch für ein attraktiver Mann, dachte sie, und er gehört nur mir, mir ganz allein. Dabei schmunzelte sie und Alberto fragte: »Warum schmunzelst du, mein Engel?« Wieder errötete sie leicht und lachte nur. »Keine Antwort?« »Nein, kein Kommentar!«

»Na, gut, dann werde ich dir von meiner Überraschung für dich erzählen.« »Welche Überraschung denn?« »Ein Freund von mir wohnt dort drüben, gleich neben dem Park, und er ist derzeit auf Urlaub und hat mir den Schlüssel für seine Wohnung gegeben.« »Was heißt das?« »Das heißt, mein Schatz, dass wir ein paar Minuten ganz für uns alleine haben, ohne die Öffentlichkeit, und dass ich dich dann endlich küssen kann, ohne dass du besorgt umherblickst.« Estelle dachte an die Küsse von letzter Woche und wollte gerne noch mehr davon haben, doch gleichzeitig sagte ihr Instinkt, sie solle nicht mitgehen. Aber ihr innerer Widerstand schmolz dahin, als sie in seine Augen blickte, und dann sagte Alberto noch einmal: »Bitte, ich möchte dich doch so gerne für ein paar Minuten nur für mich alleine haben.« Sie nickte und schon bezahlte Alberto die Rechnung, er nahm Estelles Hand und zog sie in Richtung des Apartments. Dort angekommen, sperrte er die große Eingangstüre auf, doch noch zögerte Estelle. Alberto drückte ihr einen Kuss auf die Wange, liebkoste ihren Hals und fuhr ganz langsam mit seiner Hand hinten hinauf bis zu ihren Ohren und dann strich sein Mund an ihrem Hals vorbei – und geschehen war es mit Estelle. Jeglicher Widerstand war dahingeschmolzen und sie gingen hinein und stiegen die Stufen hinauf bis zum zweiten Stock, wo sich die Wohnung befand.

Alberto öffnete und ließ dabei Estelle nicht aus den Augen. Ihr Blick flatterte, wieder das ungute Gefühl, aber Albertos Hände liebkosten ihr Gesicht und vorbei war es. Sie betraten die Wohnung, ein kleines Apartment mit zwei Zimmern, einem Wohnzimmer und einem Schlafzimmer, aber sehr gemütlich eingerichtet. »Setz dich doch, mein Liebling. Ich bringe uns gleich zwei Gläser Sekt, damit wir den würdigen Augenblick gebührend feiern können.« Fragend blickte Estelle Alberto an.» Na, den Augenblick, in dem wir ganz alleine sind.« Damit reichte er ihr ein Glas und sie stießen an. »Auf dein Wohl, mein Engel.« Estelle schmunzelte »Danke!« Beide tranken den Sekt und Alberto legte inzwischen eine Platte auf und bald ertönte das romantische Lied *Can‹t help falling in Love with you* von **Elvis Presley**. Estelle vergaß all ihre Sorgen.

»Noch ein Schluck Sekt, mein Darling?« Estelle nickte, obwohl sie vom ersten Glas schon leicht beschwipst war. »Darf ich bitten?« Dabei zog Alberto sie von der Couch hoch und sie tanzten und tanzten und Estelle fühlte sich so wohl in seinen Armen, dass sie die Augen schloss und sich dem Moment hingab und all ihre Alltagssorgen vergaß. Alberto beobachtete sie dabei, denn er wusste als Casanova ganz genau, wann der richtige Moment gekommen ist. Langsam begann er sein Spiel von letzter Woche zu wiederholen, er berührte sie nur ganz leicht, küsste sie nicht, aber streichelte sie ganz leicht und Estelle wollte mehr, sie wollte, dass er sie endlich küsste, also war sie diejenige, die sich ihm mit ihrem Mund näherte und sie fanden sich in einem innigen Kuss wieder, dabei aber wiegten sie sich noch immer im Tanz.

Ganz vorsichtig nahm Alberto Estelles Hand und zog sie Richtung Schlafzimmer. Estelle bekam gar nicht mit, wie ihr geschah, denn unter Albertos gekonnten Berührungen schmolz sie dahin und wollte mehr und mehr, langsam zog er sie aus, Stück für Stück bis zum Höschen und BH, dann zog er sich selbst komplett aus und ließ sie dabei nicht aus den Augen. Schmunzelnd stellte er fest, dass sie jede seiner Bewegungen verfolgte und ihn dabei gierig ansah. Dann legte er Estelle aufs Bett und sich dazu. Ganz langsam begann er wieder mit seinen Fingern über ihre Lippen zu streichen, weiter zu ihren Brüsten, öffnete vorsichtig ihren BH und dann zu ihrem Intimbereich. Estelle schreckte leicht zurück, aber Alberto machte nur »Pssst!«, dabei behielt er seinen Zeigefinger auf seinen Mund, als wolle er es noch betonen. »Ich werde nichts machen, was du nicht möchtest. Also schließe die Augen und genieße.« Estelle konnte nicht anders, sie folgte im wahrsten Sinne des Wortes seinen Anweisungen blind und genoss einfach nur seine Berührungen. Langsam führte er sein Glied in ihre noch völlig unberührte Vagina ein und immer mehr, bis ...

»Au...!« Estelle öffnete die Augen, aber Alberto sagte nur: »Schließe die Augen wieder, mein Schatz, es ist alles gut – und genieße.« Seine Bewegungen wurden rhythmischer und auch das Luststöhnen von Estelle setzte langsam wieder ein, nachdem der Schmerz nachgelassen hatte.

Nach einiger Zeit lagen beide erschöpft am Bett und erst jetzt begann Estelle zu realisieren, dass sie mit Alberto geschlafen hatte. »Mein Gott, was haben wir gemacht, damit sollte man doch bis nach der Hochzeit warten.« »Nein, man sollte es machen, wenn man Lust dazu hat. War es nicht schön, Liebling?« »Doch es war himmlisch, aber ...« »Pssst...«, und wieder legte Alberto seinen Zeigefinger auf seinen Mund. »Lass uns noch ein paar Minuten genießen, bevor wir gehen müssen, denn du musst ja noch nach Hause, damit dich Peter dort hochoffiziell abholen kann und deine Leute keinen Verdacht schöpfen.«

Alberto lächelte siegessicher. Wieder eine Jungfrau entjungfert, langsam macht das keinen Spaß mehr, es ist zu leicht gegangen, dachte er, eigentlich wollte ich damit noch warten und länger mit ihr spielen, na ja, habe ich doch jetzt schon meine Wette gewonnen – auch nicht schlecht. Irgendwie war Estelle zum Weinen zumute, auch wenn sie seine bösen Gedanken nicht erraten konnte, aber so gut sie sich davor noch gefühlt hatte, so schlecht fühlte sie sich jetzt. »Das hätte ich nicht vor unserer Hochzeitsnacht machen dürfen!«, flüsterte sie. Verwirrt blickte sie Alberto an, sagte aber in einem liebevollen Ton: »Liebling, du musst dich anziehen, damit ich dich nach Hause bringen kann.« Automatisch folgte Estelle seinen Anweisungen und zog sich an, dabei hatte sie Tränen in ihren Augen. Diese Ex-Jungfrauen werden immer so emotional – richtig lästig ist so etwas, dachte Alberto. Auch er zog sich rasch an und dann brachte er sie nach Hause, ließ Estelle aber eine Seitenstraße davor aussteigen. So schön und selbstsicher sich Estelle noch vor ein paar Stunden gefühlt hatte, so unsicher und schmutzig kam sie sich jetzt vor. Alberto drückte ihr noch einen Kuss auf den Mund. »Bis später, mein Liebling.« »Bis später«, murmelte Estelle.

Wie in Trance betrat sie die Wohnung von ihrem Vater und Rosalinde. Rosalinde wartete schon auf sie und öffnete gleich die Türe, als sie sie im Treppenhaus hörte. Estelle versuchte sich nichts anmerken zu lassen und lachte, aber Rosalinde spürte sofort, dass etwas nicht in Ordnung war. »Was ist denn los, Estelle?« »Ich bin mit der Frisur nicht zufrieden«, log sie schon wieder. »Aber das ist doch kein Grund, traurig zu sein. Ich kann dir die Haare nochmals neu und anders aufstecken, wenn du möchtest. Aber ich finde, dass du ganz toll aussiehst.« Dann bemerkte Rosalinde das neue Kleid und fragte erstaunt: »Wo hast du denn das hübsche Kleid her?« »Das habe ich mir von meinen Ersparnissen gekauft. Gefällt es dir?« »Es sieht wunderschön aus, dieses Blau betont noch das Schwarzblau deiner Haare und steht dir wirklich ausgezeichnet – du bist einfach schön damit.« »Danke.« Estelle zog sich auf ihr Zimmer zurück und war froh, dass ihr Vater heute arbeiten musste, denn irgendwie fühlte sie sich schmutzig und unrein und ... so wollte sie ihrem strengen Vater nicht gegenübertreten.

Sie ging sich duschen und zog dann das neue Kleid nochmals an, nur ihre Unterwäsche wechselte sie. Dann klopfte es und Rosalinde steckte ihren Kopf herein: »Soll ich dir die Haare neu machen, Estelle?« Estelle nickte nur stumm und Rosalinde begann Estelles Haare zu bürsten und nochmals zu bürsten und dann vollbrachte sie ein wahres Kunstwerk. Rosalinde schminkte Estelle auch und danach fühlte diese sich wieder etwas besser.

Zehn Minuten später läutete es und Peter stand vor der Tür. Ganz erstaunt blickte er auf Estelle. »Wow, du siehst heute wieder umwerfend aus.« »Danke«, lächelte Estelle zurück und schon waren sie zur Tür hinaus, nachdem Peter wie ein Gentleman und formvollendet wie immer Rosalinde begrüßt hatte.

Kaum bei der Tanzschule angekommen, hielt Estelle sofort Ausschau nach dem Opel Record P2 von Alberto, aber der stand noch nicht auf dem Parkplatz. Er kommt immer etwas später, versuchte sie sich zu beruhigen. »Ist alles in Ordnung, Estelle? Du wirkst plötzlich so unruhig.« »Ja, ja, alles okay. Lass uns hineingehen.«

Christa war schon in der Damenumkleide, heute trug sie wieder ein neues Kleid, ein schwarzes Kleid mit weißem Spitzenkragen und in der Mitte einem weißen Gürtel. »Wow, Estelle, dieses Kornblumenblau steht dir ausgezeichnet. Ist das Kleid neu?« »Ja, ich habe es mir heute von meinen Ersparnissen gekauft.« »Sieht wirklich sehr elegant aus. Du bist heute wunderschön und diese Aufsteckfrisur steht dir, du hast großes Glück mit deiner Mutter.« »Ja, Rosalinde, meine Stiefmutter hat wirklich ein Händchen dafür. Du hast schon wieder ein neues Kleid, Christa? Dieses Schwarz passt zu deinen blonden Haaren.« »Danke!« Fast hatte Christa ein schlechtes Gewissen Estelle gegenüber, denn für sie und ihre Familie war es nie ein Problem, etwas Neues zu kaufen. Sie waren gerade fertig und hatten die Tanzschuhe angezogen, als Hilde die Damenumkleide betrat. Sie wirkte ganz aufgewühlt, hatte zerzauste Haare und ein rotes Gesicht. »Hallo, ihr zwei!« »Hallo, fast zu spät, wie immer!« »Ja, Christa, Alberto ist nicht gerade zuverlässig, meistens kommt er zu spät und manchmal gar nicht, auch heute war ich nicht sicher, ob er nicht vergessen hat, mich abzuholen, und ich den Bus nehmen muss. Aber er kam gerade noch im letzten Moment.«

Schnell zog auch Hilde sich um und dann eilten alle in den Tanzsaal. Estelle erblickte Alberto sofort, er nickte nur in ihre Richtung und sie war sich gar nicht sicher, ob er ihr oder nur Christa zugenickt hatte. Sie wurde aus ihren Gedanken gerissen, als Frau Maria Kummer sagte: »Aufstellung bitte, meine Damen und Herren, die Damen auf dieser Seite und die Männer auf die gegenüberliegende Seite.«

Alle folgten gehorsam ihren Anweisungen. »Heute lernen wir wieder einen neuen Tanz und zwar den Cha-Cha-Cha, der Grundschritt ist der Rumba nicht unähnlich, aber statt in der Mitte den Schritt zu ziehen, tanzen wir Cha-Cha-Cha.« Frau Kummer zeigte den Damenschritt vor, zuerst einen Seitschritt links, dann rechts zurück und rechts zur Seite, Cha-Cha mit beiden Beinen und dann einen rechten Schritt nach vorn. Das Gleiche zeigte der Tanzlehrer, Herr Fritz, auf der anderen Seite den Burschen. Dann spielte Pauline einmal auf dem Klavier einen Cha-Cha-Cha und nun zeigten Frau Kummer und Herr Fritz vor, wie dieser Tanz als Paar gemeinsam getanzt aussah. Sie machten auch den New Yorker, den Hand to Hand, den Spot Turn, den Alemana Turn und den Hockey Stick.

»Keine Angst, wir lernen heute noch nicht alles, wir wollen uns erst einmal auf den Grundschritt konzentrieren und dann noch den Hand to Hand lernen. Danach wiederholen wir den Langsamen Walzer und lernen eine neue Figur dazu sowie auch Slowfox. Also, bitte fordern Sie eine Dame auf, meine Herren.«

Estelle blickte gespannt auf Alberto, aber dieser forderte nicht sie, sondern Hilde auf. Peter kam jedoch zu ihr und Eduardo forderte Christa auf. Enttäuscht begann Estelle mit Peter die Schrittfolge zu üben. Warum hat er mich ignoriert? Er schaut mich nicht einmal an. Was habe ich nur falsch gemacht ...? »Estelle, wir müssen den Schritt in diese Richtung machen«, riss Peter sie aus der Grübelei. Estelle versuchte sich zu konzentrieren, denn gerade heute wollte sie sich nicht blamieren, sondern gut ausschauen. Peter war zwar ein passabler Tänzer, aber er konnte seine Partnerin nicht mitreißen, denn er war ja auch noch in der Lernphase. Peter blickte immer wieder in Richtung Christa Warum kann ich nicht mit meinem Liebling tanzen, sondern muss mich immer wieder mit Estelle abgeben, die einfach wie ein Elefant im Porzellanladen tanzt? Christa tanzte inzwischen leichtfüßig mit Eduardo den Cha-Cha-Cha und bald hatten sie den Grundschritt so perfektioniert, dass Frau Kummer lobend bemerkte:»Sehr gut, genau so möchte ich diesen Grundschritt getanzt haben.« Dann ging sie auf Peter und Estelle zu und half Estelle, indem sie ihr immer wieder den Grundschritt vortanzte. Estelle wurde ganz rot, aber versuchte ihr Bestes und beherrschte bald gemeinsam mit Peter den neuen Cha-Cha-Cha-Schritt. Alberto schaute nicht ein einziges Mal zu Estelle hinüber, so als ob der heutige Nachmittag gar nicht stattgefunden hätte, er konzentrierte sich nur auf den Tanz.

Alberto brauchte sowieso keine Hilfe und tanzte mit seiner Tanzpartnerin Hilde bereits die anderen Figuren des Cha-Cha-Cha. Dann wurde der Cha-Cha-Cha mit Musik gespielt und alle tanzten ihn nochmals.»Sehr gut, meine Damen und Herren, und nun zur Wiederholung des Langsamen Walzers ...« Estelle tanzte den zweiten Tanz mit Eduardo, da Peter endlich seine Christa wieder im Arm halten wollte.»Mein Gott, Liebling, wie ich dich vermisst habe«, flüsterte er Christa ins Ohr.»Ich habe dich auch vermisst«

»Jetzt machen wir eine kurze Pause, meine Herrschaften, aber bevor Sie auf die Terrasse gehen, wollte ich Sie noch daran erinnern, dass das nächste Mal unsere letzte Kursstunde sein wird. Da werden wir versuchen, die gelernten Tänze alle zu wiederholen, und falls Sie Lust haben sollten, einen Fortsetzungskurs zu besuchen, dann melden Sie sich bitte gleich beim nächsten Mal dafür an. Wir bieten einen Folgekurs sowohl im Sommer als auch einen im Herbst an, genauer gesagt, im September nach den Ferien. Also, wenn Sie länger auf Urlaub sein sollten, dann schlage ich den

Herbstkurs vor.« Estelle wollte selbstverständlich gerne einen Fortsetzungskurs machen, war sich aber nicht sicher, ob Ihr Vater und Rosalinde den Kurs würden bezahlen können.

Alle gingen auf die Terrasse und Estelle stellte sich neben Alberto, der aber gleich zur Bar eilte, als ob er ihr entkommen wollte. Estelle konnte ihn wegen heute Nachmittag ja nicht vor den anderen ansprechen, deshalb blieb sie nur enttäuscht zurück. Auch Peter holte Getränke und bald hatten alle ein Glas in der Hand und sprachen über dies oder jenes, lachten und amüsierten sich, bis auf Estelle, die wie in Trance dort stand und nicht wusste, wie ihr geschah.

Vor nur wenigen Stunden war Alberto ganz der Gentleman und ein wunderbarer Liebhaber gewesen und jetzt reagierte er so, als würde er sie nicht kennen. Was war nur los? In diesem Moment lachte Alberto lautstark über einen Witz, den Eduardo gerade erzählt hatte, dann entschuldigte er sich und ging zum anderen Ende der Terrasse. »Entschuldigt bitte, habe gerade gesehen, dass dort drüben eine Bekannte von mir steht, die muss ich unbedingt begrüßen.« Estelles Magen verkrampfte sich und auf einmal hatte sie das Gefühl, als ob ihr Hals zugeschnürt würde, sie bekam keine Luft mehr, alles drehte sich um sie. Sie wurde knallrot, verlor plötzlich den Halt unter ihren Füßen und fiel ohnmächtig zu Boden. Christa beugte sich bestürzt über sie, auch die anderen, Hilde, Peter und Eduardo. Christa, Tochter eines Ärzteehepaares, holte aus ihrer Tasche ein kleines Fläschchen und hielt es Estelle unter ihre Nase, es war Riechsalz. Ganz langsam öffnete Estelle die Augen. »Wo bin ich? Was ist passiert?« »Ganz ruhig liegen bleiben, liebe Estelle, du bist ohnmächtig gewesen. Nach ein paar Minuten wird es dir wieder bessergehen und dann kannst du versuchen aufzustehen.« Estelles Augen suchten

Alberto, aber von dem war keine Spur zu erkennen, somit schloss sie nur enttäuscht ihre Augen und tat, wie Christa ihr aufgetragen hatte. »Peter, du solltest Estelle gleich nach dem zweiten Teil der Kursstunde nach Hause bringen, sie soll sich irgendwo hinsetzen oder sich auf die Couch dort drüben hinlegen. Inzwischen kam Alberto: »Was ist denn hier los, warum liegt Estelle am Boden?« Estelle schlug die Augen auf und blickte in Albertos Augen, der sofort wieder, fast wie gelangweilt, in eine andere Richtung schaute. Im Grunde genommen interessierte es ihn überhaupt nicht, was mit Estelle geschehen war, denn er dachte inzwischen bereits wieder an etwas anderes und zwar daran, dass er heute, gleich nach dieser Tanzstunde, in seine Stammkneipe gehen und seinen Wetteinsatz einlösen wollte. Hilde erklärte ihm: »Estelle ist ohnmächtig geworden!« Der Höflichkeit wegen antwortete Alberto: »Geht es ihr wieder besser?« »Ja, Gott sei Dank«, verkündete Eduardo, der Estelle vorsichtig hochhalf und sie zu einer Couch geleitete. »Bitte setz dich dort hin oder noch besser, leg dich hin. Ich werde gleich Frau Kummer Bescheid geben, dass es dir nicht gut geht.«

Frau Kummer eilte sofort, nachdem sie von dem Vorfall erfahren hatte, zu Estelle. »Fräulein Bauer, bitte legen Sie sich doch hin und ruhen Sie sich etwas aus. Hier ist ein kaltes Glas Wasser. Bitte trinken Sie es gleich aus. Sie werden sehen, dass es gleich besser wird. Aber heute würde ich vorschlagen, dass Sie nicht mehr weitertanzen, sondern sich nur ausruhen!« Dabei half sie Estelle beim Trinken des Wassers und Estelle nickte nur zustimmend.

Alle tanzten etwas besorgt weiter, außer Alberto, welcher sich leichtfüßig und fröhlich bewegte und dem die heutige Kursstunde besonderen Spaß zu bereiten schien. Wie immer gelangen ihm die Tanzschritte sofort und als besonderes Tanz-Naturtalent sah bei ihm alles perfekt aus. Für ihn war nichts wichtiger, als der Star zu sein. Estelle beobachtete ihn nur ganz still von der Couch aus und sah wie ihn viele Mädchenaugenpaare bewundernd folgten. Heute, an diesem Samstag, durfte er sogar einmal mit Frau Kummer vortanzen, was ihn noch eingebildeter machte, denn nur die Besten kamen zu diesem seltenen Vergnügen. Ganz kurz blickte er zu Estelle hinüber und als er bemerkte, dass sie nur ihn ansah, blickte er fast angewidert in eine andere Richtung und Estelle rann eine Träne die Wange hinunter.

**

Im Krankenhaus

Estelle hat die ganze Nacht diesen einen Tag Revue passieren lassen – dieser Samstag hatte ihr ganzes Leben verändert und von da an war nichts mehr in Ordnung. Die Tür wird geöffnet und die Krankenschwester bringt Estelles kleine Tochter Lisa ins Zimmer zum Stillen, es ist 4 Uhr früh. Müde und eigentlich unwillig blickt Estelle auf ihr Baby. Lisa sieht jetzt schon wie ihr Vater aus, deshalb werde ich sie nie mögen können, denkt sie verbittert. Die Krankenschwester blickt Estelle stumm an. Das arme Kind – ihre Mutter scheint nicht gerade begeistert von ihr zu sein.

Dann wird Lisa wieder in das Säuglingszimmer gebracht und Estelle versucht noch ein wenig zu schlafen, aber um 6 Uhr schreckt sie schon wieder hoch, denn die Nachtschwester verabschiedet sich und die Tagesschwester bringt den Müttern ihr Frühstück. Müde nimmt Estelle ein paar Bissen von ihrem Brot und trinkt ihren Kaffee, dann steht sie auf und geht sich duschen, bevor sie ein frisches Nachthemd anzieht, welches ihr Rosalinde gebracht hatte.

Punkt 8 Uhr klopft es und Frau Sommer von der Fürsorge kommt an ihr Bett. »Frau Bauer, können wir wieder in das Besprechungszimmer gehen?« Wie ein Opferlamm folgt ihr Estelle, aber noch bevor sie aus dem Zimmer sind, kommt wieder eine Krankenschwester und sagt: »Frau Bauer, Ihre Tochter will unbedingt noch etwas essen.« »Kein Problem, ich warte auf Sie im Besprechungszimmer, bitte kommen Sie, wenn Sie mit dem Stillen fertig sind.« Estelle geht ganz mechanisch zurück zu ihrem Bett, öffnet ihr Nachthemd und legt Lisa zum Stillen an ihre Brust, das Baby schmatzt und ist sichtlich zufrieden. Nur Estelle schaut befremdet, ja fast verachtend auf dieses kleine Ding. Tränen steigen ihr in die Augen, aber sie wischt sie sich sofort weg und versucht keine Emotionen zu zeigen, denn die Krankenschwester beobachtet sie ja.

Endlich hat Lisa genug getrunken und wird wieder weggebracht. Estelle macht sich auf und geht ins Besprechungszimmer, wo bereits Frau Sommer auf sie wartet.

»Wie geht es Ihnen heute, Frau Bauer, haben Sie gut geschlafen?« Estelle schüttelt den Kopf, sagt aber kein einziges Wort. »Das tut mir leid, tja, am Anfang ist es mit einem kleinen Baby nicht immer leicht. Gestern habe ich Frau Rosalinde Hofer getroffen, Ihre Stiefmutter, und die hat mich gefragt, ob Sie heute dabei sein dürfte. Aber ich habe ihr noch nicht zugesagt, wollte erst Sie fragen, ob das für Sie in Ordnung ginge.« Wieder nickt Estelle nur, aber dieses Mal bejahend. »Gut, dann gehe ich Frau Hofer holen.«

Als Rosalinde eintritt, scheint sich der ganze Raum irgendwie zu erhellen. Sie strahlt solch einen Optimismus aus, kommt sofort auf Estelle zu und drückt ihr einen Kuss auf die Wange. »Wie geht es dir, mein Kind? Konntest du wenigstens ein wenig schlafen?« Estelle findet endlich ihre Sprache wieder: »Nein, Rosalinde, heute hatte ich eine sehr schwierige Nacht, nicht nur wegen Lisa, auch wegen dem, was Frau Sommer mir gestern erzählt hat, dass Alberto behauptet, dass Lisa nicht seine Tochter sei und dass ich mit mehreren Männern Affären gehabt hätte.« Rosalinde drückt Estelle ganz fest an sich. »Dieser Mistkerl, was fällt ihm überhaupt ein? So ein Frauenheld und dann verleugnet er auch noch, dass er ein unschuldiges Mädchen verführt und dir das antut.«

Frau Sommer beobachtet diese Szene und sagt: »So, meine Damen, wenn es Ihnen recht ist, fangen wir jetzt an und besprechen, was getan werden kann. Liebe Frau Bauer, bitte erzählen Sie mir einmal ganz genau Ihre Version von der ganzen Geschichte.« Estelle blickt Frau Sommer fragend an. »Na, wer ist der Vater von Lisa und wann glauben Sie, dass es passiert ist, und ... erzählen Sie mir ein wenig von sich.« »Estelle, mein Liebling, du brauchst keine Angst zu haben, ich kenne Frau Sommer schon lange und sie will dir nur helfen, aber sie vertritt den Staat und muss all das machen, das verstehst du doch, oder? Bitte erzähle einfach ...« Estelle räusperte sich und beginnt ihre Geschichte zu erzählen, dabei blickt sie den beiden Damen traurig in die Augen. Sie beschreibt ihr erstes Mal und erzählt davon, dass Alberto sie eigentlich gleich am Abend danach schlecht behandelt hat, und davon, dass sie so verliebt in ihn war und ihm alles glaubte ... und auch davon, dass sie die ganze Zeit fest davon überzeugt war, dass er sie heiraten würde.

***

Endlich war die Samstag-Tanzstunde vorbei und Peter kam mit Christa auf sie zugeeilt: »Wie geht es dir, Estelle? Du hast uns ja einen Schrecken eingejagt!« »Ich werde dich gleich nach Hause bringen.« »Komm, gib mir deine Hand, sodass ich dich stützen kann.« Und Christa brachte Estelle ganz vorsichtig in die Umkleide, half ihr sogar beim Schuheausziehen. Auch Hilde half ihr. Dankbar schaute Estelle die beiden an. Draußen warteten bereits Peter und Eduardo auf die Damen. Hilde und Christa nahmen links und rechts von ihr je einen Arm und geleiteten sie zum Auto von Peter. »Bis gleich«, rief Peter zu Christa hinüber, »wir sehen uns dann im Tanzcafé.«
Estelle fühlte sich schrecklich, nicht so sehr wegen der

Ohnmacht, nein, davon hatte sie sich schon erholt, aber weil Alberto sie einfach ignorierte. Sie war so traurig und verstand die Welt nicht mehr. Was hatte sie nur falsch gemacht? Er fand es nicht einmal der Mühe wert, sich an diesem Samstag von ihr zu verabschieden.

Estelle sah Alberto auch nicht am darauffolgenden Tag beim Übungsabend, er erschien einfach nicht. Aber auch die Woche danach traf Estelle Alberto weder bei der nächsten Tanzstunde noch beim nächsten Übungsabend. Langsam, aber sicher begann sie sich Sorgen zu machen. Würde sie ihn überhaupt jemals wiedersehen? Und, was noch grotesker war, sie begann sich zu schämen. Sie zog ihren Kopf ein, sprach kaum mehr, außer das unbedingt Notwendige, und sie hörte sogar auf zu essen, denn ihre Kehle war wie zugeschnürt und sie bekam keinen Bissen hinunter. Schlafen konnte sie auch nicht mehr, deshalb hatte sie dunkle Augenringe.

Zwei endlos lange Wochen vergingen, Estelle vegetierte mehr dahin, als sie lebte. Sie ging mit hängenden Schultern herum, ihre Augen sahen stumpf aus tiefliegenden Höhlen heraus, sie lachte nicht, sie freute sich nicht, sie ärgerte sich nicht, sie war einfach nur traurig ... sie hatte das Gefühl für Zeit und Raum verloren.

Am Samstagmorgen kam Rosalinde ins Zimmer von Estelle: »Aufstehen, Estelle, die Sonne scheint und heute ist dein letzter Kursabend – freust du dich?«

Ungläubig blickte Estelle Rosalinde an. »Samstag«, murmelte sie. Ja, es war wieder ein Samstag und ein Funken Hoffnung keimte in ihr auf, sodass sie sich heute sogar wieder etwas zurechtmachte. Estelle zog wieder das dunkelblaue Seidenkleid an – das umgenähte und frühere Hochzeitskleid von Rosalinde, und bat ihre Stiefmutter, ihre Haare hochzustecken und sie zu schminken, was diese hingebungsvoll tat, und mit viel Schminke sah Estelle danach wieder etwas besser aus. Sie hatte fast vier Kilo abgenommen, was ihr eigentlich sehr gut gestanden hätte, wären die Kilos nicht nur aus Kummer heruntergepurzelt. Estelle versuchte sich zusammenzureißen und sogar ein wenig zu lächeln, nachdem sie wieder so hübsch von Rosalinde hergerichtet worden war. Trotzdem blickte Rosalinde besorgt auf Estelle. Aber auf ihre unzähligen Fragen gab Estelle keine Antwort außer dass sie ihr erklärte, dass sie viel Arbeit habe. Rosalinde fühlte, dass etwas nicht in Ordnung war, kannte aber die Ursache dafür nicht.

Heute holte Peter Estelle zur letzten Tanzstunde vor den Ferien ab. Estelle stieg ins Auto, schloss die Augen und hoffte inständig, dass wenigstens heute Alberto kommen möge. Und er kam – kam sogar geradewegs auf Estelle zu und begrüßte sie überschwenglich, als ob nichts gewesen wäre. Estelle strahlte ihn an und konnte ihr Glück kaum fassen. Jetzt wird alles gut und wir werden bald heiraten!

Hätte Estelle aber gewusst, dass ihr Alberto nur gekommen war, um eine zweite Wette mit seinen Kumpeln einzulösen, dann hätte sie wohl nicht so gestrahlt. Alberto hatte zwar den Samstagnachmittag vor zwei Wochen genossen, aber er empfand kein wirkliches Gefühl für Estelle und am Abend in der Tanzschule war sie ihm schon auf die Nerven gegangen, er konnte sie einfach nicht mehr anschauen. Er sah sie jetzt, wie sie wirklich war, etwas plump, nicht gerade hübsch und auch nicht sehr gebildet, zu anhänglich, ein Tanz-Desaster etc. Aber am Abend, als er dann alles genau seinen Freunden erzählt hatte, hörten diese gespannt zu und wollten jede Einzelheit erfahren. Alberto war an diesem Abend der Superstar. Er wollte immer im Mittelpunkt stehen und das gefiel ihm natürlich. Seine Freunde lösten den Wetteinsatz ein und spendierten mehrere Runden. Dann, zu sehr später Stunde, als alle betrunken waren, sagte einer von ihnen zu Alberto:»Na, alter Junge, glaubst du, dass du diese Unschuld vom Land, oder jetzt gefallenes Mädchen vom Lande, dir ganz hörig machen und uns einen Beweis dafür bringen kannst?«»Was meint ihr damit?«»Na, dass sie alles für dich macht, was du ihr befiehlst.«»Und wie soll ich euch das beweisen?«»Indem wir einmal zu dir kommen und du es demonstrierst!«»Aber das kann noch länger dauern und eigentlich gefällt mir die Kleine auch schon nicht mehr!«»Sie gefällt dir nicht mehr? Eigentlich kann einem das Mädchen leid tun.«»Aber geh, so eine braucht einem nicht leid zu tun, sie hätte das ja nicht machen müssen«, antwortete ein anderer.»Also zum Wetteinsatz: Wir zahlen dir vier Wochen lang alles, was du in unserer Stammkneipe konsumierst. Okay? Und umgekehrt musst du, falls du die Wette verlierst, auch etwas für uns tun.«»Ja, und was soll das sein?«»Du musst für uns eine Woche lang Sklave spielen.«»Na, hör mal, was meinst du damit wieder?«»All unsere Befehle ausführen, zum Beispiel unsere Autos reparieren, uns die Getränke bringen etc.«»Aber Sklave klingt ja schrecklich, also eines möchte ich klarstellen, vor euch auf die Knie fallen, werde ich nicht und auch sonst keine Obszönitäten machen. Der Rest scheint klarzugehen. Also die Wette gilt.« Seine Freunde nickten und bestellten bereits die nächste Runde.»Prost, meine Herren ...« Und die Burschen wurden immer lauter und tranken und tranken. Aber die Wette war nicht vergessen ...

Das darauffolgende Wochenende kam Alberto nicht zur Tanzstunde, weil Berta Urlaub hatte und er ein paar Tage mit ihr ins Grüne fuhr. Auf seine Art und Weise mochte er Berta, sie tat ihm gut und deshalb war sie wohl eine seiner bisher längsten Beziehungen, falls man in diesem Falle überhaupt von Beziehung sprechen konnte.

Jetzt schaute Alberto Estelle tief in die Augen »Du hast mir gefehlt … letztes Wochenende konnte ich leider nicht kommen, da ich nicht in Graz war.« Estelle blickte Alberto nur stumm und überglücklich an. Er hätte ihr alles erzählen können, denn schon längst hatte sie ihm verziehen. Sie war eher auf sich selbst böse, dass sie ihm nicht geglaubt hatte, dass er nur »beschäftigt« gewesen war und aus diesem Grund nicht zum Tanzkurs kam. Vergessen war der Samstagabend nach dem speziellen Ereignis, sie fand eine Entschuldigung nach der anderen für ihren geliebten Alberto.

Peter beobachtete die beiden und irgendwie hatte auch er ein ungutes Gefühl. An diesem Abend war Alberto wieder ganz Charmeur und Estelle schaute ihn voller Bewunderung an. Auch Hilde hatte das inzwischen bemerkt und war gar nicht erfreut darüber. Hoffentlich ist es noch nicht zu spät … ich muss alleine mit Estelle sprechen, nahm sie sich vor.

Später an diesem Abend ergab sich dann für sie auf der Damentoilette eine Gelegenheit, mit Estelle zu sprechen. »Estelle, ich habe beobachtet, dass du Alberto so bewundernd anschaust.« Estelle wollte etwas sagen, aber Hilde legte nur ihren Zeigefinger auf ihren Mund »Psst, bitte lass mich zuerst ausreden!« Estelle schwieg und nickte zustimmend. »Zuerst einmal möchte ich nur eines klarstellen, ich bin nicht auf Alberto eifersüchtig, dazu kenne ich ihn schon zu lange und weiß auch über seinen Charakter Bescheid. Aber ich hab dich liebgewonnen und auch bemerkt, dass du noch so unschuldig und naiv bist. Bitte vergib mir meine Direktheit, aber ich mache mir Sorgen um dich. Ich kenne Alberto und auch seinen unschönen Charakter, mag er nach außen hin noch so attraktiv aussehen. Bitte nimm dich vor ihm in Acht, er will dich nur verführen und lässt dich dann fallen. Für ihn ist eine Eroberung einer Jungfrau noch etwas Besonderes, denn das andere hat er eh schon mit so vielen Frauen genossen. Er ist und bleibt ein Frauenheld und liebt keine. Bitte glaube mir das.«»Da irrst du dich, Hilde, er mag mich jetzt auch noch und ist so lieb zu mir.«»Um Gottes willen, was meinst du damit, Estelle? Du hast dich ihm doch noch nicht hingegeben, oder? Bitte sag nein, er spielt nur mit dir. Meistens wettet er mit seinen Kumpeln und es mich würde nicht wundern, wenn er dies jetzt auch wieder gemacht hat.« Jetzt stieg Wut in Estelle hoch.»Hilde, ich glaube, dass unser Gespräch hiermit beendet ist. Alberto ist mein Freund und er ist ein wahrer Gentleman und ich höre mir jetzt deine unglaublichen Anschuldigungen nicht länger an. Du entschuldigst mich bitte?« Und hinaus aus der Tür stürzte Estelle.

Alberto war an diesem Samstag und auch am drauffolgenden Sonntag unglaublich nett zu Estelle und immer, wenn sie einen Augenblick alleine waren, küsste er sie und Estelle glaubte, dass alles wieder in Ordnung sei.

Estelle war aber sauer auf Hilde und sprach das ganze Wochenende mit ihr kein einziges Wort mehr.

***

Auch in den drauffolgenden Wochen war Alberto reizend zu Estelle. Sie trafen sich nun fast jedes Wochenende und Alberto fand immer wieder Plätze, wo er Sex mit ihr haben konnte. Da er einfach ein Könner auf diesem Gebiet war, begann es auch Estelle Freude zu machen, er ließ sie in seinen Händen schmelzen. Sie fieberte die ganze Woche nur dem Treffen mit Alberto entgegen. Er hingegen verband Vergnügen mit dem Nützlichen, das heißt, er hatte Sex und machte sie von Woche zu Woche abhängiger von ihm, oder man könnte sogar überspitzt sagen, er machte sie sich »hörig«.

Eines Tages warnte auch Peter sie, den sie zufällig bei einem Familienausflug mit ihren Eltern und seinen Eltern wiedertraf. »Estelle, bitte triff dich nicht mit Alberto, er ist kein guter Mensch und macht dich nur unglücklich«, sagte er in einem Moment, als sie alleine waren. »Peter, ich möchte darüber nichts hören, ich verbiete dir ja auch nicht, dich mit Christa zu treffen, also mische dich nicht in meine Angelegenheiten, verstanden.« Verdutzt und sogleich besorgt über ihren sehr intensiven Gefühlsausbruch, sagte Peter nichts mehr, aber sein ungutes Gefühl wuchs.

Wie dem auch sei, Estelle hörte und sah in den nächsten Wochen, ja sogar Monaten nichts anderes als ihren Alberto, bis zu dem Tage, als sie plötzlich zu Hause das Gefühl verspürte, sich übergeben zu müssen. Sie ging auf die Toilette und hörte gar nicht mehr auf zu brechen. Auch an den drauffolgenden Tagen war ihr jeden Morgen so extrem schlecht, dass sie sich immer und immer wieder übergeben musste. Auch wenn Estelle nie aufgeklärt worden war, wusste sie doch aus Gesprächen, bei denen sie zugehört hatte, dass man schwanger war, wenn einem am Morgen schlecht wurde.

Estelle wurde ganz heiß bei diesem Gedanken und ihr rann der Schweiß von der Stirn, obwohl es draußen bereits Herbst zu werden begann. Das kann doch nicht sein, oder? Was mache ich denn bloß? Ich muss es Alberto sagen und er muss mich ganz rasch heiraten. Tja, das ist die Lösung. Estelle ging diese Woche auch zum Arzt und der bestätigte ihre Vermutung. Irgendwie leichtfüßig ging Estelle nach Hause, na ja, bald würde sie die Frau von Alberto sein und Wagner mit Nachnamen heißen. Sollten sie noch im Oktober heiraten?

Beim nächsten Treffen mit Alberto begann Estelle zögernd: »Alberto, du hast doch einmal gesagt, dass du mich heiraten möchtest.« Alberto schaute sie fragend an. »Nein, Estelle, da musst du etwas missverstanden haben, ich fühle mich noch viel zu jung zum Heiraten. Wann soll ich denn so etwas gesagt haben?« »Aber ... sonst hätte ich ja nie mit dir geschlafen ... und du hast es versprochen! Du musst mich jetzt heiraten!« »Also müssen muss man nichts, nur sterben! Was soll denn das, Estelle?« »Ich bin schwanger!« Erschrocken blickte Alberto Estelle an. »Du scherzt, oder?« Ganz ruhig erwiderte Estelle »Mir ist absolut nicht zum Scherzen zumute, ich bin schwanger und habe es diese Woche vom Arzt bestätigt bekommen.« »Was heißt das? Von wem bist du schwanger?« »Von dir, von wem denn sonst, du bist doch mein erster und einziger Freund.« »In welchem Monat bist du denn?« »Im vierten Monat, es muss ganz zu Beginn, wahrscheinlich beim ersten Mal passiert sein!« »Im vierten Monat«, wiederholte ungläubig Alberto. »Ja, im vierten Monat. Also wann werden wir heiraten?« Alberto blickte ganz gehetzt und antwortete sehr schroff: »Also nur um eines klarzustellen – ich werde dich sicher nicht heiraten, auch habe ich dir nie die Ehe versprochen.« Tränenerstickt antwortete Estelle: »Aber du musst ... was soll ich denn sonst tun?« »Zur Abtreibung ist es im vierten Monat wohl schon zu spät« »Das meinst du doch nicht ernst mit der Abtreibung, oder?« »Doch, wir beide sind noch viel zu jung und noch haben wir uns nichts geschaffen. Wir sind einfach noch zu jung.« »Aber ich könnte weiter arbeiten gehen und Rosalinde würde bestimmt gerne auf das Baby schauen.« »Auf das Baby?!« »Ja auf unser Baby, darauf würde sie gerne aufpassen.« »Hast du es schon jemanden erzählt?« »Nein, noch niemanden außer dir.« Sie schaute Alberto tief enttäuscht und verletzt an. Er wollte ihr Baby nicht, nicht nur das, er wollte sogar, dass sie es abtreiben ließ.

Hätte sie nur auf all die vielen Warnungen ihrer Tanzschulkollegen gehört und sich nie mit Alberto eingelassen, aber jetzt war es zu spät.

Die Zeit, die nach diesem Gespräch kam, war einfach schrecklich. Von einem Tag auf den anderen meldete sich Alberto nicht mehr bei Estelle. Sie hatte nicht einmal seine Telefonnummer, stellte sie nach einiger Zeit des Wartens fest. Es war bereits November und so langsam wurde ihr Bauch sichtbar. Estelle tat alles, um ihr Baby zu verlieren, so verzweifelt war sie, sie ging die Stufen hinauf und hinunter, hunderte von Stufen auf den Kirchenturm, oder trug schwere Kisten bei ihrer Arbeit, aber all das half nichts. Sie musste ihrem Vater und Rosalinde wohl beichten, was passiert war, und somit auch all ihre Lügen eingestehen.

Eines Sonntagmorgens, als ihr Vater bei der Arbeit war, nahm Estelle am Küchentisch Platz und bat Rosalinde, sich doch zu ihr zu setzen. »Rosalinde, ich habe etwas Furchtbares getan und schäme mich so sehr dafür.« Estelle begann zu weinen. »Was ist denn los?« »Ich bin schwanger!« Entsetzt blickte Rosalinde Estelle an. »Du bist von Peter schwanger?« »Aber nein, nicht von Peter, von Alberto!« »Wer um Himmels willen ist den Alberto?« »Der Tanzpartner von Hilde, der Friseurin, mit der ich ab und zu weggegangen bin.« Eine kleine Notlüge, noch wollte Estelle nicht eingestehen, dass auch all die vielen Treffen mit Hilde eine Lüge waren. Rosalinde stürzte ihren Kopf in beide Hände und schüttelte ungläubig den Kopf. Dann blickte sie auf und schaute Estelle an. »Aber das kann und darf nicht sein, mein Kind! Du weißt doch, wie dein Vater darauf reagieren würde. Er würde das nie akzeptieren und würde dich wahrscheinlich rausschmeißen.«

Und dem war so, ihr eigener Vater verwies Estelle des Hauses, weshalb sie Alberto anbettelte, sie doch bei sich aufzunehmen, was dieser nach langem Zögern tat. Und bei den Wagners war Estelle dann eine Sklavin, sie musste putzen, kochen, waschen, bügeln, zusammenräumen, einkaufen gehen und das noch nach ihrem ohnehin langen Arbeitstag. Und wenn sie einmal mit Alberto ausgehen wollte, sagte dieser nur gemein: »Sieh dich doch an, so dick, wie du jetzt bist, würdest du mich nur blamieren.« Und trotzdem tat Estelle alles für Alberto und auch seine Familie, weil er ihre erste und einzige große Liebe war.

**

Im Krankenhaus

Tja, so ist es gewesen«, beendet sie mit tränenerstickter Stimme ihre Erzählung. »Und ich habe nie einen anderen Mann angesehen, geschweige denn mit einem anderen Mann als Alberto eine intime Beziehung gehabt. Er war mein erster und einziger und somit kann nur er der Vater von Lisa sein.« Estelle wiederholt nochmals: »Alberto ist der Vater von Lisa.« Dann blickte sie Frau Sommer an: »Sie glauben mir doch, Frau Sommer, oder?«

Frau Sommer nickt, denn die Geschichte von Estelle hat sie wirklich sehr berührt und sie ist sich in diesem Moment ganz sicher, dass man so etwas nicht erfinden kann. »Ja, Frau Bauer, ich glaube Ihnen, aber hoffen wir, dass auch das Gericht Ihnen glauben wird.«

»Ach ja, ich wollte Ihnen noch etwas Schockierendes mitteilen und zwar, dass Herr Alberto Wagner fast zur selben Zeit, als Sie Lisa geboren haben, ein anderes Töchterchen bekommen hat, vielleicht hat er Sie auch deshalb im Krankenhaus besucht, da er im Wartesaal warten musste. Dieses Kind hat er anerkannt und uns auch gefragt, warum er denn einen Grund gehabt haben sollte, diese wunderbare Frau mit Estelle zu betrügen. Herr Wagner kann sehr überzeugend und so charmant sein, dass auch ich ihm am Anfang geglaubt habe.«

Estelle beginnt laut zu schluchzen, sie fühlt sich in diesem Moment schmutzig, ausgenutzt, gedemütigt, nie geliebt und einfach nur furchtbar dumm, so einem Mann auch nur ein einziges Wort geglaubt zu haben. Also haben ihre Freunde und vor allem Hilde, die sie mehrmals vor Alberto gewarnt hat, recht gehabt und sie hat Alberto immer nur deshalb gegen all diese Anschuldigungen verteidigt, weil sie ihn doch so geliebt hat. Und jetzt stellt sich heraus, dass er sie nur benutzt und ihre Unschuld ausgenutzt hat. Sie schluchzt und schluchzt und kann sich gar nicht beruhigen. Rosalinde steht auf, geht zu Estelle und legte eine Hand auf ihren Rücken »Ist schon gut, mein Kind, du wirst sehen, es wird alles wieder gut, alles wird gut werden ...« »Nichts ist gut, gar nichts ist gut und es wird auch nicht mehr gut werden«, antwortet Estelle mit wut- sowie tränenerstickter und etwas lauterer Stimme, »mein Leben ist ruiniert, alles ist vorbei, am liebsten würde ich gar nicht mehr leben.« »Jetzt versündige dich mal nicht, Estelle, du hast eine wunderbare, gesunde und bildhübsche kleine Tochter, die dich braucht, und für alles andere werden wir eine Lösung finden.« »Welche Lösung, Rosalinde, sag mir bitte, welche? Mein eigener Vater hat mich hinausgeworfen, Alberto verleugnet, der Vater zu sein, und hier im Spital schauen mich alle an, als ob ich eine Aussätzige bin ... welche Lösung gibt es für dieses Problem?« »Es gibt noch viel Schlimmeres, mein Kind, und so ein Baby ist trotzdem ein Geschenk Gottes, auch wenn du das jetzt noch nicht sehen kannst. Lisa wird dir noch so viel Freude bereiten und du wirst eines Tages an meine Worte zurückdenken.«

Nun schaltet sich Frau Sommer ein: »Bitte beruhigen Sie sich doch, Frau Bauer, es wird schon alles gut werden, Sie haben ein gesundes Kind, das ist wirklich etwas Wunderschönes, mein Kind ist krank und sitzt im Rollstuhl, mein Ehemann hat mich verlassen und ich ziehe meinen Sohn alleine groß. Normalerweise spreche ich nicht über mich, noch beklage ich mein Schicksal, aber es gibt immer Wege, es zu meistern. Also jetzt wollen wir einmal nicht verzweifeln, sondern nochmals in Ruhe besprechen, was wir tun können.«

Rosalinde: »Und ich konnte nie ein eigenes Kind bekommen, nicht, dass ich dich nicht wie meine eigene Tochter geliebt habe, aber trotzdem hätten wir auch gerne eigene Kinder gehabt, ich habe mehrere Fehlgeburten erlitten und deshalb finde ich, dass du dich mit dieser Aussage, dass du nicht mehr leben willst, versündigst. Du solltest einfach nur dankbar dafür sein, dass dein Kind gesund ist. Lisa ist doch so lieb, man muss sie doch einfach liebhaben.«

Erstaunt und gleichzeitig ein wenig schuldbewusst blickt Estelle die beiden Damen an und murmelt nun etwas zerknirscht: »Das tut mir leid ... aber es mit mir durchgegangen, vor allem, als ich gehört habe, dass dieser Schweinehund zur gleichen Zeit wie mich auch noch eine andere Frau geschwängert hat und diese im selben Spital ihr Kind bekommen hat. Ach ja, was ist es eigentlich, ein Mädchen oder ein Junge? Und wie heißt diese Frau eigentlich?«

»Ich darf ich leider nicht sagen, wie die Dame heißt, das verstehen Sie doch? Sie hat auch eine Tochter bekommen! Na, hoffentlich habe ich nicht schon zu viel gesagt.« »Sie liegt aber nicht im selben Krankenzimmer wie ich, oder?« »Nein, das tut sie nicht ... So können wir nun nochmals in aller Ruhe die Formalitäten durchgehen?« Und so arbeiten die drei Damen sich durch den Papierkram und sitzen noch mehrere Stunden im Besprechungszimmer.

***

Nach einer Woche wurde Estelle mit Lisa aus dem Spital entlassen. Sie hatte sich das schöne Kostüm angezogen, welches Rosalinde ihr für die Taufe gebracht hatte, ihre Haare frisch gewaschen und auch Lisa sah in der neuen rosa Babykleidung mit dem warmen Jäckchen, das ebenfalls von Rosalinde besorgt worden war, sehr lieb aus.

Estelle trat aus dem Spital und blickte verloren um sich. Sofort kam Rosalinde auf sie zugelaufen. »Guten Morgen, Estelle. Ich habe gute Nachrichten für euch.« »Ja?« »Leider nicht von deinem Vater, der schaltet noch immer auf stur, aber von deiner Mutter, sie will Lisa und dich bei sich aufnehmen, so lange, bis wir eine andere Lösung gefunden beziehungsweise bis ich deinen Vater umgestimmt habe. Na, was sagst du?« Erfreut blickte Rosalinde Estelle an und diese zwang sich ein Lächeln auf ihren Mund, wenngleich ihr schon jetzt davor graute, wieder aufs Land zu ihrer Mutter in diese Holzhütte ziehen zu müssen. Aber was sollte sie auch anderes machen? Sie brauchte ja ein Dach überm Kopf.

Rosalinde hatte das Auto von Robert Hofer, ihrem Mann und Estelles Vater, heimlich ausgeliehen, denn er musste heute arbeiten und sie würde ihm erst nachher gestehen, wofür sie es gebraucht hatte. Sie schob Estelle hinein, verstaute vorsichtig Lisa auf dem Hintersitz in einer Babytrage, die sie von ihren Ersparnissen gekauft hatte, und ab ging es. Sie fuhren aufs Land. An ihrem Ziel angekommen, kam gleich Estelles leibliche Mutter aus der Hütte und begrüßte die beiden. Sie blickte sehr nett auf Lisa und nahm sie gleich auf den Arm. »Die ist aber süß, ein herziges Baby«, sagte sie. Estelle blickte sie ungläubig an, denn normalerweise zeigte ihre Mutter nie eine Reaktion, aber in diesem Moment war sie sehr froh darüber. Sie wusste aber nicht, dass Rosalinde ihrer Mutter Geld dafür angeboten hatte, dass sie die beiden bei sich aufnahm. Rosalinde würde von ihren Ersparnissen jeden Monat einen Betrag an Estelles Mutter zahlen. Aber es war gut so, dass Estelle davon nichts wusste, denn sie hatte schon genügend Probleme im Moment.

»Mein Kind, ich muss mich leider gleich wieder verabschieden, denn dein Vater weiß nichts davon, dass ich dich hierher gebracht habe, aber jetzt seid ihr ja gut aufgehoben.« Das hoffte Rosalinde inständig, denn auch sie war in ihrem tiefsten Inneren nicht ganz überzeugt davon. Und weg sie – während Lisa und Estelle sich auf dem Land in einer ärmlichen Holzhütte ohne Strom wiederfanden, weit weg von der Zivilisation, aber zumindest mussten die beiden nicht auf der Straße schlafen.

***

Achtzehn Jahre waren vergangen und Estelle spazierte gerade ganz in Gedanken in Graz auf der Straße, die vom Jakominiplatz zum Hauptplatz führte, als sie plötzlich angesprochen wurde.

»Bist das du es, Estelle?« Estelle blickte sich um und sah Christa in ihre tiefblauen Augen.

»Ja, Christa, ich bin es.« Christa stand mit strahlendem Gesicht vor ihr, sie war noch immer so schön wie eh und je, nur ein wenig älter. Christa war eine feine Dame geworden, sie war in ein elegantes beiges Kostüm gekleidet mit dezenten dunkelbraunen Nappalederhandschuhen sowie Schuhen und einer Handtasche in derselben Farbe. Sie ging erfreut auf Estelle zu und schüttelte ihr die Hand. »Es freut mich riesig, dich wiederzusehen. Gut schaust du aus«, log sie, denn Estelle war extrem dick geworden, nicht, dass sie damals sehr schlank gewesen wäre, aber jetzt wog sie bereits 95 Kilo. Ihre Haare hatte sie ganz kurz geschnitten, es war ein sehr altmodischer Haarschnitt, und sie trug ein geschmackloses Kleid mit großen Blumen drauf. »Danke, und aus dir ist eine ganz feine Lady geworden«, kam es neidlos aus Estelles Mund.

Christa lächelte. »Liebe Estelle, ich bin ja so neugierig,

wie es dir und Lisa ergangen ist, hättest du Zeit auf einen Kaffee? Vielleicht gleich dort drüben im Operncafé – ich möchte dich gerne einladen und mit dir über vergangene Zeiten plaudern.« Auch Estelle freute sich darüber, Christa zu sehen, sie nickte zustimmend und die beiden Frauen gingen gemeinsam in Richtung des Cafés.

Sie setzten sich auf die Terrasse des Cafés und bestellten, dann konnte Christa sich nicht mehr zurückhalten.»Na, erzähl schon, Estelle, wo ist Lisa, was ist aus ihr geworden? Sie muss ja jetzt schon, glaube ich ... 18 Jahre alt sein, oder?«

Estelle antwortete mit einer Gegenfrage:»Hast du Kinder, Christa?«»Ja«, strahlte Christa sie an,»stell dir vor, ich habe Peter geheiratet, aber erst mit 25 Jahren, nachdem ich mein Studium abgeschlossen habe, ich bin auch Ärztin geworden.«»Ärztin, wow, gratuliere!«»Ja, habe mich später dann auf Pädiatrie spezialisiert. Peter und du habt euch ja leider aus den Augen verloren. ABER es einige Zeit gedauert, bis ich meine Eltern davon überzeugen konnte, dass ich nur meinen Peter liebe und ihn heiraten werde, er hat dann auch noch studiert, Wirtschaft, und ist jetzt ganz erfolgreich. Wir haben zwei Kinder, einen Buben und ein Mädchen, den Markus und die Maria. Aber nun zu dir, erzähl schon, wie ist es dir ergangen?«

»Zu Beginn gar nicht so gut, nachdem ja sogar der Vater von Lisa seine Vaterschaft verleugnet hatte, aber nach vier Jahren hatten wir endlich gewonnen und er musste Alimente zahlen, auch für die vier Jahre nachzahlen. Er hat auch noch ein anderes Kind mit einer anderen zur selben Zeit bekommen, als Lisa geboren wurde. Er bezahlt auch an diese Frau Alimente und die dritte Frau, die er geschwängert hat, hat er dann geheiratet und ist, so weit ich informiert bin, noch immer mit ihr zusammen – auch mit ihr hat er ein Mädchen bekommen. Also hat Lisa zwei

Halbschwestern. Alberto ist noch immer Chauffeur, aber ich habe mich auch wieder auf die Schulbank gesetzt, eine Büroschule, genauer gesagt, eine Handelsschule, die ich erfolgreich abgeschlossen habe, und jetzt arbeite ich in einem Büro. Es geht mir gut. Als Lisa sechs Jahre alt war, habe ich einen netten Mann kennengelernt, einen Arbeitskollegen von mir, den ich auch geheiratet habe und mit dem ich noch immer verheiratet bin.«

Christas Neugier war noch immer nicht befriedigt, deshalb fragte sie nochmals, bereits ein ganz klein wenig ungeduldig:»Und? Was ist jetzt mit Lisa? Wie sieht sie aus, was ist aus ihr geworden?«»Sie ist eine wahre Schönheit geworden, zumindest sagen das alle. Sie hat die Haarfarbe ihres Vaters sowie den Teint seiner Haut, also sie ist immer leicht gebräunt. Sie hat mandelförmige, ganz dunkelbraune, ja man könnte sagen, kohlrabenschwarze Augen, die muss sie von ihrem Großvater, meinem Vater geerbt haben, denn Alberto und ich haben ja keine braunen Augen. Lisa hat vor kurzem erfolgreich die Matura abgeschlossen und möchte nun gerne studieren. Derzeit hat sie einen sehr netten Freund, aber im Gegensatz zu mir wurde sie von Rosalinde aufgeklärt und ich glaube nicht, dass sie so jung schwanger wird wie ich ...« Gedankenverloren schweifte der Blick von Estelle in die Ferne.

»Das klingt ja toll ... das freut mich, dass es dir inzwischen so gut geht!« Christa strahlte, sie freute sich wirklich, Estelle wiederzusehen, und brannte schon jetzt darauf, alles ihrem Peter zu erzählen, denn durch den damaligen Vorfall hatte sich leider die Freundschaft von Estelles Vater und Stiefmutter mit der Familie Maier, den Eltern von Peter, aufgelöst. Damals glaubte Estelles Vater nämlich noch, dass Peter der Vater sei, und er war von dieser Theorie so überzeugt und so stur, dass die wunderbare Freundschaft der beiden Familien Hofer und Maier daran zerbrach. Erst viel später wurde ihm klar, dass er im Irrtum gewesen war, aber ein Hofer entschuldigt sich nicht und schon gar nicht ein Robert Hofer. Da half all auch das gute Zureden von Rosalinde nicht. Seit dem Vorfall hatte Rosalinde auch nicht mehr mit Lotte Maier, ihrer ehemals besten Freundin, gesprochen.

»Nein, Christa, es war alles andere als einfach für mich. Immer wieder habe ich geglaubt, dass ich es nicht schaffe, und hätte ich nicht Rosalinde gehabt, die mir immer und immer wieder geholfen hat, hätte ich es auch nicht geschafft. Sie hat meinen Vater nach einem Jahr endlich überzeugen können, mich und Lisa wieder bei ihnen aufzunehmen, was meine Rettung war. Rosalinde und mein Vater waren eigentlich die Eltern für Lisa, denn ich war mit dem Arbeiten tagsüber und mit der Abendschule nachts beschäftigt. Lisa hat es an nichts gefehlt und dann habe ich ja geheiratet und da hatte ich auch nicht so viel Zeit für sie.«

Christa glaubte, ihren Ohren nicht zu trauen, hat sich Estelle denn gar nicht um Lisa gekümmert? Irgendwie tat ihr Lisa fast leid, anscheinend hatte sie nie die Mutterliebe erlebt, die jedes Kind verdient.

Estelle fuhr fort: »Lisa liebt Rosalinde und die beiden sind ein Herz und eine Seele, auch meinen Vater, also ihren Großvater, hat Lisa um den kleinen Finger gewickelt, er macht fast alles, was sie möchte. So streng er mit mir war, so nett und butterweich ist er mit Lisa.« Es klang fast so etwas wie Eifersucht heraus. »Und hast du mit deinem jetzigen Mann noch weitere Kinder?« »Nein, ich wollte keine Kinder mehr haben!« »Und dein Mann?« »Ja, der schon, aber er hat es eingesehen, dass es finanziell besser wäre, keine Kinder mehr zu bekommen.«

Christa blickte überrascht sowie leicht irritiert, aber

lenkte das Gespräch sofort in eine andere Richtung. »Ich habe dir ganz vergessen zu erzählen, was aus meiner Schwester geworden ist.« »Ach ja. Mathilde, der Schönheit. Erzähl schon, was ist aus ihr geworden?«

»Mathilde hat damals im Herbst nach unserem Tanzkurs einen Turnierkurs mit Eduardo begonnen und die beiden waren richtig gut, haben einige Meisterschaften gewonnen und waren einmal sogar Staatsmeister. Eduardo hat sein Studium abgeschlossen und ist jetzt ein erfolgreicher Chirurg. Auch Mathilde hat studiert und zwar Psychologie, aber sie übt ihren Beruf nur privat aus und zwar mit ihrer Familie, sie hat geheiratet und jetzt auch zwei Kinder, einen Sohn, den Paul, und die Sophie.« »Wen hat sie denn geheiratet?« »Na, was glaubst du?« »Den Eduardo?« »Ja, den Eduardo, mit dem wir aufgewachsen sind und der wie ein Bruder für uns war, aber meine Schwester hat mir erzählt, dass sie schon als ganz junges Mädchen gewusst habe, dass sie nur ihn heiraten würde.« »Das hat man schon damals gemerkt, auch, dass Eduardo nur Augen für Mathilde hatte.« »Hat man das? Na vielleicht bin ich blind gewesen oder zu beschäftigt mit Peter. Auf jeden Fall sind die beiden sehr glücklich sowie auch Peter und ich.

Es freut mich sehr, dass du jemanden gefunden hast, liebe Estelle. Bist du glücklich?« »Glücklich?«, wiederholte Estelle. »Na, sagen wir so, es hätte schlimmer ausgehen können, mein Leben.« »Was meinst du damit, ist dein Mann nicht nett?« »Nein, das ist es nicht, er ist sehr nett und auch ein liebenswerter Vater für Lisa, aber ich liebe ihn nicht so, wie man seinen Ehemann lieben sollte. Ich habe nur einmal in meinem Leben geliebt – wie du ja weißt ...«

***

Romy Berg (Pseudonym) ist Ehefrau, Mutter von zwei Kindern, begeisterte Hobbytänzerin und Tierliebhaberin. Geboren in Österreich, studierte sie Psychologie und Wirtschaft und lebt derzeit mit ihrem Mann in Wien. Seit ihrer frühen Kindheit träumte sie davon, Geschichten zu schreiben, mit denen sie ihre Leser begeistern könnte. Nachdem sie sich zunächst darauf konzentrierte, ihre Kinder großzuziehen, die derzeit in London und New York leben, sowie ihren Mann zu unterstützen, hat sie nun den Mut gefasst, ihre erste Geschichte zu veröffentlichen: »Getanzte Träume«.